दरवाज़ा

मॉगदॉ सॉबो के मूल हंगरी उपन्यास
'ऑज़ ऑयतो' का अनुवाद

दरवाज़ा

मॉगदॉ सॉबो के मूल हंगरी उपन्यास 'ऑज़ ऑयतो' का अनुवाद

मॉगदॉ सॉबो

अनुवाद

इन्दु मज़लदान

वाणी प्रकाशन

वाणी प्रकाशन का 'लोगो'
विख्यात चित्रकार मक़बूल फ़िदा हुसेन की
कूची से

ISBN : 978-93-5000-002-1

वाणी प्रकाशन
21-ए, दरियागंज, नयी दिल्ली-110002
द्वारा प्रकाशित

फोन : 0091#11#23273167, 23275710
फैक्स : 0091#11#23275710
ई-मेल : vaniprakashan@gmail.com
vani_prakashan@yahoo.com
वेबसाइट : www.vaniprakashan.com

प्रथम संस्करण : 2009

आवरण : वाणी प्रकाशन

मूल्य : 350.00

चमन ऑफ़सेट, पटौदी हाउस, दरिया गंज,
नई दिल्ली-110002
द्वारा मुद्रित

DARWAZA
Hangarian Novel Az Ajtó
by : **Magda Szabó**
Translated by : Indu Mazaldan

प्रथम शब्द

पाठकों के सम्मुख आधुनिक काल की उस हंगारी लेखिका की महान कृति का अनुवाद रख रही हूँ जो शायद ही किसी हंगारी साहित्यिक पुरस्कार से वंचित रही होंगी। इन्हें आधुनिक हंगारी साहित्य की सर्वोत्तम महिला उपन्यासकार के रूप में जाना जाता है। मॉगदॉ सॉबो का जन्म 5 अक्टूबर 1917 में हुआ था। इन्होंने हंगरी के पूर्वी प्रान्त दैब्रैत्सन में एक अध्यापिका के रूप में काम करना शुरू किया था। 1945 और 1949 के बीच ये शिक्षा मन्त्रालय में कार्यरत थीं। सन् 1947 में इनका विवाह तिबोर सॉबो के साथ हुआ, जो स्वयं भी एक लेखक और अनुवादक थे।

आपकी पहली पुस्तक एक कविता-संग्रह 'मेमना' के नाम से 1947 में प्रकाशित हुई, जिसके बाद दूसरा कविता-संग्रह 'फिर से इन्सान की ओर' 1949 में छपा। इस के लिए इन्हें बॉयगार्टन पुरस्कार मिला, जो राजनीतिक कारणों से उसी दिन वापिस भी ले लिया गया जिस दिन उसकी घोषणा हुई थी। उसी साल उन्हें मिनिस्ट्री से निकाल भी दिया गया।

कट्टर कम्युनिस्ट पार्टी के राज में (1945 से 1958 तक) इनके और इनके पति के साहित्य को हंगरी में छपने पर पाबन्दी लगा दी गई थी। अतः इन्हें इस बीच अपना गुज़ारा चलाने के लिए एक स्कूल में पढ़ाने की नौकरी करनी पड़ी थी। इसी दौरान इन्हें यह लगने लगा था कि कविता की सीमाएँ बहुत छोटी थीं जिसमें यह अपनी अनुभूतियों को अधिक अच्छी तरह व्यक्त नहीं कर सकती थीं और इस कारण इन्होंने गद्य को अभिव्यक्ति का माध्यम बना लिया। इस प्रतिबन्ध के समय में ही इन्होंने अपना पहला उपन्यास लिखा 'फ्रैस्को', जो 1958 में ही छप सका। इस उपन्यास को बहुत लोकप्रियता मिली।

हंगरी में अनेक पुरस्कार प्राप्त करने के साथ-साथ इन्हें 2003 में फ्राँस के 'प्रिक्स फेमिना-ए-ट्रैंजर' 'PRIX FEMINA E' TRANGER पुरस्कार से भी सम्मानित किया गया। सन् 1978 में इन्हें हंगरी का सर्वोच्च साहित्यिक पुरस्कार 'कोशूथ पुरस्कार' प्राप्त हुआ। तेरह अन्य पुरस्कार पाने के बाद इन्हें आख़िरी पुरस्कार 2001

में दिया गया। पिछले वर्ष जुलाई में इनका निधन हो गया।

'दरवाज़ा' इनकी तीन सर्वप्रसिद्ध पुस्तकों में से एक है जिसका अनुवाद विश्व की अनेक भाषाओं में हो चुका हैं।

उपन्यास का कथानक लेखिका और उसकी सेविका के इर्द-गिर्द घूमता है। मुख्य पात्र ऐमैरेन्त्स और लेखिका के बीच कुछ ऐसे सम्बन्ध की कहानी है यह, जो इस रिश्ते के द्वारा हमें ऐमैरेन्त्स के चरित्र के दर्शन कराती है। हंगरी के, प्रथम विश्व युद्ध और द्वितीय विश्वयुद्ध के बीच के राजनीतिक परिवेश का भी लेखा-जोखा-पाठकों के सम्मुख प्रस्तुत होता है मगर कहानी की धुरी केवल ऐमैरेन्त्स सैरेदाश के ही चारों ओर घूमती है।

इस पुस्तक का अनुवाद विश्व की पैंतीस भाषाओं में हो चुका है। लेखिका ने इस पर टिप्पणी करते हुए एक जगह लिखा है, "मैंने तो यह उपन्यास ऐमैरेन्त्स का क़र्ज़ चुकाने के लिए लिखा था। मुझे क्या मालूम था कि अपनी झाड़ से सबके दुख-दर्द साफ़ करने वाली इस महिला का जादू सबके सिर चढ़ कर बोलेगा। अब भी पाठकगण मेरी बालकनी में आ कर उसका घर देखने की माँग करते हैं और वियोला के बारे में प्रश्न करते हैं।"

उपन्यास बहुत रोचक ढंग से लिखा गया है। मुझे पढ़ने में अच्छा लगा अतः सीधे हंगारी भाषा से हिन्दी में अनुवाद करके आपके सम्मुख रखने का साहस कर रही हूँ। आशा करती हूँ, आपको भी पसन्द आएगा। अनुवाद में रह गई त्रुटियों के लिए क्षमाप्रार्थी हूँ।

–इन्दु मज़लदान

अनुक्रम

दरवाज़ा

मैं शायद ही कभी सपने देखती हूँ। और जब देखती हूँ तो पसीने में नहाई, चौंक कर उठ जाती हूँ। ऐसे मौक़ों पर मैं फिर से लेट जाती हूँ और इन्तज़ार करती हूँ कि मेरा दिल शान्त हो जाए, और फिर विचार करती हूँ रात की इस अद्भुत ताक़त पर। बचपन में और युवावस्था में मुझे सपने नहीं आते थे—न अच्छे न बुरे, मगर वृद्धावस्था रूपी नदी का बहाव मेरे अतीत के उन भयावह कृत्यों को, जो एक बड़े अन्तराल के कारण पड़े-पड़े सख़्त हो चुके थे, फिर-फिर कर मेरे सामने ला कर फैला देता है। अब सब और भी अधिक असहनीय बन चुके हैं बनिस्बत उस समय के, जब वास्तव में यह घटित हुए थे क्योंकि असलियत में तो मेरे साथ ऐसा कुछ भी नहीं घटा जिससे मैं आज भी चौंक कर उठ जाती हूँ।

मेरे स्वप्नों का क्रम सदा एक-सा रहता है, सदा एक ही सा स्वप्न देखती हूँ मैं, जो बार-बार लौट कर आता है। इस कभी न बदलने वाले सपने में मैं देखती हूँ कि मैं एक हॉल के मुख्य द्वार पर सीढ़ियों के पास खड़ी हूँ और ताला खोलने की कोशिश कर रही हूँ। बाहर सड़क पर एक एम्बुलेन्स खड़ी है। शीशे में से मुझे डॉक्टरों, नर्सों की बड़ी-बड़ी परछाइयाँ दिख रही हैं, उनके फूले हुए चेहरे चाँद की कान्ति-से प्रतीत हो रहे हैं। चाबी घूमती है, पर मेरी हर कोशिश बेकार जाती है, मैं दरवाज़ा खोल नहीं पाती। मगर मुझे हर हाल में इन बचाने आए व्यक्तिओं को अन्दर पहुँचाना है, वरना वे मरीज़ को बचाने में असफल हो जाएँगे। ताला है जो कि खुलने का नाम ही नहीं ले रहा, दरवाज़ा अडिग खड़ा है मानो चौखट में कस के जड़ दिया गया हो। मैं मदद के लिए चिल्लाती हूँ पर तीन मंज़िल की उस इमारत में रहने वाले लोगों में से कोई भी सामने नहीं आता; और वे आ भी नहीं सकते क्योंकि—अचानक मुझे होश आता है—मैं मछली की तरह से केवल होंठ हिला रही हूँ, और सपने का डरावनापन और गहरा हो जाता है जब मुझे लगता है कि मैं न केवल दरवाज़ा खोलने में असमर्थ हूँ, बल्कि मैंने अपने बोलने की शक्ति भी खो दी है।

और इस पल में मैं अपनी ही चीख़ से जग जाती हूँ। मैं लाइट जलाती हूँ और अपने पर काबू पाने की कोशिश करती हूँ क्योंकि हमेशा इस सपने के बाद मेरा दम घुटने लगता है।

नज़रें घुमा कर देखती हूँ, जाना-पहचाना फ़र्नीचर है, पलंग के ऊपर परिवार के लोगों के चित्र हैं, संभ्रांत राजसी पोशाकों में सजे मेरे पूर्वज, जो सर्वदर्शी और सर्वज्ञानी हैं। वे जानते हैं कि कितनी बार मैं रातों में दरवाज़ा खोलने भागी हूँ ताकि डॉक्टर और एम्बुलेन्स को भीतर आने दूँ, वे ही जानते हैं कि मैं कितनी बार पथराई-सी खड़ी रही हूँ, जब बाहर सड़क पर प्रातःकाल की शान्ति के बाद दिन की हलचल शुरू हो गई है और खुले दरवाज़ों से चुपके-से घर में घुसने वाली बिल्लियों की आवाज़ें आने लगी हैं, यह कल्पना करती कि अगर चाबी द्वारा किया गया मेरा प्रयास बेकार गया और ताला नहीं खुला तो क्या होगा?

यह चित्र सब कुछ जानते हैं, वह भी जो मेरे लिए भूलना सबसे अधिक कठिन है और जो स्वप्न नहीं है। एक बार, केवल एक बार, नींद की ग़फ़लत में नहीं बल्कि हक़ीक़त में, एक दरवाज़ा वाक़ई मेरे सामने था। वह दरवाज़ा खुला था। उसने खोला था वह, जो बरसों से अपना अकेलापन और अपना दर्द यूँ कस कर बन्द कर के बैठी थी कि अगर आसमान भी टूट पड़ता तो उसे बन्द ही रहने देती। केवल मेरे पास वह ताक़त थी जो उससे वह दरवाज़ा खुलवा सकती थी। चाबी घुमाते समय उसने मुझ पर उतना विश्वास किया था, जितना उसने शायद परमेश्वर पर भी नहीं किया था; और उस पल में मुझे यही लगा था कि मैं परमात्मा ही बन गई थी—सर्वज्ञाता, दयालु, न्यायकर्ता। हम दोनों ही ग़लत थे : वह, जिसने अपना विश्वास मुझमें रखा, और मैं, जो अपने-आपको इसके लायक समझ बैठी थी।

अब हालाँकि इन बातों का कोई अर्थ नहीं है क्योंकि जो हुआ, उसका निदान अब कदापि सम्भव नहीं। अब उन्हें मेरे सपनों में आने दीजिए, जब वे चाहें, वे चरित्र जो अपने सफेद उज्ज्वल कपड़ों के भीतर दुखान्त नाटकों के दैत्याकार मुखौटे छिपाए रहते हैं और मेरे पलंग के चारों ओर दुधारी तलवारें लेकर खड़े रहते हैं। हर रात मैं बत्ती बुझा कर उनकी प्रतीक्षा करती हूँ, क्योंकि तब इस अवर्णनीय भयावह कृत्य का डर मेरे सोते हुए कानों में दस्तक देने लगता है और उसकी घण्टियाँ रोज़ मुझे उस सपनों में आने वाले दरवाज़े की ओर ले जाती हैं जो कभी नहीं खुलता।

मेरे धर्म में 'कन्फ़ैशन' अर्थात् प्रायश्चित का कोई स्थान नहीं है, जिसमें पादरी के मुख से हम कहलवाते हैं कि हम पापी हैं और हमें नियम तोड़ने के लिए हर सज़ा मिलनी चाहिए और बस, ऐसा कहते ही हमें माफ़ी मिल जाती है बिना कुछ और सफ़ाई दिए, बिना कोई खुलासा किए।

मैं सफ़ाई दूँगी और विस्तारपूर्वक दूँगी।

यह पुस्तक परमात्मा के लिए नहीं लिखी गई है, जो मेरे दिल का हर राज़ जानता है, न ही मेरे पूर्वजों की फ्रेम में जड़ी तस्वीरों के लिए, जो मुझे सोते-जागते हर समय देखती रहती हैं। मैं और लोगों के लिए लिख रही हूँ। अब तक की ज़िन्दगी मैंने साहसपूर्ण ढंग से जी है, और मैं इसी तरह मरने की आशा करती हूँ, हिम्मत से और बग़ैर झूठ के सहारे के। मगर इसके लिए मुझे बोलना होगा। मैंने ऐमैरैन्त्स को मार डाला। इस सत्य से कि मैं उसे मारना नहीं बल्कि बचाना चाहती थी, कोई फ़र्क़ नहीं पड़ता।

सम्बन्ध

जब हम पहली बार एक-दूसरे से मिले, मैं उसका चेहरा ठीक से देखना चाहती थी, और काफ़ी परेशान हुई इस बात से कि उसने मुझे देखने का मौक़ा नहीं दिया। वह मेरे सामने यूँ खड़ी थी मानो एक प्रतिमा, बग़ैर हिले-डुले, तन के खड़ी हुई नहीं, बल्कि यूँ मानो हारी हुई हो। उसका माथा मैं ज़रा भी नहीं देख पा रही थी। उस वक़्त मैं यह नहीं जानती थी कि मैं उसे बिना स्कार्फ़ के केवल तब ही देखूँगी जब वह मरण-शैय्या पर होगी। और जब तक वह समय नहीं आया उसने हमेशा अपना माथा ढक कर ही रखा, एक अच्छी ईसाई या यहूदी महिला की तरह, जिसका धर्म उसे परमात्मा के सामने भी नंगे सिर जाने की इजाज़त नहीं देता।

गर्मी का दिन था, मगर इतना गर्म नहीं कि सूरज की गर्मी से स्वयं को बचाने के लिए सिर ढकने की ज़रूरत हो। शाम का धुँधलका था, आकाश बैंगनी हो चला था जब हम बाग़ में एक साथ खड़े थे। गुलाबों के बीच खड़ी वह काफ़ी अटपटी लग रही थी। हम हमेशा महसूस कर सकते हैं कि कोई व्यक्ति अगर फूल बन कर जन्म लेगा तो कौन-सा फूल बनेगा। वह किसी भी तरह से गुलाब नहीं हो सकती थी, क्योंकि गुलाब तो अपनी पँखुड़ियाँ लज्जाजनक रूप से खोल डालता है—गुलाब में शर्म, हया और नम्रता कहाँ हैं। मुझे कम-से-कम यही महसूस हुआ कि ऐमैरेन्त्स कभी गुलाब नहीं बन सकती, हालाँकि तब तक मैं उसके बारे में कुछ भी नहीं जानती थी, यह तो बिलकुल भी नहीं कि वह एक दिन क्या बन जाएगी।

उसका स्कार्फ़ आगे की ओर झुका था, उसकी आँखों पर परछाईं डालता। यह भी मुझे बाद में ही पता चला कि उसकी पुतलियों का रंग नीला था। मैं उसके बालों का रंग भी जानना चाहती थी मगर वह उन्हें हमेशा ढक कर ही रखती थी, मानो वह उसके व्यक्तित्व का पर्याय ही हों।

उस पहली शाम को हमने कई महत्वपूर्ण पल एक साथ जिए। हम दोनों को यह फ़ैसला करना था कि हम क्या एक-दूसरे के साथ रह कर काम कर सकेंगे।

मैं और मेरे पति अपने नए घर में अभी एक हफ़्ता भर पहले ही आए थे। यह घर मेरे पहले एक कमरे वाले घर से, जिसे मैं बिना किसी की मदद के भी सँभाल लेती थी, बड़ा था। और फिर उस वक़्त राजनीतिक कारणों से दस साल तक मेरे लेखन-कार्य पर भी पाबन्दी थी। अब हालात बदल चुके थे और इस नए परिपेक्ष्य में मैंने फिर से लिखना शुरू कर दिया था। मैं पूर्ण रूप से लेखिका बन चुकी थी, अनगिनत सम्भावनाएँ मेरे सामने थीं, और कई ज़िम्मेदारियाँ भी, जो मुझे या तो अपनी लिखने की मेज़ से बाँधे रखती थीं या मुझे घर से अक्सर दूर ले जाने लगी थीं। ग़रज़ कि मैं उस शाम इस औरत के सामने खड़ी थी, इस चुपचाप औरत के सामने, यह सोचती कि अगर इस वक़्त मुझे यह मदद नहीं मिली तो जो लेखन-कार्य मैंने अपने दस वर्ष के बहिष्कार के समय किया था, वह छप नहीं पाएगा और न ही मैं जो अब लिखना चाहती हूँ, वह लिखा जा सकेगा।

जैसे ही हम इस मकान में आए, मैंने एक काम करने वाली की खोज शुरू कर दी थी। पड़ोस के हर व्यक्ति को मैं अपनी ज़रूरत के बारे में बता चुकी थी। आख़िर मेरी एक पुरानी सहपाठिन ने मेरी समस्या सुलझा दी थी। उसने बताया कि उसकी नज़र में एक बड़ी उम्र की औरत है जिसने उसके भाई के घर में कई साल काम किया था। उसने इस औरत की काफ़ी तारीफ़ भी की। अब सवाल यह था कि इसके पास समय भी तो हो मेरा काम करने का। मैं ख़ुश थी कि यह औरत बड़ी उम्र की है क्योंकि युवा लड़की को रखना इतना आसान नहीं है। कोई गारण्टी नहीं कि वे बेध्यानी में कहीं सिगरेट जला कर क़ालीन पर नहीं छोड़ देंगी, या उनके बदमाश दोस्त घर पर नहीं आने लगेंगे, या चोरी नहीं कर लेंगी; मेरी सहेली ने यह भी बताया कि यह औरत तो इतने बड़े दिल की है कि बजाए हमसे तोहफ़े लेने के, हमारे लिए तोहफ़े लाना ज़्यादा पसन्द करेगी। उसका न तो पति था, न कोई बच्चा। बस एक भतीजा अक्सर उसके घर आता था और एक पुलिस का अफ़सर भी; पूरे पड़ोस में सभी उसको पसन्द करते थे। मेरी सहपाठिन ने बड़ी गर्मजोशी से उसकी तारीफ़ की और कहा कि ऐमैरैन्त्स नौकरानी नहीं, एक केयर टेकर थी, काफ़ी कड़क; और उम्मीद ज़ाहिर की कि वह हमें अपना मालिक बनाना स्वीकार करेगी, क्योंकि अगर हम उसे पसन्द नहीं आए, तो कोई भी लालच उसे इस काम के लिए लालायित नहीं कर सकेगा।

शुरुआत कुछ ख़ास अच्छी नहीं हुई। मैंने उसे बुलवाया तो वह नहीं आई; मैं ख़ुद ही उससे मिलने उस घर के बाग़ में पहुँची जहाँ वह केयर टेकर थी। पास ही में था वह घर—इतना पास कि मैं अपनी बॉलकनी से उसका फ़्लैट देख सकती थी। वह कपड़ों का तगाड़ धो रही थी—बाबा आदम के ज़माने के साधनों से, आग पर बड़े पतीले में चद्दरें उबाल रही थी, उस गर्मी के मौसम में लकड़ी के बड़े चम्मच से एक-एक चद्दर खंगालती हुई। उसके चारों ओर आग की चमक दिखाई

दे रही थी। उसका क़द लम्बा था, उम्र को देखते हुए अच्छा-तगड़ा शरीर, गठा हुआ बदन, अच्छा क़द-काठी और उसके शरीर से उसकी ताक़त टपक रही थी। उसका स्कार्फ़ आगे की ओर यूँ झुका हुआ था मानो किसी सिपाही का हैलमेट। उसने कहा था कि वह आएगी और यही वजह थी कि हम दोनों इस वक़्त यहाँ खड़े थे, बाग़ में, एक-दूसरे के सामने।

वह चुपचाप सुनती जा रही थी जब मैं उसे उसका काम समझा रही थी। जब मैं उससे बात कर रही थी तो सोच रही थी कि जब मैं उन्नीसवीं सदी के लेखकों को पढ़ती थी तो उनकी किसी चेहरे की झील से तुलना करना मुझे कभी समझ नहीं आता था। इस वक़्त मुझे अपनी इस मूर्खता पर बहुत शर्म महसूस हो रही थी। ऐमैरैन्त्स का चेहरा और किसी चीज़ से इतना नहीं मिलता था जितना एक शान्त, ठहरी हुई झील के प्रातःकाल के रूप से। मुझे नहीं मालूम था कि वह मेरा काम करना मंज़ूर करेगी या नहीं। उसके हाव-भाव से लग रहा था कि न उसे इस काम की ज़रूरत है, न पैसे की। मुझे चाहे उसकी कितनी ही ज़रूरत क्यों न हो, उसके झील जैसे चेहरे से, जो स्कार्फ़ से आधा ढका हुआ, कुछ भी ज़ाहिर नहीं हो रहा था। उसके जवाब में लगा, बरसों बीत रहे थे। आख़िर जब वह बोली तो उसने सिर तक न उठाया। उसके शब्द केवल इतना कह पाए कि हम इसके बारे में बाद में बात करेंगे। एक और जगह जहाँ वह काम कर रही थी, वहाँ उसे निराशा ही मिली थी। पति-पत्नी दोनों बेहद पीते थे और उनका बड़ा लड़का अपना जीवन बरबाद कर रहा था तो वह उन्हें छोड़ने का मन बना चुकी थी। अगर हमारे लिए कोई गारण्टी देगा कि हम पति-पत्नी, ज़्यादा पियेंगे नहीं और ज़्यादा लड़ेंगे नहीं तो वह इस नौकरी पर आने के लिए मुझसे बात करेगी। यह पहला मौक़ा था कि कोई हमारे अच्छे चाल-चलन का सर्टिफ़िकेट हमसे माँग रहा था। "मैं हर ऐरे-ग़ैरे का गन्द नहीं साफ़ करती", उसने कहा था।

उसकी आवाज बहुत सुरीली, रौबदार और साफ़ थी। ज़रूर वह काफ़ी समय से राजधानी में रह रही होगी—अगर मैंने भाषा-विज्ञान न पढ़ा होता तो शायद कभी न जान पाती कि वह हंगरी के उसी भाग की है जहाँ की मैं थी। यह सोच कर कि उसे इस प्रश्न से ख़ुशी होगी, मैंने उससे पूछा कि क्या वह हॉयदू* की थी; उसने सर हिला कर 'हाँ' कहा और माना कि उसी क्षेत्र के नादोरी, बल्कि उसके बराबर लगे गाँव चॉबॉदूल से थी। बस फिर एकदम ही उसने विषय बदल डाला, कुछ इस तरह से मानो कहना चाह रही हो कि उसका कोई विचार नहीं था इस विषय को आगे बढ़ाने का, वह कुछ भी याद करने के मूड में नहीं थी। कई साल बाद मुझे यह समझ में आया कि मेरा यह प्रश्न उसे अकारण बेधता और खोजता-सा लगा था।

---

* हंगरी के पूर्वी प्रान्त का एक शहर।

ऐमैरैन्त्स ने कभी हेरैक्लिटूस को नहीं पढ़ा था, पर वह उसके ज्ञान को मुझसे अधिक जानती थी। जब भी सम्भव होता, मैं अपने पुराने गाँव पहुँच जाती थी वह पाने के लिए जो बीत चुका था, जो कभी वापस नहीं आ सकता था। उन परछाइयों की तलाश करती जो बरसों पहले ग़ायब हो चुकी थीं और मेरे हाथ कुछ नहीं लगता क्योंकि वह नदी जिसके पानी में मेरी बचपन की अठखेलियाँ तैरती थीं, वह तो कब से अपना रास्ता बदल चुकी थी। ऐमैरैन्त्स मेरी तरह असम्भव को सम्भव बनाने का मूर्ख प्रयत्न नहीं करती थी। वह अपनी ताक़त, अपना हौसला उस पल के लिए बचाना चाहती थी जब वह अपने भूत को बदल डालने का सामर्थ्य कर पाएगी, हालाँकि यह मुझे बहुत देर बाद ही समझ में आया।

उस दिन जब उसने 'नादोरी' और 'चॉबॉदूल' नामक गाँवों का ज़िक्र किया तो मुझे उसके कहने के ढंग से यह लगा जैसे उसके लिए इन स्थानों का उच्चारण तक करना अपराध था। ठीक है, मैंने कहा, काम की बात ही करते हैं। शायद हम उसकी तनख़्वाह के बारे में बात कर सकते थे। मगर नहीं, वह कोई जल्दबाज़ी का निर्णय नहीं लेना चाहती थी। वह तनख़्वाह तब निश्चित करना चाहती थी जब वह पूरी तरह जान ले कि हम कितने बेतरतीबवार हैं और हमारे घर में असल में उसे कितना काम करना पड़ेगा। वह हमारे बारे में तहक़ीक़ात करेगी—सहपाठिन से नहीं, जो हमारी तारीफ़ ही करेगी—और जब पूरी छान-बीन कर लेगी तब जवाब देगी—चाहे जवाब 'न' ही क्यों न हो। उसके जाने पर मैं काफ़ी देर तक उसे देखती रही, और एक ऐसा पल भी आया जब मैंने सोचा कि यह अटपटी-सी औरत अगर काम करने से मना कर दे तो सबके लिए अच्छा ही रहेगा। अभी अधिक देर तो नहीं हुई थी उसके जाने के बाद; मैं उसे बुला कर 'न' भी कह सकती थी मगर मैंने ऐसा नहीं किया।

केवल एक हफ़्ते बाद ही ऐमैरैन्त्स फिर प्रकट हुई। इस बीच हम सड़क पर एक-दूसरे से दो-एक बार टकराए भी, दुआ-सलाम हुई और वह बिना कुछ बोले चली गई। न तो वह निर्णय लेने में जल्दबाज़ी करना चाहती थी, न ही खुलने से पहले ही दरवाज़े को बन्द करना। आख़िर जब वह प्रकट हुई तो अपनी सबसे अच्छी ड्रेस पहन कर आई थी। मैं फ़ौरन ही कपड़ों की इस भाषा को समझ गई, और अपने साधारण-से हाउस-कोट में अजीब-सा महसूस करने लगी। वह काली पोशाक में थी—लम्बे बाहों की ड्रेस, और चमकते हुए काले जूते। और फिर बड़े सहज रूप से—मानो हमारी पिछली बातचीत ही चल रही हो—बोली, कि वह कल से काम शुरू कर देगी मगर तनख़्वाह का फ़ैसला महीने के अन्त में ही करेगी। बोलते वक़्त वह मेरे कपड़ों की ओर देख रही थी, मेरे बग़ैर तमीज से ढके कंधों की ओर। शुक्र है, मेरे पति को इस नज़र का सामना नहीं करना पड़ा क्योंकि वह तो तीस डिग्री तापमान में भी जैकेट और टाई में बैठे थे। पूरी गर्मी, वे इंग्लैण्ड

में सीखी अपनी इस आदत से, ज़रा भी टस-से-मस नहीं होते थे। दोनों मेरे सामने इतने अच्छे कपड़ों में सजे थे कि लगता था मुझ फूहड़, गँवार को सलीक़ा सिखा रहे हो कि रूप-सज्जा मनुष्यता की ख़ास पहचान है। अगर इस पूरे विश्व में कोई व्यक्ति ऐमैरैन्त्स की इस ऐंठ का मुक़ाबला कर सकता था तो वे मेरे पति ही थे। और शायद इसीलिए बहुत वक़्त लगा दोनों को एक-दूसरे के क़रीब आने में।

इस वृद्ध औरत ने हम दोनों से बारी-बारी कर के हाथ मिलाया। बस, उसके बाद उसने मुझे कभी नहीं छुआ। अगर कभी मैं उसकी ओर हाथ बढ़ाती तो वह फ़ौरन अपना हाथ पीछे हटा लेती, इस तरह झटक कर मानो मक्खी उड़ा रही हो। उस शाम उसने काम करना शुरू नहीं किया—वह उसकी शान के ख़िलाफ़ होता। उस दिन तो उसने नौकरी की केवल हामी भरी थी। जब वह चलने लगी तो मेरे पति से बोली—"मैं साहब को सलाम देती हूँ।" वे उसकी ओर ताकने लगे। यह 'साहब' शब्द शायद ही उन पर सजता था। मगर अपनी मृत्यु तक वह उन्हें इसी सम्बोधन से पुकारती रही। मेरे पति को काफ़ी समय लगा इस सम्बोधन को ग्रहण करने में और जवाब देने में।

ऐमैरैन्त्स हमारे घर में कितने घण्टे गुज़ारेगी, किस वक़्त आएगी—इसका कोई निश्चय नहीं किया गया। हो सकता है किसी-किसी दिन हम उसकी शक़्ल ही न देखें। कभी रात को ग्यारह बजे वह अचानक आ कर सुबह पौ फटने तक रसोई और स्टोर की सफ़ाई करती दिखाई पड़ती। हो सकता था कि एक-दो दिन हम स्नान घर का प्रयोग न कर सकें क्योंकि उसने घर-भर के क़ालीन टब में भिगो कर रखे हों। उसके अनिश्चित काम के घण्टों के साथ-साथ यह ज़रूर था कि उस जैसा काम करने वाली शायद ही कोई हो सकती थी। ताज्जुब होता था उसके काम को देख कर। भूत की तरह काम करती थी यह वृद्धा औरत। भारी-भरकम फ़र्नीचर बिना अपनी चिन्ता किए उठा लेती थी। उसमें कोई दैवीय शक्ति थी। कभी-कभी तो देख कर घबराहट होती थी, इसलिए क्योंकि उसे इस तरह से काम करने की कोई आवश्यकता नहीं थी। उसे काम करने में ही मज़ा आता था। वह दिल से, स्वेच्छा से काम करती थी। उसके पास जब खाली समय होता तो उसे समझ में नहीं आता था कि क्या करे। जो भी काम हाथ में लेती, पूर्णता से निबाहती। पूरे घर में चुपचाप घूमती रहती—वह बेकार की बातचीत कभी करना न चाहती थी। उसकी माँगें होतीं, जितना मैं उम्मीद करती थी उससे ज़्यादा, मगर वह देती भी उतना ही थी। अगर मैं कहती कि हमारे मेहमान आने वाले हैं, या कभी मिलने वाले अचानक ही टपक पड़ते, वह हमेशा पूछती कि क्या मुझे उसकी मदद की ज़रूरत है। अक्सर मैं मना कर देती। वो इसलिए कि मैं अपने दोस्तों को यह नहीं दिखाना चाहती थी कि मैं स्वयं अपने ही घर में बेनाम हूँ। जी हाँ, ऐमैरैन्त्स ने केवल मेरे पति के लिए 'साहब' का सम्बोधन चुना था। मैं न तो 'लेखिका जी' थी, न 'मैडम'। उसने कभी मुझे किसी सम्बोधन से नहीं पुकारा जब तक

उसने मेरे लिए सोच-समझ कर अपने दिमाग़ में वह जगह नहीं बना ली जो वह मेरे लिए ठीक समझती थी। सही भी थी वह जब तक आप किसी को ठीक तरह जानते नहीं, समझते नहीं कि क्या रिश्ता कायम कर सकते हैं उसके साथ, तब तक सही सम्बोधन कैसे निर्धारित कर सकते हैं?

ऐमैरैन्त्स हर मायने में पूर्ण थी। कभी-कभी तो उसकी कुशाग्रता, उसकी निपुणता से तकलीफ़ होने लगती थी। कभी अगर मैं उसकी तारीफ़ के शब्द बुदबुदाती तो वह यह साफ़ ज़ाहिर कर देती कि उसे हर वक़्त अपने काम की अच्छाई सुनने की ज़रूरत नहीं है, तारीफ़ की कोई ज़रूरत नहीं। वह अच्छी तरह जानती थी कि उसने काम बढ़िया किया है। अधिकतर वह सुरमई रंग की पोशाक ही पहनती थी, काली पोशाक छुट्टियों और ख़ास मौकों पर ही पहनती। एक एप्रेन सदा उसकी ड्रेस पर बंधा रहता, जो रोज़ बदला जाता था। उसे काग़ज़ के रूमालों से नफ़रत थी। कलफ लगे कड़क भकानभक्क सफ़ेद रूमाल ही उसे पसन्द थे। इस बात से मुझे काफ़ी तसल्ली मिली थी कि आख़िर उसकी भी कोई कमज़ोरियाँ थीं। उदाहरण के लिए वह बिना किसी कारण के आधे दिन चुपचाप रह जाती थी। और मैंने यह भी नोट किया कि उसे तूफ़ान से बहुत डर लगता था। जहाँ बादल गरजे और बिजली चमकी, वह अपना सब काम-काज छोड़ बिना कोई चेतावनी दिए, बिना कोई सफ़ाई दिए, घर के लिए भाग खड़ी होती, छिपने के लिए। मैंने अपने पति से कहा—"इन बूढ़ी औरतों में कोई-न-कोई सनक ज़रूर होती है।" उन्होंने नकारते हुए कहा—"इसका यह डर सनक से कुछ अलग ही है।" "जाहिर है, इसकी कोई वजह ज़रूर है, मगर इसके हिसाब से, उससे हमारा कोई लेना-देना नहीं है। उसने यूँ भी अपने बारे में कौन-सी महत्वपूर्ण बात हमें बताई है?" जहाँ तक मुझे याद है, कभी नहीं। ऐमैरैन्त्स को ज़्यादा बोलना पसन्द ही नहीं था।

उसे हमारे यहाँ काम करते हुए एक साल बीत चुका था। एक दिन मेरा एक पार्सल आने वाला था। मेरे पति को विद्यार्थियों का इम्तिहान लेने जाना था और मेरा दाँतों के डॉक्टर से मुलाक़ात का समय था। जब तक वह घर में सफ़ाई कर रही थी, मुझे इसका ध्यान नहीं रहा। उसके जाते ही मैंने दरवाज़े पर डाकिए के लिए एक संदेश लिख कर टाँगा कि पार्सल कहाँ और किसे देना है, और फ़ौरन भागी कि उसे बता दूँ कि वह पार्सल ले ले। अभी उसे मेरे घर से गए हुए कुछ ही मिनट हुए थे। मेरे दरवाज़ा खटखटाने पर कोई जवाब नहीं मिला, मगर अन्दर से कुछ खटर-पटर की आवाज़ें आ रही थीं। दरवाज़े का हैण्डिल ज़रा भी नहीं हिला। किसी ने आज तक कभी भी उसका दरवाज़ा खुला नहीं देखा था। अगर कभी बड़ी मुश्किल से वह बुलाने पर बाहर भी आती तो अन्दर जाते ही फ़ौरन चिटखनी चढ़ा लेती। पड़ोस में सब यह बात जानते थे।

मैंने उसे बाहर से आवाज़ लगाई कि जल्दी करे। मैं बहुत जल्दी में थी और

मुझे उससे कुछ ज़रूरी काम था। पहले तो मेरे शब्दों के उत्तर में कोई आवाज़ नहीं आई, पर मेरे हैण्डिल को ज़ोर-ज़ोर से दबाने पर वह इस तेज़ी से बाहर आई मानो मुझ पर हमला ही बोल देगी। बाहर निकल कर उसने दरवाज़ा ज़ोर से बन्द किया और मुझ पर चिल्लाई कि काम के वक़्त के अलावा उसे परेशान करने का मुझे कोई अधिकार नहीं है। उसे इसकी तनख़्वाह नहीं मिलती थी। मैं ठगी-सी खड़ी रही, शर्म से लाल होती हुई। उसका यूँ चिल्लाना ज़रा भी वाजिब नहीं था। अगर उसे मेरे इस कृत्य पर कोई आपत्ति भी थी तो यह बात वह सहजता से भी कह सकती थी। ख़ैर, मैं जो कहने आई थी, बुदबुदा कर कह डाला। उसने कोई जवाब नहीं दिया बस मेरी तरफ यूँ घूर कर देखती रही जैसे मैंने उसके हाथ में छुरा भोंक दिया हो। ठीक है। मैंने उससे तमीज़ से विदा ली, वापस घर आई, डैन्टिस्ट से अपना अपॉइन्टमेन्ट रद्द किया। मेरे पति तब तक जा चुके थे; मैं अकेली ही बची थी जिसे पार्सल लेने के लिए घर पर रहना ज़रूरी था। पढ़ने का मूड नहीं बन रहा था, अतः यूँ ही घर में चहल-कदमी क़रती रही। दिमाग़ को सोचने से तो कोई रोक नहीं सकता, सोचती जा रही थी कि मैंने ऐसा क्या किया जो इस औरत ने मेरी इतनी बेइज़्ज़ती की। और फिर यह तो स्वयं उसके भी स्वभाव के विपरीत था। वह तो इतनी ज़्यादा औपचारिकता बरतती थी कि कभी-कभी हमें ही खलने लगता था।

मैं काफ़ी देर तक यूँ ही अपने विचारों में मग्न रही। और ऊपर से मेरा दिन पूरी तरह बरबाद करने, वह पार्सल भी नहीं आया। बेकार ही मैंने उसका इतना इन्तज़ार किया। पति इम्तिहान के बाद अपने रोज़ के समय पर घर नहीं लौटे, विद्यार्थियों के साथ गप-शप में लग गए शायद। मैं एक किताब के पन्ने पलट रही थी कि अचानक मुझे मुख्य दरवाज़े में चाबी घूमने की आवाज़ सुनाई दी। इसके बाद पति के घर में आते ही बोलने वाले शब्द नहीं सुनाई दिए। अतः मैं जान गई कि वे तो नहीं हैं। वह ऐमैरैन्त्स थी, जिसका आज मैं चेहरा तक देखना न चाहती थी। मैंने सोचा अब इसका गुस्सा शान्त हो गया होगा, सो अब माफ़ी माँगने आई है। मगर उसने तो मेरे कमरे में झाँका तक नहीं। एक शब्द भी न बोली। मुझे उसके रसोईघर में काम करने की आवाज ज़रूर सुनाई दे रही थी। कुछ ही देर बाद दरवाज़ा 'धड़ाम' से बन्द कर वह चली भी गई।

पति के आने पर मैं रात के भोजन के लिए दो डिब्बे दही के निकालने फ्रिज तक गई। क्या देखती हूँ कि फ्रिज में एक प्लेट में बहुत ही ख़ूबसूरत तरह से सजी चिकन की चॉप्स रखी हैं। अगले दिन मैंने उसे इसके लिए धन्यवाद दिया तो उसने कोई प्रतिक्रिया ही नहीं दिखाई। ऐसे बन गई मानो उसे इस प्लेट के बारे में कोई जानकारी तक नहीं हो। उसने प्लेट तक वापिस लेने से इनकार कर दिया। आज तक वह प्लेट मेरे ही पास है। बाद में जब मैंने पार्सल के बारे में

पूछताछ की तो पता लगा, मैं बेकार ही उसके इन्तज़ार में दिन भर बैठी रही थी। पार्सल तो मेरे स्टोर में सबसे नीचे के खाने में रखा था। वह चिकन के साथ ऐमैरैन्त्स ही लाई थी। हुआ यह था कि वह घर के बाहर ही डाकिए का इन्तज़ार करती रही थी, वहीं उसने पार्सल लिया और चुपचाप ला कर घर में रख दिया और बस रख कर ग़ायब हो गई।

यह हमारी ज़िन्दगी में एक बड़ी घटना थी। इसके बाद काफ़ी समय तक मैं उसे थोड़ी पागल ही समझने लगी और मैंने तय किया कि इस सिरफिरी के हिसाब से मुझे अपने-आपको ढालना होगा, समझना होगा कि उसका दिमाग़ किस तरह चलता है।

कई और बातों ने भी इस तथ्य की पुष्टि करने में मदद की। पड़ोस में एक और व्यक्ति था जो सदियों से उसी बिल्डिंग में रह रहा था, जिसमें ऐमैरैन्त्स का फ़्लैट था। उसने बताया कि पूरी बिल्डिंग का एक भी व्यक्ति ऐसा नहीं है जो ऐमैरैन्त्स के फ़्लैट में कभी अन्दर गया हो। वह कभी किसी को अन्दर आने का न्योता नहीं देती थी और अगर उसे कोई अचानक ही बाहर आने के लिए कहता तो वह बेहद नाराज़ हो जाती थी। वह अपने बिलाव को भी अन्दर ही रखा करती थी। कभी-कभी उसकी म्याऊँ-म्याऊँ की आवाज़ ज़रूर आती थी मगर अन्दर क्या होता था, कोई नहीं जानता था। हर खिड़की पर शटर्स चढ़े थे जो कभी नहीं खोले जाते थे। अन्दर वह बिलाव के अलावा क्या ख़जाना छिपाए थी? अगर क़ीमती चीज़ें थीं भी तो यूँ उन्हें हर वक़्त छिपा कर रखना चोरों को दावत ही देना था। वह दूर कहीं जाती नहीं थी, सिवाय किसी जानने वाले के क्रिया-कर्म पर। जनाज़े के साथ बस शहर की आख़िरी सड़क तक जा कर लौट आती थी मानो उसे हर वक़्त किसी चीज़ का ख़तरा हो। चूँकि पास-पड़ोस में सभी यह बात जानते थे अतः अगर आप अन्दर न बुलाए जाएँ तो आपको नाराज़ होने की ज़रूरत नहीं थी। उसका स्वयं का भतीजा और लेफ़्टिनेन्ट कर्नल जिनके वह बहुत क़रीब थी, वे भी उससे घर के बाहर के आँगन में ही मिलते थे–चाहे गर्मी हो या सर्दी। उन्होंने भी यह मान ही लिया था कि घर के अन्दर जाने की उन्हें भी इजाज़त नहीं है। वे अब इस पर हँसा करते थे। उन्हें अब तक इस बात की आदत पड़ चुकी थी।

ये सब बातें सुन कर मेरे दिमाग़ में काफ़ी खलबली मच गई थी। मैं काफ़ी परेशान हो गई थी। कोई व्यक्ति अपने को संसार से अलग करके कैसे ज़िन्दा रह सकता था। अगर उसके पास जानवर पले थे तो वह उन्हें बाहर क्यूँ नहीं निकालती थी। बिल्डिंग का अपना बाग़ था। उसके चारों ओर बाढ़ भी लगी थी। सच में मैंने सोचा, यह औरत बिलकुल हिली हुई है। यह विचार तब तक दिमाग़ में रहा, जब तक मेरी मुलाक़ात ऑदेल्का से नहीं हुई जो ऐमैरैन्त्स की बहुत बड़ी प्रशंसक थी। वह एक मिस्त्री की विधवा थी जिसने एक लम्बी कहानी ऐमैरैन्त्स के बारे

में मुझे सुनाई। ऐमैरन्त्स के पास एक बिलाव हुआ करता था जिसने एक-दूसरे फ़्लैट में रहने वाले, पोल्ट्री-फार्म चलाने वाले व्यक्ति की ढेर सारी मुर्गियाँ मार डाली थीं। उस आदमी ने ऐमैरेन्त्स से शिकायत की तो जवाब मिला कि मेरा बिलाव कोई यूनिवर्सिटी प्रोफ़ेसर तो है नहीं जो सोच-समझ कर कोई काम करेगा, दुर्भाग्य से यह उसकी आदत है कि वह पेट भरा होने पर भी पक्षियों को खा जाता है। मुर्गी-पालक ने कहा तो फिर इसे ताले में रखो। पर इसके साथ ही उसने बग़ैर समय व्यर्थ किए उस बिलाव को पकड़ा, और मार कर ऐमैरेन्त्स के दरवाज़े पर उल्टा टाँग दिया। जब वह घर लौटी तो उसी के आँगन में उस आदमी ने उसे एक अच्छा-ख़ासा लेक्चर भी पिला डाला, बोला, “अफ़सोस है मगर मुझे अपनी आजीविका चलाने के लिए ऐसा करना ज़रूरी था।”

ऐमैरेन्त्स एक शब्द भी नहीं बोली। बड़ा भयावह दृश्य था। बिलाव का शरीर बजाय रस्सी के एक तार से टँगा हुआ था, उसका हलक़ तक बाहर निकला हुआ। उसने बिलाव के शरीर को वहाँ दफ़ना दिया जहाँ पहले एक और व्यक्ति को दफ़नाया जा चुका था। इस पर काफ़ी बवाल मचा और मृतक व्यक्ति के शरीर को फिर से क़ब्र से निकाल कर दफ़नाना पड़ा। जिस जल्लाद ने बिलाव को फाँसी पर लटकाया था उसी ने पुलिस को इसकी सूचना दी थी। सौभाग्य से मामला रफ़ा-दफ़ा हो गया था।

परन्तु इससे भी मुर्गी-पालक को शान्ति नहीं मिली। उसे कभी इस औरत से तू-तू मैं-मैं करने का मौक़ा न मिला। वह उसे देख कर भी अनदेखा कर देती; और यदि कोई पुलिस सम्बन्धी बात करनी होती तो वह हमेशा बिचौलिए के ज़रिए ही बातचीत करती। पर जानवरों का पारस्परिक सम्बन्ध जुड़ा रहा। एक के बाद एक मुर्ग़े मरते गए। पुलिस को फिर बुलवाया गया। लेफ़्टिनेन्ट कर्नल उस समय केवल लेफ़्टिनेन्ट थे। मुर्गी-पालक ने ऐमैरेन्त्स पर इल्ज़ाम लगाया कि वह उसके पक्षियों को ज़हर दे कर मार रही है। पोस्टमार्टम ने इसकी पुष्टि नहीं की। पक्षियों के पेट में ज़रा भी ज़हर नहीं पाया गया। जानवरों के डॉक्टर ने कहा कि उनकी मृत्यु एक वायरस के कारण हुई थी। और लोगों के मुर्गे भी इसी बीमारी से मरे थे। अतः बेहतर होगा कि यह मुर्गी-पालक ऐमैरेन्त्स को और पुलिस को बेकार परेशान न करे।

इस पर तो पूरा पड़ोस ही मुर्गी-पालक के विरुद्ध हो गया। श्रीमान एवं श्रीमती ब्रोडॉरिच जो कि बहुत इज़्ज़तदार लोग माने जाते थे, उन्होंने जिला काउंसिल में शिकायत दर्ज कराई कि मुर्गियाँ की सुबह सवेरे से शुरू हो जाने वाली बाँग उनको बेहद परेशान करती है। वे ठीक से सो नहीं पा रहे थे। एक और व्यक्ति ने शिकायत की कि मुर्गियों की बीटों से उसकी बालकनी में हर वक़्त गन्दगी होती रहती है। एक महिला इन्जीनियर ने रिपोर्ट दर्ज करवाई कि मुर्गियों के कारण उसे एलर्जी हो जाती है। काउंसिल ने मुर्गी-पालक को मुर्गियों को ख़त्म करने का आदेश तो

नहीं दिया मगर उसे यह बात साफ़ तौर पर समझा दी कि बिल्डिंग और पड़ोस के सभी लोग उसके ख़िलाफ़ थे। वे उस बिलाव की हत्या के लिए उसे सज़ा देना चाहते थे।

और सज़ा फ़ौरन मिल भी गई। बिलाव के हत्यारे की नई ख़रीदी मुर्गियाँ भी उसी रहस्यमयी ढंग से मर गईं जैसे पुरानी। उसने फिर से ऐमैरैन्त्स की ओर उँगली उठाई मगर इस बार लेफ़्टिनेन्ट ने पोस्टमॉर्टम तक का आदेश नहीं दिया। जल्लाद अब तक समझ चुका था। उसने ऐमैरैन्त्स के आँगन में जा कर उसे ख़ूब गालियाँ दीं, बिना किसी सबूत के मिलने पर भी उसकी दूसरी बिल्ली को मार डाला और इसके साथ ही वहाँ से घर बदल कर शहर के बाहर चला गया।

शहर से दूर जाने के बाद भी उसने ऐमैरैन्त्स पर दावे ठोकने बन्द नहीं किए। ऐमैरैन्त्स ने हमेशा की तरह बिलकुल शान्त रह कर सामना किया और उसके इस बर्ताव से काउंसिल और पुलिस, दोनों ही उसे बहुत पसन्द करने लगे। उन्हें अब तक समझ में आ गया था कि इस औरत का स्वभाव ही ऐसा था कि उसके ख़िलाफ़ बेनामी शिकायतें दर्ज होती रहेंगी बिलकुल उस तरह जैसे चुम्बकीय पहाड़ पर बिजली का गिरना स्वाभाविक होता है। ऐमैरैन्त्स के ख़िलाफ़ शिकायतों का पुलिस ने एक रजिस्टर खोल दिया था। उसमें वे सब शिकायतें दर्ज थीं जिन्हें पुलिस ने दरकिनार कर दिया था। जब भी कोई नई शिकायत आती, पुलिस का नए से नया कार्यकर्ता भी जान लेता कि उसमें भाषा मुर्गी-पालक की ही होती। पुलिस वाले लगातार ऐमैरैन्त्स के आँगन में आते रहते, काफ़ी पीने और उससे बातचीत करने। लेफ़्टिनेन्ट जो बढ़ते-बढ़ते लेफ़्टिनेट कर्नल तक पहुँच चुके थे, हर नए रिक्रूट को उससे मिलवाने लाते। वह उनके लिए तरह-तरह के व्यंजन बनाती और प्रेम से खिलाती। युवा पुलिस वालों के लिए वह उनके गाँव, उनकी दादी-नानी, उनके परिवार की याद ताज़ा कर देती। वे कभी उसे किसी बात के लिए तंग न करते थे, हालाँकि कभी-कभी उनके पास गम्भीर शिकायतें तक होती थीं इसके ख़िलाफ़, जैसेकि लड़ाई के ज़माने में उसने यहूदियों को मारा और लूटा था, या फिर यह कि वह अमरीका के लिए गुप्तचरी कर रही थी, और इसके बदले उसे ढेरों चीज़ें और पैसा मिल रहा था जो वह अपने घर में छिपा कर बैठी थी।

ऑदेल्का की इस लम्बी कहानी ने मुझे थोड़ा शान्त अवश्य किया पर इससे भी अधिक मैं तब आश्वस्त हुई जब एक दिन अचानक मुझे पुलिस स्टेशन जाना पड़ा—अपने परिचय-पत्र के खो जाने की रिपोर्ट दर्ज कराने। मैं अपना लेखा-जोखा दे ही रही थी कि उसी वक़्त लेफ़्टिनेन्ट कर्नल हॉल से गुज़रे। मेरा नाम सुन कर उन्होंने मुझे अपने पास बिठाया। मैं समझी, यह जानते हैं मेरे लेखन के बारे में इसलिए मुझमें रुचि दिखा रहे हैं। पर मैं ग़लत थी। वह तो केवल यह जानना चाहते थे कि ऐमैरैन्त्स कैसी थी और क्या कर रही थी। उन्होंने सुना था कि वह

हमारे यहाँ अब भी काम कर रही थी। वह जानना चाहते थे कि उसके भतीजे की छोटी लड़की क्या अस्पताल से घर वापिस आ गई थी। मैं यह तक न जानती थी कि उसके भतीजे की कोई लड़की भी है।

मैं सोचती हूँ कि शुरू-शुरू में मैं ज़रूर ऐमैरैन्त्स से डरा करती थी। हालाँकि उसने हमारी देखभाल बीस से भी अधिक वर्षों तक की, मगर पहले पाँच वर्षों में तो हमारे बीच में शायद ही कोई सम्बन्ध बन पाया था। वह कभी बातचीत की इजाज़त ही नहीं देती थी। हमारे बीच हुए संवाद को उँगलियों पर गिन सकते थे। मैं बहुत जल्दी दोस्ती गाँठ लेती हूँ और एकदम अजनबी लोगों से भी बातचीत कर सकती हूँ; पर ऐमैरैन्त्स वही बोलती थी जो बेहद ज़रूरी होता था। वह अपना काम फ़ुर्ती से और बड़े सलीक़े से निबाह लेती हर वक़्त उसके दिमाग़ में रहता कि उसे क्या-क्या काम करना है, किस-किस के पास मदद करने जाना है। उसके दिन के चौबीसों घण्टे काम के लिए निर्धारित रहते। और इस पर भी, हालाँकि कोई उसके घर के अन्दर नहीं जा सकता था, हर ख़बर उस तक पहुँच जाती थी। उसके घर का आँगन एक सूचना-केन्द्र था। हर ख़बर वहाँ रिपोर्ट की जाती—मृत्यु, सनसनी ख़ेज़ ख़बरें, ख़ुशख़बरियाँ और विपदाएँ।

उसे बीमारों की सेवा करने का शौक़ था। क़रीब-क़रीब रोज़ ही मैं उसे रास्ते में मिलती। एक ढके हुए बर्तन में किसी-न-किसी के लिए कुछ खाने का सामान ले जाती हुई नज़र आती वह। बर्तन एक डोंगेनुमा होता जिसमें हर उस व्यक्ति के लिए खाद्य पदार्थ ले जाए जाते जिसकी बीमारी की उसे ख़बर मिल चुकी होती। वह हमेशा जानती थी कि कहाँ उसकी ज़रूरत है। लोगों का विश्वास वह जल्दी ही हासिल कर लेती थी क्योंकि सब जानते थे कि वे उसे अपने दिल का हाल बता सकते हैं, उसके सामने अपना दिल हल्का कर सकते हैं, बिना उसकी परेशानियों को बाँटने की चिन्ता किए; वह तो अपना दिल किसी के आगे कभी खोलती ही न थी। न उसे राजनीति में कोई रुचि थी, न कला में। वह खेलों के बारे में कुछ भी नहीं जानती थी। वह पड़ोसियों की शादीशुदा ज़िन्दगियों की सब परेशानियाँ जानती थी मगर कभी अपना फ़ैसला नहीं सुनाती थी। उसे सबसे अधिक शौक़ था मौसम के बारे में जानकारी हासिल करने का, क्योंकि उसका क़ब्रिस्तान तक जाने का प्रोग्राम इसी पर निर्भर था कि कहीं कोई तूफ़ान तो नहीं आने वाला है। जैसा कि मैं पहले ही कह चुकी हूँ, वह तूफ़ान से बहुत डरती थी। मौसम ही उसका उठना-बैठना, मिलना-जुलना, बल्कि पतझड़ के मौसम और सर्दी में तो उसके हर पल का कार्यक्रम निर्धारित करता था। जब कड़ाके की सर्दी पड़ती तो ऊपर से गिरने वाली बर्फ़ उसकी दिनचर्या तय करती। हर घर के सामने से बर्फ़ साफ़ करने का काम वही करती थी। दिन भर उसके पास एक पल भी नहीं होता था रेडियो सुनने का। वह देर रात या सुबह तड़के ही सुन पाती थी, मगर अपने पूर्वजों की

तरह वह भी तारों को देख, उनकी चमक को समझ, बादलों के रुख़ को जान, सही तौर पर बता सकती थी कि अगले दिन मौसम कैसा रहेगा। बहुत पहले जब मौसम का हाल प्रसारित नहीं किया जाता था, हमारे पूर्वज प्रकृति के बारे में काफ़ी कुछ जानकारी रखते थे। ऐमैरेन्त्स भी तारों को पूर्वजों के दिए नाम से ही पुकारती थी।

ग्यारह अलग-अलग बिल्डिंगों की बर्फ़ साफ़ करने का काम सिर्फ़ उसी का था। इस काम को करते समय वह पहचान में ही नहीं आती थी। एक बड़ी-सी चिथड़ों की बनी गुड़िया की तरह रबर के बूट चढ़ाए, मशीन की तरह चलती जाती थी। लगता था, सर्दियों में वह चौबीस घण्टे काम में ही लगी रहती। हम सोचते थे कि क्या और साधारण मनुष्यों की तरह इसे कभी आराम की ज़रूरत नहीं महसूस होती? पर वास्तव में यही सच था। ऐमैरेन्त्स कभी लेटती नहीं थी। काम ख़त्म कर के कपड़े बदलती, और बस—उसके फ़र्नीचर में पलंग शामिल नहीं था। एक छोटा-सा दीवान था जिसे वह 'लवर्स सीट' बुलाती थी। उसका कहना था कि लेटते ही वह बहुत कमज़ोरी महसूस करती है। बैठने से उसकी रीढ़ की हड्डी के दर्द में आराम मिलता है। लेटते ही उसे चक्कर आने लगते हैं। नहीं, उसे पलंग की कोई ज़रूरत नहीं।

जब बर्फ़ के तूफ़ान आते, तो उस 'लवर्स सीट' तक पर आराम करने का उसे समय न .मिलता। जब तक वह चौथे मकान तक ही पहुँचती, पहले मकान के आगे फिर बर्फ़ जम गई होती। वह एक घर से दूसरे घर, अपने लम्बे बूट पहने भागती रहती, हाथ में ख़ुद से भी बड़ी झाड़ू लिए। हम इस बात के आदी हो चुके थे कि ऐसे दिनों में वह काम तो करने क्या हमें देखने तक नहीं आएगी। मैंने इस बारे में कभी उससे बात नहीं की। उसके पास स्पष्ट कारण जो था नहीं आने का : हमारे सिर के ऊपर छत थी, वह हमारे घर की सफ़ाई रोज़ ही करती थी; हम इन्तज़ार कर सकते थे दो-चार दिन क्योंकि जानते थे कि जब वह आएगी, पूरा मन लगा कर फिर से सब ठीक कर देगी। और फिर अगर मैं एक-आध दिन ज़रा अपने भी हाथ-पैर हिला लूँगी तो क्या फ़र्क़ पड़ जाएगा।

बर्फ़ के आक्रमण के थमते ही ऐमैरेन्त्स फिर प्रगट हो जाती और घर उसके पूरे कन्ट्रोल में आ जाता। बिना एक शब्द भी बोले, कभी पेस्ट्री ला कर हमारी मेज़ पर रख जाती, कभी शहद के भरे केक रसोईघर में। यह उपहार, प्रथम उपहार की तरह, एक ही संदेश देते थे कि 'तुमने ठीक व्यवहार किया है', मानो हम स्कूल के बच्चे हैं। (और हमें इस उम्र में सब बढ़िया चीज़ें खाने की खुली छूट हो) और हमसे कहा जा रहा हो कि 'अच्छे बच्चों को अच्छे आचरण के लिए पुरस्कार मिल रहा है।'

मैं अब तक नहीं समझ पाती कि वह एक ही ज़िन्दगी में इतना कुछ कैसे

कर पाती थी। मैंने उसे कभी बैठते तक नहीं देखा। अगर उसके हाथ में झाड़ू न होती, तो किसी की उपचर्या करने जा रही होती, अपने हाथ से उसके लिए कुछ बना कर हाथ में लिए, या किसी भटके हुए जानवर के मालिक की खोज में निकली होती। और अगर इसमें कामयाब नहीं होती तो किसी भले आदमी के हवाले कर देती बेचारे नन्हे पशु को। ज़्यादातर तो वह ऐसा करने में कामयाब हो जाती थी, मगर अगर कभी नहीं होती तो उसके बाद वह पशु कभी कहीं दिखाई न देता, कभी किसी कूड़े के ढेर में मुँह मारता नज़र नहीं आता।

वह कई घरों में कई-कई घण्टे काम करती थी। अच्छा कमा लेती थी मगर टिप लेने से सदा इनकार कर देती। चलिए, यह तो समझ में आता है पर वह तो भेंट तक लेना स्वीकार नहीं करती थी। मुझे बहुत अजीब-सी लगती थी यह बात। वृद्धा केवल देना जानती थी, और अगर कभी उसे कोई अचानक कुछ देने की चेष्टा करता तो बजाए मुस्कराने के, गुस्से से बौखला जाती। इतने सालों में मैंने बहुत बार कोशिश की, यह सोच कर कि कम-से-कम मुझसे तो यह उपहार स्वीकार कर लेगी, पर मुझे कभी इसमें सफलता नहीं मिली। बड़े रूखेपन से जवाब देती कि जो वह मेरे लिए कर रही थी उसके लिए तनख़्वाह के अलावा और फ़ालतू पैसों की आवश्यकता नहीं है। मैं झेंप कर लिफ़ाफ़ा वापिस ले लेती। मेरे पति मुझ पर हँसते। मुझसे कहते कि मैं बेकार का मक्खन लगाने की मूर्खता न करूँ, और न किसी को बदलने का प्रयत्न। वे तो उससे बहुत ख़ुश थे कि चुपचाप आती है, काम बढ़िया करती है, हमारी हर ज़रूरत का ख़याल रखती है और फिर बिना एक प्याला कॉफी तक का पिए निकल जाती है। वह तो आदर्श नौकरानी थी। अगर मैं इसलिए दुखी थी कि मैं उससे एक सम्बन्ध स्थापित करना चाहती थी तो यह मेरी समस्या थी। मेरे लिए वाक़ई यह मानना कठिन था कि औरों के साथ-साथ ऐमैरैन्त्स मुझसे भी दूरी बनाए रखना चाहती थी। पर वह तो अपने निश्चय पर अडिग थी।

❑

यीशु के भाई-बहिन

वास्तविकता यह है कि, कई साल तक हम उसके लिए कोई मायने नहीं रखते थे। अचानक यह सब बदल गया, जब मेरे पति बीमार पड़े, इतने गम्भीर रूप से बीमार कि उनका जीवन एक ख़तरे में था। चूँकि वृद्धा हम से दूरी बनाए रखती थी, मैंने सोचा इसे अपनी परेशानी बताने का कोई अर्थ ही नहीं है। बताने से भला क्या होगा, वह यूँ ही चुप्पी साधे रहेगी। सो मैं अपने पति को ले कर अकेली ही, ऑपरेशन थिएटर पहुँची। उनके फेफड़ों में पस पड़ने से सूजन आ गई थी, फ़ौरन ऑपरेशन कराना ज़रूरी था। मैंने अपनी बिल्डिंग, पास-पड़ोस वालों और ऐमैरैन्त्स को भी, कुछ नहीं बताया। ऑपरेशन से पहले होने वाली डॉक्टर से मुलाक़ातों की भी उसे भनक तक न लगने दी थी; अतः उसे ज़रा भी पता न चल पाया था कि हम पर क्या घट रहा है।

जब मैं ऑपरेशन के बाद घर पहुँची तो वह चाँदी का सामान पॉलिश कर रही थी। अभी तक कई चम्मच उसके एप्रिन से बँधे नज़र आ रहे थे। ऑपरेशन पूरे छः घण्टे चला था। जो भी व्यक्ति कभी ऑपरेशन थिएटर के बाहर उस लाल बत्ती को देखते बैठा है, यह जानते हुए कि उसके द्वारा लाया गया बीमार शायद कभी होश में न आए, वह समझ सकता है कि मैं किस हालत में थी जब मैंने घर में कदम रखा। ऐमैरैन्त्स ने बातचीत शुरू की। बोली, मैंने अपनी ज़िन्दगी के सबसे अहम वक़्त में उसे अपना नहीं समझा; मैं केवल फ़ालतू की बातें ही उससे करती रही हूँ। वह मुझे यक़ीनन घूर कर देख रही थी। मैंने उसे एक अजनबी की तरह, अपने उस ऑपरेशन जैसे भयानक क्षणों में दर्द से जो मौत की ख़बर भी ला सकते थे, दूर रखा। नहीं, उसे बुरा नहीं लगा। वह तो क्रोधित थी। मैंने जवाब दिया कि अब तक मैंने उसे हमारी ज़िन्दगी में कोई रुचि दिखाते देखा ही न था तो कैसे समझ सकती थी कि अब जो हमारे साथ घट रहा था, उससे उसे कोई फ़र्क़ पड़ने वाला है? और अब मैं आराम करना चाहती थी सो कृपया मुझे वह अकेला छोड़ दे। आज का दिन बड़ा थकाने वाला था और ख़तरा अभी पूरी तरह से टला न था।

वह फ़ौरन ही चली गई। मुझे लगा, वह मेरी इस बात से इतना अधिक नाराज़ हो गई है कि अब सदा के लिए ही चली गई शायद। मगर आधे घण्टे बाद ही जब मैं गहरी नींद में कोई भयानक सपना देख रही थी, कुछ खटर-पटर हुई मकान में, जिससे मेरी आँख खुल गई। देखती क्या हूँ, वह लौट आई थी, हाथ में गरम सूप का डोंगा लिए। बहुत ख़ूबसूरत कप था वह, कला का सुन्दर नमूना। रॉयल ब्लू शीशे का बना, जिसके नीचे एक लोहे की ट्रे लगी हुई थी। उसके चारों ओर दो हाथ नक्काशी किए बने थे जो एक माला जैसे प्रतीत हो रहे थे। औरत के हाथ पर ब्रेसलेट था और आदमी के हाथ पर लेस का बॉर्डर। दोनों हाथ एक सोने की पट्‌टी पकड़े थे जिस पर लिखा था–'टोजोर्स' नीले अक्षरों में। मैंने 'कप' को उठा कर रोशनी के सामने ले जा कर देखा। उसमें खौलता हुआ सूप था जिसमें से लौंग की ख़ुशबू आ रही थी।

"पी जाइए इसे! उसने आदेश दिया।"

मेरा मन नहीं था पीने का। मैं सिर्फ शान्ति और एकान्त चाहती थी।

"पीजिए, वह फिर बोली, मानो एक बिगड़े हुए बेवक़ूफ़ बच्चे पर चिल्ला रही हो।" जब उसने मुझे कप रखते देखा और देखा कि मैंने मुँह तक नहीं खोला तो उसने कप खींच कर उठाया, मेरे मुँह पर पहले वाइन छिड़की, मैं ज़ोर से चिल्लाई। उसने मेरा हाथ ज़ोर से पकड़ा और कप मेरे दाँतों के बीच घुसा दिया। अगर मुझे सूप को अपने ऊपर गिराना नहीं था तो उसे गटकने के अलावा कोई रास्ता न था। सूप बेहद गर्म था मगर बहुत ही स्वादिष्ट। पाँच मिनट के बाद ही मेरे शरीर का कम्पन जा चुका था। अपने जीवन में पहली बार उस दिन ऐमैरैन्त्स मेरे पास सोफ़े पर बैठी, ख़ाली कप मेरे हाथों से लिया और मेरे बोलने का इन्तज़ार करने लगी, ताकि मैं उस तनाव में गुज़ारे छः घण्टों के बारे में बात कर सकूँ और उससे अपने मन को आज़ाद कर सकूँ।

मगर मैं बात न कर सकी, शुरुआत तक न कर सकी यह बताने की कि मेरे साथ क्या घटा था। कुछ न बता सकी कि यह छह घण्टे और उससे पहले के कुछ दिन कैसे गुज़रे थे। वाइन भी शायद अपना असर दिखाने लगी थी, एक घूँट में जो उँडेल डाली थी उसने। मुझे बस इतना याद है कि मैं सोने लगी थी वो इसलिए कि अचानक जब मेरी आँख खुली थी तो मैंने अपने-आपको अपने बिस्तर पर पाया था। लाइट जली थी, बिलकुल वैसे जैसे मेरे घर लौटने पर, मगर घड़ी अब समय दिखा रही थी रात के दो बजे का। उसी ने मेरा बिस्तर ठीक किया होगा क्योंकि मेरे ऊपर हल्का कम्बल पड़ा हुआ था। अपने स्वाभाविक शान्त स्वर में बोली कि रात को इन फ़ालतू बातों को सोचते हुए गुज़ारने का कोई मतलब नहीं है। मुझे चिन्ता करनी छोड़ देनी चाहिए। सब ठीक हो जाएगा–वह मृत्यु की आहट पहचान लेती है। पास-पड़ोस के किसी भी कुत्ते ने मृत्यु के घटने का

कोई संकेत नहीं दिया था। कोई शीशा नहीं टूटा था। न मेरी रसोई में, न उसकी। अगर मैं उसकी इन बातों पर विश्वास करना नहीं चाहती तो यह मेरा अधिकार था। उस सूरत में मुझे चर्च की शरण में जाना चाहिए। अतः वह मुझे एक बाइबिल ला कर देगी। मैंने उसकी किसी भी बात का जवाब देना ज़रूरी नहीं समझा।

उस वक़्त मैं न तो उसके द्वारा दी गई वाइन के बारे में सोच रही थी, न पूरी रात उसके मेरे पास बैठे रहने के बारे में। बस मुझे उसके स्वर में एक प्रकार का व्यंग्य या कटाक्ष-सा महसूस हो रहा था। एक बार फिर उसके शब्दों ने मुझे आहत किया। क्या यह काफ़ी न था कि उसके इन्हीं शब्दों से बचने के लिए मैं हर रविवार को चुपचाप चर्च जाती थी? जब वह कुछ सुनना ही नहीं चाहती थी तो मैं उसे कैसे बताती कि मेरे लिए पूजा का क्या अर्थ था; कितने अनदेखे लोगों की उपस्थिति होती थी मेरे साथ चर्च में, जो सदियों से मेरे जैसे ही धर्म में विश्वास करते आए थे; मुझ जैसी ही अर्चना करते थे; या यह कि उस साठ मिनट की सर्विस के दौरान मैं आँख बन्द कर केवल अपने मृत माता-पिता से बातचीत किया करती थी? ऐमैरैन्त्स तो यह सब कुछ समझ ही न पाती। वह तो एक प्राचीन आदिवासी लीडर की तरह अपने ही मापदण्ड रखती थी—एक चमकदार ख़ूबसूरत ड्रेस—जिसे पहन कर चर्च जाया जाता था—यीशु के विरुद्ध जाने का अर्थ रखती थी।

वृद्धा, सोलहवीं सदी के किसी कट्टर नास्तिक की तरह, न सिर्फ पुजारियों, महन्तों के बल्कि परमात्मा तक के ख़िलाफ़ थी और बाइबिल के सब चरित्रों के भी; बस एक केवल जोज़फ़ था, (यीशु का पिता), जिसे वह पसन्द करती थी। वह भी उसके व्यवसाय के कारण क्योंकि उसके स्वयं के पिता भी बढ़ई थे। मैंने एक बार वह घर देखा था जहाँ वह पैदा हुई थी। हैज के पीछे से एक कान्ति-सी झलकती थी उस घर से। घर के मज़बूत खम्भे, दो तिकोनी छतें, आपको अचानक किसी बैरोक किसान के घर की याद दिलाते थे या किसी सुदूर-पूर्व पौगोडा की। घर का डिजाइन घर के मालिक स्वर्गीय जोज़फ़ सैरेदाश की अच्छी पसन्द दर्शाता था। घर के चारों ओर सिकामोर के पेड़ लगे थे, जिन्हें वह मालूम नहीं क्यों 'गाय-पेड़' कह कर बुलाती थी; उन पेड़ों की लम्बी झूलती टहनियों के बीच एक बड़ा-सा फूलों से भरा बाग़ था। जिस वक़्त मैं वहाँ गई थी, वह नादोरी में सबसे ख़ूबसूरत घर था जो अब बढ़ई समुदाय के ऑफ़िस और वर्कशॉप में परिवर्तित हो चुका था। ऐमैरैन्त्स का वॉल्टेयर जैसा महन्त-विरोध मेरे समझ में नहीं आया था। कई साल लगे थे मुझे उसका कारण समझने में। भला हो उसकी एक मित्र शूतू का, जो एक सब्ज़ीवाली थी, और जिसने मुझे इस कारण से अवगत कराया।

ऐमैरैन्त्स का धर्म-विरोध किसी राजनीतिक या दार्शनिक कारण से नहीं था। वह तो उसकी बदला लेने की भावना से उपजा था जो स्वीडन से आए एक पार्सल

के कारण उपजी थी। हुआ यूँ था कि स्कैन्डिनेविया के एक चर्च से हंगरी के क्रिश्चियन समूह के लिए कुछ कपड़े आए थे। तब तक ऐमैरैन्त्स किस धर्म को मानने वाली है, कोई नहीं जानता था। कभी उसको किसी ने चर्च जाते देखा ही नहीं था। वह तो हमेशा काम में ही रत रहती। हफ़्ते भर की सब घरों के कपड़ों की धुलाई वह रविवार को ही करती थी। जब सब चर्च जाते थे, तब वह अपनी भट्‌टी गर्म कर रही होती या साबुन लगा रही होती। उस तक यह ख़बर पहुँची कि स्वीडन के सहधर्मियों ने यहाँ के ईसाइयों के लिए उपहार भेजा है। उसके मित्र पोलेट ने यह सूचना उसे दी थी। जब चैपल में बँटवारा हो रहा था, ऐमैरैन्त्स, जिसे इससे पहले कभी किसी ने चर्च में नहीं देखा था, अचानक अपनी बढ़िया काली ड्रेस पहने प्रगट हो गई और अपनी बारी आने का इन्तज़ार करने लगी। आस-पड़ोस के लोग उसे पहचानते थे मगर उन में से कोई यह नहीं सोच पाया कि वह भी यहाँ कुछ पाने की कामना से आई थी। जो औरतें इस सब प्रक्रिया का निर्देशन कर रही थीं, स्वीडन से आए लोगों के लिए अनुवादिकाओं का काम भी कर रही थीं। उन्होंने इस सीधी तनी औरत को बग़ैर ज़रा भी चेहरे पर कोई भाव लाए, खड़े देखा। सोचने लगीं कि चाहे यह चर्च नहीं आती-जाती मगर है तो क्रिश्चियन ही। पर तब तक सब गर्म कपड़े, सूती कपड़े बँट चुके थे। टोकरी में नीचे एक-आध शाम को पहनने वाली (अमीर औरतों के पहनने वाली) ड्रेस ही बची थी जो किसी स्वीडन की अमीरज़ादी ने अपने मन से उतर जाने पर फेंक दी थी और बग़ैर यहाँ के लोगों के हालात जाने, यहाँ आने वाले पार्सल में डाल दी थी। यहाँ बाँटने वाली औरतों ने यह सोचा कि इस वृद्धा को ख़ाली हाथ न जाने दें। बाद में पता चला कि उनका ख़्याल था अगर ऐमैरैन्त्स वह ड्रेस नहीं भी पहनेगी तो कम-से-कम उसे बेच कर अपने लिए कोई साधारण ड्रेस खरीद लेगी या कुछ खाने का सामान। वे ज़रा भी न समझ पाईं कि ऐमैरैन्त्स इस ड्रेस को पाना अपनी इतनी बड़ी बेइज़्ज़ती समझेगी। ऐमैरैन्त्स को लगा, उसे इस तरह की पोशाक देना उसका मखौल उड़ाने जैसा है। उसने वापिस उस ड्रेस को लीडर महिला की ओर उछाल दिया। उस दिन से, काम के कारण नहीं बल्कि अपने स्वयं के प्रण के कारण वह चर्च कभी नहीं गई। उस दिन से परमात्मा और चर्च, दोनों उसके दिमाग़ में इन दानवीर औरतों के रूप में स्थापित हो गए थे और वह कोई मौक़ा नहीं छोड़ती थी पूजा-पाठ करने वाले का मज़ाक उड़ाने का। वह मुझे भी कहाँ छोड़ती थी, जब भी रविवार को मैं चर्च सर्विस के लिए आधा घण्टा पहले चुपचाप निकलती बाईबल अपने हाथ में लिए, तो उसकी नज़र मुझ पर कटाक्ष-सा करती दिखाई देती।

जब हम पहले-पहल मिले थे और जब मैं यह कहानी भी नहीं जानती थी, मैंने उसे एक बार अपने साथ चर्च चलने का न्योता दे डाला था। उसने मुझे फट् से जवाब दिया कि वह कोई अमीरज़ादी नहीं थी कि रविवार को भड़कीले कपड़ों

में मुँह पर पेण्ट लगाए अपनी नुमाइश करने चर्च जाए। अगर उसके पास काम न भी हो तब भी नहीं। मैं उसकी ओर भौंचक्की-सी देखती रही क्योंकि मुझे उसे देख कर लगता था कि वह बाइबिल की ही एक चरित्र मार्था की बहन जैसी थी। उसका जीवन भी मार्था के जीवन की तरह हर वक़्त काम करते और परोपकार करते बीत रहा था। पर क्या था जिसने ऐमैरैन्त्स को मार्था की तरह का सन्त बना दिया था। जब मुझे यह कारण मालूम हुआ—यह ड्रेस वाला हादसा—तो मैंने उससे इस बारे में प्रश्न भी किया। वह ज़ोर से हँसने लगी, जो उसके स्वभाव के बिलकुल विपरीत था। न आँसू, न खुल कर हँसना—यह दोनों ही उसके चरित्र से मेल नहीं खाते थे।

उसने मुझे बताया कि उसे पादरी और चर्च की कोई ज़रूरत नहीं थी। वह कभी चर्च के लिए दान भी नहीं देती थी। उसने महायुद्ध के दौरान परमात्मा के काम को भली-भाँति देख लिया था। उसकी लड़ाई उस बढ़ई और उसके बेटे यीशु से नहीं थी; वे तो साधारण लोग थे। बेटा राजनीतिज्ञों के झूठ में फँस कर रह गया था। जैसे ही उसने अपने ही लीडरों के लिए मुसीबत बनना शुरू किया, उसे किसी न किसी अपराध में तो फँसाना ही था ताकि उसे सूली पर लटका सकें। जिस व्यक्ति के लिए उसके मन में वाक़ई दर्द था, वह थी—यीशु की माँ। उस बेचारी ने तो एक दिन भी चैन का नहीं गुज़ारा। सबसे अजीब बात तो यह है कि मरियम बेचारी तो केवल गुड फ्राइडे (वह दिन जब यीशु सूली पर चढ़ाया गया था) की रात को ही सो पाई होगी। तब तक तो बेचारी केवल अपने पुत्र की चिन्ता ही करती रही होगी।

जब वह यीशु को राजनीतिक षड्यन्त्र का अपराधी बता रही थी, केवल एक साधारण अपराधी जिस पर झूठे लांछन मढ़ दिए गए थे, और जो अन्ततः अपनी माँ को इस निरन्तर चिन्ता से मुक्त कर सूली पर लटक गया था, मुझे लगा, अभी आकाश फट पड़ेगा और इस पर कहर टूट पड़ेगा। उसे पता था, इन बातों से वह मुझे विचलित कर रही है और वह इस पर ख़ुश भी थी। मैं अपना सिर उठा कर चर्च की तरफ बढ़ चली थी। उसकी निगाहें देर तक मेरा पीछा करती रही थीं। तब मुझे लगा था कि वह कितनी कमाल की औरत है। उसके कथनानुसार उसे राजनीति में कोई रुचि नहीं थी मगर युद्ध के बाद हम किस घोर कठिनाइयों से गुज़रे थे और उसका वास्तविक कारण क्या था, इससे वह अनभिज्ञ कदापि नहीं थी। मैं सोच रही थी कि कहाँ से लाऊँ ऐसा पादरी, जो इसमें वह भावना फिर से जगा दे जो मेरे हिसाब से उसमें अभी भी जीवित थी। फिर मैंने सोचा, यह इतना आसान नहीं है। यह तो उसकी भी बेइज़्ज़ती मिनटों में कर देगी। ऐमैरैन्त्स अभी भी ईसाई थी मगर ऐसा पादरी जो उसे इस तथ्य का ज्ञान करा सके, शायद इस दुनिया में ही नहीं था। उस भड़कीली ड्रेस का अब तक नामो-निशान तक

न बचा होगा मगर उसमें जड़े सलमे-सितारे अब भी उसकी अन्तरात्मा को जला रहे थे।

उस रात वह केवल मुझे उत्तेजित करने का प्रयत्न कर रही थी। पर ताज्जुब यह था कि मैं इसके विपरीत उससे शान्त हो रही थी। मुझे लगा अगर वाक़ई इस समय मेरी हालत ख़राब होती तो यह मेरे साथ इस तरह का बर्ताव न करती पर वह उस समय मुझे सिर्फ़ इसीलिए छेड़ रही थी क्योंकि मेरी मानसिक हालत काफ़ी ख़राब थी। वह मेरा मज़ाक उड़ाती, मैं उठना चाहती तो मना कर देती। बोली, अगर मैं अच्छा बर्ताव करूँगी तो वह मुझे एक कहानी सुनाएगी, पर शर्त यह है कि मैं आँखें बन्द करके शान्त हो कर लेट जाऊँ। मैं बिस्तर में दुबक गई। वह हीटर के सामने खड़ी रही। मैं उसके बारे में बहुत ही कम जानती थी। सिर्फ़ जो थोड़ा-बहुत इधर-उधर से सुना था, वही। वह नहीं के बराबर ही था। आज इस सबसे अधिक अद्भुत रात को, जब जीवन और मृत्यु तराज़ू के दोनों पलड़ों में लटके खड़े थे, इस सर्दी की रात को ऐमैरेन्त्स ने अपने बारे में मेरे डर को शान्त करते हुए अपना परिचय मुझे यूँ दिया—

"तुम यीशु के भाई-बहिन हो", मेरी माँ कहा करती थी क्योंकि मेरे पिता भी एक बढ़ई थे—ऐसे बढ़ई जो कैबिनेट बनाया करते थे। उनके छोटे भाई, जो मेरे गॉड फादर भी थे—मिस्त्री का काम करते थे मगर मेरे पैदा होने के फ़ौरन बाद ही उनकी मृत्यु हो गई थी। वह भी अपने काम में दक्ष थे जैसा बाकी सैरेदाश परिवार। हमारे पिता बहुत अक़्लमन्द थे, बहुत ज्ञान रखते थे और बड़े अच्छे डील-डौल के व्यक्ति थे। जहाँ तक मेरी माँ का सवाल है, वे तो एक परियों की राजकुमारी जैसी दिखती थीं। उनके लम्बे सुनहरे बाल धरती को छूते थे, यहाँ तक कि वह उन पर पाँव तक रख सकती थीं। मेरे नाना को अपनी बेटी पर बड़ा गर्व था। वे उनकी शादी एक किसान से करने के लिए कतई तैयार न होते थे, कारीगर के लिए भी कहाँ तैयार थे। उन्होंने अपनी बेटी को स्कूल की शिक्षा दिलाई थी और मेरे पिता से शादी से पहले प्रण लिया था कि वे उनसे कभी कोई काम नहीं करवाएँगे और उन्होंने कभी करवाया भी नहीं। जब तक मेरे पिता जीवित रहे, वे केवल पुस्तकें पढ़ा करती थीं। मगर यह सब अधिक दिन तक नहीं चला, क्योंकि जब मैं मात्र तीन वर्ष की थी तो मेरे पिता बेचारे चल बसे। बड़ी अजीब-सी बात थी कि इस पर मेरे नाना को मेरे पिता पर बहुत क्रोध आया कि उन्होंने जुर्रत कैसे की मेरी माँ को यूँ छोड़ कर जाने की, जैसे मानो पिताजी ने जान-बूझ कर उन्हें दुख देने के लिए मौत को गले लगाया हो।

"युद्ध शुरू होने से सब कुछ और भी मुश्किल हो गया। मुझे नहीं लगता माँ वर्कशॉप के मिस्त्री से प्यार करती थीं, पर उनसे अकेले घर चल नहीं पा रहा था सो उन्होंने उससे विवाह कर लिया। मेरे सौतेले पिता को किताबों का कोई

शौक़ नहीं था, पर असली समस्या वह नहीं थी। उस वक़्त सब आदमियों को युद्ध के लिए बुलाया जा रहा था और वे इससे बहुत डरे हुए थे। उन्हें लगता था, किसी भी वक़्त उनका बुलावा आने वाला है। उनकी मेरी माँ से अच्छी पटती थी और वे हमें भी बर्दाश्त करते थे। वे बुरे आदमी नहीं थे, हालाँकि उन्होंने मेरा स्कूल जाना छुड़वा दिया था, जिस पर मेरे हेडमास्टर बहुत नाराज़ भी हुए थे, मगर मेरी ज़रूरत घर पर ज़्यादा थी। काश्तकारों के लिए खाना बनाना होता था क्योंकि माँ बेचारी के तो बस का नहीं था, और फिर मेरे जुड़वाँ भाई थे छोटे-छोटे, उन्हें भी देखना था। मेरे सौतेले पिता उनसे दुर्व्यवहार न करते थे और इस पर कोई आश्चर्य करने की ज़रूरत नहीं है। अगर आपने कभी परियों की कहानियों के बच्चे देखे हैं या उनकी कल्पना की है तो वे दोनों बिलकुल वैसे थे। वे माँ का हू-ब-हू प्रतिरूप थे। मेरा छोटा भाई योज़ी—आप जानती हैं जिसका बेटा मेरे पास अक्सर आता है—उसकी शक्ल हम तीनों से फ़र्क थी। मैंने योज़ी को ज़्यादा नहीं देखा क्योंकि हमारे पिता के देहान्त के बाद मेरे नाना दिवेक, उसे अपने साथ ले गए थे। उसने अधिक समय चॉबॉदूल में ही गुज़ारा, हमारे पास नादोरी में नहीं। मेरी माँ के परिवार के कुछ लोग अब भी चॉबॉदूल में रहते हैं।"

"जब मुझे स्कूल से निकाला गया तो मेरे हैडमास्टर ने काफ़ी हो-हल्ला मचाया। उन्होंने कहा यह बड़े शर्म की बात है और एक बच्चे की ज़िन्दगी बरबाद करना है। सौतेले पिताजी ने जवाब दिया जो दूसरों के काम में टाँग अड़ाता है, उसे मुसीबत कहते हैं, और बेहतर हो, हेडमास्टर को चेतावनी देते हुए बोले, कि आप लड़की के दिमाग़ में फ़िज़ूल के विचार न भरें वरना वह उनका सिर तोड़ डालेंगे। उन्होंने चार बच्चों वाली एक विधवा से शादी की है, और कभी भी उनका युद्ध के लिए बुलावा आ सकता है; अकेली औरत कैसे सब कुछ सँभालेगी? क्या उन्हें इस बात की ख़ुशी थी कि मुझसे घर का काम करवाया जाए? पर उनके पास क्या चारा था? वर्कशॉप में कोई उनकी मदद करने वाला न बचा था, न ही खेतों पर। खाद्य-पदार्थों की माँग बढ़ती जा रही थी, मगर अब तो जानवरों तक के लिए चारा न था। ख़ैर, उन्होंने हेडमास्टर को अपनी बात समझा दी और मुझे काम पर लगा दिया। वे बुरे नहीं थे—आप ऐसा मत सोचिएगा—बस, बेहद डरे हुए थे। आपने तो देखा ही होगा कि आदमी डर के कारण क्या-क्या नहीं कर गुज़रता। मुझे उनसे कोई शिकायत नहीं है। हालाँकि वे मुझे अक्सर पीटा करते थे क्योंकि शुरू में मैं काम ठीक से नहीं किया करती थी। हमारे पास कुछ ज़मीन भी थी मगर उससे मुझे क्या करना था? मेरे लिए तो वह केवल एक खेलने की जगह थी। मेरे सौतेले पिता हर वक़्त डर से काँपते रहते थे क्योंकि पूरी हवा में बुलावे के आदेश यूँ उड़ रहे थे मानो ढेर सारे पक्षी।"

"एक शाम जब मैं जुड़वाँ भाइयों को सुला चुकी थी और घर में शान्ति थी—योज़ी

हमेशा की तरह नाना के घर था। माँ ने पिता से कहा कि यूँ हर वक़्त अपने डर का ज़िक्र न किया करें क्योंकि जिस बात से हम बहुत डरते हैं वह सत्य हो जाती है। वह कुछ बुड़बुड़ाए। बोले, दरअसल मैंने एक सपना देखा है कि अगर मैं लड़ाई के लिए बुलाया गया तो मैं तुम लोगों से फिर कभी नहीं मिल सकूँगा। और ऐसा ही हुआ भी। वे पहले व्यक्ति थे जो नादोरी से लड़ाई के लिए भेजे गए और फ़ौरन ही शहीद हो गए।"

"माँ को ज़रा भी अनुमान नहीं था कि वर्कशॉप का काम कैसे शुरू करे। लकड़ी के बेचने की मनाही थी इसलिए कोई बिल्डिंगें नहीं बन रही थीं, कारीगर सब भाग खड़े हुए थे। पर शुरू-शुरू में उन्होंने सोचा हम बग़ैर किसी मर्द के काम चला लेंगे—वे किसान की बेटी थीं, ज़मीन को जानती थीं, किसी तरह सँभाल लेंगी। आप अगर देखतीं कि उन्होंने इसके लिए कितनी कड़ी मेहनत की तो आश्चर्य करतीं। मैं जितनी मदद कर सकती थी, करती थी—बेवक़ूफ़ बच्चा तो थी नहीं—पर हम दोनों मिल कर भी सँभाल नहीं पा रही थीं। नौ साल की उम्र में मैं सबके लिए खाना बनाती थी और अपने जुड़वाँ भाइयों को भी सँभालती। जब मेरे सौतेले पिता की मृत्यु की ख़बर आई, तब मुझे ज्ञात हुआ कि माँ उन्हें कितना प्यार करती थीं। अब उन्हें दो-दो पतियों की मृत्यु का दुख झेलना था, हालाँकि मेरे सौतेले पिता की तो क़ब्र तक नहीं थी। उनसे अब ज़िन्दगी झेली नहीं जा रही थी। यह मत सोचिएगा कि सोचने और महसूस करने की शक्ति केवल आप जैसी पढ़ी-लिखी संभ्रांत महिलाओं के पास ही होती है।"

"वे कमज़ोर थीं, असहाय थीं और बहुत कम उम्र की थीं। एक दिन दोनों छोटे भाई बहुत शरारत कर रहे थे, काबू में नहीं आ रहे थे, सो मैं भी ज़रा जोश में आ गई। मतलब मैं ख़ुद भी तो तब तक एक बच्चा ही थी। माँ ने मुझे इस बात पर मारा था क्योंकि मैं बजाय घर का काम करने के ख़ुद भी बच्चों के साथ खेलने लगी थी। मैंने सोचा कि मैं भी घर से भाग जाऊँगी। मैं योज़ी के साथ चॉबॉदूल में ही रहूँगी। नाना उसका कितना ख़्याल रखते हैं। अगर उससे काम भी करवाते हैं तो थोड़ा-सा। और मैं अपने साथ जुड़वाँ भाइयों को भी ले जाऊँगी। माँ का जो मन है, वे करें। हम सब ग़ायब हो जाएँगे। मैं पैदल ही चॉबॉदूल पहुँच सकती थी। अगला गाँव ही तो था। मैं शायद वहाँ का रास्ता जान जाऊँगी।"

"सो हम एक सुबह घर से निकल पड़े, तीनों। मेरे दोनों हाथों में एक-एक प्यारा-सा बच्चा। हम कुछ ही दूर खेत तक ही पहुँचे थे कि जुडवाँ भाइयों को भूख लगने लगी और प्यास भी। मैं एक मग लिए खेत के पास वाले कुएँ की ओर दौड़ी, (जो हमेशा मेरे गले में एक रस्सी से बँधा लटकता रहता था।) मैं जानती थी कि छोटे बच्चों को प्यास बहुत जल्दी लगती है अतः कभी मग के बिना घर से नहीं निकलती थी और ख़ास तौर पर तब, जब ज़रा दूर तक जाना हो। कुआँ

पास तो था, मगर बहुत पास भी नहीं। एक छोटा बच्चा क्या जान सकता है दूरी और निकटता के बारे में? जैसे ही मैं कुएँ के पास पहुँची, तूफ़ान आ गया। मैंने कभी इतना अचानक और इतनी जल्दी तूफ़ान को आते नहीं देखा था। हमारे शहर में ऐसा तूफ़ान पहले कभी नहीं आया था। इतनी गड़गड़ाहट, इतनी बिजली। कुछ ही क्षणों में आकाश बिलकुल बदल चुका था। वह काला नहीं था, बैंगनी था और लगता था, आकाश में हर तरफ आग लगी थी जो बादलों के बीच दिखाई दे रही थी। बादलों की गड़गड़ाहट से लगता था मेरे कानों के पर्दे ही फट जाएँगे, मगर फिर भी मैंने पानी भरा मग में और भागी उस ओर, जहाँ उन्हें बिठा कर गई थी। मैंने जब जाते वक़्त उन्हें पलट कर देखा था तो उनके सुनहरे सिर मुझे दिखाई नहीं दिए थे। बस, केवल बिजली की चमक दिखी थी।"

"जब तक मैं उनके पास तक पहुँची, चारों ओर धुआँ फैला हुआ था। वे दोनों मर चुके थे, मगर मैं यह काफ़ी देर तक न जान सकी क्योंकि वे तो आदमी के बच्चे लग ही नहीं रहे थे। बस फिर तो पहाड़ टूट पड़ा। तेज बारिश से मुझे लगा, मैं पसीने-पसीने हो रही हूँ। मैं अपने नन्हे भाइयों के काले ठूँठों के पास खड़ी रही। वे जले हुए लकड़ी के टुकड़ों जैसे लग रहे थे, गुड़े-मुड़े छोटे-छोटे टुकड़े। मैं मूढ़ सी इधर-उधर देखती वहीं खड़ी रही। कहाँ ग़ायब हो गए थे वे सुनहरे सर? ये जो मेरे सामने राख के काले ढेर पड़े थे ये तो मेरे नन्हे भाई नहीं हो सकते थे।"

"आपको क्या आश्चर्य होगा यह सुन कर कि मेरी माँ ने कुएँ में कूद कर अपनी जान दे दी? बस इसी दृश्य की कसर थी उनकी ज़िन्दगी में, और ऊपर से मेरा पागलों का-सा चिल्लाना। मैं इतनी ज़ोर से चिल्ला रही थी कि जब तूफ़ान थमा तब मेरी आवाज मुख्य सड़क तक पहुँच रही थी और घर तक भी। माँ नंगे पाँव, रात के कपड़ों में बेतहाशा बाहर भागीं। उन्होंने अपने शरीर को पूरा का पूरा मुझ पर लाद दिया और पागलों की तरह मुझे मारने लगीं। उन्हें ज़रा भी अन्दाज़ न था कि मैं उनके पीटने और उनके आँसुओं के कारण ही घर से भाग रही थी, उनकी चिन्ताओं और शिकायतों के कारण। वे उस वक़्त अपने होश में नहीं थीं। अपने दुख में वे सामने आने वाली हर जीवित शै को मारना चाह रही थीं ताकि ऐसा करके वे महसूस कर सकें कि स्वयं जीवन उनसे पिट रहा हो। तभी उनकी निगाह उन जुड़वाँ बच्चों पर पड़ी। अब जा कर उन्हें समझ आया कि मैं क्यों चिल्ला रही थी। एक क्षण के लिए उनका चेहरा तमतमाया, वे मुझे छोड़ भागीं। तेज़ बारिश में, बदहवास, बाल बिखरे हुए, एक आहत चिड़िया की तरह चिंचियाती।"

"मैं देख रही थी कि वे क्या करने जा रही हैं, मगर मैं तो जैसे जड़ हो गई थी। मैं पेड़ और उन शवों के पास खड़ी रही। तूफ़ान अब थम चला था। अगर मैं मदद के लिए चिल्लाती तो शायद कोई उन्हें बचा लेता। हमारा घर यहाँ से

कोई बहुत दूर तो था नहीं—पर मैं तो सन्न खड़ी रही। मेरा दिमाग़ बिलकुल सुन्न पड़ चुका था। मेरी भँवों से पसीना बह रहा था मगर दिमाग़ जैसे जम चुका था। कोई उन जुड़वाँ बच्चों को इतना प्यार नहीं कर सकता था जितना मैं। मैं उन ठूँठों को एकटक देखती रही। मैं अब भी अपने को विश्वास न दिला पा रही थी कि इनसे मेरा कोई नाता है। मैं मदद के लिए नहीं चिल्लाई। मुँह फाड़े बस देखती रही, और फिर जब होश आया तो सोचने लगी कि माँ इतनी देर तक उस कुएँ में क्या कर रही हैं। क्या मंशा है आख़िर उनकी? क्या कर सकती थीं वे? बेचारी मुझसे दूर भागना चाहती थीं। इस भयावह दृश्य से दूर, अपनी बदनसीबी से दूर। कभी-कभी ऐसा होता है। अचानक आप सब कुछ से मुक्ति पाना चाहते हैं।"

"मैं कुछ देर इधर-उधर डोलती रही। कभी इधर, कभी उधर ताकती, बेहद शान्त कदमों से। घर में तो कोई था नहीं, सो वहाँ जाने का तो कोई अर्थ था ही नहीं। मैं मुख्य सड़क पर खड़ी हो कर किसी के आने का इन्तज़ार करने लगी ताकि उससे कहूँ कि ज़रा देखे मेरी माँ कुएँ में इतनी देर से बैठी क्या कर रही हैं और यह भी बताए कि मेरे जुड़वाँ भाई—जिसके सुनहरे बाल थे—वे कहाँ ग़ायब हो गए हैं और उनकी जगह कुछ काले ढेर जैसे क्यों रखे हैं। पड़ोसी इकट्ठा हुए, उन्होंने आकर गुत्थियाँ सुलझाईं। मुझे हैडमास्टर साहब के पास छोड़ा गया, कोई आदमी मेरे नाना को सूचना देने भेज दिया गया। नाना मुझे अपने साथ ले तो गए मगर उन्होंने मुझे अपने पास रखने से साफ़ इनकार कर दिया। उनके साथ केवल योज़ी रह सकता था; फिर जैसे ही बुदापैश्त से कुछ संभ्रांत व्यक्ति आए जो नौकरानी की तलाश में थे, उनके सुपुर्द मुझे कर दिया गया। क्रिया-कर्म होते ही वे मुझे अपने साथ ले गए। मैं क्रिया-कर्म को ज़रा भी न समझ पाई थी। हालाँकि कफ़न खोल कर मुझे माँ और भाइयों के दर्शन कराए गए, मगर सुनहरे सुन्दर बच्चों के स्थान पर राख के दो ठूँठों को मैं अपना भाई कभी न मान पाई और उनके लिए मुझे रोना भी न आया। मुझसे कोई भी बात इस वक़्त समझी न जा रही थी।"

"आपको मालूम है मैं पैसे क्यूँ जमा कर रही हूँ? मैं एक मकबरा बनवाना चाहती हूँ। बड़ा-सा मकबरा, इतना सुन्दर जिसके जैसा दूसरा न हो इस दुनिया में। उसमें खिड़कियाँ भिन्न-भिन्न रंगों के शीशों वाली होंगी, उसमें कई ख़ाने होंगे, हर खाने में एक कफ़न होगा। मेरे पिता, मेरी माँ, जुड़वें भाई, और मेरा, और अगर योज़ी का बेटा मुझे प्यार करता रहा तो उसका भी। मैंने इसके लिए युद्ध से पहले से पैसे जोड़ना शुरू कर दिया था मगर तब मुझे किसी और काम के लिए उस पैसे की ज़रूरत पड़ गई। अच्छे काम के लिए माँगा गया था पैसा, सो मैंने दे दिया। कोई फ़र्क़ नहीं पड़ता। मैंने फिर से जमा किया। वह चोरी हो गया। मैंने फिर जमा करना शुरू कर दिया। पैसा मेरे पास हमेशा आता ही रहता है। एक व्यक्ति

विदेश से भी भेजता है। और फिर मैं भी तो जीवन में एक दिन भी बग़ैर काम के नहीं रही। अब तहख़ाने के लिए पैसे जमा हो चुके हैं। मैं जब भी किसी के क्रिया-कर्म पर जाती हूँ, यही देखती हूँ कि क्या कोई ऐसी बिल्डिंग है जैसा मकबरा मैं बनवाना चाहती हूँ मगर अभी तक ऐसी कोई दिखाई नहीं दी। मेरा मकबरा सबसे अलग होगा। आप देखेंगी, जब सूरज उगेगा और डूबेगा, उसकी कान्ति से तरह-तरह की किरणें, उन रंगीन खिड़कियों से तहखाने के अन्दर प्रवेश कर हमारी क़ब्रों पर कितने अद्भुत रंग बिखेर देंगी। मेरे उत्तराधिकारी ज़रूर ऐसा मकबरा बना पाएँगे जिसके सामने लोगों को रुकने पर बाध्य होना होगा। आप क्या मेरा यक़ीन करती हैं?"

❑

वियोला

मेरे लिए यह हमेशा ज़रूरी रहा है कि मैं भावनात्मक ज़िन्दगी जिऊँ, ऐसे लोगों से घिरी रहूँ जो अपने चेहरे पर वही ख़ुशी ज़ाहिर करें हमारे मिलने पर, जो मुझे महसूस होती है। अगली सुबह ऐमैरैन्त्स के फिर से पुराने सर्द व्यवहार से मेरे अहम् को तो कोई हानि नहीं पहुँची मगर काफ़ी नाउम्मीदी ज़रूर हुई; ख़ास तौर पर उस अद्भुत रात के बाद, जब वह पूरी रात मेरे पास बैठी मुझे अपने बचपन का हाल सुना रही थी। उसकी दर्दभरी कहानी सुन कर मैं हर फ़िक्र और परेशानी से छुटकारा पा गई थी और चैन से सो पाई। पौ फटने पर संसार फिर से पहले जैसा लगने लगा। एक मिनट के लिए भी मुझे यह सन्देह न रहा कि ऑपरेशन के बाद कोई गड़बड़ी होगी। उसके शब्दों ने मेरा डर जैसे पिघला ही दिया था। उस रात से पहले उसके सिर पर बँधा रूमाल उसकी ज़िन्दगी के हर राज़ को मुझसे छिपाए हुए था; पर अब वह मेरी कल्पना के संसार में एक मुख्य पात्र बन चुकी थी—गाँव का दृश्य, बिजली का चमकना, उसके सामने रखे राख के दो ढेर, कुएँ से निकाले गए शरीर पर ढकी सफ़ेद चादर। मुझे लगने लगा था कि आख़िर हम दोनों में सुलह हो ही गई। अब से वह एक अजनबी नहीं, बल्कि मेरी दोस्त बन जाएगी।

जब मेरी आँख खुली तो वह कहीं दिखाई न दी, न तो अपार्टमेन्ट में, न जब मैं अस्पताल के लिए निकली, सड़क पर ही; पर उसके काम की झलक बाहर तक दिखाई पड़ रही थी। सड़क की पटरियों पर से बर्फ़ साफ़ की जा चुकी थी। कार में बैठ कर मैंने सोचा, ठीक भी है। उसे और घरों में भी तो काम करना है। न मैं परेशान थी, न उदास। मुझे ऐसा महसूस हो रहा था कि अस्पताल पहुँच कर अच्छी ही ख़बर सुनाई पड़ेगी, और यही हुआ भी। मैं लंच के समय तक बाहर रही। घर पहुँची तो बहुत भूख लग रही थी। मुझे पूरी उम्मीद थी कि वह घर पर ही मिलेगी मेरा इन्तज़ार करती हुई। मैं ग़लत थी। मुझे बहुत बुरा लग रहा था कि इधर मैं ज़िन्दगी और मौत की ख़बर लिए घर में घुस रही हूँ और मेरा सुख-दुख

बाँटने वाला कोई नहीं है। हमारे एक आदिमानव पूर्वज ने जानते हैं रोना कैसे सीखा पहली बार? जब उसने एक भैंसा मारा, घसीट कर उसे गुफ़ा तक लाया और उसने पाया कि कोई नहीं है जिसे वह अपनी शौर्य की गाथा सुनाए, या जो उसके ज़ख़्मों पर मरहम लगाए। अपार्टमेन्ट खाली था। मैं एक कमरे से दूसरे कमरे में गई, उसे खोजती, उसका नाम पुकारती। मैं यह मानना ही नहीं चाहती थी कि आज के दिन, जब उसे यह तक मालूम नहीं था कि मैं साहब के जीवन या मृत्यु की ख़बर ला रही हूँ, वह कहीं और हो सकती थी। बर्फ़ का गिरना बन्द हो चुका था। सड़क पर उसको इस वक़्त क्या काम हो सकता था? मगर वह तो कहीं दिखाई ही नहीं दे रही थी।

मैं रसोई में गई, हालाँकि अब तक मेरी भूख भी शान्त हो चुकी थी, अपना खाना गर्म करने। मेरी तर्क करने की शक्ति कहती थी कि मुझे इस वृद्ध औरत से इतनी अधिक अपेक्षा रखने का कोई अधिकार न था, पर तर्क हर बात का उत्तर देने में कहाँ समर्थ है, भावनाओं में तर्क का स्थान ही कहाँ है। इस वक़्त जो मेरे दिल में निराशा की भावना थी, वह मैं केवल तर्क से कैसे बाहर फेंक सकती थी। उस दिन वह हमारे घर सफ़ाई करने आई ही नहीं। कम्बल वैसा ही सोफ़े पर पड़ा था जैसा मैं जाते वक़्त छोड़ कर गई थी। मैंने घर को साफ-सुथरा किया। फ़र्श की धुलाई की। फिर मैं दोबारा अस्पताल पहुँची फिर से अच्छी ख़बर सुनने।

मैं अब विश्वास से भरी, मज़बूत होकर घर लौटी, ठान चुकी थी कि अब जब वह सामने पड़ेगी तो मैं उसे कुछ नहीं बताऊँगी कि डॉक्टरों ने क्या कहा है। मैं उसे अपने निजी मामलों से परेशान नहीं करूँगी। ज़ाहिर था, उसे कोई रुचि भी नहीं थी। और मैं यह भी कैसे जान सकती थी कि उस रात जो कहानी मुझे सुनाई वह सत्य भी थी या नहीं! मतलब जो कुछ उसने बयान किया था, वह नामुमकिन सा ही लगता था। लगता था, लोक-कथा का कोई हिस्सा हो। कमबख़्त क्यूँ मैं ऐमैरैन्त्स के बारे में ही सोचे जा रही थी? क्या मैं पागल हो गई थी?'

वह देर शाम को नज़र आई, और आते ही उसने घोषणा की कि और अधिक बर्फ़ पड़ने की सम्भावना है अतः वह सफ़ाई के लिए कल भी नहीं आ पाएगी; पर जब वह आएगी तब इसकी भरपाई कर देगी। ओह, और हाँ, साहब तो अब बेहतर हैं न? न मैं उसकी घोषणा में रुचि रखती थी, न उसके प्रश्न में। मैं पुस्तक के पन्ने पलटती पढ़ने का ढोंग करती बोली कि मेरे पति अपेक्षित रूप से ठीक हैं और वह जहाँ जाना चाहे जा सकती है। इस पर वह मुझे शुभरात्रि कह कर चली भी गई। यहाँ तक कि दही का खाली डिब्बा जो मैं मेज़ पर ही भूल गई थी, वह भी उसने कूड़े के डिब्बे में डालने की तकलीफ़ नहीं की, हालाँकि उसने वह वहाँ पड़ा देख ज़रूर लिया होगा। न ही उसने कमरा गर्म करने के लिए आग

ही सुलगाई। उस रात को वह वापिस न आई। न अब वाइन थी, न कोई लोक-कथा। दो दिन बाद जाकर उसकी सूरत नज़र आई। उसने बढ़िया तरह से सफ़ाई की मगर मालिक के बारे में, उनकी सेहत के बारे में कोई प्रश्न नहीं किया। साफ़ था कि वह किसी अन्दरूनी शक्ति से यह जानती थी कि उनकी स्थिति में सुधार हो रहा है। वह बेकार की बातचीत तो कभी करती ही नहीं थी।

इसके बाद वह काफ़ी कम समय ही हमारे यहाँ गुज़ारती। हमारी ज़िन्दगियाँ अलग-अलग रुख किये हुए थीं, मेरी अस्पताल की ओर, और उसकी बर्फ़ की ओर मुड़ गई थी। मैं घर में बहुत कम रहती अतः मेरे यहाँ आजकल कोई आने-जाने वाला भी नहीं था। क्रिसमस के क़रीब मैं अपने पति को घर ले कर आई। ऐमैरैन्त्स ने बड़े आदर के साथ उन्हें सलाम किया और उनकी सेहत जल्द ठीक होने की कामना की। उसका स्वभाव ही ऐसा था कि अब हम मरीज़ के लिए उससे एक मुफ़्त खाने की अपेक्षा कर सकते थे। जो डोंगा मैंने अक्सर उसे बीमारों के लिए ले जाते देखा था, वह हमेशा ढका हुआ ही देखती थी; अब मुझे भी मौक़ा मिलेगा उसे क़रीब से ध्यान से देखने का। उस वाइन के गिलास की तरह यह डोंगा भी कला का एक बेहतरीन नमूना था। नीचे से गोल, दोनों ओर हैण्डल, वह अपने नीचे एक गोल स्टैण्ड पर टिका था। उसके चीनी मिट्टी के ढक्कन पर बड़ा ख़ूबसूरत हंगारी झण्डा बना हुआ था जिस पर हमारे सबसे महान नेता कोशूथ का नाम खुदा हुआ था। साथ ही कोशूथ की तस्वीर भी। वह हमारे लिए चिकन-सूप ले कर आई थी। बोली कि उसने इस डोंगे को मुझे सराहते देखा था जब पहली बार मेरी नज़र इस पर पड़ी थी। यह बड़े काम की चीज़ थी, कहती गई कि यह उसे उसकी एक मालकिन श्रीमती ग्रौसमैन से प्राप्त हुआ था, उन दिनों जिन दिनों यहूदियों के ख़िलाफ़ क़ानून लागू थे। तब इसका इस्तेमाल गमले के रूप में होता था पर इस ख़ूबसूरत डोंगे को बीजों के लिए प्रयोग करना इसका अपमान था। इसके अलावा भी उसके पास कई पोर्सलीन और क्रिस्टल की वस्तुएँ थीं। जिस गिलास से उसने वाइन पिलाई थी, वह भी श्रीमती ग्रौसमैन से पाई वस्तुओं का एक हिस्सा था।

वाह! क्या वसीयत है, मैंने घृणापूर्वक सोचा। मैं यूँ भी उसकी पहले जैसी बेरुख़ी से उससे काफ़ी नाराज़ थी। इसके ऊपर अब यह विचार कि यह किसी बेचारे उजड़े और सताए हुए यहूदी की चीज़ें गर्व से इस्तेमाल कर रही थी, मुझे और क्रोध दिलाने लगा था। दूसरे महायुद्ध के पहले के उन सालों में मैं राजनीतिक गोष्ठियों इत्यादि में काफ़ी बैठती थी उन लोगों के बीच, जो अच्छी तरह जानते थे कि हमारे देश में यहूदियों के साथ कितना दुर्व्यवहार हो रहा है। अगर मैं उस वक़्त के बारे में कभी लिखूँगी, मेरी युवावस्था के इतिहास के बारे में, जिसके बारे में लोग प्रायः चर्चा भी नहीं करते—तो अवश्य लोग पढ़ना चाहेंगे। मैं अच्छी तरह जानती थी कि उन पशु-गाड़ियों में क्या सामान ढोया जाता था। कौन और कब,

कहाँ ले जाया जाता था और किसलिए। मैं वह डोंगा फ़ौरन वापस लौटाना चाह रही थी, मगर ऐसा करने के लिए कारण बताना ज़रूरी था और मैं इस वक़्त अपने पति को इन सब बातों से परेशान नहीं करना चाहती थी। मैं अभी उनके दिमाग़ पर किसी प्रकार का बोझ नहीं डाल रही थी। यह विचार कि वे उस डोंगे से खा रहे हैं जो उस बदकिस्मत व्यक्ति का था, जिसे गैस-चेम्बर ले जाया जा रहा था, उन्हें पलंग पर से उछाल कर नीचे आन खड़ा करवाता और वे फिर से उसी स्थिति में, उसी अर्ध-मृत अवस्था में पहुँच जाते। उस वक़्त ऐमैरैन्त्स ने, जैसा उस तरह के बाकी सब लोगों ने, यही सोचा होगा कि अगर मैं नहीं लूँगी तो कोई और ले लेगा। अतः मैंने उसे पूरा सूप अपने पति को पिलाने दिया, आखिरी बूँद तक। मैंने अपना बदला जानते हैं कैसे लिया? उसे यह न बता कर कि अपनी बीमारी के बाद आज पहले दिन मेरे पति ने कोई चीज़ शौक़ से, भूख से, इतनी अच्छी तरह खाई थी।

ऐमैरैन्त्स देर तक रसोई घर में काम करती रही थी। हालाँकि जब भी कभी मैं उसकी प्रशंसा करती थी वह उसे अनसुना कर देती, पर आज मुझे लग रहा था कि वह इसका इन्तज़ार कर रही थी। मगर मैंने उसे धन्यवाद नहीं कहा। मैंने ख़ाली डोंगा उसके सामने ला कर रख दिया और वापस बेडरूम में चली गई। मुझे लगा, उसकी दृष्टि मेरा पीछा कर रही थी, और मुझे ख़ुशी हुई यह सोच कर कि आख़िर अब इसकी बारी है यह सोचते रहने की कि मैं किस बात से नाराज़ हूँ। मैं आज जीत गई थी। आज मैं उसे गौण समझ कर उसका तिरस्कार कर पाई थी। मुझे अब पूरा यक़ीन हो गया था कि वह अपने घर में इसलिए किसी को अन्दर नहीं आने देती है क्योंकि उसके पास बहुत क़ीमती सामान है। उन लोगों से लूटा हुआ सामान, जो मृत्यु के मुख में झोंके जा रहे थे। अब इस सामान को वह गर्व से किसी को दिखा नहीं सकती थी। क्या होता अगर कोई वस्तु को पहचान जाता—और उसे शर्मिन्दगी उठानी पड़ती। वह न तो वह सामान किसी को दिखा सकती थी, न बेच ही सकती थी क्योंकि हर वक़्त इसमें पोल खुलने का डर था। क्या कमाल था! बेचारे गौसमैन को क़ब्र तक मयस्सर नहीं हुई और यह बचत कर रही थी ताज महल बनवाने के लिए! और लोग समझते थे कि उसने घर के अन्दर एक बिल्ली रखी हुई है! अरे जानवर तो लोगों को भुलावे में रखने के लिए क़ैद किया होगा। यह सब विचार ग़लत तो नहीं होंगे—मगर इसमें जो बात समझ में आने वाली नहीं थी, वह यह कि फिर ग्रौसमैन के पैसे कहाँ गए।

उसमें मुझसे अधिक घमण्ड था। अगर उसे मेरे इस बदले हुए बर्ताव से आश्चर्य भी हुआ तो उसने कभी मुझसे यह प्रश्न न किया कि अचानक मैं उससे इतनी खिंची-खिंची-सी क्यों रहने लगी थी। जैसा मैं पहले भी बता चुकी हूँ, मेरे पति तो ज्यादा बात यूँ भी न करते थे, ख़ास तौर पर उससे तो बिलकुल भी नहीं।

हालाँकि उन्होंने मुझसे कभी कहा तो नहीं मगर मैं यह जानती थी कि उन्हें इस वृद्ध औरत के हमारे बीच रहने से एतराज़ ज़रूर था। वह इधर से उधर कूदती-फिरती थी मगर उसे अपनी ज़िन्दगी से निकाल पाना हमारे लिए असम्भव था। बस, अब कम-से-कम उसने हमारे लिए उपहार लाना ज़रूर बन्द कर दिया था। अब मुझे यह नहीं लगता था कि मैं उसके कण्ट्रोल में हूँ। मैं समझती थी अब मैं उसे अच्छी तरह से समझ गई हूँ। मैं नहीं समझती थी कि वह बहुत ज़्यादा चतुर है क्योंकि अगर उसमें ज़रा भी अक़्ल होती और अगर उसने उसका सही प्रयोग किया होता तो सन् 45 के बाद (जब युद्ध ख़त्म हो गया था) वह अपनी पढ़ाई पूरी कर सकती थी। अगर ऐसा करती तो आज कहीं राजदूत लगी होती या मिनिस्टर बनी होती। पर उसे सुशिक्षित होकर क्या करना था। वह तो बस यही सोचती थी कि कैसे और कितना धन जमा करे और इस बीच इधर-उधर परोपकार करने का स्वांग रचे, मुझे रात के उस पल में अपने पूर्वजों से सुनी या अपने नाना के घर किसी पुरानी पुस्तक में पढ़ी कहानी सुना दे। बादल-तूफ़ान-बिजली और वह सब पता नहीं क्या-क्या–उफ़! अब राजनीति के प्रति और चर्च के विरुद्ध उसके विचार–सब समझ में आने लगे थे–ज़्यादा अक़्लमन्दी इसी में थी कि आदमी किसी भी तरह का झुकाव किसी ओर न दिखाए। बुदापैश्त काफ़ी बड़ी जगह थी। कहीं-न-कहीं ग्रौसमैन परिवार का कोई व्यक्ति अवश्य वहाँ होगा; कोई भी उनमें से यहाँ एक सदा बन्द रहने वाले अपार्टमेन्ट के बारे में सुन सकता है, सोचना शुरू कर सकता है और दो और दो जमा भी कर सकता है, जैसा मैंने कर लिया था। और फिर ऐसा व्यक्ति चर्च क्यों जाएगा? किस बात में विश्वास रखती है वह?

सर्दी बहुत कड़ाके की पड़ रही थी। ऐमैरैन्त्स के पास ढेरों काम था। मैं अपने पति को फिर से खड़ा करने में लगी हुई थी। हम दोनों का सामना अब कभी-कभी ही होता था। इसमें क्या कोई आश्चर्य था कि बातचीत नहीं के बराबर ही हो पाती थी?

और तब मुझे एक कुत्ता मिला।

मेरे पति ने अब बाहर जाना शुरू कर दिया था और फिर से अपनी पुरानी ज़िन्दगी शुरू करने लगे थे, हालाँकि अब भी उन्हें मेरी सेवा-सुश्रूषा की आवश्यकता थी। हमारी पैंतीस साल की वैवाहिक ज़िन्दगी में यह पहला मौक़ा नहीं था जब वे मौत के मुँह से बच कर आ गए थे, मौत को हरा कर और तगड़े हो कर–और बस हमेशा की तरह आख़िरी पल में। उन्हें अपने जीवन के हर क्षेत्र में केवल जीतना ही पसन्द था।

क्रिसमस का दिन था और हम दोनों नई दवाइयाँ लिखवा कर क्लिनिक से लौट रहे थे। शाम का धुँधलका हो चला था, बर्फ़ धीरे-धीरे गिर रही थी कि अचानक हमने देखा, एक छोटा-सा पिल्ला बर्फ़ के अन्दर धँसा हुआ है। सुदूर-पूर्व की फ़िल्मों

में जेलों में जो मौत के घाट उतारने के दृश्य दिखाए जाते हैं, कुछ उस प्रकार से। कैदी को कानों तक रेत में दबा दिया गया होता है, मुँह रेत से बन्द कर दिया होता है ताकि वह केवल नाक भर से बोलने लायक रह जाए। वह चिल्ला नहीं सकता, केवल मिमिया सकता है। इस पिल्ले की भी कुछ ऐसी स्थिति थी। वह भी किंकिया रहा था। जिसने उसे इस दशा में छोड़ा होगा वह अवश्य एक अच्छा मनोवैज्ञानिक होगा। यीशु के जन्म दिन पर कौन व्यक्ति एक जीवित पशु को इस हालत में देख उसे छोड़ कर जा सकता था? यह एक ऐसा पल था जिसके विरुद्ध पशुओं से घृणा रखने वाले मेरे पति भी न जा सकते थे। उन्हें किसी भी अजनबी को घर में रखने का कोई चाव नहीं था, खास तौर पर एक कुत्ते को तो बिलकुल ही नहीं, जो खाने के साथ-साथ हमारा प्यार भी चाहेगा। ख़ैर, फिर भी उन्होंने उस जमती बर्फ़ में से उसे निकालने में मेरी मदद की। हमारा कोई इरादा नहीं था उसे पालने का; हमने सोचा, इसे बचा लें फिर किसी को दे देंगे पालने के लिए। घर में एक कुत्ता तो मुसीबत के अलावा कुछ नहीं था। मगर उसे यहाँ इस तरह मरने के लिए तो छोड़ नहीं सकते थे। सुबह तक उसका राम-नाम सत्य हो चुका होता। उसे इस समय खाने से भी अधिक एक डॉक्टर की ज़रूरत थी।

"तुम्हारे लिए काफ़ी अजीब-सा उपहार है यह", मेरे पति बोले, जब मैं उसे अपने कोट के अन्दर छिपा रही थी। डरा हुआ वह काला चेहरा मेरे कॉलर में से बाहर झाँक रहा था और अन्दर उसके शरीर से बर्फ़ पिघल-पिघल कर फिसलती जा रही थी। "तुम्हें क्रिसमस पर अचानक उपहार मिलता जो नहीं है।"

ऐमैरैन्त्स इस बीच हमारे घर की सफ़ाई पूरी कर चुकी थी और हर कमरा दमक रहा था। पिल्ले के साथ घर वापिस आते समय हम इस पर चर्चा कर रहे थे कि इसे कहाँ रखेंगे। सोचा, मेरी दिवंगत माँ के कमरे में जहाँ उनका पुराना क़ीमती फ़र्नीचर रखा था, और जहाँ हम हीटर भी नहीं जलाते थे। "उम्मीद है, यह अठारहवीं सदी को पसन्द करेगा," मेरे पति बोले, "पिल्ले केवल दो वर्ष तक ही चीज़ें चबाते हैं। उसके बाद ख़ुद ही बन्द कर देते हैं।" मैंने कोई जवाब नहीं दिया। वे सही थे मगर हमारे पास और चारा भी क्या था। अगर यह बेचारा जो मेरे कोट के अन्दर कुलबुला रहा है, उस फ़र्नीचर को तहस-नहस करने ही आया है तो ऐसा ही सही। और हम यह बातें सोचते हुए, अच्छे ईसाइयों की तरह एक प्राचीन धार्मिक परम्परा के अनुसार अपने गले से इस उपहार को लटकाए, घर की ओर बढ़ चले थे।

न इससे पहले, न इसके बाद जब कि ऐमैरैन्त्स मेरे लिए अपनी ज़िन्दगी तक दे सकती थी, मैंने उसके ममत्व का ऐसा उफ़ान नहीं देखा था जैसा उस वक़्त देखा, जब उसने देखा कि हम क्या और किसे घर ले आए थे। हम जब पहुँचे तो वह रसोईघर ठीक-ठाक कर रही थी और क्रिसमस की पेस्ट्री ट्रे में सजा रही

थी। उसने फ़ौरन चाकू नीचे फेंका, मेरे हाथ से पिल्ले को खींचा। हाथ में एक झाड़न ले उसे ज़ोर-ज़ोर से रगड़ा, फिर धीरे-से उसे खाना बनाने वाली जगह पर रखा ताकि देख सके कि क्या वह चल सकता है। पिल्ला लुढ़क पड़ा। वह अभी तक बर्फ़ के कारण जमा हुआ था, और डर के कारण उसने फ़ौरन गन्दा भी कर दिया। ऐमैरैन्त्स ने उसकी गन्दगी ढकने के लिए फ़ौरन उस पर अख़बार डाल दिया, और फिर मेरे साथ अलमारियों में सबसे छोटा और सबसे नर्म तौलिया ढूँढने लगी। उस वक़्त तक मुझे यह नहीं मालूम था कि घर में चीज़ें कहाँ रखी हैं। यह सब जानती है। वह हमेशा इस पर ज़ोर देती थी कि यह काम मैं स्वयं ही करूँ। उसे हमेशा इस बात से डर लगता था कि उस पर कोई चीज़ ग़ायब हो जाने का लाँछन न लग जाए। मगर यह स्पष्ट हो गया आज कि वह जानकारी पूरी रखती थी। हाथ बग़ैर लगाए ही वह जानती थी कौन-सी चीज़ हमारी किस अलमारी में रखी है।

मैंने उसे तौलिया पकड़ाया। उसने बड़ी कुशाग्रता से उसमें पिल्ले को लपेटा, मानो वह एक छोटा-सा बच्चा हो, और हॉल में टहलने लगी उसके कान में कुछ बुदबुदाते हुए। मैं अन्दर चली गई कमरे में डॉक्टर को टेलिफ़ोन करने। अगर हमें इस नन्ही-सी जान को बचाना था तो हम ज़रा भी देर नहीं कर सकते थे। टेलीविज़न चल रहा था। लाइट-संगीत और सीजन की महक हर तरफ़ थी। क्रिसमस का वातावरण हवा तक में था, बालक यीशु अपनी माँ की गोदी में! इस सबसे ऐमैरैन्त्स को कोई लेना-देना नहीं था। वह तो पिल्ले को इधर से उधर घुमाती हुई उसको कोई पुराना गीत सुना रही थी। अपने ही तरीके से यीशु के जन्म को मनाती हुई। उस तौलिए से बँधे पिल्ले को वह अपनी बाँहों में झुलाती हुई मातृत्व का रूप नज़र आ रही थी, स्वयं माँ मरियम।

परमात्मा जाने यह कब तक चलता रहता अगर बराबर के मकान से कोई उसे बुलाने न आ जाता। पड़ोस में एक पाइप फट गया था। श्रीमान ब्रोडॉरिच ने मिस्त्री को फ़ोन तो कर दिया था, मगर उसे फ़ौरन जा कर मेन पाइप को बन्द क़रना था। तूफ़ान की-सी गति से उसने पिल्ला मेरे हाथ में थमाया, और निकल पड़ी नल से जूझने और पानी पोंछने। मगर हर पन्द्रह मिनट पर आ आ कर पिल्ले का हाल जानती रही। इस बीच डॉक्टर जो हमारे मित्र भी थे, अपना त्योहार मनाना छोड़ आ पहुँचे थे और उन्होंने पिल्ले को अपनी निगरानी में ले लिया था। ऐमैरैन्त्स उनके हर शब्द को बेवक़ूफ़ी समझ उनकी ओर यूँ देख रही थी मानो उसे उनकी किसी भी बात पर विश्वास न हो। वह हर डॉक्टर को बेवक़ूफ़ ही समझती थी। ज़रा भी बर्दाश्त नहीं करती थी उन्हें। न उनकी दवाइयों में विश्वास था उसका, न उनके इन्जेक्शनों में। उसके हिसाब से इन्जेक्शन केवल पैसा बनाने के लिए ही लगाए जाते थे। कहानियाँ गढ़ी जाती थीं कि अगर इन्जेक्शन नहीं लगवाया

तो यह हो जाएगा, वह हो जाएगा, ताकि डॉक्टरों की आमदनी बढ़ सके।

पिल्ले को बचाने की क़वायद हफ़्तों चली। बिना कुछ बोले वह पिल्ले को हुए डायरिया को साफ़ करती रही। जब मैं घर से बाहर होती, तो अपनी मान्यताओं के विपरीत वह उसे दवाई पिलाती और अगर इन्जेक्शन लगना होता तो पकड़ कर वो भी लगवाती। इस बीच हमने यह पिल्ला कई लोगों को देने की कोशिश की मगर कोई भी लेना न चाहता था। हमने उसे एक फ्राँसीसी नाम भी दे डाला जो न ऐमैरैन्त्स ने कभी पुकारा, न पिल्ले को ही पसन्द आया। दिन-ब-दिन पिल्ला बढ़ता गया, और जब उसकी सेहत ठीक हो गई तो हर पशु की तरह वह भी प्यारी-प्यारी हरक़तें दिखाने लगा। और अन्ततः वह पूरी तरह ठीक हो गया। हमारे दोस्तों के कई क़ीमती पैडिग्री कुत्तों से अधिक अक़्लमन्द था यह। बहुत ख़ूबसूरत तो नहीं था दिखने में—कई अलग-अलग जातियों के मिलन से जन्म हुआ था उसका—मगर हर व्यक्ति जो उसे देखता, उसकी काली आँखों की चमक देखता तो यही कहता कि इसकी अक़्ल तो मनुष्यों के बराबर दिखती है। जब हमें यह विश्वास हो गया कि कोई इसे नहीं पालेगा, तो हम उसे काफ़ी प्यार भी करने लगे थे। उसके लिए काफ़ी सामान खरीदा गया। एक टोकरी उसके सोने के लिए खरीदी गई, जो पन्द्रह दिन के अन्दर ही वह चबा गया और घर में चारों ओर टोकरी के टुकड़े फैला डाले। जब उसे नींद आती तो कम्बल-तकिया छोड़, दरवाज़े के पास जा कर लेट जाता। अब उसकी खाल अच्छी हो चली थी, उसी पर। उसका 'शब्द-कोष' अपनी हर ज़रूरत को पूरा कर लेता था। वह अब परिवार का एक हिस्सा बन चुका था जिसे किसी भी चीज़ से महरूम नहीं रखा जा सकता था। अपने आप में एक पूर्ण व्यक्तित्व था उसका। मेरे पति उसे बर्दाश्त कर लेते थे अब, बल्कि जब वह कभी बहुत अक़्लमन्दी की बात करता तो उसे पुचकार का हाथ फेर कर शाबाशी भी देते थे; मुझे वह अच्छा लगता था; और ऐमैरैन्त्स तो इससे बेहद प्यार करती थी।

मगर अब तक उस डोंगे और उस वाइन गिलास की याद मेरे दिमाग़ में ताज़ा थी, और उससे जुड़े बाकी सब विचार भी। उन सब लोगों की सराहना करनी चाहिए थी जो पशुओं से बेहद प्यार करते थे और फिर भी जब वैगन भर-भर के पशु कहीं दूर ले जाए जाते रहे तब भी चुप रहे—और यह अफ़वाहें कि उनमें पशुओं की जगह आदमी भरे होते थे यह तो बिलकुल बेबुनियाद ही थीं न। मैंने यह भी नोट किया था कि ऐमैरैन्त्स काफ़ी गर्व से बताती थी कि बत्तखें, मुर्गियाँ वग़ैरह उससे काफ़ी आकर्षित होते थे। बहुत आसान तो न होता होगा कि पहले इन निरीह, मूक जानवरों को अपनी ओर आकृष्ट करो और जब उनका विश्वास पूरी तरह जीत लो, उन्हें मार कर खा जाओ।

जब तक एक नौकरानी की तरह पिल्ले का सब काम करती वह, तब तक तो सब ठीक था, मुझे अच्छा भी लगता था पर जब मुझे यह लगा कि वह तो

उसकी मालकिन बन बैठी थी तो मैं गुस्से से आग-बबूला हो उठी। कुत्ता हम तीनों से अलग-अलग व्यवहार करता था; मेरे पति के साथ वह शान्त रहता और तीर की तरह सीधा; मुझसे दोस्ताना व्यवहार करता, पर जैसे ही वृद्धा घर में घुसती, वह दरवाज़े पर उछल कर, अपनी आँखों में ख़ुशी के आँसू भर कर उसका स्वागत करता। ऐमैरैन्त्स भी उसे हर वक़्त कुछ समझा रही होती, आवाज़ थोड़ी ऊँची करके, धीरे-धीरे बोल कर मानो किसी छोटे बच्चे को बोलना सिखा रही हो। वह कभी छिपाने की कोशिश नहीं करती थी। जब उसे कुछ समझाती : बार-बार दोहरा-दोहरा कर किसी बात को कविता की तरह बोलती, बिना यह परवाह किए कि हमें कैसा लगेगा। "देखो, अपनी मालकिन के साथ तुम जो चाहे वो कर सकते हो। उन पर कूद सकते हो, उनका हाथ-मुँह चाट सकते हो। उनके पास सोफ़े पर सो सकते हो। वे तुम्हें यह सब करने देंगी क्योंकि वे तुम्हें प्यार करती हैं। साहब पानी की तरह शान्त हैं, उनके भीतर क्या है, कोई नहीं जान सकता। अतः कभी शान्त पानी को छेड़ने की कोशिश न करना, मेरे छोटे-से पिल्ले! मालिक को कभी गुस्सा न दिलाना क्योंकि तुम यहाँ इनकी सेवा के लिए हो। तुम एक अच्छे घर में हो, जितना अच्छा कोई घर हो सकता है एक अपार्टमेन्ट में रहने वाले कुत्ते के लिए।" जहाँ तक उसका स्वयं का प्रश्न था, वह तो कभी आदेश देती ही नहीं थी। पिल्ला उसकी हर बात बिना आदेश के ही समझ जाता था। उसने पिल्ले को नया नाम भी दे डाला था। उसे वह वियोला के नाम से पुकारती थी। इस बात से कि यह एक मादा नहीं बल्कि नर था और वियोला एक लड़की का नाम होता है, उसे कोई फ़र्क़ नहीं पड़ता था। वह उसे पढ़ाती नहीं, सिखाती थी "बैठ जाओ वियोला। जब तक बैठोगे नहीं, तुम्हें मिठाई नहीं मिलेगी। बैठ जाओ, बैठ जाओ।"

मैंने जब उसे यूँ वियोला को इनाम देते देखा तो कहा कि डॉक्टर ने बताया है कि कुत्तों को चीनी नहीं दी जाती। "डॉक्टर मूर्ख है", वह बोली वियोला के कंधों को सहलाती। "बैठो बेटा, बैठो। अगर यह बैठेगा तो इसे कुछ इनाम मिलेगा, कुछ मीठा। बैठो वियोला, बैठो।" और वियोला बैठ जाता। पहले तो चीनी के लिए, फिर बिना चीनी मिले चीनी के नाम से ही बैठना सीख गया।

कभी-कभी वह मुझसे पूछती कि क्या वह उसे अपने घर की चौकीदारी के लिए ले जा सकती है—क्योंकि वह सारा दिन बर्फ़ साफ़ करने के लिए घर से बाहर रहेगी। मेरे पति ख़ुशी से ले जाने की इजाज़त दे देते ताकि कुछ देर उन्हें कुत्ते के भौंकने से और उन पर कूदने से ज़रा राहत मिले। मैंने पूछा उसे अपनी बिल्ली की चिन्ता नहीं थी क्या, क्योंकि मैंने सुना था कि उसके घर में एक बिल्ली थी मगर वह बोली उसे इसकी कोई चिन्ता नहीं थी। वह उसे बाकी जानवरों के साथ प्यार से रहना सिखा देगी। वियोला को कुछ भी सिखाया जा सकता था। अगर वह ज़्यादा बदमाशी करता तो वह उसे बुरी तरह से मारती। न उसका कुत्ते

के लिए प्यार, न मेरा सख़्त आदेश उसे ऐसा करने से रोक सकता था। चौदह साल की ज़िन्दगी में वियोला ने एक बार भी मुझसे मार नहीं खाई। पर उसकी असली मालकिन तो ऐमैरैन्त्स ही थी।

मेरी बड़ी इच्छा थी कि वियोला शुरू के कुछ क्षणों में ऐमैरैन्त्स के घर कैसा बर्ताव करता है देखूँ, उस साम्राज्य में, जो किसी ने आज तक देखा न था। मगर मेरा पदार्पण तो उस घर में सम्भव ही नहीं था। जो जुएँ वह वापस ले कर आया उससे मैं यह जान गई कि उसकी मुलाक़ात ऐमैरैन्त्स की बिल्ली से हो गई थी। पहला मिलन कोई बहुत शान्तिपूर्ण नहीं था। यह भी मुझे दिखाई दे गया उसकी नाक के ज़ख़्म पर और कान पर गहरी चोट देख कर। उसके हाव-भाव से मैं यह भी जान गई कि वह युद्ध-भूमि से लौट कर आया था और हार कर लौटा था। ऐमैरैन्त्स ने उसके भेजे में अच्छी तरह घुसा दिया था कि 'हम बिल्ली को नाराज़ नहीं करते।' वह इस हार को ट्रैजेडी नहीं मान रहा था। वह ऐमैरैन्त्स के पीछे-पीछे कूदता हुआ, फुदकता हुआ घर आया था। उसके बाद से फिर कभी कोई समस्या नहीं हुई। जब भी मैं उसे घुमाने के लिए बाहर ले जाती, ताज्जुब करती उसके आचरण पर। जंगली बिल्लियाँ जब उससे बचने के लिए इधर-उधर भागतीं तो वह उनकी ओर बिना क्रोध किये देखता रहता, मानो कहना चाह रहा हो कि तुम क्यों मुझसे डर रही हो, मैं तो तुम्हें कोई नुक़सान नहीं पहुँचाना चाहता।

पूरी सर्दी वियोला एमैरैन्त्स के घर की निगरानी करता रहा। मैंने तब उसके वहाँ जाने पर रोक लगाई जब वह एक शनिवार की रात पी कर लौटा था। जब वह उसे घर वापस ले कर आई, मुझे अपनी आँखों पर यक़ीन ही नहीं आया। उससे चला तक नहीं जा रहा था। उसका पेट फूला हुआ था, साँस ज़ोर-ज़ोर से चल रही थी और आँखें घूम रही थीं। मैं उसे उठा तक न पा रही थी क्योंकि वह लुढ़के जा रहा था। मैं झुकी उसे ग़ौर से देखने को। वह हिचकी लेने लगा। मुझे शराब की बू आई। मैं चिल्लाई 'ऐमैरैन्त्स कुत्ता नशे में धुत्त है।"

"हमने थोड़ी पी थी" वह शान्ति से बोली "इतनी शराब से यह मरेगा नहीं, यह प्यासा था। इसे पी कर अच्छा लगा।"

मैं खड़ी हो गई, "तुम पागल हो गई हो। आज के बाद तुम इसे कतई नहीं ले जाओगी। यह मेरा आख़िरी फ़ैसला है। हमने इसे बचाने के लिए इतनी मेहनत की है, मैं इसे शराब की लत से मरने नहीं दूँगी।"

"क्योंकि ज़रा-सी बीयर से यह मर जाएगा" वह बेहद कड़वेपन से बोली जिससे मुझे काफ़ी हैरानी हुई। "जी हाँ, मैंने भुनी हुई बत्तख के साथ बीयर पी थी और चूँकि इसने मुझसे माँगी तो मैंने इसे भी दे दी—यह ख़ुद जब माँग रहा था तो मैं क्या करती? यह मुझसे सब कुछ कह देता है—लगता है, मनुष्यों की तरह बोल ही रहा हो जैसे। इसे खाना-पीना, दोनों ही पसन्द भी आए। यह कोई

मामूली कुत्ता नहीं है। तो आपके हिसाब से यह मर जाएगा है न--क्योंकि इसने मेरे साथ डिनर किया, क्योंकि इसने वह बेकार की चीज़ें नहीं खाई। वह आधुनिक खाना जो आप लोग इसे केवल सही वक़्त पर ही खाने को देते हैं, वह भी खाने के कमरे में नहीं और कभी अपने हाथ से भी नहीं—हालाँकि आप जानती हैं कि कुत्ता असल में डोंगे में से नहीं हाथ से ही खाना पसन्द करता है। और आप कह रही हैं। मैं इसे मार रही हूँ? मैं, जो इसे पाल रही हूँ। मैं, जो इससे बात करती हूँ, मैं, जो इसे सही और ग़लत का अन्तर सिखाती हूँ।" वह बहुत गम्भीरता से बोल रही थी मानो एक शिक्षिका जिसकी सबसे अधिक पवित्र भावनाएँ आहत हुई हों। "या शायद आपने ही इसे उठना-बैठना, बॉल को पकड़ कर लाना और धन्यवाद कहना सिखाया था! आप दोनों तो दो मूर्तियों की तरह केवल घर में छिपे बैठे रहते हैं। आप तो आपस में एक-दूसरे तक से बात नहीं करते, बस अपने अपने कमरों में टाइपराइटर पर टिक्-टिक् करते रहते हैं। ठीक है, फिर आप ही रखिए वियोला को। देखते हैं कैसे सँभाल पाती हैं आप इसे।"

उसका बोलना बन्द हुआ—ऐमैरैन्त्स कुछ कहती थोड़ी थी? वह तो बस घोषणा करती थी—वह उल्टे पैरों वापस चल दी। वियोला लुढ़क गया और खर्राटे भरने लगा। वह इतना धुत्त था कि जान ही न पाया कि उसे त्याग दिया गया था।

मुसीबत अगले दिन शुरू हुई जब ऐमैरैन्त्स उसे लेने नहीं आई। वही उसे सुबह का नाश्ता कराती थी, टहलाने ले जाती थी और फिर उसे अपने साथ ले जाती थी। वह अपने आप को रोक रहा था, उसने कहीं गन्दा नहीं किया। मगर सवा छः बजे से इतने ज़ोर-ज़ोर से गुर्राने लगा कि मुझे उठना पड़ा। ज़रा ही देर में मुझे समझ में आ गया कि अब ऐमैरैन्त्स का इन्तज़ार करना व्यर्थ है, वह अब नहीं आएगी। वह तो यहोवा की तरह कई पीढ़ियों तक सज़ा देती थी।

पूरा शर्मनाक दृश्य उसके फ़्लैट के सामने घटा, जब कुत्ता उसके घर के अन्दर जाने की ज़िद करने लगा, जैसा हर सुबह जाता था। मुझे कभी यह समझ में नहीं आया कि वह उसके घर पर बन्द रहना हमारे घर पर, जहाँ उसके लिए अधिक जगह भी थी कूदने-फाँदने को, रहने की अपेक्षा क्यों ज़्यादा पसन्द करता था। ख़ैर, जब उसके समझ में आ गया कि केवल गले में बँधी रस्सी को खींचने से काम नहीं चलेगा तो वह क्रान्ति पर उतर आया और फ़्लैट की ओर भागने लगा। मैं उसके पीछे-पीछे भागने पर बाध्य थी। क्योंकि सड़क पर चारों ओर बर्फ़ थी, ढेर लगे थे बर्फ़ के, जिस पर फिसलने का डर था। मुझे लगा, मैं गिर ही जाऊँगी शायद, मगर मैं रस्सी छोड़ भी न सकती थी कि कहीं यह किसी कार के नीचे आ कर मर न जाए।

उस सुबह मुझे यह सबक मिला कि यह दोनों सैर के लिए कहाँ-कहाँ जाते थे। वियोला ने मुझे ऐमैरैन्त्स के पूरे जिले की सैर कराई। गिरती हुई बर्फ़ से मेरी आँखें मुँदी जा रही थीं, मेरी साँस फूल रही थी, पर वियोला मुझे खींचे चला जा

रहा था। मैं उन सभी ग्यारह घरों तक ले जाई गई जहाँ वह सफ़ाई करती थी, बेवक़ूफ़ की तरह लुढ़कती-पुढ़कती। आख़िर में उसने मुझे गिरा कर ज़ोर-से रस्सी को तुड़ा कर वह और भाग ही निकला। अब हम उसके लक्ष्य तक जो पहुँच गए थे। हमने उस व्यक्ति को ढूँढ निकाला था जिसकी उसे तलाश थी। ऐमैरैन्त्स हमारी ओर पीठ करे खड़ी थी, सो वह उसकी पीठ पर कूदा। बस, बिलकुल उसे गिरा ही देता, मगर वह काफ़ी मज़बूत थी, मुझसे दस गुना ज्यादा। वह पलटी, मुझे उसने बर्फ़ में घुटनों के बल बैठे देखा और फ़ौरन पूरी स्थिति समझ गई। पहले तो उसने कुत्ते की अच्छी तरह से ठुकाई की; फिर जब वह गुर्राना शुरू करता, मार खाता। मैं उठ कर खड़ी हुई, मुझे वियोला पर तरस आने लगा था।

"बैठ जाओ बदमाश" वह ज़ोर से चिल्लाई। "यह कोई तरीक़ा है बर्ताव करने का?" वियोला उसकी आँखों में आँखें डाल कर देखने लगा। वह उसे यूँ देख रही थी मानो शेर को ट्रेनिंग देने वाला मास्टर। "अगर तुम चाहते हो कि तुम्हारी मालकिन तुम्हें मेरे पास आने दें तो तुम्हें उनसे प्रण करना होगा कि तुम अब कभी शराब नहीं पिओगे, क्योंकि तुम्हारी मालकिन सही ही कहती हैं। बस, उन्होंने यह जानने की कोशिश नहीं की कि मेरा जन्मदिन कोई नहीं मनाता, केवल तुम जानते हो क्योंकि मैंने सिर्फ तुम्हें ही बताया है। मैंने अपने भतीजे, शूतू, ऑदेल्का, पोलैत–किसी को नहीं बताया, और लेफ़्टिनेन्ट कर्नल भूल गए हैं कि कब आता है मेरा जन्मदिन। मगर फिर भी यह तो कोई तरीक़ा नहीं है नशा उतर जाने के बाद बर्ताव करने का–हमें इजाज़त माँगनी चाहिए। अब उठो वियोला!"

अभी तक कुत्ता अपने पेट के बल लेटा रो रहा था, उसने पिटते समय कोई हरकत नहीं दिखाई थीं, न भाग निकलने का कोई प्रयत्न ही किया था। अब उसने स्वयं को खड़ा किया। "कहो कि तुम शर्मिन्दा हो!" मैं नहीं जानती थी कि उसे प्रण करना भी आता है, पर उसे आता था। उसने अपना बायाँ पंजा अपने दिल पर रखा और दायें को आकाश की ओर उठा दिया। "बोल कर कहो वियोला!" ऐमैरैन्त्स ने आदेश दिया, और वह भौंका। "फिर से!" वह फिर भौंका। उसकी आँखें ट्रेनिंग मास्टर की आँखों की ओर ही टिकी रहीं। वह पता नहीं कैसे जानता था कि उसका भविष्य इसी पर टिका है। "अब वायदा करो कि तुम अच्छे बच्चे बनोगे," मैंने उसे कहते सुना और फ़ौरन वियोला ने पंजा उसकी ओर बढ़ा दिया। "मुझसे नहीं, मैं तो जानती ही हूँ, अपनी मालकिन से।" वियोला मेरी ओर मुड़ा और संत फ्रांसिस और भेड़िये की पुरानी तस्वीर की तरह मेरे सामने निरीह आँखें लिए, जिनसे शर्मिन्दगी झलक रही थी, अपना दाहिना पंजा मेरी ओर बढ़ा दिया। मैंने उसे नहीं पकड़ा, मेरे घुटने में एक तो बेहद दर्द हो रहा था और दूसरे, मैं उन दोनों से बेहद नाराज़ थी।

यह देख कि उसकी इल्तिजा ठुकराई जा चुकी थी उसने एक नया रास्ता निकाला

मुझे रिझाने का। बिना किसी आदेश के मुझे सैल्यूट किया और अपना बायाँ पंजा अपने दिल पर रख लिया। मैं पिघल गई। एक बार फिर उन दोनों ने मुझे हरा दिया था और हम तीनों ही यह बात जानते थे। "इसकी चिन्ता आप मत कीजिए।" वह बोली "आज यह दिन का खाना मेरे साथ खाएगा। शाम को मैं इसे घर ले आऊँगी। और अपनी टाँग को धो लीजिएगा उसमें से ख़ून बह रहा है। उम्मीद है, आप ठीक हो जाएँगी।"

यह आदेश शब्दों के द्वारा नहीं बल्कि आँखों द्वारा दिया गया था, सर को ज़रा झटका कर, पर वियोला सब समझ गया था। वह दो बार मुझ पर भौंका, मुझे धन्यवाद कहने। ऐमैरैन्त्स ने उसकी रस्सी एक पेड़ से बाँध दी और फिर से सफ़ाई में लग गई। मैं अकेली, धीरे-धीरे, इस ज़ोर की बर्फ़बारी में, घर की ओर चल दी। ❑

दोस्त और पड़ोसी

वियोला के हमारे घर आ जाने से हमारी जान-पहचान का दायरा काफ़ी बढ़ गया था। अब तक हम कुछ गिने-चुने ख़ास दोस्तों से ही मिला करते थे; अब, चाहे ऊपरी दुआ-सलाम ही से, हम क़रीब-क़रीब पूरे पड़ोस को जानने लगे थे। ऐमैरैन्त्स सुबह, दोपहर और शाम को वियोला को टहलाने ले जाती थी, पर कभी-कभी ऐसा भी होता था कि अचानक आन पड़े काम की वजह से यह काम दोपहर को हमें करना पड़ता। या मेरे पति ले जाते घुमाने या मैं, पर जाना कहाँ है यह वियोला ही निर्धारित करता। वह आगे-आगे चलता। सैर की शुरुआत तो वह सदा ऐमैरैन्त्स के फ़्लैट तक ले जा कर ही करता, जहाँ उसे दरवाज़े तक ले जाना पड़ता था यह आश्वासन देने कि वह अन्दर छिपी नहीं बैठी है। उसकी नाक फ़ौरन यह पता लगा लेती थी कि वाक़ई ऐमैरैन्त्स घर पर नहीं है। कभी ऐसा भी होता कि वह घर पर ही होती, किसी काम में मसरूफ़। ऐसे मौकों पर हमें वियोला के साथ बाहर इन्तज़ार करना पड़ता, शर्मिन्दा हो कर, जब तक उसके लगातार भौंकने पर वह बाहर न निकल आती, उसे कोसती और डाँटती हुई कि यूँ उसे परेशान न करे। कभी-कभी सिर्फ पिटाई ही न करती बल्कि कहती : "क्यों मुझे बाहर खदेड़ कर बुला रहे हो? अभी सुबह ही तो हम साथ थे, शाम को फिर साथ होंगे?" या फिर उसकी गर्दन सहलाती, कुछ मीठा उसके मुँह में डालती और उसे सड़क तक खदेड़ देती।

अगर हमें वह अपने घर पर नहीं मिलती। तो हमें उसे उसके किसी और काम करने की जगह पर ढूँढना पड़ता। वहाँ भी यही दृश्य इसी प्रकार दोहराया जाता जिसमें मुख्य पात्र वे दोनों होते और मैं या मेरे पति मूकदर्शक। इस प्रकार हमारी जान-पहचान हमारे पड़ोसियों से हुई।

जब भी ऐमैरैन्त्स के पास कुछ लोग होते—ऐसा केवल अच्छे मौसम में ही सम्भव था जब वह अपने दरवाज़े के बाहर बेंच लगा देती थी जहाँ बैठ कर आराम से बातचीत हो सकती थी—वियोला से कहा जाता कि अपना खाने-पीने का बर्तन

स्वयं खोजे, जो वृद्धा ने यहाँ-वहाँ छिपा कर रखा होता और सब मेहमान ऐसे समय वियोला के करतब देखते। मुझे विस्मय होता था यह सोच कर कि कितनी आसानी से पड़ोस के हर व्यक्ति ने इस बात को स्वीकार कर लिया था कि ऐमैरेन्त्स के दरवाज़े के अन्दर उनका जाना नामुमकिन था। उसके घर सिर्फ़ आँगन तक ही जा सकते थे सब लोग। हर व्यक्ति यह जानता था—क़रीबी दोस्त, आस-पड़ोस के लोग, यहाँ तक के करीबी रिश्तेदार जैसे उसका स्वयं का भतीजा, योज़ी का बेटा भी—कि यह बन्द दरवाज़ा सभी के लिए बन्द है।

जिस आँगन में सब जा सकते थे वह आयताकार था, काफ़ी बड़ा जिसमें बिल्डिंग के कई दरवाज़े खुलते थे। इसको देख लगता था दरवाज़े के भीतर की जगह भी शानदार होगी, ग्रौसमैन परिवार की बेशक़ीमती चीजों से भरी हुई। आँगन बहुत ही साफ़-सुथरा था। जब तक मौसम इसकी इजाज़त देता, वह दोनों वक़्त उसे धोती थी। वहाँ दो बेंचों के बीच एक मेज़ लगा कर, जब भी एक-दो घण्टे उसके पास ख़ाली होते, वह अपना दरबार जुटा लेती। मैंने अक्सर उसे देखा था वहाँ लोगों की ख़ातिरदारी करते, लोगों को, हर आयु और हर वर्ग के लोगों को, चाय-कॉफी पिलाते हुए। वह नाश्ता बेहतरीन पोर्सलीन की प्लेटों में यूँ परोस कर देती मानो हज़ारों दफ़ा पहले ऐसा कर चुकी हो, सब संभ्रांत लोगों के क़ायदे-क़ानूनों को जानती हो। मुझे याद आता है कि जब मैं बर्नार्ड शॉ का नाटक 'मैन और सुपर मैन' देख रही थी तो उसमें एक बहुत प्रसिद्ध हीरोइन 'ब्लांच' नामक पात्र का रोल निभा रही थी। उसके अभिनय के दौरान मैं यही सोचती रही थी कि इस चाय पिलाने के सीन में वह मुझे किसकी याद दिला रही थी। ऐमैरेन्त्स की, जो बिलकुल उसी अदा से अपने कभी न देखे जा सकने वाले घर के इस आँगन में लोगों का आदर-सत्कार करती थी।

एक ज़माने में हमारे पड़ोस में कई जाने-माने व्यक्ति रहा करते थे और एक पुलिस वाला लगातार हमारी सड़क पर चक्कर लगाता रहता था। बाद में वे राजनीतिक लीडर वहाँ से या तो चले गए या मर गए, धीरे-धीरे सभी ग़ायब हो गए और उनके साथ ही वह पुलिस वाला भी। जब तक ऐमैरेन्त्स हमारे घर काम करने आई, तब तक वर्दी वाला व्यक्ति केवल एक लेफ़्टिनेन्ट कर्नल ही बचा था। काफ़ी समय तक मैं उन दोनों के सम्बन्ध को जानने की कोशिश करती रही थी, और यह सोचती रही थी कि इस अफ़सर को क्यों बुरा नहीं लगता कि ऐमैरेन्त्स उसे भी घर के भीतर न आने देती थी। क्यों वह यह देखने की जिज्ञासा नहीं रखता था कि आख़िर वह अपने बन्द दरवाज़े के पीछे क्या क्या ख़जाना छिपाए बैठी है। बाद में मुझे पता चला कि दरअसल ऐसा नहीं था। वह घर के अन्दर जा चुका था और सब राज़ जानता था। मुर्गियाँ मारने, कबूतर मारने, क़ब्रों को अपमानित करने के अलावा कई राजनीतिक अपराधों का भी शक ऐमैरेन्त्स के ख़िलाफ़ जताया गया था। पुलिस

के लिए ज़रूरी था छानबीन करना। ऐमैरैन्त्स ने काफ़ी रोष जताते हुए पूरा घर खोलकर रख दिया था—लेफ़्टिनेन्ट कर्नल के लिए जो उस समय सेकेण्ड लेफ़्टिनेन्ट ही थे—और तब वह अपने खोजी कुत्ते के साथ घर का कोना-कोना छान कर देख आए थे मगर इस खोज में उन्हें केवल एक भद्दी-सी बिल्ली ही मिली थी। (इस घर में आने के बाद से उसकी तीसरी बिल्ली), जो कुत्ते को देखते ही रसोईघर में ऊपर शेल्फ़ पर जा कर बैठ गई थी। न घर में कोई छिपा हुआ ट्रांसमीटर मिला, न कोई जेल से भागा क़ैदी, न कोई चुराई हुई चीज़ें। केवल लशकता हुआ साफ़ घर, और एक कमरा जो बहुत ख़ूबसूरत फ़र्नीचर से लैस था लेकिन वह पूरा फ़र्नीचर ढका हुआ था। कमरे में कोई रहता भी न था क्योंकि कोई और सामान भी वहाँ न दिखाई पड़ा था। दरअसल लेफ़्टिनेन्ट कर्नल और ऐमैरैन्त्स की दोस्ती एक विवाद से ही शुरू हुई थी। जैसे ही उनके तलाशी लिए जाने के बाद दरवाज़ा बन्द किया, उसने चिल्लाना शुरू कर दिया। क्या ऐसा कोई क़ानून था कि हर ऐरा-ग़ैरा जो यहाँ से निकले उसके लिए वह दरवाज़ा खोले और जो कोई भी उसकी घण्टी बजाए उसे घर में आने की इजाज़त दे? उसकी तलाशी लेने से पहले वे लोग उस चोर को क्यों नहीं पकड़ते जो फ़ालतू की शिकायतें उसके ख़िलाफ़ करता रहता है? यह रोज़-रोज़ का पुलिस का उसके घर आना क्या उसका अपमान नहीं है? पहले पक्षियों की मौत, फिर बिल्ली की हत्या, और अब वे हथियार ढूँढने आ पहुँचे थे, या किसी भयंकर बीमारी के प्रकोप का सूत्र ढूँढने। बस, अब बहुत हो चुका था। पानी सिर से ऊपर निकल चुका था।

पुलिस वाले अब शान्त होकर बैठ गए थे, वे माफ़ी माँगने के मूड में आ गए थे। सेकेण्ड लेफ़्टिनेन्ट अपनी पूरी शक्ति लगा कर उसे शान्त करने की कोशिश में लगा था मगर वह चुप होने की बजाय और ज़्यादा वेग से चिल्लाती जा रही थी। उसने पुलिस को बताया कि राजनीतिक नेता अपने साथ बन्दूकें लिए फिरते हैं। उनके पास कुछ करने को तो है नहीं इसलिए बस कौओं को मारते रहते हैं। पुलिस उन्हें तो आरक्षण प्रदान करती है और उसके घर में खोजी कुत्तों को ले कर घुस आती है। वह उन्हें कोसने लगी कि परमात्मा करे उन पर आसमान टूट पड़े। उन पर, उनके साथ आए खोजी कुत्ते पर नहीं। उसकी अपनी क्या ग़लती थी, वह तो वो कर रहा था जो उससे करवाया जा रहा था। वह कुत्ते से नहीं, केवल सेकेण्ड लेफ़्टिनेन्ट से नाराज़ थी। और इसके साथ ही पुलिस की बेइज़्ज़ती की सीमा ही पार हो गई। बजाए ऐमैरैन्त्स के घर से कुछ सन्देहास्पद वस्तु खोज निकालने के, यह पुलिस का कुत्ता, हर नियम का उल्लंघन करता हुआ ऐमैरैन्त्स को अपने सिर पर हाथ फेरने दे रहा था, अपनी दुम हिला रहा था और फिर अपने मालिकों की इज़्ज़त ख़ाक में मिलाता, काम-काज छोड़ ऐमैरैन्त्स की आँखों में प्यार से आँखें डाल कर ताकने लगा था। उसका गुर्राना इस बात का द्योतक था कि वह अपने

मालिकों से माफ़ी माँग रहा था यह कहते हुए कि यह जो इस समय हो रहा है, उस पर उसका कोई कंट्रोल नहीं है। कोई दैवीय शक्ति थी जो उसे इस औरत के चरणों में लोटने को मजबूर कर रही थी। सेकेण्ड लेफ़्टिनेन्ट ज़ोर-ज़ोर से हँसने लगा। इस पर ऐमैरैन्त्स का गुस्सा भी शान्त होने लगा और उसने चिल्लाना बन्द कर दिया। पहली दफ़ा वे एक-दूसरे की उपस्थिति को महसूस करने लगे थे। पुलिस अफ़सर अभी तक शायद ही किसी ऐसे घर में घुसा था जहाँ लोग उससे डरते न हों, और ऐमैरैन्त्स पहली बार किसी ऐसे सरकारी अफ़सर से मिल रही थी जिसकी अपनी स्वयं की कोई मर्ज़ी हो, अपनी स्वयं की सही सोच हो। सो, दोनों ने यह बात एक-दूसरे की सराही। ऐमैरैन्त्स से माफ़ी माँग कर वह चला गया मगर बाद में अपनी पत्नी के साथ उससे मिलने आया। उन दोनों में तब से जो दोस्ती गँठी वह उस पुलिस वाले की पत्नी के अचानक गुज़र जाने के बाद भी क़ायम रही। मुझे लेफ़्टिनेन्ट कर्नल ने एक बार बताया था कि पत्नी के मरने के बाद कितने मुश्किल समय में ऐमैरैन्त्स ने उसकी मदद की थी।

जब से हमारी दिनचर्या वियोला और ऐमैरैन्त्स निर्धारित करने लगे थे, तब से मुझे यह लगने लगा था कि उस ख़ूबसूरत डोंगे और ख़ूबसूरत गिलास के बारे में मेरी सारी धारणाएँ ग़लत हैं। ज़ाहिर है, अगर लेफ़्टिनेन्ट कर्नल ने स्वयं घर का मुआइना किया था तो उसने यह भी तो पता लगाया होगा कि आख़िर उसके पास यह चीज़ें आई कहाँ से। अगर उसने उसे क़ैद नहीं किया तो हो सकता है मैं ही ग़लत तरह से सोच रही थी। शायद ग्रोसमैन परिवार अपनी चीज़ें इसलिए उसे दे गया हो क्योंकि उसने उनके लिए कुछ बहुत बड़ा काम किया हो। उस ज़माने में मदद कई तरह की होती थी।

इस बीच हमारे जान-पहचान के लोगों की संख्या बढ़ती ही जा रही थी। वियोला और ऐमैरैन्त्स कई ऐसे लोगों को जानते थे जो हमें भी दुआ-सलाम करने लगे थे। उसकी तीन क़रीबी दोस्त अक्सर मेरे पास आकर बैठने लगी थीं, मुझसे बातचीत करने। पहली शूतू थी जो फलों और सब्जियों का ठेला लगाती थी, दूसरी पोलैत थी जो प्रेस करने का काम करती थी और तीसरी थी ऑदेल्का, जो एक लैब-टेक्नीशियन की विधवा थी। एक गर्मी की दोपहर, जब यह चारों बैठे बड़ी ख़ुशबू फैलाती पेस्ट्रियाँ खा रहे थे और कॉफी पी रहे थे तो ऐमैरैन्त्स ने मुझे भी अन्दर आने का न्योता दिया। मैं वियोला को सैर कराने निकली थी, और उसकी और उसके दोस्तों की उपेक्षा नहीं कर सकती थी, पर फ़ैसला तो वियोला ने ही लिया जो मुझे घसीटता हुआ अन्दर ले गया और कंगालों की तरह से खाने को माँगने लगा। और ऊपर से जब मैं चलने को उठी तो वह वापस मेरे साथ लौटने को तैयार भी नहीं था, जिससे मुझे बेहद क्रोध हो आया।

उस शाम जब वह उसके सोने से पहले उसे घुमाने ले जाने आई तो मैंने उससे पूछा कि क्या वह हमेशा के लिए वियोला को अपने पास रखना नहीं चाहेगी। हमारा इरादा यूँ भी उसे किसी को देने का ही था, पालने का नहीं। अगर वह उसके पास रहेगा तो उसको अपना दरवाज़ा बन्द करने की ज़रूरत भी नहीं पड़ेगी, क्योंकि कुत्ता तो उसके ज़रा-से इशारे पर ही हर आने-जाने वाले पर झपट पड़ेगा।

जब मैं यह बोल रही थी, वह कुत्ते की गर्दन को यूँ सहला रही थी मानो किसी फूल को या किसी अभी अभी जन्मे बच्चे को; पर लगातार अपना सिर हिलाती जा रही थी नकारात्मक ढंग से। नहीं, यह सम्भव नहीं था। अगर उसे इस बात की आज़ादी होती तो वह पहले कभी का पाल चुकी होती। उसके अपने मकान मालिक से हुए करार के अनुसार वह कोई भी जानवर केवल घर के अन्दर ही रख सकती थी—या एक मुर्गा और या एक बत्तख—जो खाने की मेज़ तक पहुँचने के लिए तैयार हो। वह स्वयं तो पूरे दिन घर पर रहती न थी जबकि कुत्ते को आज़ादी पसन्द थी। उसे उछल-कूद मचाने के लिए एक बाग़ की ज़रूरत थी; वह कोई अपराधी तो था नहीं जिसे सज़ा की ज़रूरत हो। जब एक बिल्ली के लिए आसान नहीं था घर में बँध कर रहना तो वियोला जैसा पशु—जो जिज्ञासा से भरा हुआ था, इतने दोस्त बनाना चाहता था, सब चीज़ की छानबीन करना चाहता था—उसके लिए कितना असम्भव होगा। यह कुत्ता ग़ुलामी के लिए नहीं बना था, चाहे घर की चौकीदारी करके ख़ुश ही क्यों न होता हो। और वैसे भी बूढ़े लोगों को कुत्ते रखने ही नहीं चाहिए, क्योंकि वे तो दुनिया से चल पड़ेंगे, बेचारे कुत्ते अनाथ हो जाएँगे। बड़ी दुर्गति हो जाती है ऐसे कुत्तों की। मगर अगर आप इस बात से परेशान हैं कि वियोला मुझसे इतना प्यार करता है तो वह इस प्यार का अन्त कर देगी। जानवरों को अपने से दूर करना भी उतना ही आसान है उस जैसे मनुष्यों के लिए।

मुझे लगा, यह जिम्मेदारी उठाने से भाग रही है अतः मुझे उस पर बहुत क्रोध आया। अगर वह उसे रखना नहीं चाहती थी तो क्यों इतना चिपकने दे रही है उसको अपने से। बहुत बाद में—जब मैंने इसके कुछ कुछ आसार देखने शुरू किए, मुझे लगा कि कभी किसी ने शायद इस बारे में सोचा भी नहीं कि एक दिन वह मरेगी भी। मैं भी हमेशा यही सोचती थी, पता नहीं क्यों, कि वह सदा हमारे साथ रहेगी जब तक हम जिएँगे तब तक। प्रकृति की तरह वह भी हर बहार के मौसम में नई ताक़त पा लेगी, और उसका यूँ किसी नियमों का पालन न करना, उसके घर में किसी को न घुसने देने तक ही सीमित नहीं था—वह मृत्यु को भी घर में आने की इजाज़त नहीं देगी। पर उस वक़्त मुझे ऐसा लगा कि वह झूठ बोल रही थी। अपनी कमज़ोरी की सज़ा मैंने वियोला को दे डाली और टेलीविज़न के सामने उसके बैठने पर पाबन्दी लगा दी। वह टेलीविज़न देखना बहुत पसन्द

करता था। कोई मैच देखता तो सर को बॉल के साथ-साथ दायें-बायें घुमाता, जंगली जानवरों पर बनी फ़िल्में देखता तो चिड़ियों की चहचहाहट पर कान खड़े कर लेता। वह जगहें भी पहचानता था जहाँ कभी ले जाया ही नहीं गया, उदाहरण के लिए यानोश हिल। हफ़्ते के अन्त तक मुझे अपने इस बर्ताव पर शर्म महसूस होने लगी थी। मैं क्यों उसे सज़ा दे रही थी? उसका क्या दोष था, और अगर वह दोषी भी था तो मेरा क्या अधिकार था यूँ उसे दुख देने का? सो मैंने इस बात को स्वीकार कर लिया कि वृद्धा और कुत्ता, दोनों एक-दूसरे के बहुत क़रीब थे। सुबह मैं नींद में होती, दिन में व्यस्त और शाम को थकी हुई। अतः समय ही नहीं निकाल पाती थी उसकी ओर ध्यान देने का, या ठीक समय पर उसे घुमाने ले जाने का। पति अक्सर बीमार ही रहते, और कई बार उन्हें लेकर विदेश भी जाना होता। वियोला को ऐमैरेन्त्स की ज़रूरत थी। वह असल में उसी का कुत्ता था।

मैंने तब इस पर विचार करना शुरू किया कि अचानक ऐमैरेन्त्स ने अपनी उम्र का ज़िक्र क्यों किया, पहली बार मुझसे। हमारी बातचीत में अभी तक तो इसकी कोई चर्चा नहीं हुई थी। वह भारी से भारी वजन उठा लेती थी, दौड़ कर सीढ़ियाँ चढ़ जाती थी भारी सूटकेस उठाए। उसमें तो हर्क्युलिस जैसी ताक़त थी। और उसने कभी अपनी आयु बताई भी नहीं थी। हमने यूँ ही उसकी बातों से अन्दाज़ा लगाया था बस—कि वह तीन वर्ष की थी जब उसके पिता का देहान्त हुआ, नौ वर्ष की जब उसके सौतेले पिता को युद्ध के लिए बुला लिया गया और फ़ौरन ही उनकी मृत्यु हो गई 1914 में। अगर वह 1914 में नौ वर्ष की थी तो उसका जन्म 1905 में हुआ था। इस हिसाब से वह काफ़ी बूढ़ी थी। ज़ाहिर था, तर्क-संगत था उसका अपनी मृत्यु के बारे में सोचना। और लोग जो उसकी कहानी नहीं जानते थे वे तो उसकी उम्र के बारे में केवल अन्दाज़ा ही लगा सकते थे। जब वह कभी न भूलने वाला ख़ौफ़नाक दिन आया तो केवल लेफ़्टिनेन्ट कर्नल की मदद से ही हम उसे दफ़ना पाए थे। अलमारियों के ख़ानों को जब कीटाणुनाशक दवाई छिड़काने के लिए लाया गया तो एक भी काग़ज़ ऐसा नहीं मिला जिससे उसकी असली पहचान मालूम हो सके। देश में शायद वह ही अकेली औरत थी जिसने सरकार की किसी भी चीज़ का अपने से कोई सम्बन्ध नहीं रखा था। मगर लेफ़्टिनेन्ट कर्नल ने जब बहुत पहले उसके घर की तलाशी ली थी, तो एक पुरानी एम्प्लाइमैंट किताब में कुछ तथ्य मिले थे जो उसकी पहचान सिद्ध करने के लिए इस्तेमाल किये गए थे। बाद में उसने उन्हें भी जला डाला था। वह नफ़रत करती थी पासपोर्ट से, सर्टीफ़िकेट से—यहाँ तक कि ट्रैम की टिकट से भी। जो बेवक़ूफ़ी की बातें उसने अपने आप नोट कर रखी थीं, उसे हम स्वीकार नहीं कर सकते थे—जैसे कि उसका जन्म शैगेशवार में 15 मार्च 1848 को हुआ था। इस तरह की बातें केवल लोगों के फ़ालतू प्रश्नों से बचने और उन्हें गुमराह करने के लिए ही लिखी

होंगी उसने। यही थी असली ऐमैरैन्त्स।

शूतू क़रीब पन्द्रह-सोलह साल की रही होगी जब ऐमैरैन्त्स इस जगह आई थी। उसने हमें बाद में बताया कि न युद्ध से पहले, न युद्ध के बाद ऐमैरैन्त्स को बिना सही क़ाग़जों के यह मकान मिलना सम्भव ही नहीं था। फिर भी उसने केयर टेकर वाला फ़्लैट उस विला में ले ही लिया था और अपना ख़ूबसूरत फ़र्नीचर भी यहाँ ला कर रख दिया था। बिल्डिंग के मालिक ने विदेश जाने से पहले स्वयं ही उसे यहाँ बसाया था। सो, ज़रूरी बात है कि ऐमैरैन्त्स और उसके साथी से सम्बन्धित पेपर ज़रूर होंगे उस वक़्त। वह साथी ही था जिसकी वजह से वह हर वक़्त घर बन्द रखती थी, यह बिलकुल मिलना-जुलना पसन्द नहीं करता था। वह किसी को अन्दर न आने देती, हर वक़्त उस पर निगाह रखती—जैसे मानो किसी को उसकी तलाश हो! उसकी तबियत भी ठीक नहीं रहती थी। उसके पास पेपर थे जिसके द्वारा उसे सर्विस न करने की इजाज़त थी। वह शायद ही कभी बाहर निकलता था। न वह फ़ौज के लायक था, न काम के। ऐमैरैन्त्स के कथनानुसार उसे गठिया का रोग था। वह हमेशा ऐसे ही लोगों को आश्रय देती थी। किस्मत से सताए गए लोगों में उसकी रुचि थी। यही श्रीमान स्लोका के साथ हुआ था, उनकी मृत्यु होने तक। वह भी बेहद कमज़ोर और आदमी न कहलाए जा सकने वाले आदमी थे और उस पर उनका कोई परिवार भी नहीं था।

शूतू की इस कहानी में कई बातें इतनी हिला देने वाली थीं कि मैंने उसे कई बार उसे दोहराने को कहा। इससे यह पता चला था कि ऐमैरैन्त्स शुरू-शुरू में किसी व्यक्ति के साथ रहती थी, फ़ौजी घेराव के दौरान और उससे पहले भी, सो शुरू से उसके पास केवल एक बिल्ली ही नहीं थी, एक साथी भी था। और इसके अलावा, उसको पसन्द करने वालों में ये श्रीमान स्लोका भी थे, जो न तो कहीं भागने में समर्थ थे, न अपनी देखभाल ही कर सकते थे क्योंकि उन्हें दिल की बीमारी थी। वह कोई भी काम करने के लायक नहीं थे और अचानक एक दिन बड़े ही ख़राब समय में चल बसे थे। बड़ा मुसीबत का वक़्त चल रहा था। घेराव शुरू हो चुका था। ऐमैरैन्त्स इधर से उधर भागती फिरी थी कि कोई किसी तरह उनका संस्कार कर दे। पर वह दिन देश भर में छुट्टी का था। कोई इसकी ज़िम्मेदारी उठाने को तैयार नहीं था, और नतीजा यह हुआ था कि उन्हें मिल कर ही यह काम करना पड़ा था। ऐमैरैन्त्स अपने बाग़ में उन्हें दफ़नाने को राज़ी हो गई थी बशर्ते उनकी साइकिल उसे दे दी जाए। बाद में वह साइकिल भी ग़ायब हो गई, और उसे ले कर उसका साथी भी चम्पत हो गया, शूतू नहीं जानती थी कब और किधर। ऐमैरैन्त्स ने स्लोका साहब को डेहलिया के फूलों के नीचे दफ़ना दिया था, और वह वहीं उसमें घुलते रहे 1946 तक, जब आख़िर उनके शरीर को काउंसिल ने निकलवा कर ठीक से दफ़नाया।

उस बिल्डिंग के किराएदार लगातार बदलते रहे थे और भिन्न-भिन्न देशों के थे। ऐमैरेन्त्स ने जर्मनों के लिए भी धुलाई की थी और बाद में रूसी लोगों के लिए भी। फिर विश्व में शान्ति हो गई और लोग साधारण जीवन जीने लगे। उसके बारे में अफ़वाहें फैलने लगीं, केवल मुर्गियाँ को ज़हर देने और राजनीतिक षड्यन्त्रों की नहीं बल्कि क़ब्रों से छेड़छाड़ करने की भी, क्योंकि उसने अपने बिलाव को स्लोका साहब की क़ब्र के अन्दर ही दफ़ना दिया था। मगर जब उसने लेफ़्टिनेन्ट कर्नल को बताया कि यह बिलाव ही तो उसका एकमात्र परिवार था तो उन्होंने सहानुभूति दिखाते हुए कहा कि वे पड़ोसियों को ज़रूर सबक सिखाएँगे जो वे पुलिस को इन फ़ालतू शिकायतों से परेशान करते हैं। वे उन्हें सामाजिक सेवा के लिए वेरमैज़ो पार्क भिजवाएँगे। वहाँ उतने ही घोड़े दफ़न पड़े हैं, जितने आदमी। इन लोगों को वहाँ भेजा जाएगा ताकि घोड़ों और आदमियों को अलग-अलग कर के सफ़ाई से दफ़नाएँ। क्या इनके पास इसके अलावा और कोई काम नहीं था इस वक़्त जब देश पूरी तरह ख़त्म होने के बाद फिर से अपने पैरों पर खड़ा होने की कोशिश कर रहा था? अगर अब इन लोगों ने शिकायतें करनी बन्द नहीं कीं तो वह उस आदमी को पकड़ लेंगे जिसने इन बातों की पहल की थी ऐमैरेन्त्स का बिलाव मार कर। देश में ऐसे क़ानून भी थे जो पशुओं को सताने की सज़ा देते थे।

एक दिन ऐमैरेन्त्स कुत्ते को घुमाने के लिए नहीं आई। उसकी ग़ैरहाज़िरी की कोई वजह नहीं थी, मगर मैंने पूरे दिन उसे नहीं देखा। पतझड़ का मौसम था, पहली बर्फ़ पड़ने में अभी देर थी मगर वह नहीं आई। मैंने कुत्ते को ख़ुद ही घुमाया, हल्की-हल्की बूँदा-बाँदी में। वियोला ने सूँघ कर पहचान लिया कि वह अपने घर में नहीं है अतः हमने बाकी घरों का भी चक्कर लगा डाला। वह मुझे बाज़ार तक भी ले कर गया मगर उसकी हरकतों से मुझे यही पता चला कि वह कहीं न थी, शायद जिले में ही नहीं। कम-से-कम जिन जगहों से वियोला परिचित था उनमें तो नहीं।

घर लौट कर मैं सफ़ाई में लग गई, और वह किंकियाता रहा। जब भी वह काम पर न पहुँचती तो पास-पड़ोसी हमारे घर पूछताछ करने आते। हमारी घण्टी उस दिन लगातार बजती रही। हर आदमी जो उसे जानता था, चिन्तित था। क्या हो गया था? पटरियों पर पत्ते बिखरे पड़े थे; कूड़े का डिब्बा दरवाज़े के बाहर नहीं रखा गया था। धुले हुए कपड़े वापस नहीं आए थे; पिछली रात वह बच्चे की देखभाल करने नहीं आई, बाजार से सामान नहीं लाई। एक के बाद एक लोग शिकायतें ले कर मेरे पास आ रहे थे। मैं बार-बार दरवाज़ा ही खोल-बन्द करती रही थी। वियोला अलग चिल्लाए जा रहा था। उसने खाना भी नहीं खाया था। बस इन्तज़ार किये जा रहा था।

❑

मुरानो का शीशा

शाम बीत चुकी थी जब ऐमैरैन्त्स आई और कुत्ते को घुमाने ले गई। उसकी ख़ुशी की किलकारियाँ सुनते ही बनती थीं। वापस लौट कर उसने मेरा दरवाज़ा खटखटाया और बोली कि क्या मैं उसके घर तक चल सकूँगी उसके साथ। वह, कुछ ऐसा था जो मुझसे कहना चाहती थी मगर नहीं चाहती थी कि साहब उसकी बात सुनें। हम किसी और कमरे में भी जाकर बातचीत कर सकते थे मगर वह ज़ोर डालती रही कि हम उसके घर चलें। सो हम तीनों निकल पड़े। ऐमैरैन्त्स, मैं और वियोला हमारे आगे-आगे उछलता हुआ। रात के उस वक़्त में ज़रूरी नहीं था कि उसे रस्सी से बाँधा जाए। आँगन में पहुँच कर, उसने मुझे कुर्सी ला कर दी बैठने को। पास में मेज़ साफ़ सफ़ेद कपड़े से ढकी हुई थी। मैं बैठ गई, और बैठते ही बहुत तेज़ गन्ध अपनी नाक में महसूस करने लगी—मिली जुली गन्ध। क्लोरीन, सफ़ाई करने वाले पाउडरों और हवा सुगन्धित करने वाले पदार्थों की। बिल्डिंग के बाकी घरों में शान्ति थी। खिड़कियों पर से कोई रोशनी नज़र नहीं आ रही थी। यह रात का वह समय तो नहीं था जिस समय भूत-प्रेत और चुड़ैलें बाहर निकलते हैं मगर इस वक़्त जब केवल हम तीनों यहाँ बैठे थे मुझे लगा मैं किसी की उपस्थिति ऐमैरैन्त्स के फ़्लैट में महसूस ज़रूर कर रही थी। अन्दर गहरी शान्ति के बीच कोई दबी हुई सी, धीमी आवाज़ सुनाई पड़ रही थी। वियोला दरवाज़े में नीचे जो जगह थी वहाँ घुस कर ज़ोर-ज़ोर से आवाज़ करके सूँघने लगा। जब वह कहीं बहुत ज़्यादा जाना चाहता था तो इसी प्रकार की आवाज़ निकाला करता था जो बहुत कुछ आदमियों के कराहने की आवाज़ से मिलती।

चाहे कोई इसे किसी भी तरीके से देखता, यह एक असाधारण शाम थी। शान्त नहीं, आशंकाओं से भरी। साधारण हालात में मैं अपनी स्थिति का विश्लेषण नहीं करती हूँ मगर मैं इस वक़्त इस पर विचार कर रही थी कि मैं ऐमैरैन्त्स के बारे में कुछ भी नहीं जानती थी सिवाय उसके थोड़े पागलपन के, और यह कि वह मेरे प्रश्नों के कभी सीधे उत्तर नहीं देती थी।

"मैं अगले कुछ दिनों में अपने घर किसी मेहमान के आने की अपेक्षा कर रही हूँ।" उसने शुरू किया। उसकी आवाज़ से लगता था कई वर्षों की नींद के बाद जाग रही है। यूँ बोल रही थी मानो उसका भ्रमण करता मस्तिष्क विचारों को ठीक से शब्द देने की प्रक्रिया में लगा हो। "आप जानती हैं मैं किसी को भी अपने घर में अन्दर आने की इजाज़त नहीं देती, मगर इस आगन्तुक को मैं यहाँ नहीं बिठा सकती जहाँ इस वक़्त आप बैठी हैं। यह नामुमकिन है।" मेरे तर्जुबे ने मुझे सिखाया था कि मैं कभी उससे कोई प्रश्न न करूँ क्योंकि ऐसा करने पर वह डर जाएगी और फिर कुछ न बता पाएगी। अगर यह कोई ऐसा मेहमान था जो आँगन में नहीं बिठाया जा सकता था, न घर में ले जाया जा सकता था, तो यह कोई साधारण व्यक्ति तो होगा नहीं। क्या यह वो सुनहरे बालों वाले जुड़वाँ थे जो जल कर राख हो गए थे? पर वे तो शायद वास्तव में कभी थे ही नहीं, केवल किसी कहानी के पात्र थे। या फिर भगवान स्वयं आ रहे थे, जिनमें वह विश्वास नहीं करती थी क्योंकि उन्होंने उसके लिए बजाय उतरे हुए गर्म कपड़ों के एक शाम को पहनने वाली ड्रेस भेज दी थी। यह आदमी ज़रूर उसके भतीजे और लेफ़्टिनेन्ट कर्नल से अधिक महत्वपूर्ण होगा।

"क्या आप मुझे इस बात की इजाज़त देंगी कि मैं इस मेहमान को आपके घर पर बुला लूँ? और किसी से कहूँगी तो वह हर जगह इसका बखान करेगा। मैं जानती हूँ आप ऐसा नहीं करेंगी। हम ऊपर से ऐसा दिखाएँगे कि वह आपका मेहमान है। साहब उस दिन बाहर काम पर होंगे। अगर आप उनसे पूछेंगी तो वह हर बात के लिए हाँ कर देंगे। क्या आप ऐसा करेंगी? आप जानती हैं मैं इसकी भरपाई ज़रूर करूँगी।"

मैं एकटक उसकी ओर देखती रही। "तुम अपने मेहमान को हमारे घर में मिलना चाहती हो?" प्रश्न बेकार था। ऐमैरैन्त्स तो सब कुछ पहले से ही विस्तार पूर्वक प्लान कर चुकी थी। वह यह चाहती थी, बस।

"मगर आपको यह दिखाना होगा, हर सम्भव तरीके से, कि मैं वहीं आपके पास ही रहती हूँ। सामान मैं सब ले कर आऊँगी–कप, कॉफी, पेय। आपको कुछ नहीं लाना होगा केवल स्थान देना होगा। कहिए हाँ। मैं यह क़र्ज़ा चुका दूँगी। जब तक साहब घर आएँगे हम जा चुके होंगे। बुधवार को शाम चार बजे। ठीक है?"

दरवाज़े के पास वियोला ने लम्बी साँस भरी। बाहर हल्की-हल्की बारिश हो रही थी। अन्तर्राष्ट्रीय परिस्थितियाँ नॉर्मल हो चुकी थीं, सो उसका मेहमान फ्राँस का प्रेज़ीडेन्ट भी हो सकता था। बिना राजनीतिक परिणामों की परवाह किए वह उन्हें तक बुला सकती थी। वह पूरी तरह रहस्य में लिपटी हुई थी। रहस्य गहरा

होता जा रहा था। मैंने अपने कंधे हिला कर स्वीकृति दे दी। हाँ, यह व्यक्ति हमारे यहाँ आ सकता था। उम्मीद करती थी कि मुझे ज़्यादा देर इन्तज़ार नहीं करवाएगी—उसने पहले ही कह दिया था कि मेरा घर पर होना ज़रूरी है क्योंकि वह इस मेहमान से अकेले में मिलना नहीं चाहती।

घर लौटते समय मैं सोच रही थी कि अपने पति को इस बात के लिए कैसे राज़ी करूँगी। वह हर उस बात से नफ़रत करते थे जो सीधी न हो, ख़ास तौर पर इस प्रकार की संदिग्ध बातें। पर बजाय इस पर आपत्ति दिखाने के या दृढ़ता से मना करने के, वे ज़ोर से हँस पड़े। उन्हें इस विचार में कुछ अनहोना-सा लगा जिससे उनके लेखक के दिमाग़ को कुछ मसाला मिला। ऐमैरैन्त्स और उसका मेहमान, जिसका वह यहाँ स्वागत करना चाहती है। शायद वह पति की तलाश में है। हो सकता है आगन्तुक ने किसी शादी के विज्ञापन के जवाब में अपना नाम भेजा हो और ऐमैरैन्त्स जो अपना दरवाज़ा किसी के लिए नहीं खोलती थी, यहाँ उसका जायज़ा लेने के लिए उसे बुला रही थी। आने दो उसे! उन्हें बल्कि इस बात का अफ़सोस था कि वे स्वयं यहाँ न होंगे उस वक़्त। उन्हें हम दोनों को एक अजनबी के साथ अकेले होने पर कोई आपत्ति नहीं थी। वियोला जो था हमारे साथ। अगर कोई हमारी ओर आँख भी उठा कर देखता तो उसे ऊपर से नीचे तक चीर कर रख देता। अपना नाम सुनते ही वियोला ने मेरे पति का हाथ चाटा और फिर पीठ के बल लेट गया ताकि हम उसका पेट सहलाएँ। बड़ा मुश्किल था यह समझ पाना कि कैसे यह सब बातें समझ जाता है।

जिस दिन मेहमान को आना था, ऐमैरैन्त्स बड़ी मुश्किल से अपने आप पर लगाम लगा पा रही थी। वियोला, जो हरेक का मूड समझ लेता था, वह भी साधारण रूप से बर्ताव कर रहा था। वृद्धा हर प्रकार की प्लेटें, डोंगे, ढकी हुई ट्रे पर लगा कर ले आई थी। मुझे इस पर क्रोध भी आया। मैंने उससे पूछा कि अगर वह उस मुलाक़ात को सबसे छिपाना ही चाहती थी तो क्यों सड़कों पर सामान दिखाती हुई ला रही है? वह क्या कोई कोढ़ी थी या उसका मेहमान अछूत था कि वह हमारे घर की प्लेटें, काँटे-छुरी इस्तेमाल नहीं कर सकती थी! सामने साइडबोर्ड था—उसमें से वह सब कुछ ले सकती थी। वह मेज़ पर मेरी माँ की सबसे क़ीमती क्रॉकरी सज़ा सकती थी, चाँदी का सामान सज़ा सकती थी। वह क्या समझती थी इससे मुझे बुरा लगेगा?

उसने इस बात पर मुझे धन्यवाद तो नहीं दिया, मगर यह बात दिल में ज़रूर बिठा ली। वह कोई भी अच्छाई या बुराई भूलती नहीं थी। उसने उत्तर दिया कि वह यह बात किसी से छिपाना नहीं चाह रही थी, वह तो केवल आगन्तुक को यह नहीं दिखाना चाहती थी कि वह अकेली रहती है, बिना किसी परिवार के; और वह यह भी उसे बताना नहीं चाहती थी कि वह हमेशा दरवाज़ा बन्द क्यों रखती है, और जैसे रहती है, वैसे क्यूँ रहती है।

जब वह मेरी माँ के कमरे में मेज़ पर खाना सज़ा रही थी, मैंने अचानक ही फ़ैसला किया उसे वह कहने का, जो मैं बरसों से कहना चाहती थी। वह मेज़ पर बहुत ही अच्छे ढंग से खाने की चीज़ें रख रही थी–वह खाना मेज़ पर लगाने में बहुत ही निपुण थी–मैंने आख़िर उससे पूछ ही लिया कि क्या कभी उसने अपनी हालत के बारे में किसी डॉक्टर से सलाह लेने का सोचा था? उसका यूँ संसार से अपने घर को बन्द करके रखना कोई नार्मल तो था नहीं। डॉक्टरों के पास ज़रूर इसका कोई इलाज होगा। एक लम्बे शैम्पेन के गिलास को चमकाती वह मेरी आँखों में आँखें डाल कर बोली "डॉक्टर? मैं कोई बीमार नहीं हूँ, और जिस तरह मैं रहती हूँ उससे किसी को कोई तकलीफ़ नहीं पहुँचाती। वैसे भी आप जानती हैं कि मैं डॉक्टरों को सहन नहीं कर सकती। मुझे मेरे हाल पर छोड़ दीजिए। मुझे अच्छा नहीं लगता जब आप मुझे भाषण देती हैं। अगर मैं कोई चीज़ आपसे माँगती हूँ और आप दे देती हैं तो कृपया बिना भाषण के दिया कीजिए वरना कोई फ़ायदा नहीं।"

मैं उसे छोड़ कर अपने बेडरूम में आ गई और एक रिकार्ड लगा लिया ताकि जो मैं देख नहीं सकती थी, वह सुन भी न सकूँ। अब तक मैं इस सबसे थक चुकी थी। एक दिन यह ऐमैरेन्त्स हमें ज़रूर किसी मुसीबत में फँसा देगी। यह बिलकुल पागल थी। यहाँ यह किसे ला रही थी? अगर वियोला मेरे साथ न होता तो इस वक़्त मैं डरी हुई होती। और उसे इस गुप्त मीटिंग के लिए बढ़िया क़ीमती शैम्पेन गिलासों की ज़रूरत क्यों थी? मुझे अपने स्वयं के ही राज़ पसन्द नहीं थे, दूसरों के तो बिलकुल भी नहीं।

रिकॉर्ड से आते संगीत ने सब पर पर्दा डाल दिया था। मेरी माँ के कमरे और मेरे कमरे के बीच दो कमरे और थे। मैंने एक किताब के क़रीब क़रीब पचास पन्ने पढ़ डाले थे या पलट डाले थे, जब मुझे कुछ शक होना शुरू हुआ। ऐमैरेन्त्स चाहती थी कि मैं इस मेहमान से मिलूँ, मगर था कहाँ यह मेहमान? और अब तक इतनी चुप्पी से क्या चल रहा था। यहाँ तक कि वियोला तक की आवाज़ नहीं आ रही थी। क्या वह व्यक्ति आ चुका था? निर्धारित समय से एक घण्टा ऊपर हो चुका था, जब मैंने वियोला को भौंकते सुना। मैंने सोचा, उसने बड़ी अक़्लमन्दी की थी कि मेहमान के लिए ठण्डी चीज़ें लगाई थीं खाने के लिए। गर्म लगाती तो जल्दी बासी हो जातीं। मैं संगीत सुनती रही। अचानक दरवाज़ा धड़ाम से खुला, वियोला बेसब्री से पलंग के चक्कर काटने लगा था। साफ़ था कि वह मुझे कुछ बताना चाह रहा था। बड़ा अजीब था यह। अगर उसके मेहमान को कुत्तों से डर लगता था तो वह उसे पास के ही किसी कमरे में बन्द कर सकती थी। उसे इतनी दूर मेरे पास भेजने का क्या कारण था। क्या चल रहा था वहाँ कि वृद्धा अब कुत्ते को भी वहाँ नहीं चाहती थी?

फौरन ही मुझे सब पता चल गया। कुत्ते के आने के कुछ सेकेण्ड बाद ही

वह भी आ गई। उसके चेहरे से कुछ ज़ाहिर नहीं हो रहा था—वह बड़ी अच्छी तरह जानती थी मूक-बधिर बनना। अब तक वियोला मेरे पलंग पर आ कर लेट गया था। ऐमैरैन्त्स ने उसकी ओर देखा तक नहीं। उसने सूचना दी कि मेहमान अब नहीं आएगी। मिस्त्री विला से आया था यह बताने कि उस होटल से जहाँ यह मेहमान ठहरी थी फ़ोन आया था कि ऐमैरैन्त्स को बता दिया जाए कि बिज़नेस के कारण यह मीटिंग रद्द कर दी गई थी। आगन्तुक को अब बुदापैश्त न आ कर कहीं और जाना पड़ रहा था। वह अब अगर फिर कभी बुदापैश्त आएगी तब ज़रूर उससे मिलने की चेष्टा करेगी।

सो मैंने अपने सारे प्रोग्राम एक ऐसी मेहमान के लिए रद्द कर दिए थे जो आई ही नहीं। मुझे इस बात में कोई बहुत भारी ट्रैजेडी तो नहीं दिखाई दी, हाँ, यह ज़रूर था कि बेचारी ऐमैरैन्त्स ने इस पर भारी रकम ख़र्च कर डाली थी। मगर वृद्धा के लिए शायद यह एक बड़ा धक्का था। वह तूफ़ान की तरह कमरे से चली गई अपने पीछे दरवाज़ा ज़ोर से बन्द करती। मैंने उसे पूरी शक्ति से कुत्ते पर चिल्लाते सुना (जो उसके पीछे चल पड़ा था) वह इतनी ज़ोर से चिल्लाई थी कि मैं यह देखने बाहर निकली कि आख़िर वह उसके साथ क्या करने लगी थी। उसका तो कोई दोष नहीं था। मेरी माँ के कमरे से बहुत तेज खनखनाहट सुनाई दी। ज़िन्दगी में पहली बार मैंने ऐमैरैन्त्स को इतनी भद्दी भाषा का प्रयोग करते सुना। बुरी तरह कोस रही थी वह। मैंने दरवाज़ा खोला और ठगी-सी खड़ी रही। वह कुत्ते को गालियाँ नहीं दे रही थी, बल्कि किसी और को। वियोला मेज़ के किनारे बैठा था, मेरी माँ की कुर्सी पर, और खा रहा था। ऐमैरैन्त्स ने खाने की ट्रे उसके सामने रख दी थी। उसने भुने मांस का टुकड़ा मुँह में डाल लिया था और उसे चबा रहा था। उसका एक पंजा मेज़ पर बिछे मैट पर था और दूसरे से मुरानो (इटली में वेनिस के पास एक शहर, जहाँ का ग्लास का काम विश्व-प्रसिद्ध है) ग्लास के शीशे पर लगी ट्रे पकड़े था—जिस पर मैंने ज़िन्दगी भर कोई चीज़ नहीं रखी थी, बहुत ख़ास मौक़ों पर भी नहीं—मेज़ पर रखा पाँच मोमबत्तियों वाला चाँदी का आतिशदान लड़खड़ा रहा था। वियोला खाने के बीच में मुँह से कुछ गिराता और फिर उस पर लपकता और इस बीच ट्रे पर अपने पंजों के निशान भी छोड़ता। मुझे नहीं याद कि मैं इससे ज़्यादा क्रोध में कभी आई थी।

"उतरो वियोला! उतरो! मेरी माँ का शीशा! उनका पोर्सलीन! ऐमैरैन्त्स, यहाँ हो क्या रहा है? तुम क्या पागल हो गई हो?"

मैंने इससे पहले कभी उसे रोते नहीं देखा था और कभी देखूँगी भी नहीं। पर इस वक़्त वह खुल कर रो रही थी। मुझे समझ में नहीं आ रहा था कि मैं क्या करूँ क्योंकि कुत्ता तो मेरा कहना तभी सुनता था जब वह उसे दोहराती।

वह चुपचाप खाता रहा और ऐमैरैन्त्स कोने में खड़ी सुबकती रही। वियोला

उसकी ओर सहानुभूतिपूर्ण नज़रों से देख तो रहा था पर इतने अच्छे खाने को छोड़ना उसके लिए कठिन था। यह ज़रूर था कि ऐमैरैन्त्स ने उसे तमीज़ से खाना सिखाया था। लगता था, वह कोई नाटक में अभिनय कर रहा है। वह अपने पिछले दो पैरों पर बैठा था कुर्सी पर, अपने अगले दोनों पंजे मेज़ पर टिकाए बिलकुल जैसे मनुष्य बैठते हैं। बस वह प्लेट में से उठा कर नहीं बल्कि अपने मुँह से उठा कर खा रहा था। यह नज़ारा इतना बेहूदा था कि मेरा खून खौल रहा था। मुझे शब्द ही नहीं सूझ रहे थे बोलने को। हमारा अपना कुत्ता, मेरी माँ की मेज़ पर बैठा, दावत उड़ाता मेरे ही आदेश का पालन करने से इनकार कर रहा था। बीच-बीच में वह कनखियों से उस बड़े केक को भी देखता जाता जो साइड बोर्ड पर रखा था, यह अनुमान लगाता कि उसे कैसे खाया जाए; और इस दौरान ऐमैरैन्त्स ज़ार-ज़ार रोए जा रही थी। डोंगे में जो खाने की चीज़ थी वह अब तक ख़त्म हो चुकी थी मगर मैं दावे से कह सकती थी कि वह काफ़ी महँगी थी। आने वाली मेहमान ज़रूर बहुत ख़ास रही होगी। मेरा क्रोध बढ़ता जा रहा था और बस अब क्रोध का बादल फटने ही वाला था कि अचानक ऐमैरैन्त्स ने अपने आँसू पोंछे, उल्टे हाथों से अपनी आँखें मलीं। फिर मानो अभी-अभी वह बेहोशी की हालत से बाहर निकली हो, ज़ोर से काँपी, और उस मस्ती से खाते कुत्ते पर टूट पड़ी, हाथ में परोसने का बड़ा काँटा लिए। उसने उसे हर गाली दे डाली—एहसानफ़रामोश राक्षस, बेशर्म, झूठा, बेदर्द पूँजीवादी। वियोला आहत हो कुर्सी से कूद कर क़ालीन पर लेट गया, और उसके अगले प्रहार का इन्तज़ार करने लगा। जब भी वह उसे मारती थी, वह भागता नहीं था, कभी अपनी रक्षा का प्रयत्न भी नहीं करता था। यह भयानक दृश्य लगता था किसी स्वप्न में घटित हो रहा था। वियोला पिटता जा रहा था, बेहद सहम गया था, उसका ग्रास अन्दर भी नहीं जा पा रहा था; उसके मुँह से निकल मेरी माँ के क़ीमती क़ालीन पर गिर पड़ा था। जिस तरह वह बड़ा-सा काँटा लेकर उसके पीछे भागी मुझे लगा आज यह इसे मार ही डालेगी। यह सब बिजली की-सी गति से हुआ। मैं इतना डर गई थी कि मैंने चीखना शुरू कर दिया। पर तभी वृद्धा ने उसके पास लेट कर उसका सिर उठाया और उसके माथे पर चूमा। वियोला ठण्डी साँस लेकर गुर्राया, और फिर उसी हाथ को चाटने लगा जिससे उसने इतनी मार खाई थी।

नहीं, मैंने सोचा, अब बस बहुत हो चुका था। वह अपने पागलपन के दौरे के लिए किसी और को ढूँढे। मैं पलटी और उससे विनती की कि मेरी माँ के कमरे से यह सब गन्दगी उठाए और परमात्मा के लिए हमें अब इस प्रकार का पात्र-चित्रण करने के लिए न चुने और न ही हमारे घर को इस तरह के नाटकों के मंचन के लिए थिएटर बनाए। मैंने इन शब्दों में तो नहीं कहा यह सब, मगर ऐसे ज़रूर कहा कि वह समझ सके। वह समझ भी गई।

बेडरूम से मैं उसकी इधर-उधर घूमने की आवाज़ सुन सकती थी। मैं यह तो ठीक से नहीं जान पाई थी कि आख़िर वह कर क्या रही थी, पर बाद में मुझे पता चला कि वह खाने का सब सामान—मिठाई, शैम्पेन, एक अनछुई ट्रे तरह-तरह के भुने मीट की—फ्रिज में रख रही थी, सब हमारे लिए। जिस डोंगे में से वियोला ने खाया था, वह उसी के खाने के बर्तन में खाली कर दिया गया था। जानवर बिलकुल पूँछ तक न हिला रहा था। अन्ततः सब शान्त हो गया। मैंने सोचा वह चली गई, पर वह तैयार हो रही थी वियोला को घुमाने ले जाने के लिए उसके गले में पट्टा पहना रही थी। जब भी वह उसको अधिक मारती, इसके बदले में उसे लम्बी सैर के लिए ले जाती; चाहे इसके लिए उसे अपने बाकी काम रोकने ही क्यों न पड़ें। जब उसने मुझे आवाज़ लगा कर कहा कि वह कुत्ते को लेकर जंगल की ओर जा रही है तब वह पूर्ण रूप से शान्त हो चुकी थी। कुत्ते को लिए दरवाज़े पर खड़ी थी और माफ़ी माँग रही थी। मैंने कभी किसी को इतना आत्म सम्मान रखे माफ़ी माँगते नहीं देखा। उसके जाने के बाद मुझे लगा कि क्या यह मेरा मज़ाक उड़ा कर चली गई जैसे गलती मानो उसकी नहीं, मेरी हो। पर बिना कुछ अधिक कहे वह तो चली गई थी।

उस शाम जब मैंने सारा किस्सा अपने पति को सुनाया तो उन्होंने हाथ हिला कर टाल दिया। बस मैंने उन्हें इतना कहते सुना कि मैं ख़ुद ही इसकी ज़िम्मेदार थी—मैं हर चीज़ और हर व्यक्ति को इतनी गम्भीरता से लेती हूँ और हरेक के फटे में पैर देने को तत्पर रहती हूँ। उसे अपनी मेहमान से वहीं अपने आँगन में मिल लेना चाहिए था—यह अद्भुत व्यक्ति जो लेफ़्टिनेन्ट कर्नल से भी अधिक महत्वपूर्ण थी, जिसके लिए मेरी माँ का कमरा ही ठीक जगह थी, बस। उसने इतना खाना बनाया था, इतनी बेकिंग की थी कि बस थक कर गिरना ही बाकी रह गया था, और यह सब व्यर्थ गया क्योंकि मेहमान साहिबा आई ही नहीं। मैं सब कुछ जो वह फ्रिज में हमारे लिए रख गई है, उसे वापिस कर के आऊँ क्योंकि उनकी कोई इच्छा नहीं थी किसी और का बचा-खुचा खाना खाने की। वे कोई वियोला नहीं थे।

मैंने सोचा, वे ठीक भी थे और नहीं भी। पर मैंने वही किया, जो वे चाहते थे और ट्रे में जितना सामान मैं भर कर ले जा सकती थी, वह रख लिया। मैं भी उस औरत से नाराज़ थी मगर मैंने उसकी आँखों में यह भी देखा था कि जो उसके साथ बीता वह उसके लिए बहुत ही भयानक था और फिर मैंने उसे सुबकते हुए भी तो देखा था। उसके जाने के बाद से जो कुछ घण्टे बीते थे, मैं काफ़ी शान्त हो चुकी थी और एक और शक ने मुझे जकड़ लिया था। शायद इस वक़्त एक-दूसरे पर दोष मढ़ने की बजाय जो ख़ास बात थी, उस पर सोचना ज़रूरी था। जब वियोला वह मीट का टुकड़ा चबा रहा था तो उस वक़्त वो नहीं घट रहा था जो दिख रहा था। वह भोज किसी और ही गूढ़ बात का प्रतीक था। मेज़ पर यह दोनों मालकिन

और उसका कुत्ता भर नहीं थे कि मालकिन अपने कुत्ते को कोई इनाम स्वरूप व्यंजन खिला रही हो। वे तो किसी ग्रीक मिथ के दो चरित्र थे जो किसी तान्त्रिक प्रक्रिया में लगे थे। वह भुना मीट केवल एक प्रतीक था, नर-बलि का प्रतीक, और ऐमैरैन्त्स मानो उसके रूप में न आने वाली आगन्तुक को ही कुत्ते को खिला रही थी, और साथ-साथ उसके साथ जुड़ी हर याद और हर भावना को भी। वह औरत जो उस शाम नहीं आई, जिसने केवल एक संदेशा भर भेज दिया, उसने ऐमैरैन्त्स के दिल के उस भाग को दुखाया था जिसके बारे में वह कभी किसी को कुछ नहीं बताएगी। वियोला उसका एकमात्र राज़दार था।

सो, मैं बहुत खुश नहीं थी खाना वापिस ले जाते समय, और इससे भी नहीं कि वह हमारे लिए बचा-खुचा सामान छोड़ गई थी। मैं भी गाँव की ही औरत हूँ, मेरी भी भावनाएँ उसी के जैसी हैं। मैं जानती थी कि मैं उसे अपने इस कृत्य से बहुत आहत करने जा रही हूँ। पर उसे यह समझाना ज़रूरी था कि अब वह अपनी हद पार कर चुकी थी।

ट्रे बहुत भारी थी मुझे गेट खोलने में काफ़ी परेशानी हुई। लोग मुझे घूर-घूर कर देख रहे थे जब मैं सड़क पर उसे ले कर जा रही थी। ऐमैरैन्त्स कहीं दिखाई नहीं दे रही थी, मगर उसके दरवाज़े के पीछे से कुछ हलचल ज़रूर सुनाई दे रही थी। मैं उसकी आवाज़ सुन पा रही थी। शायद वह अपनी बिल्ली से बात कर रही थी, कुछ समझा-सा रही थी जैसे वियोला से करती थी। मैंने आवाज़ लगा कर कहा कि मुझे अफ़सोस है पर मैं उसकी दावत के बचे-खुचे सामान को रख नहीं सकती, अतः मैं उसे वापस करने आई थी; वह आँगन में मेज़ पर रखा है। कृपया बाहर आकर उसे ले जाए। ऐमैरैन्त्स ने दरवाज़ा ज़रा-सा खोला, इतना कि न तो बिल्ली बाहर आ सके, न आने वाला अन्दर झाँक सके। वह अपनी साधारण पोशाक में थी, अच्छे कपड़े उसने बदल डाले थे। वह एक शब्द भी नहीं बोली, बड़ा बर्तन ले कर आई और सब सामान उसमें पलट लिया। केक को भी मीट के साथ मिला दिया, सलाद भी, और बाथरूम में जा कर सब कुछ बहा दिया। मुझे बाहर तक आवाज़ सुनायी दी। वियोला खाने के लिए छटपटाता रहा पर उसने उसे पास तक न फटकने दिया। लगा कि वह उसे कभी जानती ही नहीं थी। उसने उसे ठोकर मार कर दूर कर दिया।

मैं फिर से ऐमैरैन्त्स से बहुत डर गई थी। मैंने वियोला की रस्सी पर अपनी पकड़ कसी हालाँकि अगर वह मुझ पर आक्रमण करती तो मैं जानती थी वियोला उसी का साथ देगा। उसने पीने के पदार्थों को भी नाली में लुढ़का दिया, बोतलों को गले से पकड़ दरवाज़े पर मार कर तोड़ डाला। शैम्पेन तो उछल कर फट गई, कुत्ता घबरा कर भौंकने लगा। उसने बोतलों को उठा कर कूड़े के डिब्बे में डाला। पूरे आँगन में वाइन और शैम्पेन फैली थी। लगता था, किसी शराबखाने में बैठे

हैं। उस पन्द्रह मिनट में शूतू, ऑदेल्का और पोलैत भी वहाँ आ पहुँचीं, मगर हम दोनों को देख खिसक लीं। वे यह तो न समझ पाईं कि क्या हो रहा है, मगर हम दोनों के ही चेहरे कोई विश्वास जगाने वाले नहीं लग रहे थे—ऐमैरैन्त्स चुपचाप पत्थर के फ़र्श पर लाल वाइन लुढ़काती हुई, कुत्ता भौंकता हुआ और मैं पत्थर की मूरत जैसी वहाँ खड़ी—हमसे जितना दूर रहतीं, उतना ही अच्छा था। और वे यह समझ कर वहाँ रुकी भी नहीं।

अब तक मुझे विश्वास हो गया था कि उस दोपहर जो मेरी माँ के कमरे में घटा था, वह क़त्ल ही था। ऐमैरैन्त्स ने इस भोज का प्रतीकात्मक उपयोग किया था अपनी मेहमान से अपना हिसाब बराबर करने का। कुछ साल बाद, जिस औरत का उस दिन मेरी माँ के कमरे में 'क़त्ल' हुआ था, मैं उससे मिली भी; दुबली-पतली काफ़ी सुन्दर-सी युवती थी वह। वह शायद जीवन में बड़ी से बड़ी कठिनाइयों का सामना करना जानती थी मगर इस वक़्त उसका बुदापैश्त आना और क़ब्रिस्तान में पहुँचना उसके लिए बहुत मुश्किल साबित हुआ। उसने अपना फूलों का गुलदस्ता उसकी 'परियों की कहानियों वाली' क़ब्र पर रखा, बिना यह जाने (केवल मैं ही जानती थी इस राज़ को) कि अब इस से कोई फ़र्क़ नहीं पड़ता—उसी रात को गुलदस्ता वहाँ से ग़ायब हो जाएगा, चुरा लिया जाएगा। उसने मुझे बताया कि उसे बहुत अफ़सोस था कि वह उस दिन निर्धारित समय पर ऐमैरैन्त्स के पास नहीं पहुँच सकी थी। वह एक बिज़नेस करने वाली औरत थी और जबसे उसके पिता और चाचा, जो विदेश में रहते थे, रिटायर हो चुके थे, वही थी जो फ़ैक्टरी चला रही थी, और जब उसका बुदापैश्त आने का प्रोग्राम कुछ यूरोपियन व्यापारिक सम्बन्ध बनाने के कारण टल गया तो वह ख़ाली उस बूढ़ी औरत से मिलने कैसे आती। उसने सोचा, फिर जब कभी बुदापैश्त जाने का व्यापारिक कारणों से मौक़ा मिलेगा तब ही उससे मिल लेगी। न्यूयॉर्क का काम उस वक़्त ज़्यादा महत्वपूर्ण था।

वह हमारे साथ उस रात भोजन कर रही थी। जो फ्रिज में पड़ा था वही उसे परोस दिया गया था। ऐमैरैन्त्स के भोज की तरह जब मुरानो के शीशे में जलती मोमबत्तियों का प्रतिबिम्ब दिखाई दे रहा था, आज कुछ नहीं था। मैंने उसे बताया कि वृद्धा बहुत आहत हुई थी उसके न आने से। वह हैरान हो गई यह सुन कर। वह समझ नहीं पा रही थी कि केवल एक तारीख़ बदल देने से कोई इतना दुखी हो सकता है। ऐसा तो बिज़नेस में अक्सर होता रहता है। क़ब्रिस्तान में, मैंने अपने चारों ओर एक सर्द, नमी से भरी हवा को चलते महसूस किया था। लगता था, इस औरत के द्वारा जलाई गई मोमबत्ती तक ऐमैरैन्त्स को अपनी क़ब्र पर स्वीकार नहीं थी। जैसे ही वह क़ब्र तक पहुँची, पेड़ों के पत्तों से कुछ पानी की बूँदें उसकी गरदन पर गिरीं, और मोमबत्तियाँ जलते ही बुझ गईं मानो ऐमैरैन्त्स स्वयं अपने फेफड़ों की पूरी ताक़त से उन्हें बुझा रही हो। इसके बाद भी कई मौकों पर ऐमैरैन्त्स

का प्रेत हमारी अपराधी अन्तरात्मा पर कई सवालिया निशान लगा जाता था। हर बार यह लगता था कि मृत्यु के बाद भी उसके कई रहस्य हम पर प्रगट होते रहते थे।

सबसे दुख की बात यह थी कि अगर वे दोनों मिल ली होतीं तो शायद ऐमैरैन्त्स उसकी कठिनाई समझ भी लेती और जान जाती कि इसका इरादा उसे दुख देने का नहीं था; और वह यह भी समझ जाती कि यह औरत आख़िर कोई अल्हड़ उम्र की तो है नहीं जो इतनी प्यार से की गई तैयारियों का मोल नहीं जानती। मगर अब वह कोई दुधमुँही बच्ची नहीं रही थी, उसको अपनी व्यावसायिक और निजी ज़िन्दगी में तालमेल बिठाना ज़रूरी था; वह अच्छी तरह जानती थी कि बचपन में वह कितना ज़्यादा ऐमैरैन्त्स पर निर्भर थी, और यह भी कि वह और उसका परिवार सदा-सदा के लिए ऋणी थे अपनी इस पुरानी नौकरानी के।

पर जब वह खाना खा रही थी, उसकी आँखों में एक आँसू भी मुझे नहीं दिखाई दिया था। बस उसे दुख था कि वह वृद्धा से मिल नहीं पाई थी। क्योंकि यह असल में उसकी अपने होश में पहली ही मुलाक़ात होती। ऐमैरैन्त्स का चेहरा उसे बिलकुल याद नहीं था। वह उस समय बहुत छोटी थी, और हालाँकि उस वक़्त वह ज़रूर उसे बहुत प्यार करती होगी मगर अब उसकी सूरत बिलकुल भूल गई थी। मैं सोचने लगी कि इस सुशिक्षित नारी को कैसा लगेगा यह सुन कर कि ऐमैरैन्त्स ने उन पन्द्रह मिनटों में, जब वह अपने आपे में नहीं थी कि यह सोच-सोच कि उसके प्यार को यूँ ठुकरा दिया गया था, उसे प्रतीकात्मक रूप से मार ही दिया था—उस मीट के टुकड़े के रूप में उस बच्ची को, जिसे उसने एक बार मौत के मुँह से बचाया था, और जो अब उसके प्यार के क़ाबिल नहीं थी, कुत्ते को दे डाला था और उसे आदेश दिया था कि उसे चबा डाले।

ऐमैरैन्त्स के साथ बिताई वह शाम कितनी दूर प्रतीत होती है। उस रात जब मैं घर वापिस लौटी तो मुझे लगा मैंने कुछ ठीक नहीं किया था; बहुत छोटी बात कर डाली थी मैंने। मुझे उसे एक अजनबी को अपने घर में बुलाने की अनुमति नहीं देनी चाहिए थी। ग़लत था उसकी इस बात में मदद करना कि किसी और को वह यह दिखाए कि वह एक परिवार के साथ रह रही है; और इस प्रकार उसके चारों ओर छाए रहस्य के घेरे को और मज़बूत करना। पर जब मैंने ऐसा कर ही दिया था, तो अब उसके मुँह पर वह सब दे मारना जिसे वह देखना तक नहीं चाहती और जिसे वह हमें एक प्रकार से उपहार रूप में ही सौंप गई थी, सरासर ग़लत था। कभी-कभी कितनी बेवक़ूफ़ी के घमण्ड में आ जाते हैं हम! शायद वह इस दुख से जल्दी उबर आती यह सोच कि आख़िर उसकी मेहनत पूरी तरह से व्यर्थ नहीं गई थी। जो पकवान उसने उस दिन बनाए थे वे साधारण तौर पर, रोजमर्रा में आपको देखने तक नसीब नहीं होते—पाँच सितारा होटलों तक में नहीं। बहुत

ग़लत था उन सबको उसे लौटाना। उस दिन, चाहे जान-बूझ कर या अनजाने में, किसी ने उसे बेहद दुख पहुँचाया था। शायद इसका एक मामूली-सा जवाब भी था उसके पास देने को। मगर ऐमैरैन्त्स दिल से सोचती थी, दिमाग़ से नहीं। कुछ बातें ऐसी थीं जो वह सेकेण्डों में समझ जाती थी मगर कुछ ऐसी जिन्हें समझना उसके लिए नामुमकिन था। तो इसके ऊपर अब मैंने भी उसे क्यों दुख दे डाला था? मैं सोचने लगी, मुझ से अधिक समझदार तो वियोला है, जिसने मार खा कर भी बुरा नहीं माना। वह जानवर सब समझता था। क्या ख़ास चैनल थे उसके पास, जो वह हर बात की बारीकी जान लेता था।

हम बिस्तर पर लेटे थे। मेरे पति सो चुके थे। मेरा मूड काफ़ी ख़राब था, सो मुझे नींद नहीं आ रही थी, न चैन ही मिल रहा था। मैं उठी और कपड़े बदले। वियोला जो मेरी माँ के कमरे में था, फ़ौरन लपक कर आ गया मगर गुर्राया नहीं, ताकि मेरे पति जग न जाएँ, बस दरवाजे के पास जा कर खड़ा हो गया। चलो बेटा, हम दोनों चलते हैं, मैंने सोचा। मैं जानती हूँ कि उसका घर ज़्यादा दूर नहीं है मगर फिर भी इस रात के वक़्त मैं अकेली जाना पसन्द नहीं करूँगी।

और हम निकल पड़े, बचपन में पढ़े 'ईनिड' के हीरो की तरह, उसकी छठी किताब के हीरो स्वयं ईनियस जैसे। शायद यही वह पल था हमारे रिश्ते में—और हमारी ज़िन्दगी में—जहाँ फैसले की घड़ी आ पहुँची थी। घुप्प अँधेरे में वियोला और मैं आगे बढ़ते गए। गेट बन्द था। मैंने ऐमैरैन्त्स की घण्टी बजाई और इन्तज़ार करने लगी कि वह बाहर आए। आधी रात बीत चुकी थी मगर आँगन की बत्ती अभी जल रही थी, और वह उसे बुझाए बग़ैर सोती नहीं थी। तुरन्त ही बाहर आ गई वह, और हम दोनों आँगन के दो छोरों पर आमने-सामने खड़े थे। वियोला ने अपना पैर अन्दर जाने के लिए गेट में अड़ा दिया था।

"क्या साहब बीमार हैं?" उसने पूछा। उसकी आवाज में व्यावहारिकता और रूखापन था। पूरी बिल्डिंग में लोग सो चुके थे।

"वे ठीक हैं। मैं अन्दर आना चाहती हूँ।"

उसने मुझे अन्दर आने दिया और गेट बन्द कर दिया। वह फ़्लैट से बाहर थी मगर रात के इस वक़्त भी दरवाज़ा बन्द ही था। वियोला दरवाज़े के नीचे झुका बिल्ली को सूँघ रहा था। मैं कुछ अच्छी तरह से बात शुरू करना चाह रही थी जैसे कि मुझे नहीं मालूम था कि दोपहर में जो घटा उससे वह इतनी दुखी थी, कि मैं बहुत शर्मिन्दा हूँ कि मैंने उसे समझने की कोशिश नहीं की, चाहे मैं ठीक तरह से सब बात नहीं समझ रही थी पर फिर भी मुझे उससे ऐसा व्यवहार नहीं करना चाहिए था, कि मैं वाक़ई उसके लिए दुखी हूँ और पता नहीं क्या-क्या! पर मुझे यह कुछ भी बोलना नहीं आया। मैं लेखिका हूँ, पेपर पर तो शब्द मेरा साथ देते हैं मगर वास्तविक जीवन में मुझे सही शब्द कभी नहीं मिलते बोलने के लिए।

अन्ततः मैं केवल इतना बोली–"मुझे भूख लगी है। क्या तुम्हारे पास खाने को कुछ है?" उसके चेहरे पर मुस्कुराहट दौड़ गई। लगा, घने बादलों के पीछे से सूर्य निकल आया। पहली दफ़ा मैं सोचने पर मजबूर हुई कि वह शायद ही कभी मुस्कुराती थी। वह फ़ौरन बाथरूम को चल दी हाथ धोने को (वह बिना हाथ धोए कभी खाने की चीज़ें छूती नहीं थी), फिर उसने अपना स्टोर खोला। लगा कि वह स्टोर की शेल्फ़ों पर खाना ही नहीं बल्कि लिनन भी रखती थी। वियोला उसके पीछे दौड़ ही जाता मगर मैं रस्सी कस कर पकड़े हुई थी, और वृद्धा ने भी उसे वहीं बैठे रहने का आदेश दिया, सो वह चुपचाप बैठ गया। वह लौटी, हाथ में पीले रंग का बढ़िया मेजपोश लिए, साथ में प्लेटें, छुरी-काँटे-चम्मच, और दोपहर के भोज का बचा-खुचा खाना नहीं बल्कि भुना हुआ अच्छे मसालेदार मीट लिये।

बेहद स्वादिष्ट था वह। मैंने जी भर कर खाया, और हड्डियाँ वियोला को मिलीं। उसने मुझे वाइन भी दी। बाजार की नहीं, बल्कि स्वयं की बनाई हुई। मुझे शराब वैसे पसन्द नहीं है मगर उस ख़ास रात को मुझे हर चीज़ ही स्वीकार करनी थी, वरना मेरा आना व्यर्थ ही जाता। मुझे मालूम था कि उस वक़्त मैं मेज़ पर किसी का प्रतिनिधित्व कर रही हूँ उस आगन्तुक का, जो नहीं आई थी। उसका, जिसके लिए उसने इतने प्यार से सब तैयारियाँ की थीं। मैंने उस अजनबी का रोल अदा करने की पूरी कोशिश भी की, जिसे मैं जानती तक नहीं थी। हम दोनों ने मिल कर वियोला के कानों को रगड़ा, उसके पंजों से खेला, और जब मैं घर की ओर निकली तो ऐमैरेन्त्स मुझे घर तक छोड़ने आई। हम यूँ चल रहे थे मानो पत्थर तोड़ने के लिए पत्थरों की खानों तक जा रहे हों, स्लिपर और ड्रेसिंग गाउन पहने। पूरे रास्ते हम केवल कुत्ते के बारे में ही बात करते रहे जैसे वह सबसे प्रमुख हो हमारे जीवन में–उसकी चाल, उसका सुन्दर शरीर, उसकी पैनी नज़र, उसकी समझदारी। हम दोनों ने ही उस मेहमान के बारे में कोई बातचीत नहीं की। जब हम घर तक पहुँच गए, ऐमैरेन्त्स ने कुत्ते की रस्सी मेरे हाथ में दी, इन्तज़ार किया कि मैं घर के अन्दर क़दम रखूँ, और फिर धीरे-धीरे, जैसे मानो वह कोई प्रण कर रही हो, मेरे पीछे फुसफुसा कर बोली–इस अजीब-सी वर्जिलियन रात को, जो सच और सपने के बीच ज़िन्दगी जैसी लग रही थी–कि जो मैंने आज किया था, वह कभी नहीं भूलेगी।

मेरे पति गहरी नींद में ही थे जब मैं बिस्तर में लेटी, मगर वियोला इतना उत्तेजित था आज पूरे दिन की घटनाओं से, कि उसे सुलाने में मुझे काफ़ी वक़्त लगा। अन्त में वह भी सो गया, मेरी माँ के कमरे में नहीं बल्कि बाथरूम के दरवाज़े के सामने। मैं जानती थी कि अब वह भी शान्त हो गया है क्योंकि वह आदमियों की तरह खुर्राटे ले रहा था।

❑

कबाड़-सफ़ाई

मेरे विचार से यही वह पल था जब ऐमैरेन्त्स मुझे बहुत प्यार करने लगी, बग़ैर किसी अपेक्षा के, बहुत गम्भीरता से। उस व्यक्ति की भाँति, जो प्यार का असली अर्थ जानता हो। जो यह जानता हो कि प्यार में रास्ता सरल नहीं बल्कि ख़तरों से भरा होता है। उस साल मदर्स-डे (माँओं के लिए विशेष दिन मनाने की प्रथा है यूरोप में) की सुबह वह हमारे बेडरूम में आई। मेरे पति नींद की दवा ले कर सोते थे सो उन्हें उठाना तो आसान नहीं था, मैं उठ गई और उसकी ओर अचरज से देखने लगी। खिड़कियों से जो रोशनी आ रही थी उसी में वह खड़ी थी। अपने सबसे अच्छे कपड़े पहनी थी। वियोला उसके साथ था, रस्सी से बँधा हुआ। उसके सिर पर एक फैल्ट हैट था सस्ता-सा, जिसका रंग काला था और जिस पर एक गुलाब सजा हुआ था। उसके गले के पट्टे पर एक फूलों की माला डली हुई थी। उस दिन से हर मदर्स-डे पर वह प्रातः तड़के ही प्रकट हो जाती, पुराना-सा गीत वियोला की ओर से गाती हुई–

"शुक्रिया ऐ खुदा कि मुझको प्यार मिलता है
अच्छा खाना, अच्छा पीना, अच्छा बिस्तर मिलता है
मम्मी, पापा और मेरे प्यारे से अध्यापको
ईश्वर तुम पर कृपा करे, भर दे सब गोदामों को"

यह छोटी-सी कविता या गीत, जो उसने अपने अध्यापकों के सामने सुनाया होगा, 1905 की रूसी क्रान्ति और 1914 के प्रथम विश्व युद्ध के बीच हर साल इस दिन हमारे बेडरूम में दोहराया जाता। वियोला अपना हैट उतारने की पूरी कोशिश करता मगर उसे इसकी इजाज़त नहीं मिलती थी। गीत के अन्त में हर साल यही पंक्ति बोली जाती थी–'मैं, एक छोटा लड़का, आपको सब चीज़ के लिए धन्यवाद देता हूँ। जो गुलाब मेरे हैट में है वह मेरी मालकिन के लिए है।"

हर मदर्स-डे पर उसके हैट में एक गुलाब ज़रूर होता था। तब से अब तक

मैं कोई भी काला हैट देखती हूँ तो उन दोनों की याद मुझे बरबस आ जाती है : सुबह तड़के का समय है, हवा स्वच्छ और सुगन्धित है; ऐमैरैन्त्स अपने बेहतरीन कपड़ों में सजी है, हमारे कुत्ते के गले में माला है और उसके कान हैट के कारण नीचे झुके हुए हैं। ब्लू बेयर्ड के महल में दिन के हर पहर के नाम थे; ऐमैरैन्त्स ने भी सदा-सदा के लिए एक पहर पर अपना नाम लिख दिया था। हर उषाकाल उस का था, उसकी वह ख़ास लालिमा, उस पल की वह घास से उठने वाली ओस--सब पर उसी का नाम लिखा था।

इस हर वर्ष के कार्यक्रम से मेरे पति इतने परेशान हो गए थे कि मदर्स-डे के एक दिन पहले वह बेडरूम में सोते ही नहीं थे–या तो कुर्सी पर बैठे-बैठे, ड्रेसिंग गाउन में ही सो जाते थे या मेरी माँ के कमरे में दरवाज़ा बन्द कर के। जो बात उन्हें सबसे अधिक परेशान करती थी वह यह थी कि वे बिना सही कपड़ों के, बिस्तर में लेटे, सुबह किसी से यूँ मुलाक़ात करें। पर मुझे लगता है वे इससे भी परेशान थे कि ऐमैरैन्त्स मुझे इतना अधिक प्यार करती है और इसको इस बेवक़ूफ़ी के अन्दाज़ से प्रगट भी करती है।

ऐमैरैन्त्स के मेरे लिए प्यार में ज़रा भी उथलापन नहीं था। लगता था, इस तरह का प्यार करना उसने बाइबिल से सीखा था, जो उसने कभी हाथ में भी नहीं उठाई थी, या अपनी तीन साल की स्कूल की पढ़ाई के दौरान वह यीशु के शिष्यों के बहुत निकट पहुँच गई थी। वह सन्त पॉल के शब्द नहीं जानती थी पर उन्हें ही जीती थी। मैं नहीं सोचती कि दुनिया में कोई ऐसा था–सिवाय मेरी ज़िन्दगी के चार पायों के : मेरे माता-पिता, मेरा मुँहबोला भाई और मेरे पति के–जो मुझे इतना ज़्यादा और इतने दिल से प्यार कर सकता था जितना वह।

मेरे प्रति उसका लगाव मुझे सदा वियोला का ध्यान दिला देता, जो अपने में ही मग्न घूमता रहता। पर वह मेरा कुत्ता कहाँ था, वह तो उसका था। वह कहीं भी काम कर रही हो, अगर उसे ज़रा भी लगता कि मुझे उसकी ज़रूरत है तो वह सब काम छोड़ कर भाग खड़ी होती और तब तक मेरे पास से जाने का नाम न लेती जब तक उसे पूरा विश्वास न हो जाता कि अब वाक़ई मुझे उसकी ज़रूरत नहीं है। हर शाम वह ऐसे पकवान बनाती जो मुझे पसन्द थे, और अक्सर मेरे लिए उपहार लेकर आती जिनके न तो मैं योग्य थी, न जिनकी मैं अपेक्षा करती थी।

एक दिन डिस्ट्रिक्ट में घोषणा हुई कि जनरल साफ़-सफ़ाई के अन्तर्गत कुछ पुरानी, घर में इस्तेमाल की जा सकने वाली वस्तुओं को बाहर सड़क पर रखा जा रहा है। जिसे कोई चीज़ उसमें से चाहिए, ले जा सकता है। ऐमैरैन्त्स गली-गली घूमती रही। हर वह चीज़ उठाती रही जो आकर्षक थी और अद्भुत भी। उसने इन चीजों को अच्छे से धो कर, उसकी मरम्मत करके, हमारे घर ला कर रख दिया। उसे वास्तव में शऊर था ऐसी चीज़ें छाँटने का, जो मूल्यवान थीं। एक सुबह मैंने

अपनी लाइब्रेरी में एक पेन्टिंग देखी जिसका फ्रेम तो टूटा-फूटा था मगर पेन्टिंग बहुत मूल्यवान थी। फटे क़ीमती जूते का एक पैर था, एक टहनी पर एक बाज बैठा हुआ था जिसमें भूसा भरा था, एक पानी गर्म करने का बर्तन था जिस पर बहुत ख़ूबसूरत राजसी मुकुट बना हुआ था, और भूतपूर्व हीरोइन का मेक-अप का डिब्बा—उसमें से जो सुगन्ध आ रही थी उससे हमारी नींद भी खुल गई थी।

दिन की शुरुआत कोई ख़ास अच्छी नहीं हुई थी। वियोला चिल्लाए जा रहा था—वह भी ऐमैरेन्त्स के साथ गली-गली घूम कर आया था, पर वापिस लौटने पर उसे माँ के कमरे में बन्द कर दिया गया था, ताकि वह इस बीच तंग न करे जिस बीच यह पूरा ख़जाना तैयार किया जा रहा था, धोया जा रहा था और सही जगह पर रखा जा रहा था। इस संग्रह में बाग में रखे जाने वाला एक बौना भी शामिल था और एक टूटी-फूटी भूरे कुत्ते की प्रतिमा भी। वियोला की चिल्लाने की आवाज़ से हम उठ गए थे। और मुसीबत यह हुई कि बजाय मेरे, उस दिन मेरे पति बैडरूम से पहले बाहर निकले। कुत्ता अन्दर आने के लिए चिल्लाए जा रहा था। ऐमैरेन्त्स आदत के अनुसार उपहार चुपचाप रख कर जा चुकी थी। मेरे पति तो गुस्से से आग-बबूला हो गए जब वह पढ़ने के कमरे में पहुँचे (कमरा नीचे से ऊपर तक किताबों से भरा था) और देखा कि उनके अंग्रेज़ी साहित्य की चुनींदा कृतियों के सामने एक बौना बैठा है, एक फटा जूता भी साथ में उनका मज़ाक-सा उड़ाते हुए। ऐमैरेन्त्स ने उनकी 'यूलीसिस' नामक पुस्तक को पीछे सरका दिया था ताकि उस पानी गर्म करने वाले कप के लिए जगह बना सके। इस कप में उसने प्लास्टिक के फूल भी सज़ा दिए थे। बाज फ़ायर प्लेस पर बैठा था।

पहली दफ़ा अपने पति की क्रोध भरी आवाज़ सुन कर मैं भागी आयी। वे बहुत ही शान्त स्वभाव के व्यक्ति थे। मैंने कभी उन्हें ज़ोर से चिल्लाते नहीं सुना था पर आज उनका क्रोध देखते ही बनता था। उन्होंने बात यहाँ तक ही सीमित नहीं रखी कि वे अपने घर में यह सब पसन्द नहीं करते थे। विवाद तो काफ़ी दार्शनिक रूप ले चुका था। अगर यह सब हमारे घर में सम्भव है तो फिर जीने का अर्थ ही क्या है—अगर एक कमबख़्त बौना उनके क़ालीन पर बैठ सकता था, एक टूटे जूते का पैर उनके बुक-शेल्फ़ की शोभा बढ़ा सकता था...वे एक विषय से दूसरे विषय तक पहुँचते जा रहे थे। बहुत भयानक सुबह थी वह। मुझे समझ में नहीं आ रहा था कि मैं आख़िर करूँ क्या। मैंने उन्हें समझाने की कोशिश की कि वृद्धा अपनी बुद्धि के अनुसार हमें ख़ुश करना चाह रही थी। हर वस्तु जो यहाँ थी—उन्हें समझना चाहिए—वह उसके प्यार का ही प्रतीक थी। उसका प्यार दिखाने का यही तरीक़ा था। अब उसकी पसन्द तो उसके व्यक्तित्व के अनुरूप ही होगी न। अतः कोई आवश्यकता नहीं थी चीखने-चिल्लाने की, और एक विषय से दूसरे

तक कूदने की। यह सब कानों को अप्रिय लग रहा है। मैं अपने तरीक़े से सब ठीक कर लूँगी।

मेरे पति घर से बाहर निकल गए। सच कहूँ तो मुझे उन पर तरस आ रहा था। मैंने उन्हें इतना अधिक विचलित कभी देखा जो न था, इतना अधिक परेशान। बाद में जब वह शान्त हुए तो बताने लगे कि जब वह यूँ घर से बाहर भागे थे, तो ऐमैरैन्त्स बाहर ही खड़ी थी, सड़क की सफ़ाई कर रही थी। उसने उन्हें सलाम किया। जैसे ही वे तेजी से उसके पास से निकले, और फिर यूँ मुस्कुराई मानो कह रही हो कि आप बड़े ग़लत तरीक़े से पाले गए हैं, आपको कम-से-कम इस उम्र में तो यह पता होना चाहिए कि सलाम का जवाब कैसे दिया जाता है। ख़ैर, अच्छा हो समय रहते सीख लें। मेरे पति हँस कर यह सब बता रहे थे। ऐमैरैन्त्स हमारे रिश्ते को रहस्यपूर्ण मानती थी। मगर चूँकि ऐसा हो चुका था इसलिए उसने इसे स्वीकार भी कर लिया था, जैसे मैंने यह स्वीकार कर लिया था कि उसका दरवाज़ा कभी नहीं खुलेगा। अगर मालिक ऐसे हैं तो यूँ ही सही। कोई भी व्यक्ति पूर्ण रूप से नार्मल हो ही नहीं सकता।

उन उपहारों में से केवल एक ही मेरे पति के लिए था, जो पहले मुझे दिखाई नहीं दिया था। वह थी एक चमड़े का कवर चढ़ी 'टोरक्वौटो टैसो' नामक पुस्तक। उसे मैंने किताबों के बीच लगा दिया था। बाकी बचे कबाड़ का मुझे समझ ही नहीं आ रहा था क्या करूँ—उदाहरण स्वरूप उस बौने का, जो हाथ में एक लैम्प उठाए था, हरे रंग का फटा-फुराना एप्रिन पहने था, और जिसकी टोपी में फुनगे लटक रहे थे। मैंने अपने रसोईघर की सज़्ज़ा बहुत सुरुचिपूर्ण तरीके से की थी, उसमें मेरी परनानी के ज़माने तक की क़ीमती चीज़ें लगी थीं। उसमें सब कुछ था—आटे का डिब्बा, घोंघा पास्ता बनाने का साँचा, सॉसेज बनाने की मशीन, तराज़ू पुराने बाटों के साथ, प्यूजो कम्पनी का कॉफी ग्राइन्डर जो उस वक़्त तक एन्टीक बन चुका था। इस बौने को मैंने सिंक के नीचे जगह दे दी। वह पुराना पानी गर्म करने का राजसी कप मैंने रसोई में बरतन धोने का पाउडर रखने के लिए रख लिया और हीरोइन के मेक-अप बॉक्स में मैंने अपने सौन्दर्य प्रसाधन की वस्तुएँ रख दीं।

मगर अब भी समस्या रह गई थी कि फटे जूते और बाज का क्या किया जाए? बाज तो मैंने वियोला को पकड़ा दिया जिसने मिनटों में, देखते-ही-देखते उसके चिथड़े कर डाले। मैं उम्मीद करती रही कि उस बाज के शरीर में लगे कैमिकल वियोला को नुकसान न पहुँचाए मगर वह तो इतना पुराना था कि अब उसमें किसी भी कैमिकल के अवशेष बचे ही कहाँ होगे। उसके आधे पंख झड़ चुके थे और किसी चूहे ने भी उसमें मुँह मारा हुआ था। अतः वह टहनी जिस पर वह बैठा था, आसानी से टूट गई। पेन्टिंग को मैंने उसके टूटे फ्रेम में से निकाला। उसमें एक स्ट्रेचर पर एक पागल-सी नवयुवती बैठी थी, जो काले समुद्र पर सफ़ेद झागों

को देखे जा रही थी। उसके पीछे एक महल था जिस पर से साइप्रस की शाखाएँ लटक रही थीं। मैंने इस पेन्टिंग को रसोई के दरवाज़े पर अन्दर की ओर टाँग दिया और उस बूट को (जो काफ़ी लम्बा था) मैंने घर में घुसने वाले दरवाज़े के पास कॉरिडोर में रख दिया। हमारे पास कोई छाता-स्टैण्ड नहीं था, मैंने सोचा यह उसका काम बड़ी अच्छी तरह कर सकेगा क्योंकि ऐमैरैन्त्स ने उसे अच्छी तरह से पॉलिश कर दिया था। सो अब यह पागल युवती थी रसोई के दरवाज़े पर, पुराना कॉफी-ग्राइन्डर और बौना सिंक के नीचे थे। हमारे अपार्टमेन्ट को देख कर लोगों में दो तरह की अनुभूतियाँ ही जाग सकती थीं–या तो वह ठगे-से खड़े रह जाते, या हँसते-हँसते दोहरे हो जाते। हमारे रसोईघर की दीवारें तक साधारण नहीं थीं। वॉल पेपर या पेण्ट की जगह उन पर ऑयल-क्लॉथ लगा था जिस पर गिलहरियाँ, मुर्गियाँ और बत्तखें आदि बनी हुई थीं। हमारे यहाँ आने वाले ज़्यादातर मेहमान कलाकार थे। उनके लिए काफ़ी परिचित सा था यह पागलपन। जो मेरे एकदम सही ढंग से सोचने वाले रिश्तेदार थे, जिनके पास स्वयं की कोई कल्पना-शक्ति ही नहीं थी, उनसे मेरा नाता बहुत पहले ही टूट चुका था। अगर मुझे किसी के विरोध की वास्तव में चिन्ता थी तो वह थी ऐमैरैन्त्स। वह ज़रूर मेरे इस पागलखाने जैसे घर में काम करने से इनकार कर सकती थी। मगर वह तो पहले दिन इसे देखते ही बड़ी खुश हुई। वह तो ख़ुद भी इसी प्रकार के पागलपने की शौक़ीन थी। उसे हर असाधारण चीज़ अच्छी लगती थी। उसने एक बार मेरे घर में मेरी माँ के ज़माने का एक पुतला देखा जिसे उनके ड्रेस-मेकर ने बनवाया था। उसने मुझसे उसे माँगा और बहुत खुश हुई जब मैंने उसे वह दे भी दिया। वह उसे एक पवित्र अवशेष की तरह घर ले गई। मुझे समझ में नहीं आया कि इस तरह के फ़ालतू पदार्थों को क्यों यह अपने घर में संजो कर रखती है और फिर किसी को दरवाज़े के अन्दर भी नहीं आने देती। ख़ैर, मेरे लिए बड़े गर्व की बात थी कि उसने मुझसे आख़िर कुछ माँगा तो। क्योंकि जैसा मैंने पहले बताया, वह तो केवल देना जानती थी। बाद में, बहुत बाद में, मेरे उन बहुत ही अजीब पलों में, जो मेरे रोएँ खड़े कर रहे थे, जब मैं ऐमैरैन्त्स की ज़िन्दगी के खण्डहरों में घूम रही थी, मेरी माँ के नाप के लिए बनाए गए इस चेहरा रहित पुतले को मैंने उसके बाग में रखे देखा था। इससे पहले कि उस पर पेट्रोल छिड़क कर उसे आग लगाई जाती, मैंने ऐमैरैन्त्स की मूर्ति-पूजा के दर्शन कर लिए थे। इस पुतले की पसलियों पर हम सभी के चित्र थे–ग्रौसमैन परिवार, मेरे पति, वियोला, लेफ़्टिनेन्ट कर्नल, बेकर, वकील का बेटा और स्वयं उसका, युवा ऐमैरैन्त्स लम्बे सुनहरी बाल और आया की ड्रेस में कैप लगाए और एक दो महीने का बच्चा गोद में लिए।

ऐमैरैन्त्स का ऊटपटांग चीजों को जमा करने का शौक़ कोई नया नहीं था। जिस बात से मुझे आश्चर्य हुआ उस दिन, वह यह थी कि वह अपने लिए नहीं

मेरे लिए सब चीज़ें बटोर रही थी। मैं उसका दिल दुखाना नहीं चाहती थी, न इसकी जुर्रत ही कर सकती थी, मगर यह कान कुतरा हुआ कुत्ता! अब इसका क्या करूँ? मैंने उसे उठा कर हमाम-दस्ते के पीछे रख दिया। मैं जानती थी कि अगर मेरे पति की निगाह उस पर पड़ गई तो वे फ़ौरन उसे कूड़े के डिब्बे में फेंक देंगे। अब यह कुत्ता तो ज़रा सिर के ऊपर पानी निकलने जैसा था।

जब तक वह आई, मैं टाइपराइटर पर बैठी अकेली अपना काम कर रही थी। "आपने देखा, बेवक़ूफ़ों ने कैसा-कैसा नायाब सामान फेंक डाला था? मैं सब बटोर लाई। किसी के लिए कुछ भी नहीं छोड़ा। आपको मज़ा नहीं आया?"

अरे, मुझे कैसे मज़ा नहीं आता? मैंने तो आज से पहले ऐसी सुकून भरी सुबह कभी देखी ही नहीं थी! पर मैंने उसे कोई उत्तर नहीं दिया, बस टाइपराइटर पर उँगलियाँ चलाती रही, बेकार के निरर्थक वाक्य निकलते गए उसमें से। वह बारी-बारी हर कमरे में गई, यह देखने कि मैंने उसकी लाई चीज़ें कहाँ-कहाँ रखी हैं। बौने और पेन्टिंग को रसोई में रखना उसे जँचा नहीं। इतनी ख़ूबसूरत चीजों को छिपाने की क्या ज़रूरत है? उसने वियोला को सिर पर ज़ोर से मारा कि उसने बाज के चिथड़े उड़ा दिए थे—बेचारा उसे बता भी न सकता था कि दोष उसका नहीं, मेरा था। अब तक तो मैं सस्ते में ही छुट गई; पर अब प्रश्न आया कि मैंने उस ख़ूबसूरत कुत्ते की प्रतिमा को कहाँ रखा था। मैंने कहा कि मैंने उसे छिपा दिया था क्योंकि वह देखने लायक नहीं था। वह डेस्क के दूसरी ओर खड़ी हो कर चिल्लाने लगी—

"क्या आप इतनी गुलाम बन कर रह गई हैं कि अपने लिए कुछ भी आज़ादी से नहीं कर सकतीं? सिर्फ इसलिए कि मालिक को जानवर पसन्द नहीं, आप उनके पुतले तक नहीं रख सकतीं, इसकी मनाही है? आपके ख़याल से यह जो शॅल रखा है यह ज़्यादा ख़ूबसूरत है? मगर आप इसे यहाँ डेस्क पर रखी हैं और इसमें हर तरह के निमन्त्रण कार्ड और विज़िटिंग कार्ड लगाए हैं। कुत्ता नहीं, शॅल हाँ? इसे मेरे सामने से हटा दीजिए नहीं तो मैं एक दिन इसे चूर-चूर कर दूँगी। मुझे इसको छूने से भी नफ़रत आती है।"

उसने शॅल खींच लिया। इसका आधार मूँगे पर था और यह क़ीमती था। यह हमारे पूर्वजों के ज़माने से चला आ रहा था। मेरी माँ को धरोहर के रूप में मिला था। तिरस्कारपूर्ण दृष्टि से उसे देखती हुई वह सब कार्ड समेत उसे रसोई घर में ले गई और वहाँ सूजी और शक्कर के डिब्बों के बीच रख दिया। उसकी जगह पर वह कान कुतरा हुआ कुत्ता ला कर रख दिया। अब हद पार हो रही थी। मैंने उसकी उपस्थिति अपने घर में और अपने जीवन में स्वीकार कर ली थी मगर मैं अपने चारों ओर क्या देखना चाहती हूँ, इसमें भी उसका हस्तक्षेप!

"ऐमैरैन्त्स", मैंने अस्वाभाविक रूप से गम्भीर होकर बोला, "मेहरबानी से इस

प्रतिमा को सड़क पर जहाँ से लाई हो वहीं फेंक आओ, और अगर तुम फेंकना नहीं चाहती तो इसे वहीं रखो जहाँ मैंने रखा था, नज़रों से दूर। वह कबाड़ है, टूटा हुआ है, भद्दा है और यह यहाँ नहीं रह सकता। न केवल साहब इसे नहीं सह सकते, मैं भी नहीं बर्दाश्त कर सकती। यह कला का नमूना नहीं है, यह कूड़ा-कबाड़ है।"

उसकी नीली आँखें मुझ पर चमकने लगीं। पहली बार मैंने उनमें उत्सुकता, प्रेम या आत्मीयता नहीं देखी बल्कि तिरस्कार देखा।

"यह कबाड़ क्या होता है?" पूछने लगी, "इसका क्या अर्थ होता है, ज़रा विस्तार से समझाइए मुझे।"

मैं अपने दिमाग़ पर ज़ोर डालती रही कि कैसे इसे समझाऊँ। कैसे बताऊँ कि इस कुत्ते की प्रतिमा क्यों मैं पसन्द नहीं करती।

"कबाड़ वो है जो सजाने की चीज़ नहीं होती, जो कुछ सेकेण्ड के लिए देखने में भले ही अच्छा लगे मगर वह फेंकने लायक ही होता है। वह असल चीज़ नहीं होती।"

"यह कुत्ता क्या वैसा है?" उसने पूछा ज़रा क्रोध में आते हुए। "क्या इसमें असली कुत्तों जैसी बात नहीं है—कान हैं, पंजे हैं, पूँछ है? मगर आपको पीतल के बने एक शेर का केवल सिर तो अपनी मेज़ पर रखना अच्छा लगता है। आप समझती हैं वह बड़ी असली चीज़ है, आपके मेहमान उसकी तारीफ़ करते हैं, उसको बेवक़ूफ़ों की तरह से टन-टन बजाते हैं जबकि उसका तो गला तक नहीं है। कुछ नहीं है केवल एक सिर है। सो एक शेर जिसका शरीर तक नहीं है वह तो असली चीज़ है, मगर एक कुत्ता जिसके पास वह सब कुछ है जो कुत्तों में होता है, वह नकली है, है न? आप क्यों मुझसे यूँ झूठ कह रही हैं? बस इतना कह दीजिए न कि आप मुझसे कोई उपहार लेना नहीं चाहती। क्या हो गया अगर उसका कान ज़रा-सा टूटा हुआ है? अगर ऐथेन्स के समुद्र से आपका कोई दोस्त कोई टूटी-फूटी चीज़ ले कर आएगा तो उसे तो आप शीशे में जड़वा कर रख लेंगी। बताइए आप में हिम्मत है यह कहने की कि यह गन्दी-सी काली-सी चीज़ 'पूर्ण' है? कम-से-कम स्वयं से तो झूठ न बोलिए। मान लीजिए न। आप केवल साहब से डरती हैं, मैं समझ सकती हूँ। मगर अपने इस डर को छिपाने के लिए आप कम-से-कम इसे कबाड़ की संज्ञा तो न दीजिए।"

सबसे अधिक चौंका देने वाली बात यह थी कि उसने बात तो सच ही कही थी। मुझे वह कुत्ते की प्रतिमा ज़रा भी अच्छी नहीं लगी थी मगर उसे छिपाने का असली कारण तो यही था कि मैं अपने पति से डरती थी। इसलिए नहीं कि वे नाराज़ होंगे बल्कि इसलिए कि किसी भी सूरत में मैं उनकी पिछली ज़िन्दगी को उनके सामने ला कर खड़ा करना नहीं चाहती थी। ऐमैरेन्त्स ने व्यंग्यात्मक चुप्पी

साध ली थी। फिर उसने अपने झोले में इस कुत्ते की प्रतिमा को डाला और चल दी। जाते वक़्त उसने वह बूट देखा। उसे उठा लिया और उसमें लगे छाते मेरे सामने फेंक दिए। वह गुस्से से लाल हो रही थी और मुझ पर चिल्लाने लगी थी–

'आप का क्या दिमाग़ बिलकुल ही चल गया है? आप समझती हैं अक़्लमन्द लोग जूतों में छतरियाँ रखते हैं? आप सोचती हैं इसे मैं यहाँ इसलिए लाई थी कि आप इसका प्रयोग एक डिब्बे की तरह करें? मैं क्या इतनी मूर्ख हूँ कि यह भी न जानूँ कि क्या सही है और क्या ग़लत?'

उसने अलमारी खोली और उसमें से एक पेंचकस निकाला और बूट की मरम्मत में लग गयी। मेरी ओर पीठ किए हुए वह लगातार मुझे भला-बुरा कहती जा रही थी। मेरे लिए अजीब-सा अनुभव था यह। मुझे कभी बचपन में भी किसी ने डाँटा न था। मेरे माता-पिता का मुझे सज़ा देने का बड़ा सभ्य तरीक़ा था। वे मुझे चुप रह कर सज़ा देते थे, डाँट कर नहीं। मुझे अधिक बुरा लगता था अगर मुझे यह एहसास कराया जाता कि मैं इस लायक नहीं हूँ कि मुझसे कोई बात करे। ऐमैरैन्त्स ने इस बीच उस घुड़सवारी करने वाले जूते में से एड़ निकाल कर अलग कर दी थी (जिसकी सहायता से वह सीधा खड़ा रह सकता था)।

"क्योंकि आपको नज़र नहीं आता? आप मूर्ख हैं और डरपोक हैं", वह कहती गई। "मालूम नहीं मुझे आप में क्या अच्छा लगता है, आप कतई मेरे प्यार के लायक नहीं है। हो सकता है जब आप ज़रा और बड़ी हों तब आपको ठीक से ज्ञान हो कि क्या अच्छा है और क्या बुरा। और शायद तब आप में ज़रा बहादुरी भी आए।"

और वह उस एड़ को वहीं फेंक चल दी। मैंने उसे उठाया इससे पहले कि मेरे पति लौटते और परेशान होते। देखा क्या कि उसके बीचों बीच कुछ चमक रहा था। मैं ठगी-सी रह गई उस कला के नमूने को देख। उस एड़ में बहुत ही ख़ूबसूरती से एक गारनैट जड़ा हुआ था। ऐमैरैन्त्स ने जब उस जूते को अच्छी तरह से साफ़ किया होगा तो ज़रूर इसे देखा होगा। यही कारण था उसके इसे यहाँ लाने का–यह केवल एक बूट नहीं था बल्कि चाँदी की एड़ में जड़ा हुआ ख़ूबसूरत गारनैट भी उसके साथ था। कोई भी सुनार इसका इस्तेमाल सुन्दर आभूषण बनाने के लिए प्रयोग में ला सकता था। गारनैट बहुत ही सुन्दर और बिना किसी दोष का था।

एक बार फिर जब मैं उस रक्तवर्ण के चमकते गारनैट को देख रही थी, मुझे शर्म के अलावा कोई अनुभूति नहीं हो रही थी। मैं उसके पीछे भागने ही वाली थी, मगर फिर मैंने सोचा : मुझे इसकी यूँ मेरे प्रति लगाव रखने की आदत को तोड़ना ही होगा–इस तरह से पागलपन की हद तक मुझे चाहने की आदत को। आज मैं यह समझती हूँ, जो उस वक़्त नहीं जानती थी, कि प्यार केवल शान्त शब्दों के द्वारा ही बयान नहीं होता। हरेक व्यक्ति का प्यार करने का तरीक़ा उसका अपना ही होता है।

मेरे पति वापिस लौटे, ढेर सारे अख़बार लिए। उन्होंने सैर कर के अपना क्रोध शान्त कर लिया था और शान्त ही घर में वापस लौटे थे। उन्होंने हर कमरे में जा-जा कर देखा कि वह कबाड़ हटा लिया गया है या नहीं। रसोईघर में उन्हें अब भी कुछ अवशेष अवश्य दिखाई दिए मगर यह स्थान उनके लिए इतना महत्वपूर्ण नहीं था। जब से हम इस मकान में आए थे, मैं तरह-तरह की ऊटपटांग चीज़ें जमा करती रही थी—अगर यहाँ हम छत से एक भूसे से भरी व्हेल मछली भी टाँग देते, जैसी मेरी परनानी के एक्वेरियम में टँगी थी, तब भी कोई फ़र्क़ पड़ने वाला नहीं था। वह पागल औरत की तस्वीर, और वह पानी गर्म करने का शाही कप केवल इस अजायबघर को और अधिक अजीब बना रहे थे, बस। ख़ुशकिस्मती से सिंक के नीचे उन्हें वह बौना बैठा हुआ नज़र नहीं आया। घर में शान्ति हो गई थी। मैं फिर से तूफ़ान से पहले की इस शान्ति को समझ न पाई थी। मैं इसका आनन्द उठा रही थी। हालाँकि वियोला का सिर लुढ़कता जा रहा था, और उसके यूँ बेजान-सा दिखने का संकेत मुझे समझ लेना चाहिए था।

दोपहर तक यह साफ़ हो गया था कि मुझे ही उसे घुमाने ले जाना पड़ेगा। ऐमैरेन्त्स मुझे सज़ा जो देना चाह रही थी। ठीक है, मैं ही ले जाऊँगी उसे। वियोला का बर्ताव उस दिन अजीब-सा था। वह मेरी कलाई को खींचे ही जा रहा था। पता नहीं क्यों उस दिन पुलिस वहाँ घूम रही थी सो हम घास पर नहीं चल सकते थे, और पटरियों पर अभी तक कबाड़-सफ़ाई के निशान बचे थे। वियोला हर चीज़ को सूँघते चल रहा था। दूर पर ऐमैरेन्त्स दिखाई दी। वह एक पेन्ट किया हुआ डिब्बा उठाने नीचे झुकी थी। मैंने पीठ मोड़ी और वियोला को खींचती घर की ओर चल दी।

उस शाम ऐमैरेन्त्स नहीं आई बल्कि उसका भतीजा आया, जो अपनी ब्यूटी पार्लर चलाने वाली छोटे-छोटे हाथों वाली पत्नी के साथ अक्सर उससे मिलने आता था। हमारा परिचय हो चुका था, जब ऐमैरेन्त्स उन्हें हमसे मिलाने एक बार लेकर आई थी। "मेरे भाई योज़ी का बेटा" अच्छा-भला आदमी था, ऐमैरेन्त्स के उसे अपने घर में न घुसने देने का बुरा नहीं मानता था, मज़ाक में उड़ा देता था। वृद्धा इन दोनों को बेहद प्यार करती थी हालाँकि वह हर वक़्त उनको डाँटती कि वे और बच्चे क्यों नहीं पैदा करते। वे मकान खरीदने के लिए पैसा बचा रहे थे और अभी उनके जीवन में एक और बच्चे की गुंजाइश नहीं थी। ऐमैरेन्त्स इस पर नाराज़ होती थी, मगर हमेशा उन्हें पैसे दिया करती—ज़्यादा भी कभी-कभी, ताकि वे घूमें-फिरें और अपनी कार बदलें। उसके पास बहुत पैसे थे और कोई व्यक्ति विदेश से भी उसे पैसे भेजा करता था। मैंने एक बार पूछा भी था कि कौन था वह, तो जवाब मिला था कि आपका इससे क्या लेना-देना। और ठीक भी थी वह।

पर उस शाम इस हँसमुख भतीजे के चेहरे पर गम्भीरता के चिन्ह थे। उसकी बुआ ने कहलवाया था कि हम अपने लिए किसी और नौकरानी का प्रबन्ध कर

लें। वह हमें छोड़ रही थी। वह महीने के बाकी बचे दस दिन ज़रूर हमारा काम कर देगी ताकि हम पहली तारीख तक अपना इन्तज़ाम कर सकें।

मेरे पति ने कन्धे झाड़े। सुबह के अचम्भों ने उसकी आपसी मैत्री में कोई इज़ाफ़ा नहीं किया था। पर मुझे लगा यह असम्भव है कि यह संदेश गम्भीर हो, कि हम कभी उसे घर में यूँ आते-जाते नहीं देखेंगे। वह इस वक़्त नाराज़ है क्योंकि उसे मेरा कबाड़ के बारे में लेक्चर पसन्द नहीं आया था। वह ज़रूर वापिस आएगी, अगर मेरे लिए नहीं तो कम-से-कम वियोला के लिए तो ज़रूर। मगर भतीजे को ऐसी कोई उम्मीद नहीं थी।

"कृपया जो वह कह रही हैं उसे मज़ाक मत समझिए", वह कहता गया, "वे कभी मज़ाक नहीं करतीं। अगर वे कोई घोषणा करती हैं तो कभी उससे पलटती नहीं। अब जब उन्होंने फ़ैसला कर लिया है, वे कभी भी आपके घर नहीं आएँगी। उन्होंने यह तो नहीं बताया कि किस बात से उन्हें दुख पहुँचा था, और मैंने तो बहुत पहले से उनके मन की गहराइयों में झाँकना छोड़ दिया है, या उन पर कोई प्रभाव डालना। अतः नामुमकिन है। वे इस आधुनिक संसार को ज़रा भी नहीं समझती हैं और हर बात का ग़लत अर्थ निकालती हैं। जब मैंने उन्हें समझाने की कोशिश करी कि भूमि-सुधार सम्बन्धी क़ानून कितने ज़रूरी हैं तो उन्होंने मुझे चाँटा मारा और चिल्लाईं कि उन्हें कोई लेना-देना नहीं है। उससे जो 1945 में घटा; उससे उनका कोई ताल्लुक़ नहीं था; उन्हें इस बदलाव से कुछ भी हासिल न हुआ था सो मैं उन्हें कुछ भी समझाने की कोशिश न करूँ। प्रोपेगैन्डा करने वाले लोगों को तो उन्होंने पागल कर दिया था जो शान्ति के लिए चन्दा जमा करने आए थे। वे अकेली थीं जिन्होंने एक पाई भी चन्दे के स्वरूप देने से इनकार कर दिया था। मुझे दुख होता है यह सोच कर कि लेफ़्टिनेन्ट कर्नल ने उन्हें उस समय किस मुसीबत से बचाया था। उन्होंने मुझसे कहा है कि आपको यह संदेश देने के बाद दफ़ा हो जाऊँ और इसके बाद उन्हें लम्बे अरसे तक अपना मुँह तक न दिखाऊँ।"

"हम कोई उसके हाथ-पैर नहीं जोड़ेंगे" मेरे पति बोले, "वह आज़ाद नागरिक है। और वैसे भी नाराज़ तो उसे मुझसे होना चाहिए था क्योंकि मैंने ही उसे अपने घर को कबाड़ी बाजार नहीं बनाने दिया।"

इससे पहले कि वह कुछ बोलता, भतीजा कुछ देर सोचता रहा।

"डॉक्टर साहब, उनकी पसन्द बहुत शानदार है", वह मेरे पति की ओर एकटक देखता रहा, "शायद आपने अगर ध्यान से देखा होता तो महसूस करते। दरअसल जब वे आपके लिए उपहार चुनती हैं तो वयस्कों वाले उपहार नहीं चुनतीं। दो बच्चों के लिए चुनती हैं।"

मेरा दिमाग़ उस दिन की ओर दौड़ा जब उसने आगन्तुक के लिए मेज़ सजाई थी। खाना और उसे परोसने का तरीक़ा उसके सुसंस्कृत और सुरुचिपूर्ण होने का

ज्ञान कराते थे। यह सच था कि उसे बेहद समझ थी इन बातों की। अच्छी पसन्द थी उसकी। और यह भी सच था कि जब वह हमारे लिए सोचती तो यूँ, मानो दो बालकों के लिए सोच रही हो। हो सकता है बूट भी उसने गारनैट की वजह से न लिया हो बल्कि यही सोच कर कि एक दो साल के बच्चे के लिए यही ठीक रहेगा खेलने के लिए, और जैसे मैं वियोला को घर ले आई थी, उसी प्रकार इस प्लास्टर के कुत्ते को देख कर भी खुश होऊँगी।

भतीजा बोलता गया और बताने लगा कि बुआ वसीयत की भी बात कर रही थीं। यह काम अब लेफ़्टिनेन्ट कर्नल के हाथ में था। आज सुबह जो कुछ हुआ उसके बाद वे हमसे तो मदद माँगेंगी नहीं। वह मदद कर नहीं सकता था क्योंकि वही तो एकमात्र वारिस था—उन्होंने उसे बता ही दिया था कि सारा पैसा उसी के लिए छोड़ कर जाएँगी और यह पैसा काफ़ी ज़्यादा होगा। क्योंकि उन्हें मकान का किराया देना नहीं पड़ता था : पता नहीं कब किसने उनके लिए यह सब व्यवस्था कर दी थी—मकान, कपड़ा-लत्ता, चद्दरें-तकिए और पूरी ज़िन्दगी चलने वाला फ़र्नीचर भी। केवल खाने पर ही उनका खर्चा होता था। मकान गर्म करने के लिए लकड़ी भी वे ख़ुद ही बटोर कर लाती थीं जंगल से। फ़र्नीचर शायद बिल्ली ने अब तक ख़राब कर दिया होगा, पर इससे उसे कोई फ़र्क़ नहीं पड़ता था क्योंकि उसके स्वयं के पास अच्छा फ़र्नीचर था। पैसे की उसे ज़रूर ज़रूरत थी क्योंकि वे घर बनाना चाह रहे थे। मगर वह यही प्रार्थना करता था कि बुआ सालों साल जीवित रहें क्योंकि उन जैसे सच्चे और अच्छे इन्सान अब दुनिया में थे ही कहाँ—हालाँकि अब जब वह हमारे साथ बातचीत कर रहा था उसे लग रहा था कि वे काफ़ी उग्र स्वभाव की हैं और बग़ैर बात के ही नाराज़ हो जाती हैं।

उसने जाने की इजाज़त माँगी और कहा कि चाहे जो भी हुआ हो, हम ज़रा ध्यान रखें और अगर बुआ को किसी भी प्रकार की ज़रूरत हो तो कृपया हम उसे फ़ोन कर दें, जैसे अगर कभी वे बीमार पड़ें—जो अब तक तो कभी हुआ न था। वृद्धा कभी बीमार न पड़ी थी हालाँकि वह पाँच व्यक्तियों के बराबर काम करती थी। ख़ैर, जो भी हुआ, उसे भूल कर हम उनका ध्यान रखें। वे अच्छी इन्सान थीं।

प्रश्न उसके ख़िलाफ़ कुछ सोचने का नहीं था। मेरे पति, चाहे वे इसका डंका नहीं बजा रहे थे, काफ़ी सन्तोष महसूस कर रहे थे। मगर मुझ पर गहरी उदासी छा गई थी। हमें आदत पड़ चुकी थी कि घर बिलकुल चमकता हुआ रहे। हम दोनों ही, ख़ास तौर से मैं, घर का काफ़ी काम-काज कर सकते थे क्योंकि हम इसके आदी थे। सो, मैं इस बात से परेशान नहीं थी कि अब घर के काम का क्या होगा, या कि मैं अब हफ़्तों तक लेखन का काम नहीं कर सकूँगी। परेशानी ज़्यादा इस बात की थी कि मैं जानती थी ऐमैरेन्त्स वास्तव में हमें बहुत प्यार करती

थी—मेरे पति के स्वभाव के बावजूद भी—तो अब हम से ऐसी क्या गलती हो गई, हमने उसके किस निजी आचरण-नियम को ठेस पहुँचा दी थी? एक टूटे-फूटे खिलौने को नकारने की वह हमें इतनी बड़ी सज़ा कैसे दे सकती थी?

जहाँ तक वियोला का सवाल था, वह तो लगता था पागल ही हो जाएगा। फिर उसे भी लगने लगा कि अब कोई चारा नहीं है, उसे हमसे ही सन्तोष करना पड़ेगा, और तबसे वह ऐसा गुम-सुम पड़ा रहने लगा कि लगता था किसी ने उसे ज़हर खिला दिया हो। वह कैसे योज़ी के बेटे की सब बात समझ गया था, यह भी एक रहस्य था। मेरे पति ने विश्लेषण शुरू किया। सब कुछ कहने-सुनने के बाद जो यहाँ हुआ, वह मान्य नहीं था। ऐमैरैन्त्स को कोई हक़ नहीं बनता इसमें अपनी टाँग अड़ाने का कि हम किस प्रकार की चीजों से अपना घर सजाना चाहते हैं। अगर वह इसे एक मुद्दा बनाने पर अड़ी हुई है तो हमें उसके बग़ैर ही काम चलाना होगा। मैं थक गई थी। हालाँकि कोई वजह तो नहीं थी मेरे इस कदर थकने की। ऐसा कुछ नहीं हुआ था जिससे मुझे थकान होनी चाहिए थी। अब भी मेरे दोपहर के खाने के लिए फ्रिज में काफ़ी खाना रखा था, पहले ही की तरह। मैं एक पंक्ति भी नहीं लिख पाई थी मगर लिखने का काम तो ऐसा ही होता है। कभी-कभी पेन रुकता ही नहीं है और कभी कई दिनों तक एक शब्द भी नहीं लिखा जाता। मालूम नहीं क्यों मगर इस वक़्त की परिस्थिति ने मुझे कुछ असाधारण रूप से थका डाला था। ख़ुशी आपको ताज़ा रखती है, ग़म आपको बुझा डालता है। मैं इस वक़्त बेहद दुखी थी, मगर इसलिए नहीं कि मुझे नई नौकरानी ढूँढनी पड़ेगी। मुश्किल साधारण-सी ही थी। मुझे अब मानना पड़ रहा था कि केवल ऐमैरैन्त्स ही मुझे नहीं चाहने लगी थी, बिलकुल परिवार के एक सदस्य की तरह, बल्कि मैं भी उसे प्यार करने लगी थी।

कोई भी अगर मुझे क़रीब से जानता तो उसे पता होता कि मुझमें एक भारी कमी थी। मेरा लोगों से मिलना-जुलना, उनके साथ उठना-बैठना, खाना-पीना केवल एक आवरण मात्र था, मेरी इस कमी को छिपाने का कि मैं दोस्ती को किसी रिश्ते में बदलने में असमर्थ थी। मैं जिन लोगों से वास्तव में बेहद क़रीब थी, वे तो मेरे एक हाथ की उँगली पर गिने जा सकते थे। ऐमैरैन्त्स वाहिद एक औरत थी जिसे मैंने अपने इतने क़रीब आने दिया था, और इसका पता मुझे अब चल रहा था जब मैंने उसे एक खिलौने के ऊपर उठे विवाद के कारण खो दिया था।

वह शाम बड़ी कष्टदायक थी, चाहे मेरे पति पूरी कोशिश कर रहे थे उसे अच्छा बनाने की। वे वियोला को बाहर घुमाने ले कर गए जो मैं जानती थी उनके लिए बहुत कठिन और दुखदायी काम था। वियोला उन्हें इधर से उधर खींचता रहा और उनका कोई आदेश सुनने को तैयार नहीं था। वह जब भी उनके साथ जाता, उन्हें बेहद तंग करता। वे बेचारे मेरे पास टेलीविज़न देखने भी बैठे, जबकि

वे केवल रेडियो सुनना पसन्द करते थे। वे पूरी कोशिश में लगे थे कि मेरी मदद कर सकें। हम दोनों में से किसी ने भी ऐमैरैन्त्स का नाम न लिया। उसके बारे में केवल हम अपने दिलों की शान्ति में ही सोच रहे थे। मेरे पति को जीतना सदा अच्छा लगता था—जीतने से वे नया जोश, नई स्फूर्ति पा लिया करते थे, जिससे उनकी सेहत भी ठीक हो जाती थी। जिस दिन ऐमैरैन्त्स ने युद्ध की घोषणा की, वह दिन उनके लिए जीत का था। वे जब मेरे सामने बैठे थे मैं इस जीत की ख़ुशी उनके चेहरे पर देख पा रही थी। वियोला सोने चला गया था, उसकी लटकी हुई दुम उसका दुख दिखा रही थी—सच्चा दुख। हम दोनों बालकनी तक गए थे, वह मेरी माँ के कमरे की ओर मुड़ गया और बड़े नाटकीय अन्दाज़ में वहीं लुढ़क गया, जैसे बहुत चोट खा कर गिरा हो।

कबाड़ की सफ़ाई की दूसरी शाम थी। अँधेरा होने पर कई लोग फेंकी हुई चीज़ों में से काम की चीज़ें छाँटने आ रहे थे। हमारी बालकनी से हम यह नज़ारा देख सकते थे। ऐमैरैन्त्स के साथीगण सब दिखाई दे रहे थे मगर उसका स्वयं का कोई नामो-निशान तक न था। वृद्धा की कुछ ख़ास लोगों से बहुत दोस्ती थी जिन पर वह काफ़ी मेहरबान थी। शूटू, जिसके ठेले से पूरी गली सब्ज़ी-फल खरीदती थी, ऑदेल्का, लैब टैक्नीशियन की विधवा और पोलैत, एक बड़ी उम्र की अनब्याही औरत जो ज़रा कुबड़ी-सी थी और जो कपड़े प्रेस किया करती थी। ऐमैरैन्त्स के कथनानुसार, पोलैत किसी ज़माने में गवर्नेस का काम किया करती थी, फिर बाद में भाषाएँ पढ़ाने का और उसने आज की अवस्था में पहुँचने से पहले काफ़ी अच्छे दिन देखे थे। सैनिकों ने उसका सब कुछ लूट लिया था और युद्ध के बाद न गवर्नेस की और न भाषा पढ़ाने की अध्यापिकाओं की ज़रूरत रह गई थी। जिस परिवार के लिए वह काम करती थी वह पश्चिम की ओर पलायन कर गया था, उसे आखिरी महीने की तनख़्वाह तक दिये बिना। बेचारी की तकदीर ने उसे काफ़ी बुरे दिन दिखाये थे। वह हर वक़्त भूखी-सी लगती थी, हालाँकि पड़ोस के सभी लोग उसे प्रेस करने के लिए कपड़े देते ताकि उसका गुज़ारा चलता रहे। और वह वाक़ई फ्रेंच अच्छी बोल लेती थी। ऐमैरैन्त्स के दिन ब-दिन बढ़ते फ्रेंच शब्दों के कोष का श्रेय पोलैत के उसके घर कॉफी पीने जाने को ही दिया जा सकता था। ऐमैरैन्त्स में एक ख़ास ख़ूबी यह थी कि वह जो एक बार सुन लेती थी उसे कभी भूलती नहीं थी, और विदेशी शब्दों का प्रयोग बिलकुल सही तरह करना जानती थी।

मगर उस शाम पोलैत, ऑदेल्का और शूटू—तीनों ही कबाड़ बीनने में लगी थीं। ऐमैरैन्त्स का कहीं अता-पता न था। मैं उसे शाम के धुँधलके में भी पहचानने में सक्षम थी।

इस बार वियोला नहीं था जिसने समस्या सुलझाई। अब पहली बार मैं ऐमैरैन्त्स की अद्भुत शक्ति के दर्शन कर रही थी। उसने हमारी ओर मुड़ कर भी नहीं देखा,

मगर फिर भी मालूम नहीं किस शक्ति से वियोला को मानो जड़-सा बना दिया था। इच्छा-शक्ति का उपयोग कई प्रकार से किया जा सकता है मगर इस प्रकार का इसका रूप मैंने कभी नहीं देखा था। वह वियोला को बेहद प्यार करती थी। और वह उसे अपनी ज़िन्दगी से पूरी तरह निकाल पाने की कोशिश कर रही थी। जीवन यूँ ही चलता रहा। मैं इधर-उधर भागती फिरी नौकरानी के लिए। एक बहुत ही बेकार की, ऐनी नामक औरत काम करने आई जो कुछ ही दिन टिक पाई। उसका मुख्य शौक़ यह था कि हर आधा घण्टा काम करने के बाद बाथ-टब में लेट जाती, और देर तक पानी में चीखती-चिल्लाती रहती और फिर एकदम नंगी हो पूरे फ़्लैट में घूमती। इस तरह की औरत ज़रूर ऐमैरैन्त्स की दैवीय शक्ति के कारण हमें मिली होगी; क्योंकि मैंने तो ऐनी को बुलाया नहीं था फिर वह अचानक कैसे काम माँगने मेरे दरवाज़े तक आ पहुँची, बड़े-बड़े परिचय देती, और वह भी उस वक़्त जब मेरे पास अधूरी पुस्तकों का ढेर लग चुका था। मैंने उसे ट्रायल पर रख लिया मगर एक हफ़्ते से अधिक उसे झेलने में असमर्थ रही। केवल बाथरूम-क्रीड़ा के कारण ही नहीं, वियोला के कारण भी। वह उसे देखते ही ज़ोर-ज़ोर से भौंकने लगता। उस पर ही क्या जो भी झाड़, और झाड़न उठाता उस पर भी।

ऐमैरैन्त्स तो हमारी ज़िन्दगियों से जा चुकी थी। मगर उसने हमारे चारों ओर हर चीज़ को पत्थर का-सा बना दिया था। वह किसी महाकाव्य के चरित्र की तरह हवा में विलीन थी। हम कभी उसे नहीं देख पाते थे मगर वह हमारे उठने-बैठने, बाहर जाने—सब पर अदृश्य रूप से नज़र रख सकती थी और यही वजह थी कि जब भी हम बाहर जाते कभी वह हमारे सामने न पड़ती। जब मैंने मजबूरन अपनी तीसरी साहित्यिक कृति को भी हाथ में लेने से इनकार कर दिया, तो एक दिन मेरे पति रात के खाने के बाद धीरे-से बोले कि कुत्ते वाला खिलौना हमें कुछ ज़्यादा ही नुकसान पहुँचा रहा है। इससे तो अच्छा होता दो शब्द माफ़ी के ही बोल देते। इस बात को नकारने का कोई अर्थ नहीं था कि हमारा जीवन ऐमैरैन्त्स के बग़ैर चल ही नहीं सकता था। हमें वह कुत्ता वहीं रखना होगा जहाँ वह कहेगी; मेहमान आएँगे तो कुछ देर के लिए कहीं छिपा देंगे। हमारा काम पूरा ठप्प पड़ा था; न वे कुछ लिख पा रहे थे, न मैं। मैं तो बिलकुल भी नहीं क्योंकि घर चलाना तो आख़िर मेरी ही जिम्मेदारी थी। हमें ऐमैरैन्त्स की हर शर्त मंज़ूर करनी होगी।

मैं रानी साहिबा के महल में वियोला को लेकर नहीं गई, न वह आना ही चाहता था। अभी मेरी तरफ टुकुर-टुकुर देखता रहा, बिलकुल मनुष्यों जैसे भाव लिए मानो सोच रहा हो कि क्या मैं वाक़ई हिम्मत जुटा पाऊँगी वहाँ जाने की और यह भी कि क्या कारण था कि मैं इसके लिए तैयार हो गई थी। क्या मैं अपने लिए शान्ति की ज़िन्दगी पाने के लिए कर रही थी यह या ऐमैरैन्त्स के आत्मसम्मान को बरकरार रखने के लिए? वह बाहर आँगन में नहीं थी; उन दिनों

वह वहाँ बैठा ही नहीं करती थी। पहले मैंने दरवाज़ा खटखटाया। कोई उत्तर नहीं आया। फिर मैंने साइड में जाकर शटर खटखटाए।

"ऐमैरैन्त्स, क्या तुम ज़रा बाहर आओगी? तुमसे कुछ बात करनी है" मुझे लगा वह सोचने का समय लेगी, मगर तब तक दरवाज़ा खुल चुका था और वह बाहर खड़ी थी। काफ़ी गम्भीर मूड में दिख रही थी।

"क्या आप माफ़ी माँगने आई हैं?" उसने पूछा। उसकी आवाज़ से ज़रा भी क्रोध नहीं झलक रहा था।

फिर से यह बहुत अधिक था। मुझे अपने शब्द बहुत ध्यान से चुनने थे, ताकि हम दोनों के लिए ही सम्मानजनक हो।

"नहीं, हमारी रुचि भिन्न है। मगर उससे कोई फ़र्क़ नहीं पड़ता। हमारा इरादा तुम्हें दुख पहुँचाने का नहीं था। अगर तुम यही चाहती हो तो प्लास्टर का वह कुत्ता रह सकता है। मगर हम तुम्हारे बिना काम नहीं चला सकते। क्या तुम वापिस आओगी?"

"आप प्लास्टर के कुत्ते को रखेंगी?"

राजनीतिज्ञ की तरह अपनी शर्तें रख रही थी वह।

"हाँ" मैंने जवाब दिया।

"कहाँ रखेंगी आप उसे?"

"जहाँ तुम चाहो"

"मालिक के पढ़ने के कमरे में भी?"

"जैसा मैंने कहा, जहाँ तुम चाहो"

और हम चल पड़े।

वियोला ने कोई हरकत नहीं दिखायी; जब तक वह सीढ़ियों तक नहीं पहुँच गई और हौले-से उसका नाम नहीं पुकारा। और तब तो बस लगा वह दरवाज़ा ही तोड़ डालेगा। उसने मेरे पति को 'गुड ईवनिंग' कहा शालीनता से और फिर से अपना हाथ उनके हाथ में दिया, जैसे दोबारा नौकरी पर आ रही हो। वियोला को उसने थपथपाया, जो अब तक ख़ुशी से पगलाने लगा था। प्लास्टर का कुत्ता रसोई की मेज़ पर था। रसोई का दरवाज़ा खुला था, उसकी नज़र फ़ौरन उस पर पड़ी। उसको देख, उसने हमारी ओर देखा, फिर उसे, फिर हमें और फिर उसका चेहरा एक मुस्कुराहट से भर गया जो वह केवल ख़ास पलों के लिए ही रखती थी। उसने उस कुत्ते को उठाया, पोंछा और फिर फर्श पर दे मारा। कोई कुछ न बोला। इस वक़्त शब्दों की ज़रूरत ही नहीं थी। वह उस खिलौने के टूटे हुए टुकड़ों के बीच रानी-सी खड़ी थी। और हम सालों तक केवल शान्ति से नहीं बल्कि ख़ुशी से रहते रहे अपने स्वर्ग रूपी घर में।

❑

पोलैत

मेरे पति और ऐमैरैन्त्स एक-दूसरे को बर्दाश्त करने लगे थे मगर धीरे-धीरे, और एक-दूसरे को आश्चर्य में डालते हुए कि कब और कैसे यह एक-दूसरे को पसन्द करने में परिवर्तित हो गया। शुरू में तो ऐसा इसलिए हुआ क्योंकि दोनों ही मुझे और वियोला को बेहद चाहते थे, पर बाद में वे एक-दूसरे को इतना समझने लगे थे कि सांकेतिक भाषा में भी बातचीत कर लेते थे दोनों। मेरे पति ऐमैरैन्त्स की चुप्पी को समझने लगे थे और उसने भी हमारी ज़िन्दगी के ढर्रे से समझौता कर लिया था हमारी आलस्यपूर्ण ज़िन्दगी से, जिसमें हम पूरे-पूरे दिन चुपचाप केवल सफ़ेदे के पेड़ों को देखते गुज़ार देते, यह कहते हुए कि हम इस वक़्त काम कर रहे हैं। पर मेरा यह मानना है कि हम तीनों बड़े मज़े में जीवन बिता रहे थे। ख़ुश थे कि हम जिन्दा हैं। जो लोग हमें अच्छी तरह जानते नहीं थे, वे जब हमारे घर आते तो सोचते कि ऐमैरैन्त्स मेरी माँ या कोई करीबी रिश्तेदार है। मैं उनकी ग़लतफहमी दूर नहीं करती थी क्योंकि यह बता पाना कि मेरा और उसका क्या रिश्ता है असम्भव था। इस रिश्ते की गहराई कोई नहीं समझ सकता था। न वह मेरी माँ थी, न मेरे पति की, मगर वास्तव में वह हमारे दोनों के लिए माँ से कम नहीं थी। न वह हमसे कोई प्रश्न पूछती थी, न हम उससे। वह जितना चाहती थी अपने बारे में बताती थी, जो बहुत कम ही होता, बिलकुल उस माँ की तरह जिसका अतीत बेमानी हो जाता है जब वह अपने बच्चों का भविष्य बनाने का सोचने लगती है।

जैसे-जैसे वर्ष गुज़रते गए, वियोला गम्भीर होता गया, मगर अब उसके करतब काफ़ी बढ़ गए थे। वह हैण्डल से दरवाज़ा खोल लेता था, अखबार उठा लाता था, स्लिपर ले आता था; और मुझे और मेरे पति को जन्मदिन की मुबारकबाद भी देता था। ऐमैरैन्त्स ने हम सबके लिए नियम निर्धारित कर दिए थे। साहब को सबसे अधिक व्यक्तिगत आज़ादी, फिर वियोला को, और अन्त में मुझे। वह मुझे अक्सर कॉफी पीने बुलाती, जब भी उसके चाहने वालों को किसी प्रकार की सलाह की

ज़रूरत होती। ख़ास तौर पर ऑदेल्का तो अपनी हर समस्या का हल मुझी से चाहती थी। उसकी चरित्र की विशेषता यह थी कि वह मुझसे सलाह लेने के बाद, तीन-चार और लोगों से फिर से उस पर विमर्श करती। जब वह ऐसा करती थी तो ऐमैरैन्त्स को उस पर बहुत क्रोध आता। उसका बस चलता तो ऑदेल्का पर हाथ तक उठा देती। शूतू और पोलैत कम बात करती थीं। पोलैत तो धीरे-धीरे अपने स्वयं के भीतर ही समाने लगी थी। उसका वज़न भी तेज़ी से गिरने लगा था, और फिर वह अचानक ही हमारी ज़िन्दगियों से बाहर हो गयी।

शूतू उसकी आत्महत्या की ख़बर ले कर भागती हुई हमारे पास आई थी। वह सुबह तड़के फल-सब्ज़ी लेने मण्डी जाती थी अतः वह पड़ोस में सबसे जल्दी उठती थी, ऐमैरैन्त्स को छोड़ कर। उस दिन यही जल्दी उठना उसके लिए अभिशाप बन गया। मैंने दरवाज़ा खोला, उसकी लाई ख़बर ने मुझे दुखी कर दिया। अब तक मैं भी पोलैत को अच्छी तरह जानने लगी थी। ऐमैरैन्त्स की कॉफ़ी-मीटिंग के कारण, और मुझे इस वक़्त लगा कि हम सब ही ज़िम्मेदार हैं उसकी मृत्यु के। ज़रूर इस कृत्य के संकेत पोलैत ने हमें दिए होंगे मगर हम समझने में नाकाम रहे। शूतू पूछना चाह रही थी कि इस बात की सूचना ऐमैरैन्त्स को कैसे दे। उन दोनों ने कल दोपहर का खाना एक साथ खाया था। वह पोलैत की सबसे अच्छी मित्र थी और उसके बारे में वह कुछ बातें जानती थी जो कभी शूतू तक को उसने नहीं बताई थीं। नहीं, वह इतनी हिम्मत नहीं जुटा पाएगी कि ऐमैरैन्त्स को सूचित करे। यह काम मुझे ही करना होगा। उसे तो पुलिस के आने पर वहीं होना होगा, क्योंकि बदकिस्मती से लाश को सबसे पहले उसी ने देखा था। देखिए, पोलैत ने हरेक का कितना ख़याल रखा, मरते मरते भी! उसने यूँ ही ग़ायब हो कर लोगों के लिए मुसीबत खड़ी नहीं की। वह अन्दर भी नहीं मरी, उसने अपने आपको बाग में ही अखरोट के पेड़ से लटका लिया, ताकि हमें दरवाज़ा भी न तोड़ना पड़े। सबसे अच्छी बात तो यह कि उसने अपने सिर पर हैट लगा लिया था ताकि उसका चेहरा देख कर कोई डरे नहीं; मगर फिर भी उसे देख कर डर तो लग ही रहा था, वहाँ उसे यूँ लटके देख, अपने बेहतरीन कपड़ों में और अपना ख़ास मौक़ों पर पहनने वाला पीतल के बटन लगा हैट पहने जो उसकी गर्दन तक खिंचा हुआ था। ऑदेल्का को ख़बर मिल गई थी, जिससे उसकी तबियत ख़राब हो गई थी; मगर अब शूतू को जाना होगा, वह अपना ठेला इस वक़्त अधिक देर के लिए छोड़ नहीं सकती। मुझे ऐमैरैन्त्स को सूचना देने जाना होगा। अगर उसे समय रहते पता नहीं चला तो वह हमेशा के लिए नाराज़ हो जाएगी और मुझसे ज़्यादा यह कौन जान सकता था कि जब वह गुस्से में आती है तो कहर टूट पड़ता है।

ऐमैरैन्त्स को बता दूँ? उसे यह ख़बर दे आऊँ? वह तो सब कुछ जानती थी। जब मैं वहाँ पहुँची तो वह आँगन में बैठी मटर छील रही थी। उसका चेहरा शीशे की तरह था। बिलकुल कोई भाव न दिखाता हुआ, पर पहले से थोड़ा पीला पड़ा।

क्या मैंने सबसे पहले देखा पोलैत को? यूँ सहजता से पूछ लिया उसने यह प्रश्न, जैसे पूछ रही हो वियोला को सैर करवा दी? जब कुत्ते ने सुबह सवेरे भौंकना शुरू किया था तभी उसने पोलैत को देख लिया था। क्या हमें नहीं जगाया वियोला ने? नहीं। मेरे पति गहरी नींद में थे, मगर मेरी नींद ज़रूर खुल गई थी क्योंकि वियोला रात के बारह बजे अचानक ही विलाप-सा करने लगा था, और मैं यह सोचने लगी थी कि एक कुत्ता कितनी तरह की आवाज़ें निकाल सकता है। वियोला मृत्यु की ख़बर सुना रहा था, वृद्धा कहती गई, अतः वह उसकी पुष्टि करने बाहर निकली थी। पूरे पड़ोस का चक्कर लगाया उसने, कहीं किसी खिड़की से आती रोशनी उसे बता सकती थी कि कहाँ यह घटित हुआ है। उसका शक तो श्रीमती बओर पर गया था—कई हफ़्तों से लग रहा था कि उनकी क़ब्र बस अब उनका इन्तज़ार ही कर रही है—पर वहाँ तो कोई लाइट नहीं जल रही थी। उसने बाग़ में देखा। और यूँ अकस्मात ही पोलैत को देखा। अगर उसने अपने दरवाज़े को हल्का-सा खोल कर नहीं रखा होता, तो ऐमैरैन्त्स शायद अन्दर भी न जाती। पोलैत को अपने घर में हमेशा डर लगता था, अतः वह कभी दरवाज़ा कस कर बन्द किए बग़ैर सोती नहीं थी। इसी से उसने सोचा कि शायद पोलैत को कुछ हो गया है। वह घर में घुसी तो घर खाली था। उसने लाइट जलाई। देखा, दीवान पर कोई नहीं था, और उस पर कोई सोया हो इसके भी चिन्ह नहीं थे। वह पोलैत को ढूँढने लगी और तब जाकर उसने देखा कि वह पेड़ से लटकी हुई है। चाँद की रोशनी में सिर पर लगा भूरा हैट एकदम काला लग रहा था।

मैं बिना कुछ बोले उसकी ओर एकटक देखती रही। उसके चेहरे पर किसी दुख के, किसी पीड़ा के कोई भाव ही नहीं थे। इस दुखद घटना का मानो उस पर कोई असर ही न पड़ा हो। "हमने हैट के बारे में तो बातचीत नहीं की थी", वह बोलती गई, मटर छीलते हुए। "उसने मुझे यह नहीं बताया था कि वह हैट भी पहनेगी। हमने तो केवल ड्रेस की बात की थी और दफ़नाने की कि कैसे उसे दफ़नाया जाएगा। उसके पास काली शमीज नहीं थी अतः वो मैंने उसे दी थी। वह कुछ अजीब-सी लग रही थी उस गर्दन तक आते हैट में। उसके जूते गिर गए थे। क्या मिले किसी को?"

मैं बाध्य हो गई पूछने को, "तुम्हें मालूम था कि वह क्या करने जा रही है?"

"मुझे कैसे न मालूम होता?", उसने मटर के दानों को हाथ से तोला यह देखने के लिए कि क्या यह काफ़ी होंगे सबके लिए। "हमने यह भी फ़ैसला लिया था कि वह ज़हर का प्रयोग नहीं करेगी। जब मैं उस जासूस इन्सपेक्टर के यहाँ काम करती थी, जो हमेशा आत्महत्या के केस करता था, तब उसने मुझे बताया था कि अधिकतर लोग जो ज़हर खा कर मरते थे वे घरों के बाहर पाए जाते थे, मानो अपना आत्महत्या का विचार आखिरी पल में बदलना चाह रहे हों। जैसे ही उनका दम घुटना शुरू होता

है, वे बाहर भागते हैं। यह मरने का बहुत मुश्किल तरीक़ा है, ख़ास तौर पर ग़रीब लोगों के लिए। अमीरों के लिए शायद आसान है क्योंकि उनके पास बेहतर साधन हैं। मगर फाँसी लगाने से बेहतर कोई तरीक़ा नहीं है आत्महत्या का। यह आसान है और सीधा है। मैंने बहुत फाँसियाँ लगती देखी हैं पैश्त में। जब सफ़ेद चमड़ी के लोग (अर्थात जर्मन) ताक़त में थे तो वे लगाते थे। जब लाल चमड़ी वालों (अर्थात् रूसी) की बारी आई तो उन्होंने भी वही किया, और जो भाषण फाँसी लगाने से पहले दिए जाते थे वे भी क़रीब-क़रीब एक जैसे ही हुआ करते थे, और सज़ा पाने वालों के शवों को ठोकर भी एक ही तरह से मारी जाती थी, चाहे लटकाने वाला कोई भी हो। लटकना इतना ख़राब नहीं है। गोली लगने से मरने से ज़्यादा अच्छा है। हर बार जब आप पर निशाना लगाया जाता है। आप उसी ओर देख रहे होते हैं, चाहे कितनी ही बार लगे वह, और फिर अन्त में, अगर आप तुरन्त नहीं मर गए तो वे आपके पास आकर या तो पीट-पीट कर आपको मार देंगे या सर में गोली ठोक कर। मैं इस सबके बारे में बहुत अच्छी तरह जानती हूँ। मैंने यह सब कुछ देखा है।"

मैं इस वक़्त ऐसा महसूस कर रही थी जैसा मैंने बरसों पहले माइसैने (ग्रीस) में ऐगा मैम्नौन की क़ब्र के पास किया था।

जब ऐमैरैन्त्स अपनी उँगलियाँ मटर के दानों में घुमा रही थी, मेरे विचार न सिर्फ समय की बल्कि स्थान की हदें भी पार कर के इतिहास में पहुँच चुके थे। मैं ऐमैरैन्त्स को एक बच्चे के रूप में देख रही थी। अपने पिता की मृत्यु से पहले उसकी जलपरी-सी माँ को, उसके सौतेले पिता को जो कभी लौट कर नहीं आए लड़ाई के मैदान से; जुड़वाँ भाइयों को जो राख के ढेर में परिवर्तित हो गए थे। मैं देख रही थी उस युवा लड़की को जो (जैसा मैंने अभी अभी सुना) एक जासूस इन्सपेक्टर के यहाँ नौकरानी का काम कर रही थी, और पता नहीं कितने ही लोगों के यहाँ क्योंकि उसके जिन मालिकों ने लाल मुँह वालों को फाँसी पर लटकाया था वे तो उनसे अवश्य भिन्न होंगे जिन्होंने सफेद मुँह वालों को लटकाया।

मैंने उससे पूछा कि जब उसे यह पता लगा कि पोलैत के दिमाग़ में क्या चल रहा था तो क्या उसने कोशिश नहीं की उसका विचार बदलने की?

"यह विचार मुझे सूझा ही नहीं", उसने कहा "आप बैठेंगी नहीं क्या? बैठिए, ज़रा मटर छीलने में मेरी मदद कीजिए। यह हम चारों के लिए काफ़ी नहीं है अभी। अगर लोग जाना चाहते हैं तो उन्हें जाने देना चाहिए। वे क्यों रिसते रहें? हमने हमेशा कोशिश की कि उसके पास खाने को रहे; कोई उसके घर में डाका डालने नहीं आने वाला था; मुफ़्त में उसे उस दड़बे जैसे कमरे में रहने दिया जा रहा था। मगर हम तो उसके लिए जैसे काफ़ी नहीं थे। न शूटू, न ऑदेल्का और न ही मैं। हम उसकी हर बेवक़ूफ़ी की बात को शान्ति से सुनते थे, हालाँकि हमारे लिए उसे समझना काफ़ी मुश्किल होता था क्योंकि वह अधिकतर फ्रेंच में ही बात करती

थी। ज़्यादातर वह एक ही बात दोहराती रहती थी कि वह अकेली है। कौन अकेला नहीं है? मैं ज़रा जानना चाहूँगी। जो लोग कई लोगों के साथ रहते हैं, वे भी, अगर वे ग़ौर से नोट करें, अकेले ही हैं।"

"मैंने उसे एक बिल्ली का बच्चा ला कर दिया—उसकी बिल्डिंग में इसकी इजाज़त भी थी मगर वह तो गुस्से में आ गई बोली यह भी कोई साथी है। मुझे नहीं मालूम कैसे साथी की ज़रूरत थी उसे। न हम उसके लिए ठीक थे, न जानवर। उस बिल्ले की एक आँख नीली थी और दूसरी हरी, और वह आपकी ओर इन दो आँखों से ऐसी अजीब नजरों से देखता था कि बिना उसके म्याऊँ किए भी आप समझ सकते थे कि वह क्या कहना चाह रहा है। मगर यह तो पोलैत के लिए काफ़ी ही नहीं था। वह मनुष्य नहीं था—क्या हम जानवर नहीं हैं—बल्कि जानवरों से एक स्तर नीचे ही हैं। वे हमारी चुग़ली नहीं करते, हमारी झूठी शिकायतें नहीं करते, अगर कुछ चुराते हैं तो उसका कारण होता है, क्योंकि वे दुकानों और रेस्टोरेंट में तो घुस नहीं सकते। मैंने उससे विनती की कि इसे रख ले। चाहे साथी के रूप में नहीं तो कम-से-कम इसलिए कि वह अनाथ बिल्ली का बच्चा था—किसी कमबख़्त ने उसे फेंक दिया था। उस बेचारे के पास जाने की कोई जगह नहीं थी, यूँ ही सड़क पर मर जाता। और वह इतना नन्हा-सा था। मगर नहीं, उसे तो मनुष्य ही चाहिए था। ठीक है, मैंने कहा, जाओ और बाजार से खरीद लाओ एक जीता-जागता साथी; यहाँ तो बस हम हैं या यह बिल्ली का बच्चा।

"चलिए अब उसने एक साथी पा लिया, उस फाँसी के फन्दे के रूप में। अब वह अकेली नहीं है। आपको क्या शूटू ने यहाँ भेजा है? या उस चिड़िया जैसा भेजा रखने वाली ऑदेल्का ने? वे दोनों ही मूर्ख थीं जिन्होंने यह नहीं समझा कि पोलैत किस ओर जा रही है। यह सही है कि उसने इस बारे में इन दोनों को नहीं बताया था, मगर उसने मुझे और वियोला को भी तो नहीं बताया था। मगर हम जानते थे। मैंने उसका हैट उठा कर नहीं देखा; उसका चेहरा नहीं देखा। आप मुझे देख कर बता दीजिएगा कि क्या उसके प्राण आसानी से निकल गए थे? मैं नहीं जा रही उधर। मैंने उसे अभी तक माफ़ नहीं किया है। उसे पूरी आज़ादी थी स्वयं को लटकाने की। हम तीनों उसका बहुत लाड़ करते थे। वियोला भी उसे पसन्द करता था। हम आराम से बैठ कर उसका रोना-धोना सुनते थे। मैं उसके लिए पालने के लिए जानवर भी ले गई मगर उसने रखने से साफ़ इनकार कर दिया। अब अगर वह जाना ही चाहती थी तो कौन उसे रोक सकता था? उसके लिए अब इस संसार में कुछ न बचा था। उसका पेट हमेशा दुखता रहता था। उससे अब बर्दाश्त नहीं हो रहा था—हालाँकि वह हम सबसे अच्छा प्रेस करना जानती थी—आप ज़रा देखतीं कि वह प्रेस की मेज़ पर क्या कलाकारी दिखाती थी। चलिए, अब मटर काफ़ी हो गए। आप रुकेंगी या जाएँगी? अगर आप शूटू को देखें तो उसे यहाँ भेज दीजिएगा। उससे कहिएगा जैसे

ही दुकान बन्द करे, यहाँ आ जाए मेरी मदद करने। आज मैं सर्दियों के लिए बोतलों में भर कर चेरी रख रही हूँ।"

माइसैने के गेट पर बने दो शेर फिर हरकत में आ गए; दोनों की आँखें दिखाई देने लगी थीं। एक नीली, एक हरी और वे म्याऊँ करने लगे थे। मैं चलने के लिए उठी और प्रार्थना कर रही थी कि शूतू मुझे न दिखाई पड़े। क्या कहूँगी मैं उससे? ऐमैरेन्त्स स्वयं तो उससे कुछ छिपाएगी नहीं। मुझे बहुत कोशिश करनी पड़ेगी उसे यह समझाने की कि कम-से-कम पुलिस को तो यह न बताए। वे क्या सोचेंगे जब उन्हें पता चलेगा कि ऐमैरेन्त्स ने ही पोलैत को यूँ मौत के मुँह में जाने को उकसाया था। उसे सलाह भी दी थी मरने के तरीके के बारे में, यह जानते हुए भी कि उसकी मानसिक हालत कैसी थी।

ऐमैरेन्त्स ने अपना ध्यान चेरी की ओर घुमा दिया था और वही बड़ा बर्तन निकाल रही थी जिसमें मैंने उसे सबसे पहले दिन चद्दरें उबालते देखा था। मैं जहाँ थी, वहीं रुक गई।

"ऐमैरेन्त्स" मैंने सावधानीपूर्वक शुरुआत की, "क्या हमें यह विचार नहीं कर लेना चाहिए कि पुलिस को क्या बताएँगे? शूतू कुछ बेवक़ूफ़ी की बात न निकाल दे मुँह से।"

"अब आप बेवक़ूफ़ी की बात कर रही हैं", उसने मुझे झिड़क दिया। "आप क्या वाक़ई सोचती हैं कि पोलैत के बारे में अधिक सोच कर कोई अपना वक़्त बरबाद करेगा? एक बूढ़ी औरत की आत्महत्या से किसको फ़र्क़ पड़ने वाला है, वो भी जबकि उसने इस विषय में एक पत्र भी लिख दिया है? आप समझती हैं कि मैंने उसे यह हलफ़नामा लिखने की सलाह भी नहीं दी? हर काम को ठीक से करने का एक तरीक़ा होता है, मरने का भी। मैंने उससे हर विषय पर बातचीत की थी—उसके कपड़े, यह पत्र। मुझे दुख है कि मैं उसे उन जानवरों जैसे पोस्टमार्टम से नहीं बचा सकती। अब तक किसी आदमी ने उसके शरीर पर नज़र तक न डाली। चीफ़ पोस्टमार्टम ऑफिसर पहला ऐसा व्यक्ति होगा। उसके लिए हालाँकि यह कुँवारा शरीर कोई नई बात नहीं होगी। वह मृत शरीरों के बारे में सब जानता है। मैंने इस प्रकार के अफ़सर के घर में भी काम किया है।"

ऐगा मैम्नोन की क़ब्र और गहरी हो चली। अब तक उसने इस तरह के मालिक का तो कभी ज़िक्र नहीं किया था।

"जो लोग आपको ठीक से नहीं जानते, वे समझ ही नहीं सकते कि आप कितनी नादान हैं", वह कहती गई, "हालाँकि मैं आपको बार-बार समझाती हूँ। आप समझती हैं कि जीवन सदा-सदा तक चलने वाला है, और अगर ऐसा हो तो बहुत अच्छा हो। आप समझती हैं कि हमेशा आपके पास कोई पकाने वाला, सफ़ाई करने वाला रहेगा, हमेशा खाने की थाली भरी रहेगी, लिखने को पेपर होगा,

मालिक होंगे प्यार करने को; और सब कुछ युगों तक चलता रहेगा—परियों की कहानियों में जैसे होता है वैसे; और अगर कोई बहुत अधिक बुराई आपके साथ हो सकती है तो वह यह कि अख़बारों में आपके ख़िलाफ़ कुछ अंट-शंट लिखा जाए, जो मैं समझ सकती हूँ कितनी दुखदायी बात है। मगर फिर आप ही बताइए आपने यह इतना निम्न कार्य अपने हाथ में लिया ही क्यों कि कोई भी बदमाश आप पर कीचड़ उछालने का दुःसाहस कर सकता है? परमात्मा ही जाने आपने इतना नाम कैसे कमा लिया? आप कोई ख़ास बुद्धिमान तो हैं नहीं, और न ही आप मनुष्यों के बारे में ही जानकारी रखती हैं। आप तो पोलैत तक को नहीं जान पाईं जबकि कितनी ही बार आपने उसके साथ बैठ कर कॉफी पी। मैं हूँ जो लोगों को अच्छी तरह समझती हूँ।"

चेरियाँ बर्तन में धड़ाधड़ गिरती जा रही थीं। अब तक हम किसी और ही संसार में पहुँच चुके थे—चेरियाँ गुठलियों से अलग होतीं, जूस यूँ टपकता हुआ मानो ज़ख़्मों से रक्त। और ऐमैरेन्त्स शान्ति की मूरत बनी हुई, काला एप्रिन पहने, स्कार्फ़ आँखों तक झुकाए, बर्तन पर झुकी थी।

"मैं पोलैत को प्यार करती थी। आप कैसे इस बात को जान न पाईं? मगर वह काफ़ी नहीं था। शूतू भी करती थी, वह भी काफ़ी नहीं था, वह बेवक़ूफ़ ऑदेल्का भी उसकी इज़्ज़त करती थी। हम तीनों उसे प्यार करते थे। उसकी तुलना में हम अमीर थे, हमारे पास काम था करने को—ऑदेल्का पेन्शन पाती है—और हम सब उसे पैसे देते थे क्योंकि वह कुछ नहीं कमाती थी। उसे खाना मिलता था, ईंधन मिलता था, हमारे साथ खाने को दावतें भी मिलती थीं। पर वह इसके अलावा भी कुछ चाहती थी, कुछ अधिक। मैं नहीं जानती क्या। वह बिल्ली तक पालना नहीं चाहती थी, हालाँकि मैं ही उसे खिलाती-पिलाती। यह तो हद ही हो गई थी। वह कभी अपना रोना-धोना बन्द क्यों नहीं कर सकती थी? अगर किसी व्यक्ति की सहायता नहीं की जा सकती तो वह केवल इसलिए कि वे मदद चाहते ही नहीं। अब अगर वह ज़िन्दगी से इतनी ही निराश हो चुकी थी तो किसी को उसे रोकने का अधिकार नहीं था। मैंने उसे अच्छी तरह समझा दिया था कि वह पुलिस के लिए पत्र में क्या लिखे "मैं पोलैत डोब्री, अनब्याही अधेड़ महिला, बीमारी की, बुढ़ापे की और सबसे अधिक एकाकीपन की वजह से स्वेच्छा से अपने जीवन का अन्त कर रही हूँ। मैं अपना बचा-खुचा सामान अपनी सहेलियों ऐतैल शूतू, वामोश ऑदेल, ऑन्द्राश कुर्त की विधवा और ऐमैरेन्त्स सैरेदाश के हवाले करना चाहती हूँ।" सब कुछ साफ़ था। उसकी प्रेस मैं पिछली रात ही उठा कर ले आई थी अतः उस पर कोई विवाद नहीं उठ सकता था। अब इसके बाद बताइए पुलिस क्या पड़ताल करेगी?"

पोलैत काण्ड भी हर पिछली मुसीबतों की तरह लेफ़्टिनेन्ट कर्नल ने शान्ति

से निबटा दिया। उन्होंने मुझे बाद में बताया कि कम्प्यूटर फाइलों में उन्होंने देखा था कि पोलैत हौरतैंस द' औब्री बुदापैश्त में 1908 में जन्मी थी। उसके पिता कोर्ट में अनुवादक का काम करते थे; माँ कॉतॉलीन कैमैनैश, कभी स्कूल न गई थी। उनका आख़िरी पेशा प्रेस करना था। उसके धर्म के बारे में कोई जानकारी नहीं थी, हालाँकि ऐमैरेन्त्स का कहना था, वह रिफॉर्मिस्ट चर्च से सम्बन्ध रखती थी। पादरी कोई अधिक ख़ुश नहीं थे उसकी अन्तिम क्रिया कराने में। एक तो इसलिए कि पोलैत, ऐमैरेन्त्स की ही तरह कभी चर्च नहीं जाती थी और दूसरे परमात्मा उन लोगों से कभी ख़ुश नहीं होता था जो आत्महत्या कर लेते थे। शुक्र था कि पादरी ने ऐमैरेन्त्स का कटाक्ष नहीं सुना जो उसने चर्च का अपना पुराना अनुभव दोहरा कर किया था। पड़ोस की औरतों के अनुसार पोलैत बड़ी ऊपर उड़ने वाली अर्थात् मग़रूर औरत थी जो कभी इतवार को चर्च नहीं जाती थी। यह सच भी था क्योंकि जब वे सब पूजा करने चर्च जातीं तब पोलैत उनके कपड़े प्रेस कर रही होती–चाहे रविवार हो या कोई और दिन। वह कोयले की प्रेस प्रयोग में लाती थी क्योंकि उन दिनों बिजली अभी ठीक से आनी शुरू नहीं हुई थी–कभी-कभी ही उसके दर्शन होते थे। ज़ाहिर है, पोलैत का सिर हर वक़्त उस ताप के कारण, उस भाप के कारण उड़ता ही रहता होगा। शायद यही अर्थ होगा उनके इस कथन का कि 'वह तो हर वक़्त आसमान में उड़ती रहती थी।'

उन दिनों मैं अपनी ज़िन्दगी उसी ढर्रे पर चला रही थी जो मैंने बचपन में सीखा था। हर बड़े त्योहार के दिन मैं दो बार चर्च जाती, जैसा घर पर और बोर्डिंग स्कूल में करने की आदत थी। अगर ऐमैरेन्त्स मुझे ऐसे मौक़ों पर जाते हुए देखती तो तिरस्कारपूर्ण की दृष्टि मुझ पर डालती, और मैं आँख बचा कर दूसरी गली से खिसकने की कोशिश करती जैसे मानो मैं एक स्कूल की बालिका हूँ जो लोगों के उन तानों से बचने का रास्ता ढूँढ रही हो जो कहते थे कि जो लोग चर्च जाते हैं उनके पास दरअसल कोई काम नहीं होता करने को। यह कतई सच नहीं था क्योंकि मेरे पास तो किसी भी चीज़ के लिए कभी समय होता ही नहीं था। दिन भर मैं जितने घण्टे अपने टाइपराइटर से अलग हो बिताती थी, रात को मुझे उसकी भरपाई करनी पड़ती थी। लेखन का कार्य आसान नहीं है। अगर आप वाक्य पूरा करे बग़ैर उठ जाएँ तो वे कभी वैसे पूरे नहीं होते जैसा आप चाहते हैं। हर नया विचार यदि बीच में कट जाए तो फिर लेखन का रुख ही बदल जाता है।

खैर, मैंने पादरी पर ज़ोर डाला कि पोलैत बड़ी उम्र की भली औरत थी जिसने कभी किसी को कोई हानि नहीं पहुँचाई थी। अब जब उसे एक भिखारी का-सा अन्तिम संस्कार मिल रहा था। कम-से-कम वे उसकी तारीफ़ में तो कंजूसी न करें। हर उस व्यक्ति ने; जिसने क़ब्रिस्तान तक की यात्रा की उस दिन हमारे साथ, आश्चर्य किया होगा ऐमैरेन्त्स की अपनी मित्र को अन्तिम विदाई देने की प्रक्रिया देख। बजाय क़ब्र पर क़ब्रिस्तान के अनुरूप पुष्प चढ़ाने के, वह तो सुन्दर बागों में, घरों

में सजाए जाने वाले बड़े-बड़े जिरेनियम ले कर गई थी जिस पर लिखा हुआ था—"यहाँ एकाकीपन का अन्त हुआ। परमात्मा तुम्हारी आत्मा को शान्ति दे। ऐमैरैन्त्स।" बहुत साधारण सी जगह थी, बहुत साधारण-सी क़ब्र। इक्का-दुक्का लोग आए थे साथ और सब कुछ बड़ी जल्दी निबट गया। हम आस-पास की क़ब्रों पर, जहाँ हमारे जानने वाले दफ़न थे, सिर झुकाने चले गए मगर ऐमैरैन्त्स वहीं खड़ी रही। कुछ देर बाद जब हम बाहर निकल रहे थे हम फिर उससे टकराए। वह अपनी निजी श्रद्धाजंलि दे चुकी थी। उसकी आँखें आँसुओं से भरी हुई थीं और उसके होंठ सूजे हुए थे। मैंने उसे इतना टूटा हुआ कभी नहीं देखा था।

उस शाम को वह वियोला को लेने आई। कुत्ता भी उतना ही दुखी था जितनी वह। वह आज कूदता हुआ नहीं चल रहा था। वह जब उसे घुमा कर लौटी तो फ़ौरन उसे सोने भेज दिया। मैं अपनी अलमारी साफ़ कर रही थी, मगर जब उसने मुझे पुकारा तो मैं पलटी।

"आपने क्या कभी किसी जानवर को मारा है?"

मैंने कहा मैंने कभी किसी को नहीं मारा था।

"आप मारेंगी। आप वियोला को मारेंगी। जब वक़्त आएगा तो आप उसे सदा के लिए सुलाने वाला इन्जेक्शन लगाएँगी। कृपया समझने का प्रयत्न कीजिए। जब किसी का वक़्त पूरा हो जाता है, उसके पैरों के नीचे से रेत खिसकने लगती है, उसको जाने से कभी रोकना नहीं चाहिए। आप उन्हें ज़िन्दगी बदलने को तो कुछ नहीं दे सकते। आप समझती हैं मैं पोलैत से प्यार नहीं करती थी? या आपको लगता है मुझे कोई फ़र्क़ नहीं पड़ता था। जब मैं समझ रही थी कि अब इसके सिर से ऊँचा पानी जा चुका है? बस यह है कि जैसे आप प्यार करना जानते हैं वैसे ही आपको मारना भी आना चाहिए। आपको यह बात याद रख कर कोई नुक़सान नहीं होगा। अपने भगवान से पूछिए ज़रा—आप क्योंकि उसके काफ़ी क़रीब हैं—कि पोलैत ने उनसे क्या कहा जब वह उनसे मिली।"

मैं अपना सिर हिलाने लगी। वह हमेशा मुझे ही क्यों पकड़ लेती थी? यह कोई वक़्त था इस तरह की बातें करने का?

"मैं पोलैत को प्यार करती थी", वह दोहराती रही "मालूम नहीं मैं आपको यह सुना कर क्यों परेशान कर रही हूँ। आप इतनी बेवक़ूफ़ हैं कि आप फिर मुझे नहीं समझीं। अगर मैं उसको प्यार नहीं करती तो मैं उसे आत्महत्या करने से रोक सकती थी। जब मैं लोगों पर चिल्लाती हूँ तो वे मेरी बात अवश्य सुनते हैं। वह मुझसे बचती रहती थी, क्योंकि वह जानती थी कि अगर उसने मेरा आदेश नहीं माना तो वह पछताएगी। मुझे पेरिस के बारे में इतनी कहानियाँ किसने सुनाईं। बहुत कुछ सीखा था मैंने उससे। मैं इसके अलावा उसका धन्यवाद कैसे कर सकती थी? जब मैंने देखा कि अब ज़िन्दगी उसके लिए दूभर बन गई है, एक सज़ा बन गई है तो मुझे उसको

इसका अन्त करने की हिम्मत देनी ही पड़ी। बजाय इसके कि वह अपनी बढ़ती हुई बीमारी के कारण तिल-तिल कर मरती, या उसकी रीढ़ की हड्डी का दर्द उसे अपंग बना देता, और वह लगातार तिरस्कार सहती, उसके लिए यही ठीक था।"

शूतू उसे कभी पसन्द नहीं करती थी। वह उसको तिरस्कारपूर्ण दृष्टि से देखती थी, उसके अतीत के कारण। मैंने आपको इसके बारे में कभी नहीं बताया—अब इससे कोई फ़र्क़ नहीं पड़ता, बेचारी—उसका कोई पूर्वज चोर-उचक्का था जिसे फाँसी लगाई गई थी। उसके बाद उसका परिवार भागता रहा था। वह विदेश भाग कर हंगरी में बस गया। पोलैत को इससे कभी शर्म नहीं आई, वह खुलेआम सबसे इसका ज़िक्र कर लेती थी। केवल ऑदेल्का हमेशा खुसफुसाती रहती कि कैसे परिवार से है यह। मुझे नहीं मालूम उसे किस बात का घमण्ड है, उसके पिता को भी छुरा भोंक देने के जुर्म में सज़ा भोगनी पड़ी थी। उन्हें फाँसी पर नहीं लटकाया गया। बस यही उनमें और पोलैत के पूर्वज में अन्तर था। जब उसने सुना कि उनका सर काट दिया गया था तो ऑदेल्का खूब हँसी। मगर वह तो कद्दू की तरह का दिमाग़ रखती है, और पोलैत की कहानियों को पसन्द भी नहीं करती थी। उसने स्वयं ने कितने ही मुर्ग़े मारे हैं, उसे अब तक जानना चाहिए था कि अगर आप ठीक ढंग से यह काम करें तो मुर्ग़े का सिर खुद-ब-खुद ही धड़ से अलग हो जाता है—आपको उसे काटने की ज़रूरत नहीं पड़ती। पोलैत क़सम खा कर कहती थी कि उसके पूर्वज अपराधी नहीं थे, केवल राजनीतिक कारणों से उनकी यह हालत हुई। वे बस राजनीतिक चक्रव्यूह में फँस गए थे। मैं उसका यक़ीन करती थी और शूतू भी, क्योंकि वाक़ई ऐसे कई लोग हैं दुनिया में। कितने मासूम लोग मारे जा चुके हैं हंगरी में? जब मैं एक युवा लड़की थी, मेरी सगाई एक नानबाई (बेकर) के साथ हो चुकी थी। उन्होंने उसका केवल सिर ही नहीं काट कर फेंका, उसके टुकड़े-टुकड़े कर डाले। आप मेरा यक़ीन नहीं करतीं? ठीक है मत करिए। लोगों की भीड़ ने उसे काट डाला। उसने कोई अपराध नहीं किया था। बस उसका कसूर यह था कि कमाण्डिंग अफ़सर के यह कहने पर भी कि ब्रेड केवल सैनिकों को मिलेगी, उसने दुकान खोल दी थी। क्योंकि उसे लोगों से हमदर्दी थी, वह रोटी सबको बाँट कर खाना चाहता था, पर जब सारी ब्रेड ख़त्म हो गई तो लोगों ने उसका विश्वास नहीं किया। उसे खदेड़ कर बाहर निकाला और ब्रेड की तरह ही उसके टुकड़े-टुकड़े कर दिए। जब लोगों का समूह आपको मारता है तो मौत तड़प-तड़प कर होती है।

"अच्छा, अब मैं चलती हूँ। मैं बस आपको यह सब बताना चाहती थी। अगर मेरे पास पलंग होता तो आज मैं पहली बार लेटना चाहती। पर जब से उन्होंने युवा यहूदियों की खोज शुरू की और जब मैंने एवा को किसी प्रकार बचाया, तो उसके दादा-दादी अपने पुत्र और पुत्रवधू का शोक बर्दाश्त नहीं कर सके और ग्रौसमैन

परिवार के इस वृद्ध दम्पती ने सायनाइड खा कर उसी पलंग पर ही दम तोड़ा था। अतः शुभ रात्रि। वियोला काफ़ी खा चुका है, उसे और खाने को मत दीजिएगा।”

मैं अपनी बालकनी पर जा कर बैठ गई—आकाश और फूलों की ओर ताकती। समय ठहर गया-सा लगता था, सन्नाटा पूर्ण। पोलैत, वह बेकर जिससे ऐमैरैन्त्स का विवाह होने वाला था, ग्रौसमैन वृद्ध दम्पती जो, हिटलर के अत्याचारों से टूट चुके थे—ये सभी मेरे अन्तःकरण में धीरे-धीरे समाते चले गए।

ऐमैरैन्त्स ने इसके बाद कभी इस बेकर की चर्चा नहीं की मगर बरसों बाद उसकी तस्वीर मुझे उसी ढाँचे पर लगी दिखी जहाँ हम सबकी लगी थीं। मुझे काफ़ी वक़्त लगा था समझने में कि आख़िर यह कौन है।

❑

राजनीति

ऐमैरेन्त्स ने फिर कभी पोलैत के बारे में बात नहीं की। लगता था वह उसके लिए कभी थी ही नहीं। वह अब अपना अधिक-से-अधिक समय हमारे साथ ही गुज़ारती। मैं सोचती हूँ कि वह शायद यही बेहतर समझती थी कि सारा वक़्त हमारे साथ ही गुज़ारे। हम दोनों के बीच का सम्बन्ध—कहना कठिन था कौन-सी शक्ति इसे बनाए थी—हर प्रकार से प्यार ही था हालाँकि हमें एक-दूसरे के लिए समय-समय पर काफ़ी त्याग भी करना होता था और एक-दूसरे के दृष्टिकोण को समझने की चेष्टा भी करनी होती थी इसके लिए। उसकी दृष्टि में कोई भी वह काम जिसमें शरीर की कसरत न हो, काम कहलाने योग्य नहीं था। वह तो मटरगश्ती थी बस। मैं शारीरिक काम की महत्ता तो स्वीकार करती थी मगर उसे मानसिक या बौद्धिक काम के ऊपर कभी रखने का सोच भी नहीं सकती थी। मेरा संसार किताबों पर टिका था, मेरे आँकने का पैमाना शब्द थे, मगर मैं इसे कभी मुक्ति का मार्ग या मोक्ष पाने का तरीक़ा नहीं समझती थी जैसे वह अपने काम को। वह 'ऐन्टी-इन्टलैक्चुयलिज़्म' (या बुद्धिजीवी-विरोध) शब्द से तो परिचित नहीं थी पर स्वयं वह समझ सकती थी जैसे राज करने वाले कुछ सूट-बूट वाले साहब लोग। जहाँ तक उसका स्वयं का प्रश्न था, कोई भी जो अपना काम अपने हाथों से नहीं करता, बल्कि दूसरों से करवाता है, वह बुद्धिजीवी था। यह पुराने ज़माने में भी सच था और आज भी, जब क्रान्ति के बाद नया सामाजिक ढाँचा बन रहा था जो नए अमीर और ताक़तवर लोग पैदा कर रहा था। उसके अपने पिता, जो पिछली सदी के अन्त में खाते-पीते कारीगर थे, उन्हें भी वह अपने हाथ से काम करने वाला मानती थी क्योंकि उसके दिमाग़ में उनका जो रूप बसा हुआ था वह लकड़ी के बुरादे से घिरे हुए ही था। यह बात अलग थी कि उनके पास एक घर था। वे ज़मीन के भी मालिक थे। उनका लकड़ी का बड़ा गोदाम बड़ा था और उनके पास महँगे औज़ार थे। वह यह शब्द अपने लिए कदापि प्रयोग में नहीं ला सकती थी मगर वह वास्तविक तौर पर 'बुर्जुआ' (अभिजात्य) थी। उसने अनेक जगहों पर काम किया था और वहाँ संभ्रांत आचरण के तौर-तरीक़े भी सीखे थे मगर उसका नज़रिया अभी भी न बदला था। उसकी निगाह में वे व्यक्ति जो हाथ में औज़ार नहीं उठाते—लेफ़्टिनेन्ट कर्नल

को छोड़, क्योंकि वह तो नियम, और शान्ति बनाए रखते हैं,—वे सब समाज पर बोझ हैं; और उनकी पत्नियाँ, चाहे वे कितनी सुन्दर बातें, कितने कर्णप्रिय भाषण क्यों न दे लें, केवल मुफ़्तखोर हैं।

शुरू-शुरू में मेरी गिनती भी इन्हीं में होती थी। ऐमैरैन्त्स हर पेपर, हर किताब जो मेरे डेस्क पर होती थी, उसे शक की निगाह से देखती थी। यह नहीं कि वह मार्क्स को जानती नहीं थी; वह कभी कुछ नहीं पढ़ती थी, समाचार-पत्र तक नहीं। मुझे लगता है वह शुरू में हमें बड़ी तिरस्कारपूर्ण दृष्टि से देखती थी। पर जैसे-जैसे हमारे साथ रहने लगी, उसके नज़रिए में कुछ बदलाव आने लगा। उसने अपने आपको यह समझाना शुरू कर दिया था कि हम रोज़ी-रोटी चलाने के लिए जिस तरह टाइप राइटर पर ठक-ठक करते हैं वह भी तो एक प्रकार की मशीन ही है। अर्थात् हम भी मज़दूरी कर के ही रोटी कमाते हैं।

देश में राजनीतिक बदलाव आने के बाद उसका यह नज़रिया उसे कहीं से कहीं पहुँचा सकता था। हाथ से काम करने वालों की कद्र होने लगी थी। अब उसके पास कई सम्भावनाएँ थीं। अपने हर मालिक से उसने कुछ-न-कुछ सीखा था, चाहे उनके बारे में उसके विचार कुछ भी रहे हों। वह हमारी पुस्तकों की ओर उतनी ही देर नज़र डालती थी, जितनी देर उनकी सफ़ाई करती। अपने तीन वर्ष की स्कूली पढ़ाई के दौरान जो कुछ उसने रटा था वह अब तक उसके दिमाग़ से ग़ायब हो चुका था। बस केवल एक वही कविता उसे याद रह गई थी जो उसने मदर्स-डे पर सुनाई थी। कुएँ के किनारे के उस वीभत्स पल के बाद उसकी साहित्य की पढ़ाई उसके अनेक मालिकों के पास ही हुई, बल्कि कहना चाहिए ज़िन्दगी से ही सीखा उसने साहित्य का मर्म। दशकों से हंगरी में बिताए अपने जीवन में केवल भाषण ही सुने थे जिससे वह नफ़रत करती थी और जिनकी वजह से उसकी जो रुचि साहित्य में रही भी होगी वह नष्ट हो गई होगी। और जब तक कुछ और सुनने का समय होगा तब तक उसकी रुचि किसी भी चीज़ को सीखने की न रह गई होगी। लोगों ने बेकर (नानबाई) को ऐस्टर की क्रान्ति* के दौरान टुकड़े-टुकड़े कर डाला था, उसका होने वाला हीरो उसकी आँखों के आगे यूँ ग़ायब हो गया और उसका उत्तराधिकारी उसे लूट कर चम्पत हो गया। ऐमैरैन्त्स 'गॉन विद द विण्ड' के हीरो कैप्टन बटलर की तरह उस जगह पहुँच गई थी जहाँ उसे अपना दिल दाँव पर लगाने का शौक़ ही नहीं रह गया था—किसी के लिए नहीं और किसी बात के लिए नहीं। दूसरे विश्व-युद्ध के बाद उसके पास असीम सम्भावनाएँ खुली थीं। वह चाहती तो उस समय अपने लिए बड़े-से-बड़ा फ़ायदा लूट सकती थी। उसका दिमाग़ बहुत ही तर्कपूर्ण तरीक़े से सोचता था। पर उसकी तो कोई इच्छा ही नहीं रह गई थी अपने को विकसित करने की या अपना फ़ायदा सोचने की। न तो

* हॉब्सबुर्ग शासन के विरोध में क्रान्ति।

वह निर्देश मानने को तैयार थी, न प्रोपेगैन्डा करने को। वह अपने फ़ैसले ख़ुद ही करती थी—उसे क्या कदम उठाना है, क्यों उठाना है, कहाँ तक वह जाएगी और किसके लिए। इसलिए वह केवल उस डोंगे (जो बीमारों की सेवा में प्रयोग में लाया जाता था) और विभिन्न रंगों की बिल्लियों के इर्द-गिर्द ही घूमती रही। वह कभी अख़बार नहीं पढ़ती थी, ख़बरें नहीं सुनती थी, 'राजनीति' शब्द तक से नफ़रत थी उसे। अगर वह 'हंगरी' शब्द का उच्चारण करती थी तो उसकी आँखों में आँसू उमड़ कर नहीं आते थे, न आवाज़ भर आती थी।

ऐमैरैन्त्स अपने साम्राज्य की इकलौती नागरिक थी, पर उसका शासन रोमन पोप के शासन से भी अधिक कठोर था। वह एक विस्तृत जन-जीवन की ज़रा भी परवाह नहीं करती थी। समाज में क्या हो रहा है, इससे उसे कोई लेना-देना नहीं था। कभी-कभी इसी वजह से हमारे बीच काफ़ी वाद-विवाद हो जाता था। एक बार की बात है—हालाँकि मेरे परिवार की जड़ें प्रथम हंगारी स्थापक आरपाद* से जुड़ी हैं—मैं गुस्से के आँसुओं से भरी हुई उसे यह समझाने की कोशिश कर रही थी कि युद्ध के बाद से जो हंगरी में बदलाव आ रहा है उसका क्या महत्व है—ज़मीन फिर से बाँटी जा रही है, मज़दूर-वर्ग के पास अब अपनी ज़िन्दगी सुधारने का अच्छा मौक़ा है। ऐमैरैन्त्स बोली कि वह जानती थी कि किसानों की मानसिकता क्या है; उसका अपना परिवार भी किसान परिवार था। ये लोग कभी परवाह नहीं करते कि उनके अण्डे और क्रीम कौन खरीद रहा है—ये तो बस पैसा बनाना जानते हैं। मज़दूर तब तक मज़दूरों के हक़ की बात करता है जब तक ख़ुद मालिक नहीं बन जाता। वह इस वर्ग से कोई सहानुभूति नहीं रखती थी (वह 'प्रोलिटेरियन' शब्द से परिचित नहीं थी मगर बात इसी की कर रही थी) और वह आलसी अमीर लोगों को भी घृणा की दृष्टि से देखती थी। पादरी झूठे थे; डॉक्टर अज्ञानी थे, केवल पैसा ऐंठते थे; वकीलों को कोई परवाह नहीं थी कि किसका केस लड़ रहे हैं—जुर्म करने वाले का या जिसके ख़िलाफ़ जुर्म हो रहा है उसका; इन्जीनियर इसका ज़्यादा ध्यान रखते थे कि कोई प्रोजेक्ट हाथ में लेने से कितनी ईंटें उनका घर बनाने के काम आएँगी। बड़े-बड़े कारखाने, फ़ैक्टरियाँ और अध्यापन संस्थान—सब बदमाशों से भरे हुए थे।

और अब तक हम एक-दूसरे पर चिल्लाने ही लगे थे; मैं शेक्सपियर की तरह जनता की शक्ति का प्रतिनिधित्व कर रही थी—हालाँकि उन वर्षों में मुझे इस कदर सताया जा रहा था, पूरी कोशिश की जा रही थी कि मैं लिख न सकूँ और मुझे और मेरे पति को देश-निकाला दे दिया जाए। उनको इतना सताया जा रहा था कि वे तो काम कर ही नहीं पा रहे थे; वे लोग पूरी आशा रखते थे कि मैं स्वयं ही या तो यहाँ से चली जाऊँगी या अपना काम करने का तरीक़ा, अपने

---

* आरपाद—हंगरी की स्थापना करने वाले सात वज़ीरों में से एक। आँख में आँसू लाना इसके चरित्र का गुण नहीं माना जाता।

रहने-सहने का तरीक़ा बदल लूँगी, और या विदेश जा कर बस जाऊँगी; केवल मेरे गुस्से ने ही मुझे उस समय में खड़ा रखा था, गुस्सा इसलिए कि मैं जानती थी कि जो लोग मेरे पीछे पड़े हैं वे अपनी निजी जलन और अपने स्वयं के कैरियर को आगे बढ़ाने के लिए ऐसा कर रहे हैं; मगर मैं इस विचार को पकड़े रही कि देश अभी जन्म लेने की प्रक्रिया में है। देश बेचारा क्या कर सकता था जब ऐसी दाइयाँ उसके चारों ओर जमा हो गई थीं, ऐसे हालात पैदा हो गए थे कि ताक़त उन चोरों-बदमाशों के हाथ में आ गई थी जो अगर पुराने वक़्त में सन्त राजा लासलो के ज़माने में होते तो अब तक उनके हाथ काट लिए गए होते, वे लोग जो दशकों से देश का सम्मान लूटे जा रहे थे।

उम्र बड़ी होने पर भी ऐमैरैन्त्स के सामने अच्छे मौक़े बिखरे पड़े थे। बड़ा बदलाव आ रहा था; मगर वह तो इतिहास के इस उतार-चढ़ाव को बड़ी हिकारत की नज़र से देखती थी और पार्टी के जो 'शिक्षक' आते, उनके मुँह पर कह देती कि वह किसी भी विषय पर किसी का कोई भाषण नहीं सुनना चाहती। भाषण देना है तो चर्च में दो; वह तो मात्र एक बच्ची थी जब उसे नौकरानी का काम ज़बरदस्ती पकड़ा दिया गया, तब तो उससे किसी ने नहीं पूछा कि क्या इससे उसे कोई एतराज़ था; वह तेरह वर्ष की भी नहीं थी जब से निम्न काम कर रही है, अतः अब कृपा करके 'शिक्षक' महाराज यहाँ से तशरीफ़ ले जाएँ तो बेहतर हो। उसके आँगन से फ़ौरन उतर जाएँ और जहाँ से आए हैं वहीं वापिस चले जाएँ; वह अपने हाथों से मेहनत करके अपनी आजीविका कमाती है, प्रौपैगेन्डा करने वालों की तरह भाषण दे कर नहीं, और उसके पास उनकी बकवास सुनने का वक़्त नहीं है। जब लोगों की पकड़-धकड़ शुरू हुई तो ताज्जुब है वह कैसे बच गई। लोग दरअसल उससे डरते थे। वे हरेक को निर्वस्त्र करने में सक्षम थी। उन 'शिक्षकों' ने अपने जीवन के सबसे कठिन पल काटे होंगे जब ऐमैरैन्त्स से उनका वास्ता पड़ा होगा और जब उसने उन्हें अपना राजनीतिक ज्ञान समझाया होगा। उसकी नज़र में होर्थी, हिटलर, राकोत्शी और चार्ल्स चतुर्थ—सब-के-सब एक जैसे थे। सच तो यह था कि ताक़त जिसके हाथ में होती वह आदेश देता, और जो भी आदेश देता वह किसी-न-किसी न समझ में आने वाले कारणों का हवाला देता। जो भी शिखर पर होता था, चाहे कितना भी होनहार क्यों न हो, असल में बाकी सबके जैसा ही बन जाता था—केवल शोषक। ऐमैरैन्त्स के संसार में केवल दो प्रकार के लोग थे—वे, जो झाड़ू लगाते थे और वे जो नहीं। कोई फ़र्क़ नहीं पड़ता था कि किस नारे और किस झण्डे के तहत राष्ट्रीय छुट्टी घोषित की जा रही थी। कोई ताक़त भी ऐमैरैन्त्स पर भारी नहीं पड़ सकती थी। भाषण देने वाले उससे डर कर भागते थे क्योंकि उसके शब्द उनकी आत्माओं तक को झिंझोड़ डालते थे। उसे कोई नहीं रोक सकता था, उससे साधारण बातचीत तक कर पाना लोगों के लिए कठिन होता था। वह निडर थी, चतुर थी और बेहद मुँहफट थी। कोई उसको यह

नहीं समझा सकता था कि चलो मान भी लो कि केवल दो प्रकार के लोग ही होते हैं दुनिया में—वे, जो झाड़ू लगाते हैं और वे जो नहीं, तो अब जब मौक़ा है तो वह उस दूसरे तरह के लोगों की श्रेणी में शामिल होने का यत्न क्यों नहीं करती क्योंकि अब 1945 में इस बात की सम्भावना थी। उसका आखिरी ट्रम्प कार्ड यह होता कि मैं अब बूढ़ी हो चुकी हूँ, अब मेरे लिए बहुत देर हो चुकी है। इसके बावजूद भी युवा पार्टी सदस्य अड़ा रहता "आपके लिए सारे रास्ते खुले हैं मैडम। आप किसान वर्ग से हैं : आपके लिए बहुत देर कैसे हो सकती है? आपको पढ़ने ले जाया जाएगा, आपकी रुचि के अनुसार काम के लिए तैयार किया जाएगा, आप में तो असाधारण खूबियाँ हैं, आप बहुत जल्दी ही सब सीख लेंगी, आप शिक्षित हो जाएँगी।" शिक्षित? यह शब्द काफ़ी था, भुस में चिन्गारी की तरह, उसे भड़काने को। उसके अद्भुत दिमाग़ के दर्शन तभी होते थे जब वह लिखित शब्द के प्रति अपनी घृणा ज़ाहिर करती थी। वह प्राकृतिक रूप से बेहद प्रभावशाली वक़्ता थी।

ऐमैरैन्त्स पढ़ना नाम-मात्र को ही जानती थी। उसकी लिखाई बस कीड़े-मकोड़े जैसी थी। जमा-घटा (हिसाब में) वह बड़ी मुश्किल से ही कर पाती थी और हिसाब में बस वह यही सिर्फ़ करना जानती थी। मगर उसकी याददाश्त एक कम्प्यूटर की तरह काम करती थी। जब वह लोगों के घरों से आती रेडियो की या टेलीविज़न की आवाज़ें सुनती तो अगर बोलने वाला कुछ अच्छी बातों के बारे में बोल रहा होता तो फ़ौरन उसके प्रति विरोध जताती और अगर बुरा बता रहा होता तो उसकी तारीफ़ करती। उसे भूगोल का कोई ज्ञान नहीं था कि कौन-सी जगह विश्व में कहाँ है, मगर वह भिन्न-भिन्न सरकारों के बारे में खबरें मुझे अवश्य सुनाया करती और वह भी देशों का नाम एकदम सही उच्चारण करके; हंगारी और विदेशी—सब बड़े राजनीतिक नेताओं के नाम गिनाती और हमेशा मुझसे प्रश्न करती, "वे सब शान्ति चाहते हैं, आप क्या इस बात का विश्वास करती हैं? मैं नहीं करती क्योंकि अगर ऐसा हुआ तो हथियार कौन खरीदेगा? और वे लोग किस बहाने से लूट-पाट कर पाएँगे? और यूँ भी क्या अभी तक विश्व में कभी शान्ति हुई है जो अब होगी? वह औरतों के कई संगठनों की मीटिंग में जब जबरदस्ती बुलाई जाती तो सदा उन प्रतिनिधियों से निराश ही हो कर लौटती जो औरतों की समस्याओं की बात करतीं। मुहल्ला समिति, और जिला काउंसिल ने तो यह स्वीकार ही कर लिया था कि वह ईश्वर की बनाई हुई एक अद्भुत कृति है, सबसे अलग, बस और पादरी ने भी इस पर हामी भर दी थी। ऐमैरैन्त्स पैदाइशी मैफिस्टो (शैतान का एक नुमाइन्दा) थी जो सदा विरोध करने को तत्पर रहती थी। मैंने एक बार उससे कहा था कि अगर वह हर हाथ में आए अवसर को ठुकराती न रहती तो आज कहीं हमारी राजदूत या प्रधानमन्त्री होती। उसमें जितना ज्ञान और जितनी अक़्ल भरी थी वह हमारी पूरी साइन्स अकादमी में कहीं पाना असम्भव था। "अच्छा है", उसने कहा। "अफसोस यह है कि मैं जानती ही नहीं कि राजदूत का काम क्या होता

है? मैं तो बस एक तहख़ाना भर चाहती हूँ जहाँ हमारी सबकी, पूरे परिवार की क़ब्रें रखी जा सकेंगी। मुझे बस मेरे हाल पर छोड़ दीजिए, मुझे शिक्षित बनाने का प्रयास मत कीजिए। मैं पहले ही काफ़ी कुछ जानती हूँ। अच्छा होता अगर मैं इतना भी न जानती। आप कहती हैं आजकल बहुत कुछ देश में हो रहा है, बड़ी सम्भावनाएँ हैं बहुत कुछ प्राप्त करने की। जिन्हें देश से कुछ चाहिए उन्हें मुबारक हो यह सब। मुझे अब किसी की और किसी चीज़ की ज़रूरत नहीं है। कृपया यह बात आप हमेशा के लिए समझ लीजिए।"

और सच यही था कि उसे देश की ज़रूरत नहीं थी। उसकी कोई इच्छा नहीं थी कि वह झाड़ू लगाने की बजाय उन लोगों की सुपरवाइजर बन जाए जो झाड़ू लगाते हैं। मगर क्योंकि वह अपने लिए कुछ न चाहती थी, इसलिए उसने कभी न जाना कि यह अनन्त नकारात्मकता भी तो एक प्रकार से उसे राजनीतिक बना रही थी। अगर होर्थी के राज में उसने यह रवैया रखा होता, तो उस वक़्त के उसके मालिकों ने इसे काफ़ी रोचक समझा होता। योज़ी के लड़के ने हमें बताया था कि वह उस दौरान कुछ दिन जेल भी काट कर आई थी अपने इन्हीं उत्तेजनापूर्ण वक्तव्यों के कारण। उसका पूरा जीवन ऐसे ही कटा था। जब वह बोलना शुरू करती थी तो लोग वहाँ से खिसक लेने में ही अपनी भलाई समझते थे। जब वह यूरी गगारिन और लाइका की उड़ान के विरोध में अपने विचार प्रगट करती तो कोई उसके पास नहीं ठहरता। जब रेडियो पर लाइका के दिल की धड़कनें सुनवाई गईं तो उसने कहा यह पशुओं के प्रति अन्याय था। बाद में यह मान आश्वस्त हुई कि वास्तव में यह एक कुत्ते की दिल की धड़कन नहीं बल्कि एक घड़ी की टिक-टिक की आवाज़ थी क्योंकि क्या कोई कुत्ता इतना बेवक़ूफ़ हो सकता है कि बन्द कैप्सूल में क़ैद हो कर बैठे और यूँ ही आकाश में भ्रमण करने निकल पड़े—भला कोई इस बात को मान सकता था क्या? जहाँ तक गगारिन का सवाल था, उस पर तो उसकी यही प्रतिक्रिया थी कि जो इसने किया है उसका फल तो इसे भोगना ही पड़ेगा। इस तरह के काम कभी नहीं करने चाहिए। परमात्मा, जब हम उससे कुछ माँगते हैं भले ही अनसुना कर दे, मगर जिस चीज़ से डरते हैं वह अवश्य देता है। अगर उसके बाग में जब कोई बिना इजाज़त घुस आता है उसके फूल ख़राब कर देता है तो वह हिसाब बराबर करती है न उससे, तो फिर परमात्मा अपने क्षेत्र में घुसने वालों को कैसे बख़्श देगा? यह सूर्य, चाँद, सितारे कोई इसलिए नहीं बनाए गए कि वहाँ लोग घूमने-फिरने जाएँ। जिस दिन गगारिन की मृत्यु हुई वह आँगन में खड़े हो कर, ज़ोर-ज़ोर से हाथ हिलाती हरेक को बताती रही कि देखा उसने कहा था न कि परमात्मा हमें अपनी हद से आगे बढ़ने की इजाज़त नहीं देगा। उसके शब्द तो दूसरे प्रयोग किए थे मगर अर्थ यही था। वह इस भूमण्डल पर अकेली औरत थी जिसने उस नवयुवक के आग में झुलस कर मरने पर उससे

अधिक शोक नहीं मनाया जितना वह कैनेडी और मार्टिन लूथर किंग के मरने पर मनाती। वह पूर्व और पश्चिम में कोई फ़र्क़ नहीं करती थी। बिना किसी भेदभाव के, बिना किसी सहानुभूति के, कहती थी कि अमरीका में भी मज़दूर भी हैं और उनके मालिक भी; कैनेडी मालिकों की श्रेणी में था और मार्टिन लूथर एक हब्शी, जो कि मजदूरों में राजा के समान था। हरेक को एक-न-एक दिन मरना ही था। वह, अगर उसे समय मिलेगा, सबके लिए एक आध आँसू बहा लेगी।

बरसों बाद, जब भी योज़ी का बेटा और मैं उसकी क़ब्र के पास मिलते और चर्चा करने लगते कि उसके नज़रिए को बदलना कितना कठिन था तो वह लड़का अपने हाथ खड़े कर देता। उसके हिसाब से उसकी बुआ को शान्ति बहुत देर से प्राप्त हुई थी। उसके पिता अधिक समझदार थे। वे भी अपने कठिनाई के दिनों को भूले नहीं थे, मगर वे आगे बढ़ना चाहते थे, समझौता कर लेते थे। मगर ऐमैरैन्त्स तो पूरी ज़िन्दगी यूँ ही अपने दिल की कड़वाहट ज़ाहिर करती रही थी। बोला कि मैंने यह बात नोट की होगी कि कई बार वह बिना किसी विरोधी के भी अपना विरोध प्रगट करना जानती थी। वह फ्रांस योजेफ़ के भी उतना ही ख़िलाफ़ थी जितना किसी और लीडर के, जो देश के इतिहास पर अपना प्रभाव डाल सकता था। चाहे अच्छा प्रभाव ही क्यों न हो। मैंने उसे वकील के बेटे के बारे में नहीं बताया। मगर मेरे हिसाब से उसके क्रोध का कारण एक प्रकार से वही था। बाद में लेफ़्टिनेन्ट कर्नल ने इसका कारण बताया—ऐमैरैन्त्स ताक़त से घृणा करती थी, चाहे वह किसी के भी हाथ में क्यों न हो। चाहे फिर वह व्यक्ति पाँचों महाद्वीपों की मुश्किलें ही क्यों न हल करना चाह रहा हो। वह उसके भी विरोध में बोलती क्योंकि वह सफल था। उसके दिमाग़ में हरेक एक ही लघुत्तम (एल.सी.डी.) तक पहुँचता था—परमात्मा, जिला क्लर्क, पार्टी कार्यकर्ता, राजा, जल्लाद और यूनाइटेड नेशन्स का नेता। पर अगर वह किसी के प्रति हमदर्दी रखती तो फिर वह कोई भी हो सकता था, जिसको भी उसकी ज़रूरत हो। वह सबके लिए थी, हर एक के लिए—चाहे वह दोषी ही क्यों न हो।

मैं बाक़ी लोगों से ज़्यादा इसके बारे में कह सकती थी, क्योंकि उसने मुझमें विश्वास रखा था मुझे अपने राज़ बताए थे। मगर मैं मूर्ख नहीं थी। चाहती तो उसे हर बात ठीक से समझा सकती थी। एक बार वह मेरे सामने घुटनों के बल बैठी हुई, गीले कपड़े से क़ालीन पर गिरे कुत्ते के बाल साफ़ कर रही थी—वियोला के सर्दी में बाल झड़ रहे थे। मैं अपने टाइपराइटर पर बैठी उसका बुदबुदाना सुन रही थी "प्यारे ईश्वर" वह मानो गीले कपड़े से बात कर रही हो, "मैंने उस जर्मन को इसलिए छिपाया क्योंकि उसकी टाँग—मशीनगन से आहत होने के कारण बस टूट के गिरने ही वाली थी। मैंने सोचा कि अगर यह पकड़ा गया तो इसे पीट-पीट कर मार ही दिया जाएगा। फिर मैंने उसी के साथ उस रूसी को भी छिपा दिया, तहखाने के छोर पर। वे बस एक-दूसरे को ताकते रहे। आपने यह कुछ नहीं सुना,

अगर आपने कभी इसका ज़िक्र किसी से किया तो फिर देखिएगा मैं क्या करती हूँ। जब मैं यहाँ इस बिल्डिंग में रहने आई, तो उस अपाहिज स्लोका के अलावा जिसको मैंने बाद में दफ़नाया, कोई यहाँ नहीं रहता था। बिल्डिंग के मालिक स्विट्ज़रलैंड चले गए थे और बाकी के किरायेदार अभी आए नहीं थे। मैं पूरी इमारत में ऊपर से नीचे तक घूमी और मुझे लगा यहाँ मैं आराम से एक छिपने की जगह बना सकती हूँ अगर मैं जलाने की लकड़ी को एक ख़ास तरह से जमा दूँ। एक छोटा-सा दरवाज़ा था एक ओर, जो बाहर से दिखता नहीं था। मैं लकड़ियाँ घसीट कर वहाँ ले गई, और वहीं मैंने उन सबको छिपाया, हरेक को, जो मौत से भाग रहा होता। आप अगर उन रूसी और जर्मन को एक-दूसरे को ताकते हुए देखतीं तो दंग रह जातीं उनके चेहरों के भाव देख कर। रूसी के फेफड़े में गोली लगी थी क्योंकि खून में झाग थे। वे कुछ-कुछ बुदबुदाए जा रहे थे। उनके हथियार मैंने छिपा दिए थे—अभी तक वे मेरे पास हैं—हालाँकि अब प्रयोग में लाए जाने योग्य नहीं हैं मगर बड़ी आवाज़ करते थे। मैं इस्तेमाल करना भी जानती थी। मेरा एक मालिक अफ़सर था और अच्छा शिकारी भी था।"

"वे दोनों ही मर गए, इससे पहले कि एक-दूसरे से मित्रता कर पाते। उसी रात मैंने घर के सामने दोनों को दफ़नाया। आज तक किसी के समझ में नहीं आया कि वे वहाँ कैसे पहुँचे एक-दूसरे के साथ, एकदम शान्ति से पड़े हुए। मैंने श्रीमान ब्रोदारिच को भी वहीं छिपाया था। राकोत्शी उनके पीछे पड़ा था। मैं क्या यूँ ही उसके हवाले कर देती उन्हें? वे अपना हैल्मेट पहन कर रोज़ तेल के कुएँ खोदने की जगह पर जाते थे और जब मैंने उन्हें पाया तो तेल उनके हाथों से छूटने का नाम नहीं ले रहा था। वे मृतप्रायः ही पड़े थे। गुप्तचर—गुप्तचर करार दे दिया था उन्हें। जिसने यह आरोप उन पर लगाया होगा वह स्वयं ही गुप्तचर होगा। सो क्या मैं उन्हें यूँ ही ले जाने देती ताकि उनकी पत्नियाँ जो बेचारी पूरे दिन मेहनत-मज़दूरी करती थीं, अकेली रह जाएँ? ब्रोदॉरिच साहब भले आदमी थे, लोगों से आदर से बात करते थे। कई दफ़ा मेरी मदद करते जब मुझे कपड़ों में कढ़ाव को चढ़ाने के लिए आग जलानी होती। उन्होंने मुझे आग से सम्बन्धित बहुत बातें सिखाईं—कैसे कम कोयला प्रयोग किया जाए आदि—हर काम के करने के कुछ गुर होते हैं। राकोत्शी का आदमी आया। मैंने गेट खोला। "कहाँ है वह" उसने पूछा। मैंने कहा, "यहाँ तो नहीं है। कुछ लोग आज सुबह ही उन्हें उठा कर ले गए। मगर अगर आपको मिल जाएँ तो ज़रूर पकड़ लीजिएगा, मेरे कुछ पैसे उन पर उधार हैं।" और इस प्रकार वे बच गए, मेरे उस छोटे-से कोने में। फिर कुछ समय वह कोना ख़ाली रहा, उसके बाद मैंने वहाँ एक सीक्रेट सर्विस (हिटलर की फ़ौज) के अफ़सर को छिपाया। वह बाग में बेहोश हो कर गिर गया था। वह भला आदमी था, मैं जानती थी। बहुत शर्म की बात होती अगर उसे यूँ ही मरने देती।

उसने, जब मेरी बाँह टूटी थी मेरी मदद की थी कपड़े फैलाने में, तो मैं उसे क्यूँ न छिपाती? फिर वह एक और, जिसे मैंने इसके बाद बचाया, आज तो उसके लिए अपनी जान जोखिम में न डालूँ। मगर वह इतनी पीड़ा में था कि कुछ दिन उसे भी मैंने रखा था छिपाकर।"

मैं चुपचाप सुनती रही। सन्त ऐमैरेन्त्स (चॉबॉदूल की), रहम की देवी, जो कोई प्रश्न नहीं पूछती। बस सबकी जान बचाती है, क्योंकि जो भी खदेड़ा जा रहा हो उसे बचाना ज़रूरी है, ग्रौसमैन परिवार को भी और उनको खदेड़ने वाले जर्मनों को भी, एक ओर कपड़े फैलाने की रस्सी तो दूसरी ओर ब्रोदौरिच का हैलमेट। यह औरत केवल देश की ओर से ही बेपरवाह नहीं है, यह हर चीज़ से बेपरवाह है। उसकी आत्मा चमकती हुई है बस ज़बान ज़रा तेज़ है। जीवन के लिए इतना प्यार, पर लगाव किसी से नहीं। बेपनाह अक़्ल, पर हासिल कुछ नहीं। मैंने एक बार उससे पूछा, "ऐमैरेन्त्स, सच बताओ तुमने केवल लोगों को बचाया ही? क्या कभी किसी को पकड़वाया भी?" उसने मुझे घृणा की दृष्टि से देखा। मैं उसे क्या ऐसा समझती थी? उसने तो उस नाई तक को नहीं पकड़वाया जो उसे धोखा दे कर उसका सब कुछ लूट कर ले गया था। उसके दिखाए हुए सपने तक झूठे निकले थे। जब वह उसे छोड़ कर, उसके सारे पैसे भी ले कर चला गया तब भी उसने कुछ नहीं कहा। अगर उसे इन पैसों की ही ज़रूरत थी तो रख ले पैसे। मगर उस दिन से, जब भी कोई आदमी उस के क़रीब आने की कोशिश करता तो उसे वह नाई याद आ जाता और वह फिर से अपना सब कुछ लुटाने को तैयार न होती, ख़ासतौर पर अपना धन। उसने अपने भविष्य के लिए प्लान बना लिया था और किसी नाई, कैनेडी, उड़ते हुए कुत्तों के लिए उस में कोई जगह नहीं थी। उसमें, उसके अपने अलावा, या उन मरे हुए रिश्तेदारों के अलावा, किसी के लिए कोई स्थान नहीं था।

उसने अचानक बीच में ही काम करना छोड़ दिया और बाहर भागी। उसे याद आ गया था कि किसी बीमार के लिए दवाई लेने जाना है। उसने मुझसे पूछा कि क्या मुझे भी किसी चीज़ की ज़रूरत है। मैं उसके जाने के काफ़ी देर बाद तक यह सोचती रही कि मैं इससे कितनी अलग हूँ फिर भी यह मेरे साथ टिकी है। मुझे कभी समझ में नहीं आया कि इसे मुझमें क्या पसन्द आता था। जैसा मैंने पहले कहा कि मैं अभी छोटी उम्र की ही थी, और नहीं सोच सकती थी इतनी गूढ़ता से कि दो व्यक्तियों के बीच का आकर्षण सदा तर्कसंगत या विश्लेषण करने योग्य नहीं होता। वह तो बस स्थापित हो जाता है और प्रायः विनाशकारी भी होता है। और मैं अपने आप को ग्रीक साहित्य का बड़ा ज्ञाता मानती थी जिसमें केवल इन्हीं भावों का, इन्हीं उत्तेजनाओं का, मृत्यु का, प्रेम का, मित्रता का विवेचन दृष्टिगोचर होता है जो एक चमकती हुई कुल्हाड़ी के चारों ओर घूमते रहते हैं।

❑

नादोरी-चॉबॉदूल

एक और चीज़ जिसके बारे में ऐमैरेन्त्स ने कभी चर्चा नहीं की, वह था उसका जन्म-स्थान। देश का वह भाग जहाँ वह जन्मी थी, और जो मेरे जन्म-स्थान से अधिक दूर नहीं था। मैं हमेशा बड़े शहरों से नफ़रत करती थी। वहाँ की हवा, वहाँ का पानी सब से, और जैसे ही बसन्त का आगमन होता, बर्फ़ के ढेरों का पिघलना शुरू होता और उससे धुआँ-सा उठता दिखाई देता, मेरा मन उड़ कर अपने गाँव पहुँचने को तड़पने लगता। ऐमैरेन्त्स भी मौसम के इस बदलाव को देखती थी, उसकी सुगन्ध को महसूस करती थी, देखती थी कि नई कोंपलें बर्फ़ में से झाँकने लगती हैं, और इस वक़्त हमारे गाँवों में, खेतों में, काम शुरू हो गया होगा, जानती थी मगर वह मेरी तरह इस पर शोर नहीं मचाने लगती थी। गाँव में जा कर हम फिर से वही उछलती-कूदती लड़कियाँ बन सकती थीं जैसी अपने लड़कपन में थीं—मैं भी और वह भी।

ऐसे ही मौसम में, फरवरी के अन्त में, मुझे एक दिन एक निमन्त्रण पत्र मिला चॉबॉदूल की लाइब्रेरी से। मैं भाग कर फ़ौरन ऐमैरेन्त्स के पास पहुँची यह ख़बर ले कर और उससे पूछा कि अगर मैं यह निमन्त्रण स्वीकार कर लूँ तो क्या वह भी चलेगी मेरे साथ? उसे मेरा लेक्चर नहीं सुनना पड़ेगा, सिर्फ साथ में सफ़र करना होगा। जब तक मैं भाषण दूँगी, वह क़ब्रिस्तान जा सकती है, या अपने रिश्तेदारों से मिल सकती है। उसने कोई साफ़ जवाब नहीं दिया तो मैंने इसे उसकी 'न' ही समझा, मगर फिर भी मैंने निमन्त्रण स्वीकार कर ही लिया। अभी मेरे जाने में आठ हफ़्ते थे। चार हफ़्ते बाद उसने इस विषय में मुझसे चर्चा की। पूछा, क्या हमें वहाँ रात भी गुज़ारनी होगी? अगर ऐसा है तो उसके लिए जाना मुश्किल होगा, पर अगर हम सुबह जल्दी निकल कर शाम तक घर आ जाएँ, तो हो सकता था वह भी चले। शूतू ने भरोसा दिला दिया था कि पटरियों की सफ़ाई वह कर देगी, ऑदेल्का ने कहा था कि वह कूड़े के डिब्बे ख़ाली कर देगी, अतः अगर अब भी मैं उसे ले जाना चाहती हूँ तो वह चलेगी। इस फ़ैसले ने उसके आम तौर पर

पीले रहने वाले चेहरे पर हल्की-सी लालिमा भर दी थी। फिर उसने कहा कि वहाँ पहुँच कर आप किसी को बताइएगा नहीं कि आप मेरी क्या लगती हैं। इस बात से मुझे बहुत क्रोध आया। क्या हम उसे सिर्फ नौकरानी की तरह रखते थे? मैंने प्रस्ताव रखा कि तुम्हें अपने पति की रिश्तेदार के रूप में परिचित कराऊँगी। अपना रिश्तेदार कह कर इसलिए नहीं क्योंकि मुझे जानने वाले तो वहाँ कई मिल जाएँगे। मेरे पति से तो लोग यहाँ परिचित नहीं हैं अतः बुदापैश्त में तो वह यहाँ के लिए एक अजनबी है और ऐमैरेन्त्स के रिश्तेदार हो ही सकते हैं। इस पर जिस व्यंग्य से उसने मुझ पर दृष्टि डाली, वैसी मैंने पहले कभी नहीं देखी थी। "मालिक तो इससे बहुत खुश होंगे न!" उसने रूखे स्वर में कहा "आप परेशान मत होइए। मैं तो बस यह देखना चाहती थी कि आप इस बात पर हामी भरती हैं या नहीं। मगर आपने तो फ़ौरन ही मान लिया। और हाँ, आपने ऐसा इसलिए किया क्योंकि आप मूर्ख हैं। आप कुछ नहीं समझतीं। आप क्या सोचती हैं कि वे लोग समझते होंगे मैं क्या बन गई? राजा? उन्होंने मुझे तब नौकरी में झोंक दिया था जब मैं बच्ची थी। मेरे परिवार वाले सपने नहीं देखते। मैं उन्हें बताऊँगी कि मैं एक केयरटेकर हूँ; यह इज़्ज़त का ही काम है।"

अब तक मुझे इतना अधिक क्रोध आ गया था कि मैं उस पर बरस पड़ी। मेरी बला से वह अपना परिचय जैसे चाहे दे सकती थी, कुत्ते पकड़ने वाली, या मरे हुए पशुओं की खाल उतारने वाली। कोई उसकी इज़्ज़त तो नहीं कर सकता था यह सुन कर कि वह एक कई मंजिला बिल्डिंग की सफ़ाई करती है, इसके अलावा और घरों की भी, और हमारी भी देखभाल करती है। यह आख़िरी काम ही उसे थोड़ी इज़्ज़त दिला सकता था क्योंकि, वह तो इसका विश्वास न करती थी, मगर मैं उसी काम की वजह से चॉबॉदूल बुलायी गई थी जिस काम को वह बहुत तुच्छ मानती थी—मेरा लेखन का काम। कई ऐसे लोग थे, उस जगह भी जहाँ वह पैदा हुई थी, जो यह नहीं सोचते थे कि लेखक लोग बेकार होते हैं, समाज पर बोझ होते हैं; जो अपने लेखकों और कवियों जैसे यानोश ऑरॉन्य और पेतोफ़ी का सम्मान करते थे। उसने कोई उत्तर नहीं दिया, न उसने दोबारा चलने की ही बात की। आखिरी दिन तक मैं यह नहीं जानती थी कि वह चलेगी या नहीं। मगर मैंने उसे छेड़ा नहीं। मुझे डर था कि मैं अगर ज़्यादा ज़ोर डालूँगी तो वह घर पर ही रहेगी।

लेक्चर के लिए जाने में कुछ ही दिन रह गए थे। सब काम पहले की तरह ही चल रहा था। ऐमैरेन्त्स किताबों की अलमारी की सफ़ाई करती, चिट्ठियाँ लाती। जब मेरा रेडियो पर कोई भाषण होता तो सुनती, मगर वह कुछ भी टिप्पणी नहीं करती थी। उसे इसमें कोई रुचि नहीं थी। वह नोट करती थी कि जब हम भागते हुए किसी कान्फ्रेन्स में जाते या साहित्यकारों की किसी मीटिंग में, या कभी-कभी भाषा की बारीकियाँ सीखने, वह हमारा नाम भी किताबों पर देखती। फिर उन्हें

झाड़-पोंछ कर शेल्फ पर रख देती, जैसे किसी मोमबत्तीदान या माचिस को। उसके लिए सब एक बराबर था। .ज्यादा खाने या .ज्यादा पीने जैसी एक ज़्यादती, जिसे अनदेखा करना ही ठीक था।

मैंने अपनी बेवक़ूफ़ी में एक बार उसे हंगारी साहित्य की छोटी-मोटी कविताएँ सुना कर उसकी रुचि साहित्य में जगाने का प्रयास किया पर सब व्यर्थ। भैंस के आगे बीन बजाने के अलावा कुछ नहीं था यह।

आख़िरकार वह मेरे साथ नहीं गई। दोष किसी का भी नहीं था। शूटू को शहर की काउंसिल ने बुलवा भेजा, उसका सब्ज़ी बेचने का लाइसेंस फिर से बनाने को और हमारे चलने के दिन से पहले की रात को शूटू दौड़ती हुई उसे यह ख़बर देने गई उसे बहुत दुख था कि वह ऐमैरैन्त्स की मदद नहीं कर सकेगी; वह पहले से कैसे जान सकती है कि उसका नम्बर कब आएगा और फिर जब आएगा भी तो कितना समय लगेगा। उन दोनों के बीच जो घटा, उसे गर्मा-गर्मी ही कहा जा सकता है। जितना अधिक ऐमैरैन्त्स शूटू को दोषहीन जान रही थी, उतनी ही बुरी तरह से उस पर बरसती जा रही थी। उसके साथ ऐसा पहली बार नहीं हुआ था। बार-बार हुआ था कि वह कुछ प्लान बनाती और उसके देखते-ही-देखते वह छिन्न-भिन्न हो जाता क्योंकि किसी और ने कहीं और जाना अधिक महत्वपूर्ण समझा था। वह जानती थी कि शूटू भी हम सबकी तरह केवल हालात से मजबूर थी। अगर उसे बुलावा आया था तो वह यह तो नहीं कह सकती थी कि मैं नहीं आ सकती मेरे पास काम है। सो बहस का कोई अर्थ नहीं था, न शूटू की इस कदर बेइज़्ज़ती करने का। मगर उसने यही किया। शूटू सिर झुकाए चली गई थी और इसके बाद बहुत वक़्त लगा दोनों को फिर से दोस्त बनने में।

जिस दिन मुझे जाना था उस दिन ऐमैरैन्त्स सुबह तड़के ही आ गई (अपने रोज़ के वक़्त से काफ़ी पहले) नींद से भरे वियोला को बाहर घुमाने। जब मैं तैयार हो रही थी तो वह मेरे पास ही खड़ी रही। मेरे कपड़ों में, मेरे बाल बनाने के तरीके में हर चीज़ में मीन-मेख निकाल रही थी। इससे मेरा दिमाग़ ख़राब होने लगा था। वह क्यों मुझे इस तरह तंग कर रही थी? क्या मैं किसी बॉल-रूम डाँस पार्टी में जाने के लिए तैयार हो रही थी? जब वह चोटी बनाने के लिए मेरे बालों में कंघी कर रही थी तो बोली कि वह 1945 से घर नहीं गई है। वह एक बार जब गई थी तो फ़ौरन अगली ट्रेन मिलते ही वापिस आ गई थी। 1944 में उसने पूरा एक हफ़्ता वहाँ गुज़ारा था मगर उसे अच्छा नहीं लगा। उस वक़्त उसके परिवार की बहुत बुरी हालत थी। उसके नाना हमेशा से ही जल्लाद जैसे थे, और माँ की ओर के और रिश्तेदार भी 'सरकस' के कारण काफ़ी परेशानी की दशा में थे। ऐमैरैन्त्स की भाषा में 'सरकस' का अर्थ था राष्ट्रीय विपदा—जो उस वक़्त द्वितीय महायुद्ध के रूप में आई थी—जिसमें सदा औरतें पागल हो जाया करती थीं, आदमी जानवर

बन जाते थे, एक-दूसरे को मारने-काटने को तैयार। और ऐसी विपदाएँ, इतिहास गवाह था, अक्सर ही आती रहती थीं। अगर उसका बस चलता तो वह 1848 की क्रान्ति में भाग ले रहे युवकों को भी तहख़ाने में बन्द कर देती और उनसे कहती कि भाषण-वाषण देने के ज़रूरत नहीं है, पर्चे बाँटने से और चीखने-चिल्लाने से कुछ नहीं होगा। देश के लिए कुछ काम करो। उसे किसी प्रकार के क्रान्तिकारी भाषणों को सुनने का शौक़ नहीं था। उसका कहना था कि कॉफी-हाउस से निकल कर खेतों और कारख़ानों में काम करो।

जब उसने मुझे लेने आई सरकारी गाड़ी को अन्दर आते देखा जिस पर सामने लिखा था नादोरी-चॉबादूल, जो उसके जन्म-स्थान का नाम था, तब उसने मुझसे कहना शुरू किया कि अगर मुझे समय मिले तो क्या मैं देख कर आ सकूँगी कि उसके परिवार की क़ब्रों की क्या हालत है, और अगर हो सके तो वह पुराना घर भी देखती आऊँ जहाँ वह पैदा हुई थी। नादोरी की सीमा पर ही है वह घर। और अगर और अधिक समय हो तो ज़रा चॉबादूल स्टेशन भी चक्कर लगा आऊँ–माल गोदाम तक। वह ज़रूरी होगा–वह माल गोदाम। अगर वहाँ मुझे कोई उसके परिवार का सदस्य मिल जाए–कोई-न-कोई ज़रूर मिलेगा क्योंकि वे योज़ी के बेटे को पत्र भेजते रहते हैं–सैरेदाश परिवार का कोई नहीं मिलेगा क्योंकि उनमें से तो कोई बचा ही नहीं है। दिवेक परिवार का अगर कोई सदस्य दिखाई दे तो कहिएगा कि मेरे पास उन्हें भेजने के लिए कोई सन्देश नहीं है, पर अगर अधिक पूछताछ करें तो कह दीजिएगा कि मैं जिन्दा हूँ और ठीक हूँ। मैंने कोई वायदा नहीं किया। सब कुछ इस पर निर्भर था कि मेरे पास कितना समय होगा और रास्ता कैसा होगा। इस प्रकार की गोष्ठियाँ प्रायः उस वक़्त कभी शुरू नहीं होतीं जो समय कार्ड पर लिखा होता है, क्योंकि सुनने वालों के आने का इन्तज़ार करना होता है, और फिर लाइब्रेरियन को लंच की व्यवस्था भी तो करनी है। मैं पहुँचते ही तो क़ब्रिस्तानों के बारे में पूछताछ शुरू कर नहीं दूँगी, मगर फिर भी जितना सम्भव होगा अवश्य करूँगी। कार तो समय से पहले ही आ गई थी। हो सकता है मैं वही कर पाऊँ जो उसने मुझसे कहा है।

अन्तिम पल में शूतू वहाँ चीखती-चिल्लाती आ गई। वह ऐमैरैन्त्स को उलाहना देने आई थी कि जब उसने अपने घर का ताला तक बदल डाला था तो फिर जा क्यों नहीं रही। क्योंकि वह शूतू पर विश्वास ही नहीं करती थी। वह सोचती थी कि जिस दिन सबको पता होगा कि वह मेरे साथ जा रही है, उसी दिन उसका घर लुट जाएगा, और लूटेगा कौन–शूतू–"क्यों, ठीक कह रही हूँ न?" ऐमैरैन्त्स ने बहुत शान्त स्वर में जवाब दिया–"तो जाओ, फिर कुएँ में डूब मरो न।" शूतू देर तक हक्की-बक्की बनी खड़ी रही। ऐमैरैन्त्स का उसे यूँ कोसना नावाजिब था मगर उसका भी ऐमैरैन्त्स पर यूँ आक्षेप लगाना सही नहीं था।

और मैंने कार में से देखा कि शूटू ने अपना सिर घुमा लिया था ऐमैरेन्त्स की ओर, मानो कराटे के लिए तैयार हो और वृद्धा ने उसे ऐसा ज़ोर का झापड़ रसीद किया था कि वह बुत बनी खड़ी रही थी। मैंने चिल्ला कर ऐमैरेन्त्स से कहा कि मैं पूरी कोशिश करूँगी जल्दी लौटने की; आधी रात से पहले, क्योंकि तब तक मैं इतनी थक जाऊँगी कि उसके बाद मेरी बोलने की सामर्थ्य नहीं रहेगी। "थक जाएँगी? किससे, जो बेचारे आपका भाषण सुनेंगे? थकेंगे तो वे। आपका लेक्चर सुनने आने से पहले उन बेचारों को तो पशुओं को चारा देना होगा, दूध दोहना होगा, सुलाना होगा और सैकड़ों ऐसे काम करने होंगे जिसकी आपको ज़रा भी जानकारी नहीं है। आपको तो बस बैठ कर अँट-शँट कुछ भी बोलना ही है।"

मेरे पास इतना वक़्त नहीं था कि उसे समझाऊँ कि घण्टों ध्यान लगाए रखने के लिए कितनी शक्ति की ज़रूरत होती है, वो भी गर्मियों के दिन, ऊपर से बन्द कमरा, (क्योंकि खिड़कियाँ खोल दो तो बाहर से शोर आता है) जहाँ मुझे भाषण देना है। मैंने ड्राइवर से चलने को कहा। मुझे बहुत अफ़सोस हो रहा था। मैं आशा करती थी कि इस वक़्त बजाय मेरी हँसी उड़ाने के वह मुझसे कुछ लाने को कहेगी—जैसे उसके पुराने घर की हैज की एक टहनी, या कोई ऐसी ही यादगार। मैं तो जब भी घर जाती हूँ, गाँव की ताज़ी बनी दो किलो पाव-रोटी ज़रूर लेकर आती हूँ। मगर उसने कोई माँग नहीं रखी। जब गाड़ी चल पड़ी तो वियोला ने हल्के से कूँ-कूँ की, जैसे वह जानता हो कि यह विछोह सदा के लिए नहीं है और कह रहा हो कि मैं निश्चिन्त होकर जाऊँ, वह ऐमैरेन्त्स के साथ आराम से दिन काट लेगा।

हमारा रास्ता अच्छा कटा। हम कहीं नहीं रुके। मैं रास्ते में कुछ नहीं खाती थी क्योंकि जानती थी कि वे जाते ही कुछ खाने को देंगे और तब मना करना बुरा लगेगा। नादोरी बहुत प्यारा-सा गाँव था। मुझे क़ब्रिस्तान का पता नहीं पूछना पड़ा। वह तो बिलकुल गाँव की सीमा से लगा हुआ था। अन्दर से टूटी-फूटी क़ब्रों के ऊपर सजे जंगली फूलों की महक आ रही थी। हमने कार रोकी और मैं अन्दर गई। एक औरत बाड़ के पास फूलों में पानी दे रही थी। वह इतनी बड़ी उम्र की ज़रूर थी कि उसने सैरेदाश और दिवेक नाम सुने होंगे, मगर उसने बताया कि वह यहाँ पैदा नहीं हुई थी। वह तो यहाँ शादी करके आई थी, अतः वह बढ़ई के परिवार के बारे में कुछ नहीं जानती थी। क़ब्रिस्तान अब शायद उपयोग में नहीं लाया जाता था। जो मिट्टी में दबे पड़े थे, उन पर मनों मिट्टी जम गई थी। किसी पर नाम नहीं था। उनके ऊपर लगे पत्थर चोरी हो चुके थे, और अगर मृत व्यक्ति कोई प्रमुख व्यक्ति था तो उसका शरीर वहाँ से निकाला जा चुका था। पूरे क़ब्रिस्तान में केवल बीस ही ऐसी कब्रें होंगी लगभग, जिनकी ठीक से देखभाल हो रही थी। मगर मैं फिर भी ढूँढती रही हर कोने-कोने में जा कर; और मैं यह स्वेच्छा से कर रही थी। बड़ा अलग-सा अनुभव है, दुखदायी नहीं, गर्मी में किसी पुराने क़ब्रिस्तान

में यूँ घूमना, चारों तरफ जहाँ लम्बी-लम्बी घास उगी हो। मगर मुझे कुछ नज़र नहीं आया। जहाँ कुछ खुदा हुआ देखती, पास जाती, मगर नाम कुछ दूसरा दिखता।

मगर चॉबॉदूल में तकदीर ने साथ दिया। जैसे ही मैं कार से निकली मुख्य स्क्वेयर में, मुझे ऐमैरैन्त्स की माँ का पारिवारिक नाम लाल रंग से लिखा दिखाई दिया—एक दुकान के बाहर तख़्ती पर लिखा था 'मिस्टर चॉबॉ दिवेक, पुरानी तरह की और क्वार्ट्ज वाचेज़। श्रीमती इल्दिको दिवेक (जो पहले कॉपरोश थीं), कॉस्ट्यूम ज्वेलरी।' एक नवविवाहित दम्पती दुकान में अन्दर काम कर रहा था। अगर मैं यह सोच रही थी कि मैं अन्दर जाकर इन्हें इनकी रिश्तेदार ऐमैरैन्त्स की ख़बर दे कर चौंका दूँगी—ऐमैरैन्त्स सैरेदाश, जो पैश्त में रहती थी और जिसकी माँ रोज़ालिया दिवेक, योज़ेफ सैरेदाश की पत्नी, इसी परिवार से थीं—तो मैं ग़लत सोच रही थी। उनकी ऐमैरैन्त्स से कोई रिश्तेदारी नहीं थी मगर वे जानते थे कि वह कौन थी। घड़ीसाज़ युवक ने कहा कि मैं उसकी गॉड मदर से मिल लूँ जो कि दिवेक परिवार की ही हैं। वे शायद इस बुदापैश्त में रहने वाली औरत की रिश्तेदार हैं। वे दोनों साथ खेल कर बड़ी हुई थीं और वे मुझसे मिल कर ज़रूर खुश होंगी, क्योंकि बरसों बाद आज उन्हें पता चलेगा कि आँटी ऐमैरैन्त्स की छोटी-सी बेटी का क्या हुआ जिसे उन्होंने तब से नहीं देखा था जबसे वे पैश्त चले गए थे।

मुझे बहुत सावधानी से बात करनी थी अब ताकि किसी को यह पता न चले कि, मैं बहुत कुछ ऐसा है ऐमैरैन्त्स के बारे में, जो अभी भी नहीं जानती, और यह भी कि आज मैं पहली बार सुन रही हूँ कि उसके एक बच्चा भी था। मेरे ज़्यादा पूछने पर यह नवदम्पती वही याद कर पाया जो उन्होंने अपने बड़ों से सुना था। युद्ध के अन्तिम दिनों में वह एक छोटी-सी बच्ची को गोदी में लिये यहाँ आई थी, जो अपने परनाना के साथ एक साल रही। यह लोग तो परिवार की क़ब्रों के बारे में कुछ नहीं जानते थे, मगर घड़ीसाज़ की गॉड मदर को ज़रूर सब कुछ याद होगा।

इसके बाद मैं लाइब्रेरी पहुँची। अभी भी लेक्चर में बहुत वक़्त था, और लंच में भी। अतः मैं लाइब्रेरियन को ले कर इस महिला से मिलने चल दी।

यह ऐमैरैन्त्स की ममेरी बहिन थीं। सूरत काफ़ी कुछ उसी जैसी थी। वही लम्बा कद, वही सीधी तनी चाल, और चेहरे पर वही रौब। उन्हें देखते ही लगता था कि वृद्धावस्था में भी उन्हें ज़िन्दगी अच्छी तरह से जीने का चाव है। घर बहुत सलीके से सज़ा हुआ था। साइड की खिड़कियों से घर में छन-छन कर रौशनी आ रही थी और उनके चेहरे पर इसका गर्व साफ़ नज़र आ रहा था कि वे दुनियावी चीजों के लिए किसी और पर निर्भर नहीं हैं। उन्होंने एक बड़ी सुन्दर ट्रे में हमें पेस्ट्री परोसी। साइडबोर्ड बहुत पुराना, मगर बहुत कारीगरी से बनाया गया था। उन्होंने बताया कि यह ऐमैरैन्त्स के पिता ने बनाया था। वे बेहतरीन फ़र्नीचर बनाया

करते थे। उसके नाना उस वक़्त इसे यहाँ ले आए थे जब नादोरी में को-ऑपरेटिव बना दी गई थी और उनके दामाद की दुकान को बदल कर वहाँ उसकी स्थापना कर दी गई थी। अब उनकी बारी थी मुझसे सवाल पूछने की। बोलीं, "ऐमैरैन्त्स और उसकी बच्ची का यहाँ से ग़ायब हो जाने के बाद क्या हुआ?" वे सोच रही थीं कि या तो उसका अन्त बहुत ज़्यादा अच्छा हुआ होगा या बहुत बुरा क्योंकि योज़ी के बेटे ने कभी उसकी बच्ची को देखा न था। उसके नाना बड़े सख़्त मिज़ाज के व्यक्ति थे। वे कहती गईं जब हम पेस्ट्री खा रहे थे, और जानी-पहचानी अपने क्षेत्र की बनी वाइन पी रहे थे। वे नहीं जानते थे कि बुदापैश्त में काम करने वाली लड़कियों को किन ख़तरों का सामना करना पड़ता है, अतः जब ऐमैरैन्त्स एक छोटी बच्ची को ले कर लौटी तो सबको लगा वे उसे पीट-पीट कर मार ही डालेंगे। और अगर उन्हें कुछ ही दिन पहले लकवा न मार गया होता तो ऐसा ही होता, मगर तब तक वे उस काबिल ही नहीं रह गए थे। आजकल के नौजवान इन बातों को गम्भीरता से नहीं लेते। अगर परिवार के लोग इन बातों से नाराज़ भी होते हैं तो दिखाते नहीं। समाज और सरकार युवा लोगों का साथ देते हैं। मगर उन दिनों क़ानून भी सबूत माँगता था कि बच्चे का बाप कौन है। ऐमैरैन्त्स ने कुछ नहीं बताया, न ही बच्चे के जन्म से सम्बन्धित काग़ज़ ही दिखाए। अगर उसके नाना की गाँव में इतनी इज़्ज़त न होती और अगर उन्होंने म्युनिसिपल काउंसिल के क्लर्क को उपहारों से लाद न दिया होता तो वह काफ़ी मुसीबत में फँस जाती। उस क्लर्क ने कुछ पेपर वग़ैरह इस तरह तैयार किए कि उसमें लिख दिया गया था कि पेपर पैश्त में छूट गए हैं। चूँकि पिता का पता नहीं था सो बच्ची को दिवेक का नाम ही दे दिया गया। अन्त में बूढ़े नाना उस बच्ची को अपनी स्वयं की पोतियों से भी अधिक प्यार करने लगे थे। चूँकि बच्ची का भी कोई नहीं था, अपनी माँ भी नहीं, वह परनाना को बेहद प्यार करती थी। उन पर चढ़ जाती, लिपटती और जब ऐमैरैन्त्स उसे ले कर चली गई तो वह बिलख-बिलख कर रोते रहे थे। अपनी मृत्यु तक वे यही शिकायत करते रहे अपने आप से, कि उन्होंने उसे जाने क्यों दिया जबकि वह उसे इतना ज़्यादा प्यार करते थे। पर यह सब छोड़िए। हम सबको ख़ुशी होगी अगर ऐमैरैन्त्स अकेली या अपनी बच्ची के साथ, जो अब तक जवान हो चुकी होगी, यहाँ आए। अफ़सोस है कि उसके नाना अब इस दुनिया में नहीं हैं और उसके मामा भी गुज़र चुके हैं। इस क्षेत्र में वही दिवेक परिवार में से बचे हैं। वैसे परिवार आस-पास काफ़ी फैला हुआ है।

उन्होंने उस गर्मी में भी मेरे साथ क़ब्रों तक जाना स्वीकार किया। वहाँ वृद्ध नाना की क़ब्र थी। ऐमैरैन्त्स के परिवार की कब्रें नादोरी के क़ब्रिस्तान में थीं जो अब बन्द हो चुका था। और अब उन्होंने बड़े धीमे स्वर में बताना शुरू किया, मानो काफ़ी दुखी हों कि किसी को इस बात पर गर्व नहीं था कि नाना ने अपनी

बेटी का विवाह सैरेदाश परिवार में करने का विरोध किया था। क्या कारण था, वह कोई नहीं जानता। बढ़ई मृत्यु पर्यन्त अच्छा-ख़ासा कमाता था और उसके मरने के बाद जो दुख उसके परिवार पर टूटा था उसके लिए उसे ज़िम्मेदार ठहराना कहाँ तक सही था। मगर बूढ़े दिवेक ने कभी अपने दामाद को, उसके जुड़वाँ बच्चों को, उसकी बेटी को अपने पास न आने दिया। उसे दफ़नाया भी नादोरी में ही गया और बाद में उसके परिवार को भी, मानो उसने ही उन्हें मार डाला हो। हो सकता है इसका ऐमैरैन्त्स पर भारी असर पड़ा हो क्योंकि उस वक़्त वह बच्ची थी और समझ ही नहीं सकती थी अपने नाना के इस कठोर व्यवहार को। ऐमैरैन्त्स के सौतेले पिता को तो क़ब्र मिली ही नहीं थी। अब अगर ऐमैरैन्त्स इन क़ब्रों का कुछ करना चाहती है तो जल्दी ही उसे कोई कदम उठाना होगा। चूँकि नादोरी और चॉबादूल अब एक कर दिए गए हैं और शीघ्र ही वह पुराना क़ब्रिस्तान खोद दिया जाएगा। वे यह तो नहीं बता सकती थीं कि सैरेदाश परिवार कहाँ दफ़न है, क्योंकि वे स्वयं भी उस समय छोटी थी। मगर हम दिवेक और कोपरो परिवार की क़ब्रें देख सकते हैं क्योंकि वे पैदा दिवेक परिवार में हुई थी मगर उनकी शादी कोपरो परिवार में हुई थी।

चूँकि मेरे पास अभी भी काफ़ी समय था मैं वहाँ भी गई। काले ग्रेनाइट का पत्थर वहाँ लगा था। ऐमैरैन्त्स की बहिन ने मुझे दो फ़ोटो भी उपहार स्वरूप दीं। उन्हें काफ़ी समय लगा था उन्हें ढूँढ़ने में। ऐमैरैन्त्स की माँ वाक़ई बहुत ख़ूबसूरत लग रही थी दुल्हन की पोशाक में, पर जिस चीज़ ने मुझे काफ़ी परेशान किया वह थी ऐमैरैन्त्स की स्वयं की फ़ोटो, जिसमें उसकी गोद में एक छोटी बच्ची थी। फ़ोटो ठीक रोशनी में नहीं खींची गई थी, और केवल बच्ची ही ठीक से दिखाई दे रही थी। ऐमैरैन्त्स उस फ़ोटो में भी सिर को स्कार्फ़ से ढके, किसी मालकिन की रंग-बिरंगी उतरन पहने जो उस पर अधिक फ़ब भी नहीं रही थी, खड़ी थी। उसका चेहरा क़रीब-क़रीब वैसा ही दिख रहा था जैसा अब, मगर उस वक़्त उसकी आँखों में हरेक के लिए नफ़रत की बजाए ख़ुशी झलक रही थी।

और आख़िरकार मेरे लेक्चर को सुनने पूरे दिवेक और कोपरो परिवार आए। उनमें से किसी का ऐसा करने का विचार नहीं था मगर अब जब मैं सबसे मिल कर आई थी, सभ्यता के नाते सभी आए थे। इस पर भी सुनने वालों की संख्या काफ़ी कम थी। जो आए थे, वे बड़ी बेरुखी से मुझे सुन रहे थे। झेल रहे थे कहूँ तो अधिक उचित होगा। हर व्यक्ति गर्मी से बेहाल हो रहा था। मैं जिस वक़्त भाषण दे रही थी उस वक़्त भी सोच रही थी कि उस बच्ची का आख़िर क्या हुआ जो ऐमैरैन्त्स की गोद में थी।

जब हम वापिस चले तो मैंने लाइब्रेरियन से विनती की कि ज़रा हम स्टेशन की ओर से घूम कर जा सकते हैं क्या? अगर उसे हैरानी हुई भी थी यह सुन

कर तो, उसने अपने चेहरे से उसे प्रकट न होने दिया। मैं माल गोदाम के अन्त तक चक्कर लगा कर आई, जैसा ऐमैरैन्त्स ने कहा था। कोई ख़ास बात तो मुझे वहाँ दिखी नहीं। और माल गोदामों का-सा ही था, मगर एकदम सन्नाटा था वहाँ। नादोरी जाते समय ड्राइवर ऐमैरैन्त्स के पुराने घर के सामने भी रुका। वह अभी भी 'सैरेदाश-हाउस' के नाम से ही अपनी पहचान बनाए हुए था। सूर्य पश्चिम की ओर प्रस्थान कर रहा था। उसकी सतरंगी किरणें उस घर को चमका कर दिखा रही थीं। हम कुछ देर इस अतीत के दृश्य पर नज़रें टिकाए रहे। यह बिलकुल वैसा था, जैसा ऐमैरैन्त्स ने बताया था—चित्रकारी की दीवारें, दोनों ओर से पेड़ों से घिरा। उतनी ही ऊँचाई जितनी बताई थी। उसने कुछ भी घटा-बढ़ा के वर्णन नहीं किया था। ताज्जुब यह था कि उसे सब कुछ कितनी अच्छी तरह से याद था। उसने कल्पना से कोई महल नहीं खड़ा कर लिया था। वह घर काफ़ी ख़ूबसूरत था। योजेफ़ सैरेदाश ने उसे बड़े प्यार और लगाव से बनाया होगा। यह अनन्त तक अपनी कहानी बताने की सामर्थ्य रखता था। जहाँ पहले वर्कशॉप थी वहाँ अब भी थी। बस फ़र्क़ इतना था कि अब यहाँ मशीनें हाथ से नहीं बल्कि बिजली से चल रही थीं, और कुत्ते यहाँ बँधे थे आने-जाने वालों को चेतावनी देने को। छोटा-सा बाग़ अब भी वहीं था। गुलाब अब बूढ़े हो कर पेड़ बन चुके थे, कुछ और नए पेड़ भी वहाँ नज़र आ रहे थे। एक पेड़ के तने पर झूला टँगा था और नीचे बच्चे खेल रहे थे।

मुझे भूसा काटने का कोठार तो नहीं नज़र आया। उसकी जगह मकई का खेत था जिस पर अच्छी फसल दिखाई दे रही थी। मैं काफ़ी देर देखती रही इस दृश्य को। सैनिकों की भाँति एक कतार में लगे पेड़ों को, और सोचती रही कि इस भूमि ने कितनी यादें अपने अन्दर समेट रखी हैं—कितना खून, कितने मृत, उनके सपने, उनकी असफलताएँ, उनकी हार। यह सब भार आत्मा पर लिये भी कैसे यह ज़मीन फिर से नई फसलें उगा पाती है? वर्कशॉप का मैनेजर मुझे वहाँ खड़ी देख मेरे पास आया। उसने दरअसल अपने कुत्ते को बेचने का विज्ञापन दिया था। अतः उसने सोचा मैं उसी सिलसिले में यहाँ आई हूँ। मैंने बताया कि मेरे पास तो अपना स्वयं का कुत्ता है। मैं तो बस यूँ ही इस घर को देख रही थी क्योंकि मेरी जान-पहचान का कोई व्यक्ति कभी यहाँ रहा करता था। मेरा मन हुआ कि इससे कहूँ कि पुराने गुलाब के पेड़ में से मुझे एक गुलाब तोड़ कर दे दे मगर फिर हिम्मत नहीं हुई। क्या मालूम उसे अब यह याद भी हो या नहीं। उसे तो यह तक याद न था कि उसकी कभी एक बच्ची भी थी या है, क्योंकि उसने इसका ज़िक्र कभी किया न था। इस जगह पर खड़े, जहाँ उसके बचपन का सत्य मेरे सामने था, मैंने कोशिश की कि उसके जीवन को ठीक से समझने की कोशिश

करूँ। कड़ियों को जोड़ सकूँ मगर यहाँ भी असफलता ही मेरे हाथ लगी। उसकी उपस्थिति यहाँ भी उससे अधिक नहीं दिखाई दे रही थी जितनी वहाँ दिखती थी। हो सकता है उसने हालातों के कारण वह जगह, जिसे वह सचमुच अपना कह सकती थी, ज़माने भर के लिए ही सदा-सदा के लिए ताला लगा कर रख दी थी। इस शाम की ढलती रोशनी में केवल एक बात साफ़ महसूस हो रही थी कि उसके लिए यह गाँव अब कोई मायने नहीं रखता था। वह शहर आ चुकी थी और अब शहर ने ही उसे निगल लिया था। मगर चूँकि उसने शहर को भी अपने जीवन में पैठने की आज्ञा नहीं दी थी अतः उसके जीवन का सार केवल उसके बन्द दरवाज़े के पीछे ही मिल सकता था, और उसे खोलने की इजाज़त किसी को भी न थी। मैं गाड़ी में जा कर बैठ गई, बिना कोई पत्ता तक यादगार स्वरूप लिए, और हम घर की ओर मुड़ गए।

मैं जानती थी कि वह घर पर मेरा इन्तज़ार करती नहीं मिलेगी—वह बहुत स्वाभिमानी थी। वह कभी इस बात की उत्सुकता नहीं दिखा सकती थी कि उसके अतीत के अवशेषों में से अब क्या बचा है। अपने पति को मैंने राम-राम कहा। उन्होंने मुझे बताया कि उन्होंने और वियोला ने आज काफ़ी बढ़िया लंच किया है। इसके बाद मैं ऐमैरेन्त्स के पास पहुँची। वियोला मुझे देखते ही आँगन से कूद कर दरवाज़े तक आया। ऐमैरेन्त्स ऐसे बैठी रही मानो उसने मुझे देखा तक न हो। मैंने सोचा, ज़रा इन्तज़ार करो बच्चू। एटम बम तो अब फटने वाला है। हो सकता है तुमने अब तक जान लिया हो कि मैं तुम्हारे जीवन के क्या रहस्य जान कर आ रही हूँ। पहले तो मैंने घड़ीसाज़ की बातें बताईं, फिर ज़रा और गहराई में जाना आरम्भ किया मैंने। मैंने उसकी बहिन के अच्छे हालात में जीने का हाल सुनाया; फिर कहा कि तुम्हारे नाना बहुत ही कठोर दिल के रहे होंगे जो मृतकों तक को सज़ा दे सकते थे। यह समझना मुश्किल था कि कोई व्यक्ति अपने ही परिवार के सदस्यों की क़ब्रों को यूँ बरबाद होते देख सकता है। यह आचरण कोई सभ्य तो नहीं कहा जा सकता।

ऐमैरेन्त्स शून्य में कहीं ताकती जा रही थी, मानो अँधेरे में कुछ ऐसा देख रही हो जिसका मुझ से कोई लेना-देना नहीं हो। मैं शर्म से पानी-पानी हो गई। बहुत आत्मग्लानि हो रही थी मुझे। मैं क्यों उसकी निजी ज़िन्दगी में दखल देने का सोच रही थी? मैं उससे क्या अपेक्षा कर रही थी—कि वह सब कुछ कबूल करे! इतने सालों में उसने मुझे एक सेंटीमीटर भी क़रीब नहीं आने दिया था। क्या मैं वाक़ई यह चाहती थी कि वह मुझे अपने उस नाजायज़ बच्चे के बारे में बताए जिसने उसको बेइज़्ज़ती और मुसीबतों के सिवाय कुछ न दिया था? क्या मैं इतना नीचे गिर चुकी थी? क्या मैं दूसरों को दुख दे कर ही ख़ुशी हासिल करना चाहती थी? क्या मैं उससे यह उम्मीद करती थी कि वह अपने इस अपमानजनित कृत्य

का ढिंढोरा पीटे? उसने अब अपना मुँह मेरी ओर पलट लिया था, वियोला का सिर अभी भी वह अपने घुटनों पर टिकाए हुई थी। अब जब मैं यह सब लिख रही हूँ, मुझे सोच कर भी हँसी आती है पर तब मुझे सचमुच ऐसा लगा था कि वियोला को उसकी बच्ची के बारे में सब मालूम था क्योंकि वृद्धा उसे वह सब कुछ बताती थी जिसे सुनने को मैं लालायित रहती।

"मैं आपको पहले भी बता चुकी हूँ", उसने बातचीत के साधारण अन्दाज़ में कहना शुरू किया, "मेरे पास अब काफ़ी समय से रुपया इकट्ठा हो रहा है, मगर मैंने फ़ैसला किया है कि मैं अब अपने मरने का भी इन्तज़ाम करूँ; फिर योज़ी का बेटा हमारी क़ब्रों के लिए एक तहख़ाने का प्रबन्ध कर सकता है। मैं अपने नाना से नफ़रत नहीं करती। वे जैसे थे, वैसे थे। एकदम रूखे और ईर्ष्यालु। उन्होंने मेरे पिता को कभी माफ़ नहीं किया क्योंकि उन्होंने उनकी बेटी छीन ली थी। वे मुझे भी कभी पसन्द नहीं करते थे पर मैं इसके लिए उन्हें दोष नहीं देती। मगर मृतकों को तो आपको सम्मान देना ही चाहिए। मैं वह सम्मान उन्हें दूँगी, अपने परिवार के हर व्यक्ति को। आप देखिएगा यह एक ऐसी क़ब्रगाह बनेगी जैसी पूरे बुदापैश्त में कहीं नहीं होगी। आपके पेन्टर और मूर्तिकार दोस्त उसका नक्शा तैयार करेंगे, जैसा मैं उन्हें बताऊँगी वैसा। परिस्थितियाँ शायद इतनी ख़राब न हुई होतीं, क्योंकि नाना को लोक-लज्जा के कारण ही सही मगर कुछ देर बाद सबको ठीक से दफ़नाना ही पड़ता वरना लोग उनके पीठ पीछे उन्हें भला-बुरा कहते; मगर तभी मैं बच्ची लेकर वहाँ पहुँच गई। नाना शैतान की तरह चालाक थे, वे जानते थे कि यह कितनी ज़्यादा शर्म की बात है, और वे यह भी जानते थे कि मारने के बजाए वे मुझे उससे भी बड़ी सज़ा दे सकते थे, केवल क़ब्रों की अवहेलना कर के; अतः उन्होंने जो लकड़ी के क्रॉस क़ब्रों पर लगे थे उन्हें गलने-सड़ने दिया। मैं पैश्त में रह रही थी, सो क़ब्रिस्तान जा नहीं सकती थी क़ब्रों की देखभाल करने।'

शुक्र है परमात्मा का जो इसने स्वयं ही इस विषय पर बात शुरू कर दी, अब मैं इसे तस्वीरें दे सकती हूँ। उसने दोनों फ़ोटुओं को ध्यान से देखा। उसके चेहरे पर किसी भी तरह के भाव दिखाई नहीं दे रहे थे। मैंने सोचा था शायद उस पर कुछ असर होगा, शायद शर्म की लाली दिखेगी चेहरे पर। हालाँकि मैं नहीं जानती कि क्यों मैं ऐसा सोच रही थी। हो सकता है उसके पास पूरा एल्बम ही हो बच्ची की तस्वीरों का। मैं उसके बन्द दरवाज़े के पीछे क्या है, कैसे जान सकती थी? मगर वह तस्वीर को यूँ नहीं देख रही थी जैसे एक माँ, और वह भी ऐसी माँ जिसका अतीत अचानक उसके सामने ला कर खड़ा कर दिया हो। वह ऐसे देख रही थी उसे मानो एक सिपाही जिसने हमेशा ही अपनी लड़ाई जीती हो।

"यह छोटी बच्ची एवा है", उसने बताया, "वही मेहमान, जिसे उस दिन मेरे यहाँ खाने पर आना था। यह अमरीका में रहती है और मुझे पैसे भेजती है। मेरे

लिए पार्सल भी भेजती है जो प्रायः मैं बाँट ही दिया करती हूँ। क्योंकि अधिकतर चीज़ें मेरे लिए बेकार की होती हैं जैसे मेक-अप का सामान या तरह तरह की क्रीमें। यह इतनी बड़ी थी जब मैं इसे चॉबॉदूल से बुदापैश्त लेकर आई थी। अब मैं इसकी सूरत भी देखना नहीं चाहती क्योंकि यह उस वक़्त नहीं आई जब मैंने इसे बुलाया। अगर मैं इसे बुलाऊँ–जैसा मैंने किया–तो इसे आना चाहिए, हर सूरत में आना चाहिए, अगर प्रलय भी आ रही हो तब भी। अगर मैं न होती, तो इसका सिर या तो दीवार पर मार कर बचपन में ही तोड़ दिया जाता या फिर इसे गैस-चैम्बर में भेज दिया जाता।"

उसने मेरी ओर तस्वीर यूँ बढ़ा दी मानो अब उसका इससे कोई लेना-देना नहीं था।

"आप समझती हैं यह आसान था?" (उसको लग रहा था यह सब कहने में बहुत कठिनाई हो रही थी) "उस वक़्त तक सब मेरी इज़्ज़त करते थे, मैं हरेक के लिए आदर्श थी। ऐमैरैन्त्स सैरेदाश–साफ़ बेदाग़ चरित्र वाली, सम्माननीय गम्भीर लड़की, जो अच्छी तरह जानती थी कि आदमी कैसे होते हैं। जब बेकर उसे छोड़ कर स्वर्ग सिधार गया, और नाई उसका सारा धन ले कर चम्पत हो गया जो उसने पाई-पाई कर के जोड़ा था, तो उसने ज़हर नहीं खाया। उसने इन हादसों को कंधों से झाड़ दिया बस, और घोषणा कर दी कि अब से किसी भी मनुष्य को अपने पास नहीं फटकने देगी। मेरे शरीर को छूने की कभी किसी ने जुर्रत तक नहीं की थी, तो ज़रा आप ही सोचिए मेरे लिए कितना कठिन था एक नन्ही-सी बच्ची को अपनी गोदी में लिए अपने नाना के पास पहुँचना और कहना कि "यह मेरी बच्ची है। आप लोग इसे तब तक अपने पास रखिए जब तक युद्ध ख़त्म नहीं हो जाता, क्योंकि पैश्त में मैं इसकी हिफ़ाज़त नहीं कर सकती। सारे दिन घर पर बैठ कर इसे पाल नहीं सकती। यह यहीं रहेगी। अगर किसी ने अपना पाप यूँ मेरे सर मढ़ दिया है तो क्या करूँ। मैं उसे पैश्त में नहीं रख सकती थी। वह खतरे से भरा होता। उसे ताले में बन्द कर के तो रख नहीं सकती थी। बच्चे को तो ताज़ी हवा और खेल-कूद की भी ज़रूरत होती है।"

झाड़ियों में से सन्नाटे की आवाज सुनाई दे रही थी। वियोला उसके जूतों पर सिर रख कर सो चुका था।

"आपको यहूदियों के ख़िलाफ़ क़ानून तो याद ही हैं न? वृद्ध यहूदी ज़हर पी कर मर रहे थे, और युवा पैसे देकर भागने की तैयारी कर रहे थे। मगर पैदल पहाड़ पर चढ़ कर देश की सीमा लाँघना, वह भी चारपाए की तरह चल कर, एक छोटी बच्ची अपनी पीठ पर बिठाए अवश्य अत्यन्त कठिन होता, सो उन्होंने इसे मेरे हवाले कर दिया। श्रीमती ग्रौसमैन अच्छी तरह जानती थी कि नन्ही एवा को मैं कितना प्यार करती थी और वह भी मुझसे कितना लिपटती थी। अगर और

कोई उसे गोद में लेता तो वह रोती थी। जब माँ की गोद में होती तब भी मेरे पास आने को लपकती। सारे जर्मन लोग ही ख़राब नहीं थे। यह विला एक जर्मन कारखाने के मालिक का था। उसने पैसा दिया ताकि ग्रौसमैन दम्पती यहाँ से भाग सकें। उसने मुझे यहाँ केअरटेकर के रूप में रख दिया और जब यहाँ से वापिस लौटा तो सब कुछ मेरे हवाले कर गया। हमने एक प्लान बनाया था। मैं यहाँ स्थापित कर दी गई, ग्रौसमैन दम्पती सीमा की ओर चल पड़े और फिर मैं बच्ची को लेकर गाँव चली गई। लोगों को यही लगा कि बच्ची भी अपने माता-पिता के साथ ग़ायब हो गई है। जब मैं वहाँ पहुँची तो मेरा क्या हश्र हुआ, यह मुझसे मत पूछिएगा। साधारण पिटाई नहीं थी वो—मुझे लगा था कि शायद अब कभी मैं चल ही नहीं पाऊँगी। मैंने अपने नाना से यही अनुरोध किया कि चाहे मुझे कितनी ही लातें और कितने ही घूँसे मार लो, और सबको बता दो कि मैं कितनी गिरी हुई हूँ मगर कृपया बच्ची को यहाँ रहने दो। मैंने उन्हें वह पैसा और ज़ेवर भी दे दिया जो बच्ची के माँ-बाप उसके पालन-पोषण के लिए मुझे दे गए थे। वह इतना अधिक था कि मेरे नाना ने सोचा मैंने युद्ध की गड़बड़ी में लूट-पाट मचाई है या कहीं से चुरा कर लाई हूँ। मगर परेशान मत होइए, उन्होंने रख सब लिया। उन्होंने उसका सदुपयोग भी किया, बच्ची को एक साल तक अच्छी तरह खिलाया-पिलाया, उसका पालन-पोषण किया, तब तक जब तक ग्रौसमैन दम्पती वापिस न लौट आए और मैं उसे लेने न पहुँची। वे अपनी ज़िन्दगी फिर से शुरू करना चाहते थे यहाँ, मगर फिर से देश छोड़ कर चले गए। एहसान चुकाने के लिए उन्होंने अपनी हर चीज़ मेरे हवाले कर दी, वह फ़र्नीचर भी जो मैं यहाँ हिफ़ाज़त करने के लिए ले आई थी। और फिर वे ग़ायब ही हो गए क्योंकि अब राकोत्शी वही 'सरकस' फिर दोहराने लगा था। आप क्या माल-गोदाम के प्लेटफार्म का चक्कर लगा कर आईं?"

"हाँ" मैंने कहा।

"मैं चाहती थी कि आप उसे देखें क्योंकि मैं अब भी कई बार सपने में उसे देखती हूँ। बिलकुल वैसा, जैसा वह तब था जब मेरा एक प्यारा पालतू जानवर उस पर ट्रेन से कूद कर आ गिरा था। हमारे पास एक छोटी-सी हिरन की बच्ची थी। भूरा सा रंग था उसका। मैंने उसे तब से पाला था जब से वह जन्मी थी। दो नन्हे जुड़वाँ भाइयों के बाद वही मेरा तीसरा बच्चा था। उसके बाल भी वैसे ही रेशमी थे जैसे मेरे नन्हे भाइयों के। उसकी नाक गुलाबी और मुलायम थी और उसमें से भी हमेशा वही दूध की गन्ध आती थी जैसी जुड़वों के मुख से। लोग हँसते थे कि वह हमेशा मेरे पीछे-पीछे चलती थी। मगर फिर हमें उसे एक दिन बेचना पड़ा। मुझे ऊपर कोठरी में बन्द कर दिया गया था ताकि मैं उसके पीछे

न भाग सकूँ। उन दिनों बच्चों का फैल मचाना बर्दाश्त नहीं किया जाता था। बच्चों को मार-पीट कर बताया जाता था कि उन्हें क्या करना है और अगर वह नहीं किया जाता तो सिर पर थप्पड़ पड़ते ज़ोर से। हो सकता है अब सब बदल गया हो, बड़े लोग अधिक संयमशील बन गए हों, मैं नहीं जानती। ख़ैर, मुझे सिर पर कई हाथ पड़े और दरवाज़ा बाहर से बन्द कर दिया गया, मगर फिर भी किसी तरह मैं बाहर निकलने में सफल हो गई। मैं जानती थी कि अगर उसे बेच दिया गया है तो अवश्य उसे स्टेशन ले जाया गया होगा। सो मैं प्लेटफ़ार्म की ओर दौड़ी, मगर जब तक मैं वहाँ पहुँची, उसे बाकी बेचे गए जानवरों समेत एक वैगन में भर दिया गया था। वह ज़ोर-ज़ोर से रँभा रही थी, और तभी मैंने उसका नाम पुकारा। अभी तक वैगन का दरवाज़ा बन्द नहीं किया गया था। जब उसने मेरी आवाज सुनी तो उस ऊँचाई से वह प्लेटफ़ार्म पर कूद गयी। बच्चे बेवक़ूफ़ होते हैं। मैं नहीं जानती थी कि यूँ उसे पुकार कर मैं क्या कर रही हूँ। वह अपनी अगली दोनों टाँगों पर गिरी और दोनों टाँगें टूट गईं।

उन्होंने एक जिप्सी को बुलाया जो उसके सिर पर मार कर उसका काम तमाम कर दे। मेरे नाना मुझे कोसते रहे। कहते रहे कि बजाय उस जानवर के मरने के मैं ही मर जाती तो अच्छा होता—मैं यूँ भी किस काम की थी।

उसे कसाइयों ने मेरी आँखों के सामने काट डाला, फिर उसका वज़न किया। मुझे यह सब कुछ देखना पड़ा। मुझसे मत पूछिएगा कि उस वक़्त मुझे कैसा लग रहा था, मगर इससे यह ज़रूर सबक ले लीजिएगा कि कभी किसी को इतना अधिक प्यार मत कीजिएगा कि आप स्वयं ही उसकी मृत्यु का कारण बन जाएँ। बेहतर है कि किसी को प्यार ही न करें, क्योंकि तब आपको उसकी मृत्यु का दुख भी नहीं मनाना पड़ेगा और यूँ उसके लिए चलती गाड़ी में से कूदना भी नहीं पड़ेगा। अब आप जाइए। आओ वियोला। और हाँ, उस मृग-शावक का नाम भी वियोला ही था। मेरी माँ उसे यूँ ही पुकारती थीं। अब आप जाइए। यह कुत्ता बेहद नींद में है।"

कुत्ता नींद में है, मैं नहीं जो पूरे दिन काम करती रही थी; ऐमैरैन्त्स नहीं जो पूरे दिन सफ़ाई में लगी हुई थी! वियोला का चित्र आँखों के सामने घूम रहा था, वियोला उस प्लेटफ़ार्म पर, वियोला हमारी गली में दौड़ते एक कुत्ते के रूप में।

उसके कहे अनुसार मैं घर चली गई। मैं समझ रही थी कि वह अपनी उन यादों के साथ, जिन्हें मैंने आज अचानक झंकृत कर दिया था, अकेली रहना चाहती थी। उस पल में मैं इन यादों को उसके चारों ओर घूमता देख रही थी—ग्रौसमैन परिवार, कारखाने का जर्मन मालिक जो अच्छे दिल का था, वह खाली विला जहाँ वह कई दिन अकेली रही, फिर वे भाँति-भाँति के किरायेदार जो वहाँ रहने आए।

पहले ढेर सारे जर्मन, फिर हंगारी सैनिक, जो बाद में ग़ायब हो गए और जिनकी जगह ऐरो-क्रॉस (हिटलर से जुड़ी) सेना ने ले ली; और जब यह गए तो रूसी आ गए। ऐमैरेन्त्स ने इन सभी के लिए खाना पकाया था, धुलाई की थी, और तब तक जब तक यह विला सरकारी सम्पत्ति न बन गया और यहाँ अपार्टमेन्ट ब्लॉक नहीं बना दिया गया। और इन सभी यादों के बीच, ऊपर-नीचे, वह शुरुआत के घाव—बेकर की लोगों के हाथों चीर-फाड़, वह लुटेरा नाई जिसने उसे ही लूट लिया, छोटी एवा ग्रौसमैन, जिसने उसे चॉबॉदूल में लज्जित होने पर मजबूर किया, वह मृग-शावक, वह दरवाज़े से लटका बिलाव का शव!

मैं सोच रही थी कि क्या उस बिलाव का नाम भी वियोला था?

❑

फ़िल्मी शूटिंग

अपने विद्यार्थी जीवन में मैं शोपेन हॉयर को बिलकुल पसन्द नहीं करती थी। बहुत समय बाद मुझे उसके इस विचार में काफ़ी गूढ़ चिन्तन की झलक दिखाई दी जिसमें वह कहता है कि हर वह रिश्ता जो आपकी भावनाओं से जुड़ा होता है आपके लिए ख़तरे का कारण बन सकता है, और जितने अधिक लोगों को हम अपने नज़दीक आने देते हैं उतना ही यह ख़तरा बढ़ता जाता है। यह मानना आसान नहीं था कि ऐमैरेन्त्स अब मेरी निजी ज़िन्दगी का एक हिस्सा बन गई है और मैं उसके बारे में सोचे बग़ैर अब रह नहीं सकूँगी। और इसके साथ ही यह भय भी जुड़ गया कि एक दिन मैं उसको खो दूँगी, और अगर मैं उसके जाने के बाद जीवित रही तो और कई सायों के साथ यह एक और साया भी जुड़ जाएगा जो मुझे परेशान करने बार-बार आता रहेगा।

इस ज्ञान को उसके व्यवहार से कोई मदद भी नहीं मिलती थी जो पहले की तरह उसके बदलते मूड पर भी निर्भर होता था। कभी-कभी तो वह मुझसे इतने उखड़ेपन और रूखेपन से बात करती थी कि कोई अगर उस वक़्त साथ होता तो यही सोच कर हैरान होता कि आख़िर मैं इसे बर्दाश्त क्यूँ कर रही थी। मगर मुझे कोई फ़र्क़ नहीं पड़ता था क्योंकि मैं अब तक उसकी सतह के नीचे निरन्तर घूमती भू-गर्भीय परतों को अनदेखा करना सीख चुकी थी। उसने भी कुछ ऐसी ही खोज कर ली थी। वह फिर से कभी किसी के क़रीब न आने का ठान चुकी थी मगर वह यह नहीं सीख पाई थी कि अपने आप को मुझसे ख़ुद पर निर्भर होने से कैसे बचाए। अगर मैं बीमार होती वह मेरी तीमारदारी करती जब तक मेरे पति घर न लौट आते। मुझे कभी उसकी तीमारदारी करने का मौक़ा ही नहीं मिलता था क्योंकि ऐमैरेन्त्स तो कभी बीमार ही नहीं पड़ती थी। कभी अगर उसे रसोईघर में काम करते हुए चोट लग जाती, या हाथ वग़ैरह कट जाता, या गर्म खौलता तेल उसके पैरों को जला डालता तो इन 'छोटी-मोटी' बातों को बता कर मुझे बेवजह परेशान नहीं करती। ख़ुद ही देसी नुस्खों से अपना इलाज करना जानती थी वह। वह कभी हर वक़्त शिकायत करने वाले लोगों को पसन्द नहीं करती थी। कुछ

साल बाद तो उसे हमारे घर आने के लिए किसी कारण की ज़रूरत नहीं रह गई थी। हम दोनों ही यह जानने लगे थे कि हम दोनों एक-दूसरे के साथ रहना पसन्द करते हैं। जब भी हम दोनों घर में अकेले होते और जब उसके पास भी वक़्त होता और मेरे पास भी, हम बैठ कर बातचीत करते। यह कर पाना तो मेरे लिए असम्भव रहा कि मैं उसे अपनी कोई पुस्तक पढ़वा पाती, मगर अब जब वह उनके बारे में कोई आलोचना सुनती तो उसे ज़रूर फ़र्क़ पड़ता था। कभी-कभी राजनीति से प्रेरित हो कर जब मुझ पर आघात होते तो वह बहुत गुस्से में आ जाती। एक बार तो इतनी उत्तेजित हो गई, एक प्रकार का घिनौना आरोप सुन कर, कि मुझसे पूछने लगी बुलाऊँ अभी लेफ़्टिनेन्ट कर्नल को? मैंने उसे शान्त करने का व्यर्थ परिश्रम किया। ऐसे मौकों पर उसका क्रोध और आलोचकों के प्रति घृणा देखते ही बनते थे। अब भी हालाँकि वह लेखन के कार्य को उतना महत्वपूर्ण तो नहीं मानती थी पर अब वह इस पर बहस नहीं करती थी कि मेरा काम कोई अर्थ नहीं रखता था; उसने अपनी स्वयं की एक थ्योरी बना ली थी इसे समझाने के लिए। लेखन का कार्य ऐसा ही था जैसे बच्चों के लिए खेल। बच्चा अपने खेल को बड़ी गम्भीरता से लेता है और बड़ी मेहनत से खेलता भी है, और चाहे उससे कुछ हासिल तो नहीं होता। वह केवल खेल ही रहता है, मगर उससे वह थक ज़रूर जाता है। वह हमेशा मुझसे एक प्रश्न किया करती थी, जिसका कोई लेखक, पत्रकार या पाठक उत्तर नहीं दे सकता! एक उपन्यास केवल शब्दों से कैसे जन्म ले लेता था? मैं उसे इस उत्पत्ति के जादू के बारे में समझा नहीं सकती थी। कोई तरीक़ा नहीं था यह समझाने का कि शब्द खाली पन्नों पर कहाँ से आ जाते हैं। मुझे लगा शायद फ़िल्म बनने की प्रक्रिया इसे ज़्यादा आसानी से समझ में आ जाएगी, सो जब यह उसमें रुचि दिखाने लगेगी, उसे समझने लगेगी कि स्टूडियो में या लोकेशन पर क्या हो रहा है तो धीरे-धीरे मैं इसे अपने संसार में भी खींच पाऊँगी, कम-से-कम उसकी परिधि तक तो ले ही आऊँगी।

इसका मौक़ा मिला। हम एक और फ़िल्म बना रहे थे। हर सुबह फ़िल्म से सम्बन्धित लोगों को लेने वाली गाड़ी मुझे भी लेने आती और हम स्टूडियो की ओर भागते। जब मैं घर लौटती तो वह मेरा दिमाग़ चाट लेती थी पूछते-पूछते कि वहाँ क्या हुआ था, कौन-कौन लोग थे, दिन कैसा रहा, हमने क्या किया वग़ैरह-वग़ैरह। अतः मैंने एक दिन घोषणा की कि अगले दिन वह भी मेरे साथ शूटिंग पर चलेगी।

मैं सोच रही थी कि वह चलने से इनकार कर देगी। क़ब्रिस्तान के अलावा वह घर से इतनी दूर कहीं नहीं जाती थी। मगर अगले दिन सुबह वह गेट पर खड़ी कार का इन्तज़ार कर रही थी, अपने सुन्दर कपड़ों में सजी; साफ़ चमकता हुआ स्कार्फ़ पहने। वहाँ स्टूडियो में हो रही बातचीत से और जिस तरह से हम एक-दूसरे पर टूट पड़ रहे थे, बल्कि सही कहूँ तो हर वक़्त इन्तज़ार में कि कब

किसी से कुछ ग़लती हो और उस पर चढ़ जाएँ। फ़िल्म के बनने में बहुत पैसा खर्च होता है, हर पल की कीमत होती है; हर व्यक्ति बड़ी जल्दबाज़ी में दिखता है—इस सबसे मुझे उसके सामने शर्मिन्दगी-सी महसूस हो रही थी। और वह वहाँ अपने सबसे बढ़िया कपड़े पहने, कुछ घटने का इन्तज़ार कर रही थी, और सब कुछ बड़ी गम्भीरता से ले रही थी।

किसी ने यह पूछने की ज़रूरत नहीं समझी कि वह कौन थी और यहाँ क्या कर रही थी। गेट के दरबानों ने समझा कि वह एक एकस्ट्रा थी। वह अपनी प्राकृतिक गम्भीरता से एक लेखक या एक एक्टर की तरह ही लग रही थी। जहाँ उसे बिठा दिया वहीं चुपचाप बैठी रही, मगर बिना हिले-डुले भी पूरी तरह चौकन्नी। वह किसी के काम में अवरोध पैदा नहीं कर रही थी। अगला सीन ज़रा मुश्किल था, जिसमें स्वाभाविक रूप से भाव दिखाने की आवश्यकता थी। शुरुआत की भगदड़ आरम्भ हुई—मेकअप, स्क्रिप्ट, लाइटिंग, दूरी का मापना, पोजीशन लेना, क्लैपर बोर्ड वग़ैरह। फिर हम सब चले दैन्यूब के द्वीप—मॉरगिट द्वीप की ओर। ऐमैरैन्त्स भौंचक्की-सी कार के बाहर देख रही थी। दशकों बाद शायद वह यह नज़ारा देख रही थी, अगर वह इस तरफ कभी आई होगी तो। हम ग्रैंड होटल के सामने शूटिंग कर रहे थे, एक दूसरा कैमरामैन हैलिकॉप्टर से सीन फ़िल्मा रहा था। ऐमैरैन्त्स कभी ऊपर उसकी ओर देखती कभी दूसरे कैमरामैन की ओर, जो क्रेन पर बैठा आगे-पीछे जा रहा था। यहाँ मशीनें भी उतना ही महत्वपूर्ण रोल निभा रही थीं जितना मुख्य पात्र अपने भाव दिखाते। प्यार का दृश्य फिल्माया जा रहा था। पेड़, पृथ्वी, पूरा संसार दोनों प्रेमियों के चारों ओर घूम रहा था, जंगल उनको लिपटाने को झुक रहा था, युवक और युवती को यह दिखाना था कि वे प्यार में पागल हो रहे हैं। हमने मॉनिटर पर उसे देखा। हर फ्रेम बढ़िया बना था, हमारी आशा से भी अधिक।

उसने घर जाते समय अपनी प्रतिक्रिया ज़ाहिर की—हम सब झूठे थे, धोख़ेबाज़ थे—इस में कहीं भी तो सच्चाई नहीं थी। पेड़ हाथ की सफ़ाई से चलते दिखाए जा रहे थे। कोई ऊपर से फ़िल्म बना रहा था सबको घुमाते। सफ़ेदे के पेड़ वास्तव में कहाँ घूम रहे थे; मगर दर्शक यही समझेगा कि वे झूम-झूम कर नाच रहे थे, पूरा जंगल झूम रहा था। यह तो केवल धोखा था; बिलकुल बकवास।

मैंने अपने बचाव में सफ़ाई दी। "तुम ग़लत हो। पेड़ सचमुच में नाच रहे थे क्योंकि देखने वाले को वही महसूस होगा। असली चीज़ तो यह थी कि कैसा प्रभाव हम लोगों पर डाल सकेंगे, यह नहीं कि क्या तकनीक हम प्रयोग में ला रहे थे। क्या तुम यह समझ रही थीं कि जंगल ख़ुद-ब-ख़ुद चल सकता था, जब कि पेड़ जड़ों से जमे हुए हैं? तुम्हें नहीं लगता कि कला का काम ही यही है कि सच्चाई का भ्रम पैदा करे?"

"कला", वह कड़वेपन से बोली। "अगर आप वास्तव में कलाकार हैं तो सच्चाई का भ्रम क्यों, सच्चाई को क्यों नहीं जन्म दे सकतीं। तभी तो नाच भी सच लगेगा जब आपके शब्द पत्तियों को नचाने में समर्थ होंगे, कोई मशीन नहीं। मगर आप कलाकार लोग वह तो कर ही नहीं सकते—न आप और न कोई और। आप सब जोकर हैं, और बल्कि जोकरों से भी गए बीते। आप तो फरेबी हैं।"

मैं उसकी ओर अचरज से देखती रही। मुझे लगा वह मेरी आँखों के सामने कहीं पाताल में गिरती जा रही है या किसी कुएँ में, जहाँ से केवल दो ही प्रकार की आवाज़ें आ सकती हैं। या तो कोसने की या दम घुटने की। बात ख़त्म होते तक उसकी केवल फुसफुसाहट सुनाई दे रही थी "हाँ, ऐसे पल ज़रूर होते हैं जब किसी टेक्निशियन को उँगली तक उठाने की ज़रूरत नहीं होती, किसी हेलिकॉप्टर की ज़रूरत नहीं होती। जीता-जागता संसार, वन्य जीवन—सभी खुद-ब-खुद नाचने लगते हैं" हे भगवान, मैंने सोचा—उसकी ज़िन्दगी में वह पल क्या वास्तव में आया होगा, जब उसने कोशिश की होगी कि समय को रोक ले क्योंकि उस वक़्त पेड़ उसके चारों ओर घूम-घूम कर नाच रहे थे? मैं कभी न जान पाऊँगी, मगर ऐसा पल अवश्य उसके जीवन में आया था, उसके अतीत में किसी वक़्त।

एक बार, जब हमारे घर में उसका परिचय टेप रिकार्डर से कराया गया था और उसे यह बताया गया था कि आप इसमें जो सुनना चाहें, बार-बार सुन सकते हैं। उसने कहा था कि अगर किसी की ज़िन्दगी को रिकॉर्ड किया जाए और उसका टेप बने, जो बार-बार रिवाइण्ड किया जा सके और मनचाहे वक़्त सुना जा सके तो कैसा होगा। वह अपनी ज़िन्दगी को वैसे ही स्वीकार करेगी जैसी थी। बस एक बात ज़रूर चाहेगी कि जिस बिन्दु पर वह चाहे वहाँ उसे रिवाइण्ड कर के ले जाए। मेरी हिम्मत न हुई यह पूछने की कि वह मशीन को किस बिन्दु पर रोकने को कहेगी, और यह तो बिलकुल भी नहीं कि वहीं पर क्यों। मैं नहीं सोचती थी कि वह यूँ भी मुझे बताएगी।

❑

वह पल

मगर उसने बताया। उस वक़्त नहीं जब सही और तर्क-संगत होता, बल्कि उस वक़्त जब उसने महसूस किया कि सही पल आ पहुँचा था। अगर ऐमैरैन्त्स किसी प्रकार की ताक़त में यकीन रखती थी तो वह थी—समय की ताक़त। उसकी निजी धारणा के अनुसार समय एक चक्की वाले की तरह एक अनवरत चलने वाली चक्की में अपना अनाज पीसता जाता था, और जब आपकी बारी आती थी तो आपके जीवन की घटनाओं को एक कुप्पी के द्वारा आपके स्वयं के बोरे में भर देता था। और उसके हिसाब से समय किसी को भी छोड़ता नहीं था। वह तो यह भी मानती थी, हालाँकि कोई सबूत नहीं दे सकती थी वह इसके लिए, कि यह समय रूपी चक्की वाला मृतकों का अनाज भी पीस कर बोरियों में भरता था। बस फ़र्क़ यह था कि उनके बोरे कुछ और ही लोग ले जाते थे अपने लिए रोटियाँ बनाने। मेरा अपना बोरा भरने की बारी कोई तीन साल बाद आई थी, जब उसका मेरे लिए प्यार पूर्ण विश्वास में बदल गया था।

हर व्यक्ति ऐमैरैन्त्स पर विश्वास करता था, पर वह किसी पर नहीं। अगर ठीक तरह से कहूँ तो वह थोड़े-थोड़े टुकड़े अपने विश्वास के कुछ-कुछ ख़ास लोगों को डाल देती थी—लेफ़्टिनेन्ट कर्नल को, मुझे, पोलैत को (जब तक वह जिन्दा थी) योज़ी के बेटे को—और कुछ निवाले कुछ और लोगों को। वह ऑदेल्का को वही बताती थी जो उसे लगता था कि ऑदेल्का समझ पाएगी; मगर लेफ़्टिनेन्ट कर्नल, शूतू और मिस्त्री को उससे भिन्न। उदाहरण स्वरूप उसने मुझे बहुत पहले बताया था कि जुड़वाँ बच्चे कैसे मरे थे, मगर बहुत बाद में मुझे पता चला कि उसने यह बात अपने भतीजे तक को नहीं बताई थी। वह यही सोचता था कि उसके पिता ही उसके एकमात्र भाई थे। ऐसा लगता था जैसे वह हम सबको परेशान करना चाहती हो अपने मरने के बाद भी। उसने हम में से किसी को भी अपनी ज़िन्दगी की पूरी तस्वीर नहीं दिखाई। मरने के बाद वह खूब हँसी होगी हम सब पर, जब हम सब मिल कर अपने-अपने हिस्से में आए टुकड़े जोड़ कर पूरी पुस्तक उसके जीवन की पढ़ने की कोशिश कर रहे थे। कम-से-कम तीन ऐसी महत्वपूर्ण

बातें थीं उसके जीवन की जो उसके साथ ही दफ़न हो गई, और वह इस बात से बहुत खुश हो रही होगी कि हम सब मिल कर चाहे कितना ही यत्न कर लें, हमारे पास उसकी पूरी कहानी नहीं जुड़ पाएगी।

जिस दिन इस समय रूपी चक्की वाले ने मेरा बोरा भरा, वह दिन मेरे मस्तिष्क पर अमिट रूप से लिखा हुआ है। धार्मिक त्योहार का रविवार का दिन था। मुझे अच्छा नहीं लगा कि मुझे चर्च जाते समय रोका गया। मुझे डर था कि मैं प्रार्थना के लिए लेट हो जाऊँगी। मैं एक ख़ास चर्च में, जहाँ मैं अपने लड़कपन से जाती रही हूँ, अपने परमात्मा से बातचीत करने जाती हूँ हालाँकि इसके लिए मुझे काफ़ी दूर जाना पड़ता है। वहाँ मेरी बड़ी यादें जुड़ी हैं, उस वक़्त की जब मैं बड़ी उम्मीदें लेकर पहले-पहल बुदापैश्त आई थी। ऐमैरेन्त्स ठीक हमारे घर के सामने झाड़ू लगा रही थी। मैं जानती थी यह बेवजह नहीं है। आज फिर उसने अपना सफ़ाई का प्रोग्राम ऐसे तय किया है कि प्रार्थना के लिए जाते समय मैं उससे टकराऊँ और वह मुझे सदा की तरह उलाहना दे कि पूजा-पाठ करना कितना आसान है न, जब आपको पता हो कि आपके चर्च से लौटते ही आपको दोपहर का भोजन तैयार मिलेगा। उसने उस दिन सिर्फ यही कहा कि जब मैं अपने पाप धो आऊँ तो खाना खा कर उससे ज़रूर जा कर मिलूँ, क्योंकि उसे मुझसे कुछ काम था। मुझे इस विचार से कोई अधिक ख़ुशी नहीं हुई, चूँकि 'पाम सन डे' मेरे लिए एक ख़ास त्योहार का दिन था, और उस दिन मैं अपनी माँ को श्रद्धांजलि देने उनकी क़ब्र पर भी जाती थी। मुझे चार बजे तक वापिस लौटना था। मैंने कहा—तीन बजे। उसने सिर हिला दिया। उस वक़्त उसकी एक मित्र और उसका भतीजा आ रहे थे। "अच्छा तो फिर दो बजे" मैंने कहा। "नहीं, दो बजे नहीं, उस वक़्त तो उसने शूतू और ऑदेल्का को खाने पर बुलाया है; आप चार बजे आइएगा।" और बस बात ख़त्म। उस रविवार को मैंने प्रार्थना में ठीक से भाग नहीं लिया। न अपने पाप कबूले, न उनकी माफ़ी माँगी क्योंकि मेरा मन काफ़ी खिन्न था। भजन-पूजन में बिलकुल ध्यान नहीं लग रहा था। ऐमैरेन्त्स ने मुझे पूरी तरह झिंझोड़ डाला था, और मैं जब चर्च से लौटी तो बजाय शान्त होने के और अधिक परेशान हो कर लौटी थी। घर पहुँची तो पता लगा विचोला वहाँ नहीं था। वृद्धा उसे अपने घर ले गई थी यह कह कर कि औरों के साथ आज उसका भी खाना वहीं है।

ऐमैरेन्त्स में वह शक्ति थी कि वह मुझमें अच्छी-से-अच्छी और बुरी-से-बुरी भावनाएँ जगा सकती थी। क्योंकि मैं उसे बेहद प्यार करती थी, मैं कभी-कभी उस पर इतना नाराज़ हो जाया करती थी कि मुझे ख़ुद को भी आश्चर्य होता। अब तक मुझे यह समझ में आ जाना चाहिए था कि मेरा कुत्ता केवल कुछ हद तक ही मेरे अधिकार में था। अगर मैंने यह बेवक़ूफ़ी की बात न सुनी होती कि उसे दावत पर बुलाया गया था तो मैं शायद अपने पर काबू रखती। मगर इस बात

ने मुझे अचानक इतना क्रोध दिला दिया कि मैं उन्हीं कपड़ों में जिनमें चर्च गई थी, फ़ौरन उसके घर की ओर दौड़ी। एक बार ऐसा हुआ था कि एक लेखकों की बैठक और एक पश्चिमी देश के राजदूत का भोज एक ही शाम को थे। हम लोग भोज में क़रीब एक घण्टा देर से पहुँचे, और उस राजदूत ने उसके बाद हमें कभी किसी पार्टी में आमन्त्रित नहीं किया, अपने राष्ट्रीय दिवस तक पर नहीं। मगर उस राजदूत की पत्नी ने भी हमसे इस प्रकार रूखा व्यवहार न किया था जैसा ऐमैरेन्त्स ने उस दिन मेरे साथ जब मैं बिना बुलाए वहाँ पहुँची। वह अपनी सहेलियों शूतू और ऑदेल्का से बातों में मस्त थी। आँगन में मेज़ सजी थी तरह-तरह के व्यंजनों से। जब मैंने बाग का दरवाज़ा खटखटाया, वियोला मेरी ड्रेस पर लपका। ऐमैरेन्त्स खड़ी तक न हुई। उसने मेरी ओर नज़र भर डाली और फिर सूप परोसने लगी। शूतू मेरे लिए स्थान बनाने को ज़रा खिसकने लगी तो ऐमैरेन्त्स ने उसे आँख के इशारे से ऐसा करने को मना किया। उसने मुझसे पूछा कि आप इस वक़्त क्यों आई हैं। मैं इतना अधिक नाराज़ थी कि मेरे दिमाग़ में इसका कारण ही नहीं सुझाई दिया। बस मैं यह ही कह पाई "मैं कुत्ते को घर वापिस ले जा रही हूँ।"

"जैसा आप चाहें। मगर उसे खाना ज़रूर खिला दीजिएगा। उसने अभी तक खाया नहीं है।"

वियोला कूद कर मेज़ के पास पहुँच गया, दुम हिलाता हुआ। चिकन सूप की आकर्षक गन्ध पूरे वातावरण में भरी थी।

ऐमैरेन्त्स परोसने में व्यस्त रही। वियोला मेरे साथ चल पड़ा। मैंने सोचा, चलो अब सब ठीक है। मगर वह तो मेरे साथ केवल गेट तक ही आया, वहाँ रुका अपनी दुम हिलाई मानो कह रहा हो कि अब कृपया आप मेरा अधिक समय न बरबाद कीजिए, मैं अब खाना खाना चाहता हूँ। मैं उसे और निर्देश दे कर अब अपने आप को अधिक लज्जित करना नहीं चाहती थी। मैं जानती थी उसके दिमाग़ का रिमोट कन्ट्रोल तो ऐमैरेन्त्स के हाथ में ही है। वह जैसा चाहे, उसे करने पर मजबूर कर सकती है। वह एक पल के लिए भी नहीं रुका; उसने मेरी ओर पीठ की और भाग कर मेज़ के पास जा कर खड़ा हो गया। उसके इस व्यवहार ने मुझे इतना विचलित किया कि मैं घर पहुँच कर सूप तक निगलने में असमर्थ थी। मैं बालकनी में एक पुस्तक लेकर लेट गई, जिसका एक वाक्य भी मैं न तो पढ़ पा रही थी, न समझ। यहाँ से मुझे ऐमैरेन्त्स का आँगन दिख रहा था। जब मैं पुस्तक के पन्ने पलट रही थी, मेरा कोई इरादा नहीं था उस ओर देखने का, मगर ऐसा न चाहते हुए भी मेरी नज़र बार-बार वहीं मुड़ रही थी। शूतू और बाकी सब सिर से सिर जोड़े, बातचीत में मग्न थे। फिर वे दोनों औरतें चली गईं, इसके ब़ाद योज़ी का बेटा आया, फिर लेफ़्टिनेन्ट कर्नल। इन दोनों को खाना तो नहीं खिलाया

गया, हाँ, वाइन और पेस्ट्री ज़रूर पेश की गई। भतीजा, लेफ़्टिनेन्ट कर्नल के साथ किसी पेपर पर झुका हुआ था। इसके बाद क्या हुआ, मैं नहीं जानती क्योंकि तब तक मैं अन्दर कमरे में आ गई थी। मैंने फ़ैसला किया कि हालाँकि चार बजे इसने मुझे बुलाया है मगर मैं कतई नहीं आऊँगी। इसको क्या हक़ है मुझे यूँ लज्जित करने का।

चार बजे का वक़्त आया और आकर चला भी गया। सवा चार, फिर साढ़े चार। मैंने देखने की चेष्टा भी न की कि वह कर क्या रही है। पौने पाँच बजे घण्टी बजी। मेरे पति दरवाज़ा खोलने गए। बगल में रहने वाले पड़ोसी दरवाज़े पर थे यह बताने को कि वियोला बाहर पटरी पर लेटा था, ज़रा भी हिलने को तैयार नहीं था। उसके गले में पट्टा भी नहीं है, न ही रस्सी। हालाँकि आज इतवार है और पुलिस शायद नहीं आएगी मगर फिर भी अक़्लमन्दी इसी में होगी कि उसे अन्दर ले आया जाए।

यह चॉबॉदूल की ऐमैरैन्त्स साहिबा, कैसे-कैसे षड्यन्त्र रचना जानती हैं। अब मैडम इस वक़्त अपने फ़्लैट में बैठी हँस रही होंगी क्योंकि जानती हैं कि मुझे फिर वहीं जाना पड़ेगा। कारण यह कि वियोला तब तक नहीं उठेगा जब तक मैं या वह उसे ऐसा करने का आदेश नहीं देंगे। तो उसने वियोला के जरिए मुझे बुलवा ही लिया था आखिर। मैं बाहर जाते समय सोच रही थी उसकी चतुराई उसके तेज़ दिमाग़ के बारे में। अगर इस औरत ने अपने जीवन में आए हुए मौकों को ठुकरा न दिया होता तो आज यह कहाँ होती। मैं उसे अपनी कल्पना में गोल्डा मायर और माग्ररेट थैचर के कंधे से कंधा मिलाए बैठा देख रही थी, और इस पर मुझे कोई आश्चर्य नहीं हो रहा था। मुझे समझ में नहीं आता था कि वह अपने आप को इस स्कार्फ़ रूपी पर्दे से क्यों ढक कर रखती है। अगर वह तीन बार घूमती, उछाल के अपनी स्कार्फ़ फेंकती व अपना स्कर्ट भी और यह घोषणा करती कि यह सब एक आवरण था जो बचपन से उसे उढ़ा दिया गया था मगर अब वह इसे नहीं पहनेगी, तो मैं उसका विश्वास कर लेती। और करती भी क्यों नहीं?

वियोला उसके चारों ओर घूमता हुआ नाच रहा था। बाकी सबसे ज़्यादा तो वही जानता था कि अब ख़तरा टल गया। हमेशा की तरह ऐमैरैन्त्स आज भी जीत गई थी। और असल बात तो यह कि मेरा क्रोध भी अब तक काफ़ूर हो चला था।

मेरे लिए मेज़ पर लेस के कपड़े से ढकी पेस्ट्री रखी थी। उसे मेरी पसन्द मालूम थी। मुझसे क़रीब डेढ़ फुट ऊँची थी वह, उसी ऊँचाई से मुझे बिना कुछ बोले देखती रही बस। उसके सिर हिलाने भर से वियोला और मैं, दोनों ही यह समझ जाते थे कि हमने ठीक व्यवहार नहीं किया था। हालाँकि मैं यह भी जानती थी कि हर बात के पीछे कोई कारण अवश्य होता है। उसने वियोला को अन्दर भेज दिया। और जैसे ही दरवाज़ा खुला, अन्दर से ज़ोर का भभका आया फिनाइल

का। उसने मेरा ध्यान बेंच पर रखे एक पेपर की ओर खींचा। अन्दर से अब कोई आवाज़ नहीं आ रही थी। मुझे लगा वियोला भी अब सो गया होगा। मेरी बहुत इच्छा थी कि देखूँ वह अन्दर कहाँ और कैसे सो रहा है मगर अन्दर तो केवल उसे ही जाने की छूट थी, मुझे नहीं। और फिर मुझे तो अभी एक अच्छा-ख़ासा भाषण मिलने वाला था।

"आपका स्वभाव बहुत बुरा है", उसने कहना शुरू किया, "आप गुस्से में फूल कर कुप्पा हो जाती हैं, फट जाएँगी किसी दिन। आप केवल एक ही काम करना जानती हैं—अपने दोस्त को हेलिकॉप्टर में बिठा कर झूठ-मूठ पेड़ों को नाच करवाना। आप सीधी-सादी बात नहीं समझतीं। अगर दरवाज़ा सामने होता है तो आप पीछे जाकर उसे ढूँढती हैं।"

इस बात का मैं क्या जवाब देती? मुझे तो इस का भी यक़ीन नहीं था कि यह जो कह रही है वह, ग़लत है।

"मैंने आपका रविवार ख़राब किया, है न? मगर रविवार या किसी राष्ट्रीय छुट्टी के दिन ही तो यह काम किया जा सकता था। उसी दिन तो आप लोगों को बता सकते हैं कि उनके मरने के बाद क्या करना है।"

अब मैं समझ गई थी कि उस पेपर में क्या है।

"मैं मालिक को भी आप के साथ यहाँ आने का निमन्त्रण दे सकती थी, मगर हम दोनों एक-दूसरे को ज़रा भी बर्दाश्त नहीं करते। इसलिए नहीं कि वे अच्छे आदमी नहीं हैं—बहुत अच्छे हैं—बस लेकिन न वे कुछ बाँटना चाहते हैं, न मैं। हम एक-दूसरे को इसलिए पसन्द नहीं करते क्योंकि हम अपनी ज़िन्दगी में किसी का भी दखल नहीं चाहते। अभी आप कुछ मत कहिएगा क्योंकि मैं बोल रही हूँ।"

फिर से उसके चेहरे का रंग बदल गया। लग रहा था वह किसी पहाड़ पर सूर्य की चमकती रोशनी के नीचे खड़ी है, नीचे वादी की ओर देखती हुई जहाँ से वह यहाँ तक आ पहुँची थी, और उस लम्बे और ऊबड़-खाबड़ रास्ते की थकान, उन उफनती नदियों और सर्द बर्फ़ के ग्लेशियर की थकान जिन्हें वह तय तक कर आई थी, अभी भी उसकी यादों से काँप रही हो और अभी भी यह जानती हो कि उसे और कितनी दूर जाना है। उसके चेहरे पर उन गरीब लोगों के लिए हमदर्दी के भाव थे जो नीचे वादी से यह तो देख रहे थे कि ऊपर चोटी पर कितनी चमक है पर यह न जानते थे कि यहाँ तक पहुँचने का रास्ता कितनी तकलीफ़ों से भरा है।

"मैं आपको लंच के लिए इसलिए नहीं बुला सकती थी क्योंकि मेरी वसीयत में आपका नाम है। मैं अपने भतीजे को भी तब तक नहीं बुला सकती थी जब तक शूतू और ऑदेल्का से बातचीत न कर लूँ और उनके हस्ताक्षर इस वसीयत पर न ले लूँ। मैंने एक वकील के घर में भी काम किया है और मैं वसीयत बनाना भी जानती हूँ। यह कोई मुश्किल काम नहीं है। और यकीन मानिए इतनी अच्छी

बनी है कि कोर्ट में भी इसे कोई चैलेंज नहीं कर पाएगा।"

वकील! इसका तो इसने पहले कभी ज़िक्र नहीं किया था।

"अब आप मुझे क्या घूर-घूर कर देख रही हैं? मेरे नाना ने, जैसा मैंने आपको पहले भी बताया है, तेरह वर्ष की उम्र में ही नौकरी में झोंक दिया था और उस वक़्त एक वकील के साथ ही मैं भेजी गई थी। वो तो बाद में जब वह वकील और उसकी पत्नी मुझे तनख़्वाह देने योग्य नहीं रहे थे तब मैं ग्रौसमैन परिवार में काम करने गई थी। मगर उस वक़्त तक वे मुझे यूँ भी रखना नहीं चाहते थे। उनका लड़का और मैं—एक साथ ही बड़े हुए थे। मैंने योज़ी के बेटे और आपको जो आज खाने पर नहीं बुलाया वह इसलिए नहीं कि मुझे आप दोनों के खाने से एतराज़ था। मैं जानती हूँ ऐसे समय में हमें साथ ही होना चाहिए था—मैंने अपने बचपन में धार्मिक लेक्चर में सुना था कि यीशु ने अपना आखिरी खाना अपने दोस्तों के साथ खाया था। हाँ-हाँ, ज़्यादा उछलिए मत। मैं जानती हूँ वह दिन का नहीं, रात का भोजन था और पाम सनडे को नहीं बल्कि पवित्र वृहस्पतिवार को था—मगर यीशु के पास तो काफ़ी समय था, मेरे पास उतना नहीं है। मैं आपको और अपने भतीजे को इसलिए खाने पर नहीं बुला सकती थी क्योंकि आप दोनों ही मेरी सम्पत्ति के उत्तराधिकारी हैं।"

यीशु ने अपना अन्तिम खाना, लाज़रस के घर बैथानी में खाया था। बैथानी अभी भी येरुशलेम का ही भाग है। मैं इस दृश्य को न देखना चाह कर भी भली-भाँति देख पा रही थी—उसके हाथ में पवित्र वसीयतनामा, उसके दाहिनी ओर शूटू और ऑदेल्का, बायीं ओर भतीजा और लेफ़्टिनेन्ट कर्नल, वियोला और मैं चरणों में।

"तो अब ध्यान से सुनिए। मेरे भतीजे और मैंने यह फ़ैसला किया है कि जो भी पैसा मैं छोड़ूंगी, वह उसका होगा। उसमें से एक पाई भी मेरे और किसी रिश्तेदार को नहीं मिलेगी, क्योंकि जैसा आपने स्वयं भी मुझें बताया, उन्होंने मेरे परिवार के सदस्यों की क़ब्रों का भी अनादर किया, और फिर उनके पास यूँ भी सब कुछ है। योज़ी का बेटा अब तक काफ़ी विश्वास के योग्य रहा है, वह मेरे परिवार के हर सदस्य की क़ब्र को, एक अच्छे-से तहखाने में दफ़नाएगा और मेरे मरने के बाद मुझे भी। इस कब्रगाह की बिल्डिंग बनाने और क्रिया-कर्म करने का पैसा पोस्ट ऑफिस के सेविंग्स अकाउंट में है; बाकी पैसा बैंक में। दोनों की किताबें यह हैं। फ़्लैट के अन्दर की हर चीज़ आपकी है। मेरे भतीजे ने लेफ्टिनेंट कर्नल के सामने यह हस्ताक्षर कर के लिख दिया है कि वह मेरे निर्देशों का अक्षरशः पालन करेगा और किसी भी बात को लेकर कोर्ट नहीं जाएगा। वैसे भी जो मैं आपके लिए छोड़ रही हूँ, उसकी ज़रूरत उसे नहीं है। वह तो इनका करेगा क्या, यह भी नहीं जान पाएगा। यहाँ उसके मतलब की चीज़ें नहीं हैं। और उसे यह चाहिए भी होती तो मैं नहीं देती क्योंकि उसे वैसे भी काफ़ी दे रही हूँ। ढेरों पैसा

छोड़ रही हूँ उसके लिए। और मुझे कृपया धन्यवाद देने की कोशिश मत कीजिएगा वरना मैं नाराज़ हो जाऊँगी।"

मैं अपनी गोदी में ही नज़रें टिकाए हुई थी, यह सोचती हुई कि कितना ख़र्चा आएगा एक कब्रगाह बनवाने में और दबे हुए शवों को खुदवा कर यहाँ तक लाने में। मैं तो केवल क़ब्रों पर लगे पत्थरों का दाम ही जानती थी। मेरे परिवार के सदस्यों की तो कोई कब्रगाह थी नहीं। मगर मैंने यह सोचने की ज़रा भी कोशिश नहीं कि कि मेरा हिस्सा क्या होगा। पिछले कुछ पल में बहुत कुछ ऐसा हुआ था जिसके लिए मैं तैयार नहीं थी। ऐमैरैन्त्स उठी और उसने कॉफ़ी बनाने की मशीन के नीचे आग सुलगा दी। वह मुझसे कहीं अच्छी कॉफी बनाती थी। कहाँ से सीखा था उसने यह? क्या और भी कोई मालिक रहा था उसका जिसका ज़िक्र उसने अभी तक नहीं किया था?

"तुमने मौत के बारे में सोचना क्यों शुरू कर दिया है?" मैं आख़िर बोली, "तुम तो बीमार नहीं हो।"

"नहीं, दरअसल रेडियो पर सुना था कि वकील साहब का बेटा मर गया है, और बस मेरी पूरी ज़िन्दगी मेरी आँखों के सामने घूम गई।"

बहुत पहले बचपन में, मैंने एक तितली को उड़ते देखा था, और तब भी मेरी ऐसी ही इच्छा हुई थी कि मैं उस पर अपना प्रभाव डाल कर उसे किसी प्रकार ज़मीन पर उतार लूँ। मैं उसे पकड़ना नहीं चाहती थी, बस उसका बन्द होना देखना चाहती थी।

"कई दिनों से रेडियो पर शोक धुन बज रही है, और आप हर समाचार में क्रिया-कर्म की तस्वीरें भी देख सकती हैं। मैं उन्हें देखना नहीं चाहती, और न मैं क़ब्रिस्तान जा रही हूँ। बिलकुल नहीं। अफ़सोस है कि उन्होंने बाकी लोगों के साथ साथ मुझसे कुछ नहीं पूछा। मैं उन्हें कुछ बहुत काम की बातें, कभी जो किसी ने न सुनी होंगी, बताती। जब मैंने उन सब लोगों की कहानियाँ सुनीं जो उसे जानते थे, तो सोचा अच्छा है इतने लोग आगे आ-आ कर बोल रहे हैं, क्योंकि मैं तो कुछ बोलने वाली नहीं। उसने वह तो अस्वीकार कर दिया जो मैं उसके लिए बनना चाहती थी, और मैं तो कब से उसके लिए मर ही चुकी हूँ। मेरे लिए आसान नहीं था मरने के बाद अपने को फिर से जिन्दा करना–यह काफ़ी महँगा सौदा है। ख़ैर, इसीलिए मैंने अपनी वसीयत कर दी है, ताकि जो भी मेरे पास है वह केवल आपको जाए, जैसा मैं चाहती हूँ। कोई और उस पर हाथ साफ़ न करे जो मैंने संजो कर रखा है। मैं एक बार लुट चुकी हूँ। दोबारा ऐसा नहीं होने दूँगी। बस मेरी बिल्लियों को ही वे दो बार मारने में सफल हो गए। अब कोई न मेरी कोई चीज़ चुरा पाएगा, न मेरे मन की शान्ति।"

उसकी आँखें हीरे की तरह चमकती और सर्द थीं। हे भगवान, मैंने सोचा। इसने केवल ब्रोदॉरिच या सीक्रेट सर्विस के पुलिस के व्यक्ति को ही अपने घर में न छिपाया था बल्कि इसको भी! मगर कब और कैसे? पूरे मीडिया में आजकल उसी की चर्चा है। पूरा देश उसकी मृत्यु का शोक मना रहा है। यह कब हुआ होगा? तीस के दशक में ही हुआ होगा।

"प्रोग्राम आपको दिखाएँगे कि उसकी पत्नी कैसी थी। जब उसका पीछा किया जा रहा था तब उसने मेरा दरवाज़ा खटखटाया था उस वक़्त तक उसकी सगाई तक नहीं हुई थी। उनकी मुलाक़ात अवश्य बाद में ही हुई होगी, जब उस पर से ख़तरा टल चुका था। "मैं तुम्हारे पास रहूँगा। तुम्हारे तहखाने में छिप जाऊँगा। तुम मुझे छिपाए रखना" उसने यही सब कहा था, 'ऐमैरेन्त्स, तुम पानी की तरह पवित्र और भरोसे के लायक हो" यह मत सोचने लगिएगा कि हमसे कोई शारीरिक सम्बन्ध था। आशा है, आप मुझे अब तक जानती हैं, और अगर मुझे जानती हैं तो आप उसे भी समझ सकती होंगी। मैंने यह तक न पूछा कि उसके पीछे कौन पड़ा है। मैंने उसे अपने कमरे में शरण दी। उस समय तक बूढ़े ग्रौसमैन दम्पती मर चुके थे और मुझे अपने बेटे और बहू के हवाले कर चुके थे और इन नवयुवकों को भनक तक न लगी थी कि घर में क्या हो रहा था। आप समझती हैं कि एवा की माँ इस बात की परवाह करती थीं कि उनकी नौकरानी के कमरे में क्या हो रहा है? उस समय तक एवा का जन्म नहीं हुआ था। वे लोग अधिकतर बाहर ही घूमते रहते थे, मस्ती करते थे। नौकरों के रहने की जगह अलग थी और वहीं हम दोनों रह रहे थे। अपनी कॉफ़ी पीजिए। मुझे यूँ आँखें फाड़ कर मत घूरिए। प्यार तो सभी को होता है न।

जब वह देश छोड़ कर ग़ायब हो गया तो मुझे लगा मैं पागल ही हो जाऊँगी, और बहुत बुरा होता अगर ऐसा हो जाता क्योंकि मैंने उसे फिर देखा—बहुत ही असम्भव पल में। वह रात को आया। उस शाम चाँद अपने यौवन पर था। वह भेष बदल कर आया था मगर मैं उसे फ़ौरन पहचान गई—शायद ऐसे मौकों पर हम आँखों से नहीं, दिल से देखते हैं। सो अब आप समझीं कि यही वह पल था जब पेड़ और झाड़ियाँ नाचने लगे थे, यहीं इसी विला के पास। मैंने चाँद की रोशनी उसके चेहरे पर देखी थी और फर के पेड़ों को उसके पीछे नाचते हुए इन्हीं आँखों से देखा था। मैंने सोचा इस बार यह किसी और वजह से लौटा है, शायद इतना समय परदेश में बिताने के बाद यह समझ गया है कुछ, और इसीलिए मेरे पास वापिस लौट कर आया है, तभी तो इसने ग्रौसमैन परिवार से मेरा पता-ठिकाना पाने की क़वायद की होगी, अब यह मुझे ले कर ही जाएगा। हालाँकि उसने कभी ऐसा कोई वायदा नहीं किया था, मगर मुझे यही लगा कि इसके लौटने की वजह सिर्फ मैं हूँ। उसने मुझसे कभी झूठ नहीं बोला, कभी कोई वायदा नहीं किया।

उसने आते ही अपने लौटने का कारण बता डाला। क्या मैं उसको फिर शरण दे सकती थी? उसके पास जाली कागज, पहचान-पत्र, राशन के कूपन—सब थे। बस उसे रहने का, कुछ ही देर, एक ठिकाना मात्र चाहिए था। मेरे अलावा कोई इस बात की गारण्टी नहीं कर सकता था कि वह पकड़ा न जाए। और फिर, जैसे ही उसके लिए सम्भव हुआ, वह मुझे यहीं छोड़ फिर चला गया। और अब उसकी मृत्यु हो गई है।"

मेरे मुँह में कॉफ़ी थी मगर मुझसे घूँट नहीं निगला जा रहा था। मैं उसकी ओर देखती रही।

"उससे बदला लेने के लिए मैं नाई के चक्कर में पड़ गई। आपने उसके बारे में कई कहानियाँ भी सुनी होंगी न? उस वक़्त मेरी मानसिक हालत ऐसी थी कि अगर शैतान स्वयं भी मुझसे आ कर यह कहता कि उसे मैं अच्छी लगती हूँ, या कि मुझे कोई आदमी चाह सकता है तो मैं उस तक के साथ चल पड़ती। मगर मुझमें ही शायद कोई दोष रहा होगा, क्योंकि इस नाई ने तो न सिर्फ मुझे छोड़ ही दिया बल्कि मेरी सारी जमा-पूँजी भी ले गया चुरा कर। मैं इतनी बदसूरत तो नहीं थी। ख़ैर, इससे अब क्या फ़र्क़ पड़ता है? मैं मरी तो नहीं न।"

वह कुछ देर चुप रही, फिर हाथ में एक पुदीने की पत्ती को मसल, उसे सूँघने लगी।

"आप आसानी से मर तो नहीं जाते मगर यकीन मानिए, मृत्यु के बहुत क़रीब तक आ जाते हैं। और बाद में, जिन हालात से आप गुज़र जाते हैं वे आपको इतना चतुर बना देते हैं कि कभी-कभी आप कामना करते हैं कि आप फिर से बुद्धू बन जाएँ, बिलकुल बुद्धू। मैं बहुत चतुर बन चुकी थी, जिससे आपको आश्चर्य नहीं होना चाहिए, क्योंकि मुझे दिन-रात इसका प्रशिक्षण मिला था। वह मेरे साथ पूरे दो वर्ष उस सर्वेन्ट क्वार्टर में रहा था, और कुछ समय के लिए यहाँ भी। जब मेरे पास वक़्त होता तो वह बोलता रहता, बोलता रहता, हर उस बात के बारे में जो वह जानता था। आप समझती हैं अब मैं अपने जीवन में किसी भी भाषणकर्ता को देर तक झेल सकती हूँ?"

अब बात साफ़ होने लगी थी। उसकी बुद्धिजीवियों के प्रति वह घृणा, उसका संस्कृति के प्रति वह तिरस्कारपूर्ण रवैया।

"उसके जाने के तुरन्त बाद जंग ख़त्म हो गई और वह फिर लौटा—मेरे साथ रुकने या रहने के लिए नहीं, बल्कि हर बात फिर से समझाने के लिए। मगर मैं वह सब तो नहीं चाहती थी। मैं तो कुछ और ही चाहती थी। कुछ ऐसा, जो मेरे लिए एक नया संसार, एक नई ज़िन्दगी ले कर आए। मैंने उससे साफ़ कह दिया कि उसने मुझे काफ़ी लेक्चर दे डाले थे। अब मुझे माफ़ करे। आगे बढ़े अपनी ज़िन्दगी में। वह मुझे स्कूल भेजना चाहता था, मगर पूरी उम्र भी इन्तज़ार

करता तो मैं न जाती। मुझे कोई तमग़ा दिलाना चाहता था—शायद मैंने उसे शरण दे कर, बचा कर, देश की बड़ी सेवा जो की थी उसके लिए—मैंने साफ़ इनकार कर दिया यह कह कर कि मैं पार्लियामेन्ट में सब देशवासियों के सामने जब उसे ग्रहण करूँगी तब क्या तरह-तरह की अफ़वाहें नहीं फैलेंगी हमारे बारे में। क्या वाक़ई उसे लगता था कि वह और उसके मन्त्रीगण जो प्लान मेरे लिए बना रहे थे मुझे उसमें कोई रुचि थी, जबकि मैं उसे प्यार करती थी और उसके दिल में मेरे लिए कोई प्यार नहीं था? आप सुन रही हैं न, मैं उससे बेहद प्रेम करती थी। उसके दिमाग़ और उसके ज्ञान से नहीं—यह उसका बहुत अधिक ज्ञान और बहुत अधिक दिमाग़ ही तो उसे मुझसे दूर ले गया--बल्कि उसके शरीर से, उस शरीर से जिसे परसों दफ़ना दिया जाएगा। पर कोई बात नहीं। आप यकीन नहीं करेंगी, मैं जानती हूँ, मगर उसने मुझे बताया कि वह अक्सर अपनी पत्नी से मेरा ज़िक्र करता था। वह उसे मुझसे मिलवाना भी चाहता था। मगर मैंने उसे साफ़ कह दिया कि मेरे बारे में चिन्ता करने की कोई ज़रूरत नहीं है, उसी के साथ रहे एक अच्छा पति बन कर। तुम आगे बढ़ो, बुदापेश्त को दोबारा खड़ा करो मैं अपनी ज़िन्दगी को दोबारा खड़ा करने की चेष्टा करती हूँ। मैंने जब नाई से सम्बन्ध बनाया तो वह बहुत क्रोधित हुआ सुन कर। मुझे जान कर ख़ुशी हुई।"

उसे देख कर यह तो नहीं लगता था कि वह कभी खुश हुई होगी। उसका चेहरा एक नकाब था, उसका मुँह केवल एक सीधी रेखा।

"आपको मालूम है जब उसे 1950 में फिर पकड़ लिया गया था यह कह कर कि वह ब्रिटिश जासूस है और उसे इतना मारा था कि बस वह मरते-मरते ही बचा था, तो मैं कितना खुश हुई थी? मैंने सोचा ठीक है और मारो, उतना ही तड़पने दो इसे जितना मैं तड़पी थी, एक कुत्ते की तरह। वह अंग्रेज़ी तक बोलना नहीं जानता था। जहाँ वह पढ़ा था वहाँ केवल जर्मन, फ्रेंच और लैटिन ही पढ़ाई जाती थी। मैं उस समय उसी के घर में रहती थी। मैं जानती हूँ उसने स्कूल में क्या-क्या विषय पढ़े थे। कितना बेवक़ूफ़ी का आरोप था उस पर। मगर मैं बहुत खुश थी क्योंकि मैं बहुत बुरी हूँ, और बेवक़ूफ़ भी और बहुत ईर्ष्यालु भी। अब यह सब अतीत की बातें हैं। अब तो राजकीय सम्मान के साथ अन्तिम यात्रा बाकी है। उसके सिर के नीचे उसका मखमली तकिया होगा और साथ होंगे वे सभी हंगारी और विदेशी तमग़े जो परमात्मा ने उसे बख़्शे। मेरे ख़याल से उसने अपनी आत्मकथा में मेरा कहीं ज़िक्र नहीं किया है। मगर मैं उसकी ज़िन्दगी में थी।"

"ऐमैरैन्त्स, उसने तुम्हारा ज़िक्र किया है", मैंने तपाक से कहा और मुझे लग रहा था कि मुझे बहुत थकान-सी महसूस हो रही थी। ऐसा लग रहा था कि मुझे भी किसी ने बहुत पीटा था। और उस पल में मैं अपने देश के इतिहास को जितना

जान पाई थी, वैसा कभी नहीं। “नाम से तो नहीं मगर उसने यह ज़रूर लिखा है कि वह कई बार लम्बे अरसे तक अज्ञातवास में रहा। कई लोगों ने छिपने में उसकी मदद की, मगर सबसे अधिक समय उसने एक बहादुर और ईमानदार साथी के साथ गुज़ारा। मैंने कल ही समाचार में सुना था।”

“वह हमेशा से सही बात ही बोलता था।”, उसने रूखेपन से जवाब दिया, “अब मैं काफ़ी बक-बक कर चुकी। कम-से-कम उसकी मृत्यु ने मुझे वसीयत लिखने पर तो बाध्य किया। आपको मालूम है वह कितना निडर, ज़िन्दगी से भरा और ख़ुशमिजाज़ था, वह ऐसा था कि जैसे उसे कभी मृत्यु छू भी न पाएगी। और वह किताबों का गट्ठर और वह ढेर सारा ज्ञान! बताइए, कौन पढ़ना चाहेगा इतना सब? कम-से-कम मैं तो नहीं। मगर आप उसे धोखेबाज़ कभी न समझिएगा। मैं फिर दोहराती हूँ कि उसने मुझसे कभी कोई वायदा नहीं किया, आप इसे नोट कर लीजिए। उसने मेरे घर में छिप कर ठीक ही किया। अगर वह मुझे छूने तक की हिम्मत करता तो मैं उसे बाहर फेंक देती। मैं इतनी ही बेवक़ूफ़ थी। अच्छा, अब बस चलिए। मैं काफ़ी बोल चुकी।”

उसने एक प्लेट भर के पेस्ट्री मुझे घर ले जाने के लिए दी।

“मालिक को मीठा पसन्द है।”

मैं उठ खड़ी हुई, मगर उसने मुझे पकड़ कर बिठा दिया, फिर धीरे-से दरवाज़ा थोड़ा-सा खोला और कुत्ते को बाहर निकाला। फिर वही फिनाइल की गन्ध मेरे नथुनों में भर गई। उसकी आँखें अपनी पीठ पर महसूस करके मैं उसकी तरफ पलटी।

“एक और बात—कुछ ही शब्दों में”, वह बोली, “आप वसीयत में कुछ और भी पा रही हैं। अच्छा हो, वह भी जान लें। मेरा फ़्लैट बिल्लियों से भरा है जो मैं आपके सुपुर्द कर के जाना चाहूँगी। आप नहीं जानेंगी कि उनके साथ क्या करना है, क्योंकि मेरे अलावा वे किसी को नहीं जानतीं, वियोला को छोड़, और अगर वे सड़क पर छोड़ दी गईं तो फिर उनके बचने की कोई सम्भावना नहीं है क्योंकि कुत्तों को तो वे अपना दोस्त समझती हैं। जो डॉक्टर वियोला का इलाज करता है वह आपका मित्र है। जब मैं मर जाऊँ तो उससे कह कर कृपा करके इन बिल्लियों को मरने का इन्जेक्शन लगवा दीजिएगा। आप किसी को इससे बड़ा उपहार नहीं दे सकतीं कि उसे तड़पने से बचा लें। यही वजह है कि मैं अपना दरवाज़ा नहीं खोलती, क्योंकि अगर यह ख़बर फैल गई कि इस घर में नौ बिल्लियाँ रहती हैं तो क्या होगा? मगर मैं तो इनमें से एक को भी नहीं त्याग सकती। और अब मैं एक और बिल्ली को लटकता हुआ नहीं देख सकती। यहाँ यह क़ैद में मगर जिन्दा तो हैं। यह मेरा परिवार है। मेरा कभी कोई और परिवार तो हुआ ही नहीं। चलिए, अब आप प्रस्थान कीजिए। आज दिन काफ़ी लम्बा हो चुका।”

❑

व्रत

इसके काफ़ी दिन बाद तक मैं और किसी काम पर अपना ध्यान केन्द्रित न कर सकी। ऐमैरेन्त्स ने अपनी प्राइवेट पार्लियामेन्ट बुलाई उस पवित्र रविवार के दिन और बिना किसी बहस या कोई नोटिस के अपना फ़ैसला सुना दिया, पोप की तरह। योज़ी के बेटे का फोन मेरे पास आया तो मुझे पता चला कि उसके लिए भी यह बहुत अकस्मात घटने वाली बात थी। वह मेरे पास आ कर इस विषय में कुछ बातचीत करना चाहता था। हमने आगामी मंगलवार को मिलना तय किया। मुझे भी लगा ज़रूरी है इस पर विचार-विमर्श करना।

उसे जो बात परेशान कर रही थी वह यह थी कि ऐमैरेन्त्स के पास इतना अधिक पैसा था तो उसे यूँ दो पास-बुक घर में नहीं रखनी चाहिए। क्या बेहतर न होगा कि पैसा किसी और तरह से और एक ही जगह रखा जाए क्योंकि अगर कहीं यह पास-बुक चोरी हो गईं तो बैंक और पोस्ट ऑफिस, दोनों ही उन पास-बुक दिखाने वाले चोरों के हवाले ही पैसा कर देंगे। पास-बुक मुझे भी परेशान कर रही थीं मगर कारण अलग था। अगर वे खो गईं तो मैं बड़ी अजीब-सी परिस्थिति में आ जाऊँगी। वियोला मेरे अलावा किसी और को घर में नहीं घुसने देगा और मैं नहीं चाहूँगी कि अब ज़िन्दगी के इस मोड़ पर मेरी ओर शक की सुई घूमे, चाहे वह सत्य हो या निराधार। हमने बहुत सोचा इस पर। लड़का पैसे के लिए बहुत लालायित था, और मैं इतनी बड़ी जिम्मेदारी अचानक अपने ऊपर आने से परेशान थी। और सबसे भयानक बात तो यह थी कि वियोला इसमें मुख्य भूमिका निबाहने वाला पात्र बन गया था। ऐमैरेन्त्स के गणराज्य में वही तो अंगरक्षक था, उसकी पूँजी का पहरेदार। जहाँ तक बिल्लियों का सवाल था मैं उनके बारे में सोचना नहीं चाह रही थी। यह केवल उनके 'नौ' नम्बर के कारण ही नहीं था। मुझे परेशान वह काम कर रहा था जो मुझे ऐमैरेन्त्स के जाने के बाद सौंपा गया था। कौन इस प्रकार नौ बिल्लियों को बग़ैर किसी कारण मारने का जघन्य अपराध कर सकता था? मैं कोई राजा हैरोद (बाइबल का वह राजा, जिसने आदेश देकर पूरे राज्य के नवजात शिशुओं को मरवा दिया था क्योंकि बालक यीशु पैदा होने वाला था) तो

थी नहीं। भतीजे ने सलाह दी कि बुआ एक डिपॉज़िट अकाउंट खुलवा लें और हम उन्हें इस के लिए राजी करें। वह आश्वस्त हो जाएगा अगर मैं और लेफ़्टिनेन्ट कर्नल इसका साथ बैठ कर हल निकालें। क्योंकि वह बुआ को यह नहीं दिखाना चाहता कि वह उनके पैसे पर ही आँख गड़ाए बैठा है मगर फिर भी कितनी ही बातों की होने की सम्भावना से इनकार तो नहीं किया जा सकता। मान लीजिए बुआ गैस खुली छोड़ जाएँ, या वियोला मारा जाए, या पुराना हीटिंग सिस्टम ख़राब हो जाने से सर्दियों में घर को आग लग जाए, जब वे घर से बाहर हों? मैंने उससे वायदा किया कि मैं इस पर सोचूँगी और हमने एक-दूसरे से यह कह कर विदा ली कि हम लेफ़्टिनेन्ट कर्नल से भी बात करेंगे। उसके बाद इस पर कोई कार्रवाई नहीं की गई। ज़्यादातर लोगों में शर्म-हया होती ही है।

पहले मैंने सोचा ऐमैरैन्त्स से किसी तरह, बड़े क़ायदे से इसका ज़िक्र करूँगी, बहुत ही संवेदनशील तरीके से। मगर उस रविवार के बाद से वह हम सबके सामने पड़ने से कतरा जाती थी। हमारा पड़ोस ज़्यादा फैला हुआ नहीं था मगर न जाने कैसे वह एक अदृश्य व्यक्ति की तरह अपने आपको छिपाए रखने में कामयाब हो ही जाती थी। यह ग़ायब होने की योग्यता उसकी कई खूबियों में से एक थी। वह किसी गुप्त संगठन के लिए आदर्श सदस्य बन सकती थी। मैंने आख़िरकार उसे गुड-फ्राइडे के दिन पकड़ा। मैं घर से ज़रा जल्दी निकल पड़ी थी ताकि चर्च जाने से पहले ज़रा क़ब्रिस्तान भी होती आऊँ। वह हमारे घर के सामने बड़ी-सी झाड़ू लिए खड़ी थी। मुझसे बोली, सलाह देती हुई, कि ज़रा खुल कर दान दीजिएगा आज, क्योंकि आज जितना दान देंगी उसका दुगुना फल मिलेगा, और फिर वे आपकी दानवीर मित्रगण भी बहुत प्रसन्न होंगी। मैं आगे बढ़ने लगी ताकि आज फिर से वह मेरा चर्च जाना बेकार न कर दे पिछली बार की तरह। मैंने उससे कहा कि मैं उसकी आभारी होऊँगी अगर कम-से-कम वह गुड-फ्राइडे के दिन अपने कटाक्ष मुझ पर न करे। यीशु की तकलीफ़ बहुत दर्द भरी थी—अगर वह उसका चित्रण देखती तो उसकी आँखों में भी आँसू होते। और वैसे भी, जब वह मुझसे किसी चीज़ की अपेक्षा रखती है तो मैं बग़ैर कुछ बोले क्या कर नहीं देती, तो कृपा करके वह मुझे रोष दिलाना बन्द करे, और जब काम पूरा कर ले तो मेहरबानी से आलूबुखारे का सूप बना कर रख दे। फल वहीं रसोई में रखा था।

उसने मेरी ओर देखा फिर मेरे हाथ में झाड़ू पकड़ा दी। उसका हैण्डिल काफ़ी मज़बूत था; बोली कि क्या मैं कोशिश करना चाहूँगी कि झाड़ू लगा कर उसकी ज़रा मदद करूँ? मैं चर्च जाती थी न अपने आँसू दिखाने तो ज़रा-सी मेहनत करने से मुझे कोई नुकसान नहीं होगा। मैं बिना चर्च जाए भी अपने पापों का प्रायश्चित कर सकती हूँ—झाड़ू लगा कर। झाड़ू बहुत भारी थी, और लकड़ी का हैण्डिल उँगलियों में दर्द पहुँचा रहा था। उसके ख़याल से, केवल वही लोग, जो मेहनत-मशक़्क़त

करते थे, यीशु के लिए रोने का अधिकार रखते थे। मैंने उसकी ओर देखा तक नहीं। मैं बस के लिए भागी, मगर तब तक जिस संजीदगी से मैं पूजा करने घर से निकली थी, वह ग़ायब हो चुकी थी। क्यों यह औरत हर वक़्त मुझे बेधती रहती है? यह कैसे चर्च को, इतिहास को, पूजा को केवल इसलिए नकार सकती थी क्योंकि एक बार किसी ग़लती से इसके साथ कुछ हादसा हो गया?

यह अभी तक उस बात का बदला लेने के लिए ताना-काशी कर रही है। मेरे मन में एक पल के लिए यह विचार आया मगर मैं जानती थी यह सही नहीं है। ऐमैरेन्त्स कोई बदला नहीं ले रही थी। मागला इससे अधिक संजीदा था। ऐमैरेन्त्स बहुत खुले दिल वाली थी, वह सिर्फ देना जानती थी। वह परमात्मा में तो विश्वास रखने से इनकार करती थी मगर अपने कृत्यों से उसे खुश रखना जानती थी। वह त्याग की मूर्ति थी। मैं जिन कामों को बड़ा तोल-मोल के करती वह उन्हें यूँ ही प्राकृतिक सहजता से। और इससे कोई फ़र्क़ नहीं पड़ता था कि वह यह जानती तक नहीं थी कि वह कितना परोपकार का काम कर रही थी—उसकी अच्छाई पैदायश थी, मेरी अच्छे पालन-पोषण का नतीजा। एक-न-एक दिन, बिना एक शब्द भी बोले, ऐमैरेन्त्स अवश्य मुझे बताएगी कि जिसे मैं धर्म समझती हूँ, दरअसल वह बौद्ध धर्म है, केवल रीतियों के लिए श्रद्धा। और मेरी नैतिकता भी केवल एक संयम है जो मैंने घर से, परिवार से, स्कूल से और कुछ अपने आप से भी सीखा है। मेरे गुड फ्राइडे के मूड की ऐसी की तैसी हो गई थी।

दोपहर के खाने पर आलूबुखारे के सूप का कोई निशान तक न था। हमारे लिए लाल मिर्च का चिकन, एसपैरेगस का सूप और क्रीम कैरेमल तैयार रखा था। आलूबुखारे बग़ैर धुले वहीं पड़े थे जहाँ मैं उन्हें रख कर गई थी। गुड फ्राइडे के दिन मेरे पिता हमसे व्रत रखने की अपेक्षा करते थे जैसे कभी उनके पिता उनसे किया करते थे। उस दिन केवल आलूबुखारे का सूप लिया जाता था दोपहर में और रात के भोजन के लिए तो मेज़ तक नहीं लगाई जाती थी क्योंकि रात को बिलकुल भूखा रहा करते थे सब। पवित्र शनिवार को कलौंजी का सूप बनता था सुबह के नाश्ते में और बिना ब्रेड के पिया जाता था। दोपहर में खाना तो खाया जाता था मगर केवल शाकाहारी। हमारे परिवार में यही प्रथा चलती आई थी कि हम शनिवार के रात के खाने पर भी अधिक नहीं खाया करते थे। पवित्र बृहस्पतिवार को प्यानो का ढक्कन बन्द कर दिया जाता था ताकि हमारे संगीत प्रेमी परिवार का कोई सदस्य कहीं ग़लती से भी उसे बजाने की चेष्टा न करे। ऐमैरेन्त्स बरसों से यह सब जानती थी और यह भी कि मैं अपने परिवार में चलती आई रीतियों को बड़ी गम्भीरता से मानती आई हूँ; उसने इस पर कभी कोई टिप्पणी नहीं की थी। वह मेरे पति के लिए ज़रूर कुछ-न-कुछ बना कर ले आती थी और फिर दोनों आँखों-ही-आँखों में मेरा मज़ाक उड़ाते और खुश होते।

सो उस दिन मैंने दोपहर का खाना नहीं खाया। शाम को मैंने अगले दिन के लिए कलौंजी का सूप बना कर रख दिया। जब अगले दिन मैंने उसे पिया तो पाया कि वह बेहद बेस्वाद बना था। ख़ैर, भूख के मारे बेहाल थी तो गट-गट कर सारा पी गई। इसके बाद मैं ऐमैरैन्त्स के यहाँ पहुँची।

उस साल बहार का मौसम ज़रा जल्दी आ गया था, और वह बाहर बेंच पर ही बैठी हुई थी मानो मेरा इन्तज़ार ही कर रही हो। वह चुपचाप मुझे उसके चरित्र की खूबियाँ बताते सुनती रही। मैं कहे जा रही थी कि वह लोगों को बाध्य करती है कि वे उसके लिए मुश्किल कामों की ज़िम्मेदारी लें और फिर उनकी बेइज़्ज़ती भी करती है जब-जब सम्भव होता है। उसे ज़्यादा खुश होने की ज़रूरत नहीं है क्योंकि मैंने उसका लाया हुआ चिकन वग़ैरह छुआ तक नहीं है और मैं उसके लिए उसे कुछ पैसे भी नहीं देने वाली। अगर उसने बिना मेरे कहे बनाया तो वही जाने। मैंने कोई इसका आदेश नहीं दिया था। मुझे महसूस हो रहा था कि वह मुस्कुरा रही है। मेरा मन हुआ मेज़ ही उल्टा दूँ इसके ऊपर।

"अब सुनिए", उसने वैसे ही मुस्कुराते हुए, बिना गुस्से के बोलना शुरू किया, मानो कोई बड़ी सहनशीलतापूर्वक किसी मन्द बुद्धि बच्चे को कुछ समझा रहा हो। "अब मैं आप पर इतना ज़ोर का प्रहार करने वाली हूँ कि आप को हमेशा याद रहेगा—हालाँकि मैं शुरू में आपको इसीलिए पसन्द करने लगी थी कि आप छोटे-मोटे प्रहार झेल लेती थीं। मैं आपके रीति-रिवाज़ों और रुढ़ियों में कोई रुचि नहीं रखती। यकीन मानिए, मुझे सूप बनाने में चिकन बनाने से कहीं कम मेहनत करनी पड़ती। मैंने अ़ब तक आपके लिए ऐसा किया भी है, मगर आप जो चाहें वह खा सकती हैं अगर आप समझती हैं कि इससे आपको स्वर्ग मिलेगा। आपका भगवान अजीब है जो लोगों को उनके खाने-पीने से परखता है। मेरा भगवान तो, अगर मेरा कोई भगवान है, सर्वव्यापी है—कुएँ के नीचे, वियोला की आत्मा में, श्रीमती सैमुएल बओर के पलंग के पास क्योंकि वह बहुत शान्ति से गुज़र सकीं कल। हालाँकि वह इसके लायक तो नहीं थीं—बहुत अधिक भले लोग ही इसके लायक होते हैं, मगर वह इसी प्रकार गईं, बिना तकलीफ़ उठाए, इज़्ज़त से। आप घूर क्या रही हैं मुझे? आपने क्या सुबह देखा नहीं था कि जब मैं झाड़ू लगा रही थी तो उनकी नन्ही पोती दूसरी ओर से मेरी ओर भागती हुई आ रही थी—या आपका ध्यान फिर से केवल अपनी ओर ही था? वह बच्ची मुझे बुलाने आई थी, और मैं गई। आप जानती हैं न कि अगर मैं किसी के मरने के समय उसका हाथ अपने हाथ में लेकर बैठूँ तो उसके प्राण निकलने में उसे कोई तकलीफ़ नहीं होती। मैंने उन्हें नहलाया-धुलाया और उनकी अन्तिम यात्रा के लिए उन्हें तैयार किया। और मैं आपको बता दूँ कि इस सबके बीच आसान नहीं था वक़्त निकालना। मगर मैं फिर भी आपके लिए खाना बना कर रख कर आई जिसके लिए आप मुझे कितनी अच्छी तरह से धन्यवाद

दे ही चुकी हैं। ज़रा ग़ौर कीजिएगा, क्योंकि जो मैं अब कहने जा रही हूँ उसे सुन कर आपको बहुत तकलीफ़ पहुँचेगी मगर आप उसी के लायक हैं। मालिक, आप जानती ही हैं, अब अधिक देर तक जीने वाले नहीं हैं। आप समझती हैं केवल आलूबुखारे का सूप उन्हें पर्याप्त ताक़त दे सकता है? और वह उस दूसरी दुनिया में क्या मैडल ले कर जाएँगे? क्योंकि हर कोई यहाँ से कुछ लेकर ही जाता है न। श्रीमती बओर, वह इज़्ज़त लेकर गईं कि ऐमैरैन्त्स सैरेदाश ने उनकी देखभाल की, और उन्हें यह भी यकीन दिलाया कि वह उनकी पोती का खयाल रखेगी। और याद रखिए मैं आपको ही सौंप कर जाने वाली हूँ उसे भी, इससे आप बचने वाली नहीं हैं। मैं नहीं चाहती कि वह नन्ही जान उन दानवीर महिलाओं के हाथ लगे। वे तो यह तक नहीं जानतीं कि श्रीमती बओर की कोई पोती भी है जिसका पालन-पोषण करने वाला कोई नहीं है। मगर आप इसे नहीं भूल पाएँगी, क्योंकि मैं हर रोज़ आपको याद दिलाती रहूँगी। अतः कृपा करके मालिक को सूप पिला-पिला कर ऊपर मत भेजिए या वह उबला हुआ खाना, जो आप उनके लिए रोज़ बना कर रख देती हैं; और यह भी ठीक नहीं है कि आप हर वक़्त इधर-उधर दौड़ती रहती हैं, या घर पर पूरे वक़्त टाइपराइटर पर ठक-ठक उँगलियाँ घुमाती रहती हैं। आप आज भी उन्हें अकेला छोड़ कर चर्च चली गईं। कभी उनके साथ बैठ कर उन्हें हँसाइए, वही असली पूजा है। आप यीशु को, परमात्मा को क्या समझती होंगी जब आप उनके बारे में यूँ बात करती हैं मानो वह कोई निजी मित्र हो आपका? आपके ख़्याल से मोक्ष क्या इतनी आसानी से प्राप्त हो जाता है! मैं तो दो टके का भी नहीं मानती आपका यह धरम-करम। आपका घर अस्त-व्यस्त है और आप ज़िन्दगी में तरतीब चाहती हैं। मुझे इस पर धिक्कारने का मन करता है आपको। सोमवार को तीन बजे, चाहे ज़मीन-आसमान एक-दूसरे से टकरा जाएँ, दाँतों के डॉक्टर के पास जाना है। अपने दाँत एक-दूजे को दिखा कर, टैक्सी में वापिस आना है क्योंकि टहलते हुए लौटने का समय नहीं है। हर बृहस्पतिवार को ब्यूटी पार्लर जाना है। बुधवार को धुलाई करनी है—किसी और दिन नहीं। बृहस्पतिवार को चाहे सूखें न सूखें, कपड़ों पर इस्तरी करनी है। रविवार और छुट्टी के दिन चर्च। मंगल को हम सिर्फ अंग्रेज़ी बोलते हैं, शुक्रवार को जर्मन, कि कहीं यह भाषाएँ बोलना भूल न जाएँ। बाकी वक़्त हम टाइपराइटर चलाते रहते हैं। जब मालिक के प्राण भी निकल जाएँगे न, तब भी उनके कानों में टाइपराइटर की आवाज़ ही सुनाई दे रही होगी।”

मैं फूट-फूट कर रोने लगी। इस वक़्त अब मैं यह नहीं बता सकती कि मैं क्यों रो रही थी—जो उसने कहा था वह सत्य था इसलिए या इसलिए कि वह ग़लत कह रही थी। ऐमैरैन्त्स ने, जो हमेशा साफ़ चमकते हुए, कलफ़ लगे कपड़े पहनती थी, अपनी जेब से एक चमचमाता सफेद रूमाल निकाला और मेरे सामने

रख दिया। लग रहा था कि नर्सरी में पढ़ने वाली किसी बच्ची को डाँट पड़ रही थी और वह वाक़ई शर्मिन्दा थी और वायदा कर रही थी कि अब से अच्छी बच्ची बन कर रहेगी।

"अब आप कहिए आप चिकन के लिए तो नहीं आई थी न?" उसने पूछा, "जब तक उस घर में मालिक जिन्दा हैं, उस घर में कोई व्रत उपवास नहीं चलेंगे; कम-से-कम मैं तो व्रत का खाना नहीं बनाऊँगी। अरे, आप यहाँ क्या कर रही हैं छुट्टी की रात को? आज शुक्रवार है। घर जाइए अपनी विदेशी भाषाओं को दोहराइए। यह तो जर्मन बड़बड़ाने का समय है। कुत्ता भी आप पर हँसता है। ज़रा बताइए तो आप यह दिन-रात प्रैक्टिस क्यों किया करती हैं? परमात्मा तो सब भाषाएँ जानता है, और आप जो एक बार सुन लेती हैं वह आपको याद ही रहता है—आपका दिमाग़ तो गोंद की तरह से है, जो चीज़ भी वहाँ एक बार चिपक गई तो चिपक ही गई। आपको जो भी परेशान करता है उससे आप बदला लेना भी खूब जानती हैं, मुझसे भी। काश कि आप चीखती-चिल्लातीं—मगर आप तो केवल मुस्कुरा कर वार करना जानती हैं। आपसे अधिक बदला लेने वाला व्यक्ति मैंने कभी नहीं देखा। आप तो तकिए के नीचे छुरा रख कर सोने वालों में से हैं जो इन्तज़ार करते हैं कि समय पाते ही कैसे उसे भोंकें। अगर आप को बुरा लगता है तो आप खरोंचती नहीं, कत्ल ही करती हैं।

बदला? उससे? कैसे? किस तरह? एक चीज़ जिसके द्वारा मैं उसे दुखी कर सकती थी, उससे बदला ले सकती थी वह तो शुरू से ही उसका ही था। वियोला पर उसी का अधिकार था। और एकमात्र व्यक्ति जिसे वह प्यार करती थी वह एक दिन बाद दफ़न होने जा रहा था। मैंने अपना मुँह पोंछा। उसका रूमाल ठण्डा था और उसमें सैन्ट की ख़ुशबू आ रही थी। मैंने उसे बताया कि योज़ी का बेटा क्या चाह रहा था और मैं देख रही थी कि इस बात को सुन कर वह बहुत नाराज़ हो रही थी। उस दिन मैंने उसके कई रूपों के दर्शन किए थे मगर जब उसने 'पैसे' का नाम सुना तो वह बहुत गम्भीर हो गई थी।

"सुनिए। आप उस बदज़ात को मेरी ओर से यह कह दीजिएगा कि मुझे सलाह देने की कोशिश न करे; न आपको फोन करके परेशान करे। पास-बुक जहाँ हैं, वहीं रहेंगी। कुछ भी नहीं बदला जाएगा, और कोई बैंक डिपॉज़िट खाता नहीं खोला जाएगा। उसकी क्या ज़रूरत है? अगर कोई उन पास-बुकों को चुराता है तो उसे पूरा अधिकार है, पूरा पैसा पाने का। क्या आप लोगों में से किसी ने मुझे अभी तक कोई बेवक़ूफ़ी का काम करते देखा है? तो भला बताइए घर में आग कैसे लग जाएगी? मैं अपने घर का ध्यान रखना जानती हूँ। उस कमबख़्त लड़के ने तो मुझे अभी से दफ़ना डाला है। उसको मेरी ओर से कह दीजिएगा—एक शब्द और सलाह का और बस, वह वसीयत से बाहर। सब आपको दे जाऊँगी। हिम्मत

है तो आप से एक पाई भी माँग कर दिखाए। आप इतनी बड़ी सन्त हैं कि आप ही केवल मेरे परिवार के लोगों की कब्रें खुदवा कर उन्हें यहाँ एक ख़ूबसूरत कब्रगाह में दफनाने के लायक हैं। आप फिर वहाँ पूजा करा कीजिएगा। मैं चाहती तो यही थी मगर ऐसा इसलिए नहीं करूँगी कि कहीं वह बदमाश आप पर मुकदमा ना ठोक दे। पैसे के लिए वह चॉबादूल के मेरे रिश्तेदारों तक से साँठ-गाँठ करने तक से नहीं हिचकिचाएगा, और मैं चाहे आपके बारे में कुछ भी सोचूँ, इतनी बड़ी मुसीबत आपके लिए नहीं छोड़ जाऊँगी। हालाँकि मेरी चीनी मिट्टी की गुड़िया, आप हैं तो इसी योग्य। अब आप जाइए। आज शुक्रवार है। जा कर अपनी जर्मन बाईबल पढ़िए।

मुझे चले जाने का आदेश मिल गया। वियोला ने अपने लिए आदेश के लिए उसकी ओर देखा। ऐमैरैन्त्स ने उसके माथे पर हाथ रखा, उसने अपनी आँखें बन्द कर लीं मानो उसकी उँगलियों से मोक्ष प्राप्त कर रहा हो, उन उँगलियों से जो काम करते-करते टेढ़ी और सख़्त हो चुकी थीं। मैं बड़ी कठिनाई से, धीरे-धीरे चलती हुई, एक वृद्धा की तरह जा रही थी। पूरे दिन की घटनाएँ मुझ पर काफ़ी भार डाल चुकी थीं। केवल कुत्ता ही मेरे पीछे नहीं आ रहा था, ऐमैरैन्त्स भी साथ आ रही थी। मैं चमेली के फूलों से आती सुगन्ध में लीन थी, मैंने उसके कदमों की आहट न सुनी थी—वह अधिकतर कपड़े के जूते पहनती थी, फैल्ट के तले वाले, जिससे उसकी तनी हुई नसों वाले पैरों को आराम मिलता था। मैंने कड़वाहट से सोचा, यह मेरे पीछे क्यों आ रही है अब? अब इसने मेरा चरित्र-चित्रण तो कर ही डाला है। यह सोचती है मैं बनावटी हूँ, मैं मग़रूर हूँ, अपने दिमाग़ को ख़ुराफ़ातों से भरती रहती हूँ बस। इसे क्या मालूम कि मैंने अपने पति को हर वक़्त मौत के बारे में सोचते रहने से कैसे अलग किया है; और अगर वह गम्भीर रूप से बीमार होते तो क्या मैं शान्ति से काम करते रह सकती थी दिन-रात? यह मेरी उस भावना तक में ग़लती निकाल रही है जो बिलकुल पवित्र है—मेरा एक सिपाही की तरह से हर वक़्त भगवान से लड़ना।

"एक अच्छी बच्ची की तरह से वापस तो लौटिए जरा। मालिक अभी रेडियो सुन रहे होंगे, संगीत के मज़े ले रहे होंगे और खुश होंगे कि वियोला अभी लौटा नहीं है। आइए-आइए, मैं आपको दुख नहीं पहुँचाऊँगी। सच कहूँ तो मैं आपको कभी दुख पहुँचाना नहीं चाहती। आप बस ज़रा देर से समझती हैं, ज़रा मन्दबुद्धि हैं। मेरे बुड़बुड़ाने का क्यों बुरा मानती हैं? आपको दिखता नहीं? आपके अलावा मेरे पास बचा ही क्या है? आप और मेरी पालतू बिल्लियाँ।"

हम वहीं खड़े रहे। विला की बन्द खिड़कियों के पीछे से हल्की-हल्की आवाज़ें आ रही थीं। ऐमैरैन्त्स के ठीक ऊपर के मकान में रहने वाले किराएदार बहुत चुप रहते थे। उन्होंने शाम के समाचार लगा रखे थे। मोतजार्ट के 'रिक्वाएम' की आवाज़

थी वह, जो मेरे कानों में पड़ रही थी। कोई उत्तर देना सम्भव नहीं था। उसने आख़िर कोई नई बात तो कही नहीं थी। वह यह नहीं समझती थी कि यह हम दोनों का आपसी प्रेम ही था जिसके कारण वह मुझे तब तक छुरियाँ चुभोती जाती थी जब तक मैं धराशायी न हो जाती; वह ऐसा केवल इसलिए करती थी क्योंकि वह मुझे प्यार करती थी और मैं उसे। जो लोग मेरे बेहद क़रीब हैं वास्तव में, केवल वे ही मुझे असली दुख पहुँचा सकते हैं। यह बात उसने बहुत पहले जान ली होगी मगर वह तो समझती वही थी जो समझना चाहती थी।

"आइए अन्दर चलें। ज़्यादा ज़िद्दी बनने की ज़रूरत नहीं है। आपका स्वभाव भी तो बिलकुल मेरे स्वभाव जैसा ही है। क्योंकि हम दोनों आख़िर उसी क्षेत्र से तो हैं। आइए, मुझे घूरिए मत। कुछ वजह है जो मैं आपसे अन्दर आने को कह रही हूँ।"

क्यों? अब यह और क्या चाहती थी? इसने पेन्टिंग पूरी कर मुझे क्या शीशा नहीं दिखा दिया था? बड़ी अक़्लमन्द बनती थी न! यह न जान पाई कि आख़िर शीशे के पीछे तो चाँदी का फ्रेम था, जिसका उसने मुझे सिर पर मारने भर के लिए प्रयोग किया था।

"आइए, मेरे पास आपके लिए एक उपहार है। एक खरगोश ले कर आया है–ईस्टर का खरगोश।"

यूँ बोल रही थी मानो एक बच्चे को फुसला रही हो। जब वह गली में इस तरह किसी से बात करती थी तो मैं सदा रुक कर खड़ी हो जाया करती थी। बच्चे, वियोला की तरह, उसके आगे-पीछे भागते थे और उसे चिपके रहते थे। ईस्टर का खरगोश गुड फ्राइडे के दिन। उसने आलूबुखारे नहीं बनाए, मेरा यीशु के लिए शोक मनाने का मज़ाक उड़ाया, मगर मेरे लिए उपहार ला कर रखा। उसको यह स्वतन्त्रता थी कि वह दे सके, मुझे नहीं। मेरे लिए सख़्त मनाही थी।

"मैं नहीं आऊँगी ऐमैरैन्त्स। हमें जो एक-दूसरे से कहना था, हम कह चुके। मैं तुम्हारे भतीजे को तुम्हारा संदेश दे दूँगी। अगर तुम चाहो तो आज वियोला को अपने पास रख सकती हो।"

अब मैं उसका चेहरा पढ़ नहीं पा रही थी। आकाश काले बादलों से ढक गया था। पूरे दिन बारिश की सम्भावना बनी हुई थी पर अब तक बरसा नहीं था, गुड फ्राइडे पर ज़्यादातर बारिश होती ही है। अब दिन के ख़त्म होने के वक़्त यीशु के लिए मौसम आँसू बहाना शुरू कर रहा था। मैं वापस न जा सकती थी। मोटी-मोटी बूँदें गिरनी शुरू हो गई थीं और तेज़ हवाएँ चलने लगी थीं जो आने वाले तूफ़ान की सूचना दे रही थीं मैं जानती थी कि अगर ऐमैरैन्त्स किसी चीज़ से डरती है तो वह तूफ़ान है और अब मुझे ज़िद करनी ठीक नहीं है। अगर अब मैं इसके साथ अन्दर जाने से इनकार करती तो वह घसीट कर मुझे अन्दर ले जाती।

वियोला ने अपनी पूँछ समेट ली थी और कूँ-कूँ करने लगा था। वह दरवाज़े तक पहुँच भी चुका था, छिपने के लिए अन्दर जाने के लिए। बिजली ज़ोर से चमकने लगी थी, बादल गरजने लगे थे। पहले बिजली की चमक दिखायी दी, एक चादर-सी नीली आग की, फिर मूसलाधार बारिश और पूर्ण अन्धकार।

"चुप वियोला। घबराओ मत। सब जल्दी ही बीत जाएगा।"

पहले आकाश नीला हुआ, फिर चाँदी के रंग का। उस बिजली की चमक में मैंने उसे जेब से चाबी निकालते देखा। कुत्ता अभी भी भौंके जा रहा था।

"श् श् वियोला, श् श्।"

चाबी घूमी। हम बिजली के कड़कने पर एक-दूसरे को देख पा रहे थे। ऐमैरैन्त्स ने मुझ पर से पल भर को भी आँख नहीं उठाई। मैंने सोचा, मैं शायद कुछ धोखा खा रही हूँ। मैं ज़रूर कुछ ग़लत देख रही हूँ। वह दरवाज़ा तो कभी नहीं खुलता। यह अब कैसे खुल रहा है? नहीं, यह सम्भव नहीं है।

"अब ज़रा ध्यान से सुनिए। अगर आप ने किसी को बताया तो मैं आपको श्राप दे दूँगी। जिसे मैं श्राप देती हूँ उसका अन्त बहुत बुरा होता है। अब आप वह देखने जा रही हैं जो अब तक किसी ने नहीं देखा, न कोई देखेगा, जब तक मैं मर नहीं जाती। आज मैंने आपको कुछ ज़रूरत से ज़्यादा दुख पहुँचाया अतः आज मैं आपको वह भी दे रही हूँ जो मेरे पास बचा है। यूँ भी आप उसे एक दिन देखेंगी ही—वह आप ही को तो मिलेगा। पर आप आज ही उसे देख लीजिए, जब मैं ज़िन्दा हूँ। आइए अन्दर। डरिए मत, चली आइए।"

वह अन्दर घुसी और मैं उसके पीछे। वियोला, दरवाज़े में जो ज़रा-सा छेद था उसी से अन्दर पहुँच गया था। शुरू में कुछ पल तक मैं धीरे-धीरे देख सँभल कर क़दम रख रही थी क्योंकि कमरे में घुप्प अँधेरा था। वह शायद लाइट बुझा कर गई थी। वियोला की ज़ोर-ज़ोर से चलती साँसों की आवाज़ सुनाई दे रही थी। उसकी आवाज़ के साथ-साथ कुछ और हल्की-हल्की आवाजें भी आ रही थीं, इतनी हल्की कि लगा कोई चूहा सरसराता-सा निकल गया हो। मैं रुक गई, अगला कदम बढ़ाने से डर रही थी। मैं इससे पहले घुप्प अँधेरे में कभी नहीं गई थी। जब से हम यहाँ आए थे मैंने इस दरवाज़े को कभी खुलते नहीं देखा था। मैंने ही क्या, किसी ने भी नहीं।

अचानक कमरे में उजाला हो गया। ऐमैरैन्त्स किसी चीज़ में कंजूसी नहीं करती थी; बल्ब अवश्य सौ वॉट का रहा होगा। जिस कमरे में हम खड़े थे वह अच्छा बड़ा था, सफेद झलझलाता हुआ। लगता था, अभी-अभी पुताई हुई थी। उसमें गैस थी, एक सिंक था, एक मेज़, दो कुर्सियाँ, दो बड़ी अलमारियाँ, और एक छोटा सोफा जिस पर एक मखमल का बैंगनी रंग का कवर चढ़ा था जो किसी ज़माने में ज़रूर अच्छा रहा होगा मगर अब बदरंग हो चला था। यह पुराने वक़्तों में 'लवर्स सीट' के नाम से जाना जाता था जो उस वक़्त बहुत फ़ैशन की चीज़ समझा जाता था। ऐमैरैन्त्स का घर वैसा ही चमक रहा था जैसे उसके साइडबोर्ड में सजे गिलास,

जो पारदर्शी पर्दे के पीछे रखे दिख रहे थे। वहाँ एक बड़े पुराने ज़माने का आइस बॉक्स भी रखा था। मैं उसे देख कर सोच रही थी कि यह यहाँ क्या कर रहा है। बरसों से तो कोई बर्फ़ बेचने वाला उस तरफ फटका भी न था। वियोला सोफ़े के नीचे जाकर बैठ गया, यह संकेत देते कि अब तूफ़ान अपने अन्तिम वेग पर था। कमरे में क्लोरीन और एयर फ्रैशनर की मिली-जुली गन्ध से मेरे गले में खराश-सी होने लगी थी। इसके अलावा मुझे वह रसोई और डाइनिंग एरिया बहुत ही सलीके से सजा लग रहा था। उसमें कोई भी बात असाधारण-सी नहीं लग रही थी। सिवाय इसके लिए कि रसोई और ड्राइंग रूम के बीच में एक अभेद्य रुकावट खड़ी कर दी गई थी एक बहुत बड़ी स्टील की अलमारी के रूप में। अगर चोर एक संगठन बना कर भी चोरी करने आते तो उसे हिलाने तक में असमर्थ होते। मैंने सोचा यह कभी ग्रौसमैन परिवार के सामान का हिस्सा रही होगी। और इसके पीछे ज़रूर वह फ़र्नीचर होगा जो वे इसके लिए छोड़ गए थे। मगर इस अलमारी के पीछे जाना आख़िर सम्भव कैसे होता होगा? ऐमैरैन्त्स भी बिना किसी की मदद के तो नहीं जा सकती थी। बाहर बादल गरज रहे थे और ज़ोर की बारिश हो रही थी। वह एकदम पीली पड़ी हुई थी डर के मारे, बस, किसी प्रकार अपने पर काबू रखे हुई थी। बाद में मुझे पता चला था कि अलमारी चीनी मिट्टी के प्यालों से भरी हुई थी।

थोड़ा परेशान-सा हो कर मैंने चारों ओर नज़र घुमाई। एक गुलदान में कुछ फूल रखे हुए थे और छोटे-छोटे कई क़ालीन के टुकड़े ज़मीन पर पड़े हुए थे। लगता था किसी ने बड़ी सफ़ाई से पुराने क़ीमती क़ालीन को काट कर उसको यूँ प्रयोग में आने योग्य बनाया था। और तब मेरी आँख उस दृश्य पर पड़ी जिसे ऐमैरैन्त्स दुनिया की नज़रों से बचा कर रखना चाहती थी—एक लाइन सजी थी चिलमचियों की और रेत से भरी तश्तरियों की जो बिल्लियों को साफ़-सुथरा रखने के लिए ज़रूरी थीं। सिंक के नीचे, साइड बोर्ड के पास वाली दीवार के कोने में नौ तामचीनी की प्लेटें थीं, खाली बस एक आध बचे-खुचे टुकड़े खाने के छोड़ कर, और नौ छोटे-छोटे डोंगे। दोनों अलमारियों के बीच एक मूर्ति की तरह, मेरी माँ के कपड़े सीने वाले दर्जी का बनाया गया ड्रेस ट्राई करने वाला पुतला खड़ा था जिस पर हर तरफ फ़ोटो लगी हुई थीं, जैसे कोई पूर्ण नग्न युवती केवल मैडल पहने खड़ी हो। इन तस्वीरों में एक बदरंग-सी फ़ोटो भी थी, जो किसी अख़बार से काटी गई लगती थी, एक युवा चेहरे की, जिस पर काफ़ी तेज था।

"हाँ, यह उसी की है" उसने उस प्रश्न का जवाब देते हुए कहा जो मैंने पूछा ही नहीं था। "जब वह मुझे छोड़ कर चला गया तो मुझे एक बहुरंगी बिलाव मिल गया; वही जिसे क़त्ल कर के लटका दिया गया था। तरस खाने की ज़रूरत नहीं है। मैं इसके योग्य नहीं हूँ। आपको कभी भी किसी को भी, न मनुष्य न पशु को, इतना अधिक प्यार नहीं करना चाहिए" (बादलों के हर गर्जन का जवाब वियोला भौंक कर देता।)

"खैर, मुझे दूसरी बिल्ली मिल गई। यहाँ उनकी कोई कमी नहीं है। लोग उन्हें फेंक देते हैं और खदेड़ देते हैं। शुरू में उन्हें बच्चों के साथ खेलने के लिए पाल लिया जाता है फिर जब उनकी ज़रूरत नहीं रहती तो उन्हें किसी और के बाग़ में छोड़ दिया जाता है। सो, जैसा मैंने आपको बताया मुझे दूसरी बिल्ली जल्दी ही मिल गई, और फिर उसे ज़हर दे कर मार डाला गया। उसी आदमी ने मारा उसे भी, जिसने पहले बिलाव को मारा था। इस बार मैं कुछ न बोली। मुझे समझ में आ गया था कि ज़रूरी नहीं है कि पालतू जानवर घर से बाहर जाए। वह घर के अन्दर भी रह सकता था जैसे रईसों के घर में डॉबरमैन कुत्ते रहते हैं। मैं उन्हें अपनी चारदीवारी के भीतर ही सुरक्षित रख सकती थी। शुरू में यह सब मेरे साथ नहीं थीं–मैं कोई पागल नहीं हूँ। मैं तो केवल पहले वाले को ही चाहती थी। उसको मैंने फ़ौरन ही नपुंसक बनवा दिया था ताकि वह शान्त रहे। दूसरा बिलाव मुझे बीमारी की दशा में सड़क पर पड़ा मिला था, जब वह ठीक हो गया तो मुझमें हिम्मत नहीं हुई उसे सड़क पर वापिस फेंक देने की। यह सब बहुत प्यारे जानवर थे, बड़े तमीज़दार, बड़े मुहब्बती। जब मैं घर आती तो बहुत खुश होते थे। जब आप घर लौटे और घर पर कोई हो नहीं जो आपके आने से खुश हो, तो जीने का क्या फ़ायदा? मैं नहीं बता सकती कि यह बढ़ते-बढ़ते नौ की संख्या तक कैसे पहुँचे। एक गड्ढ़े में पड़ा चिल्ला रहा था, बार-बार निकलने की कोशिश करता मगर बार-बार असफल रहता। दो मुझे कूड़े के ढेर में से मिले। आप जानती हैं न कैसे लोग इनके पैदा होते ही नाइलोन के मोजों में डाल कर इन्हें फेंक देते हैं। मुझे लगता था यह कतई नहीं बचेंगे मगर यह तो सबसे ख़ूबसूरत निकले। यह सुरमई वाला स्टोव ठीक करने वाला जाते-जाते छोड़ गया था। तीन काले सफेद उस गड्ढे में से निकाले गए बिलाव की औलादें हैं; यह बिलकुल सरकस के जोकरों जैसे हैं। अब जो नया बच्चा इनका जन्म लेता है उसे मैं नष्ट कर देती हूँ। मगर इन तीनों को पता नहीं क्यों नहीं मार पाई थी। इनके सीनों पर सितारे बने हैं। कैसे दबा देती इन्हें ज़मीन के अन्दर?"

मैं वहीं खड़ी रही–एकदम जड़ बनी। तूफ़ान थम रहा था। बादलों की गड़गड़ाहट काफ़ी कम हो गई थी, और बिजली चमकनी तो बिलकुल बन्द हो गई थी। रौशनी केवल ऐमैरैन्त्स के बल्ब से आ रही थी।

"यह सब अच्छी तरह जानते हैं कि इन्हें चुपचाप रहना है क्योंकि इन्हें मालूम है खतरे के पल के बारे में। यह मौत को सूँघना जानते हैं। यह मत सोचिएगा कि जब आप इन्हें मृत्यु के इन्जेक्शन लगाने इनके पास आएँगी तो इन्हें मालूम नहीं चलेगा कि आप क्या करने वाली हैं। मगर आप किसी पर भी तरस नहीं खाइएगा। शान्ति से मार डालना उससे बेहतर है कि सड़क पर इन्हें ख़तरों से खेलने के लिए छोड़ दिया जाए। मारने से पहले इन्हें खूब मीट खिलाइएगा। इन्हें मीट खाने की ज़्यादा आदत नहीं है, और अगर आप उसमें कुछ नींद की दवाई भी डलवा देंगी तो आपको

इनके पीछे-पीछे भागना भी नहीं पड़ेगा। अब आप इसके बारे में अपनी ज़बान बन्द ही रखिएगा, क्योंकि कोई यह सब नहीं जानता है। आप अकेली हैं जिसे मैंने यह बताया है। इन सबको मैंने मौत के मुँह में से बचाया है, यह मुझे अपने भतीजे से भी अधिक प्रिय हैं। अगर बिल्डिंग के लोगों को इसकी भनक भी लग गई तो मुझे इनमें से सात से हाथ धोना पड़ेगा क्योंकि यहाँ केवल दो को रखने की इजाज़त है। और फिर स्वास्थ्य विभाग भी मेरे पीछे पड़ जाएगा। मैं आपको कुछ नहीं दे सकती सिवाय इसके कि अपने इस परिवार को आपके सुपुर्द करूँ और आपको अपना घर दिखाऊँ। इन्हें अच्छी तरह से देख लीजिए मगर हिलिए मत। यह बहुत निरीह हैं। यह मेरे और वियोला के अलावा किसी को नहीं जानते। वियोला, तुम कहाँ हो? तूफ़ान थम चुका है। चलो अपनी जगह पर!"

वियोला सोफ़े के नीचे से निकला और कूद कर 'लवर्स सीट' पर बैठ गया। मैंने नोट किया कि सोफ़े पर वियोला ने रोज़-रोज़ बैठ कर अपने लिए एक गड्ढा-सा बना लिया था।

"खाने का समय हो गया!" उसने आवाज़ लगाई। शुरू में कोई हरकत नहीं हुई, अतः उसने और भी धीमे-से आवाज़ लगाई। कमरे में हरकत सुनाई दी, और वही परिचित-सी आवाज़ें जो मैं पहले भी सुन चुकी थी। और इसके साथ ही ऐमैरैन्त्स का पूरा परिवार, नौ बिल्लियाँ अपने-अपने छिपने के स्थान से, जो शायद हत्थे वाली कुर्सी और अलमारी के बीच में था, बाहर निकल आई थीं। उन्होंने मेरी ओर नज़र तक न उठाई। केवल वियोला की दुम की ठक-ठक की आवाज़ आ रही थीं। वे खाली कटोरों के पास आ कर खड़े हो कर ऐमैरैन्त्स की ओर ताक रही थी, जो काली मिर्च और टमाटर का सूप एक बड़े-से बर्तन में से उन सबको परोस रही थी, मुस्कुराते हुए और प्यार से। ऐसा नज़ारा मैंने जीवन में कभी नहीं देखा था। यह सम्बन्ध, यह प्रशिक्षण! वियोला कंगला ज़रूर था मगर उसने ज़रा भी बदतमीज़ी नहीं की, हालाँकि अब तक उसे काफ़ी भूख लगी होगी। बस अपनी पूँछ हिला कर उसने यह सूचना ज़रूर दे दी कि वह भी यहाँ है। बिल्लियाँ उससे ज़रा भी नहीं डर रही थीं। वे उसको कुत्ता मानना भूल ही गई थीं शायद। और सबसे अन्त में वियोला को खाना मिला। उसका कटोरा सबसे बड़ा था। वह खिड़की पर रखा था—और फिर उसने वो किया जो वह घर पर कभी न करता—उसने सूप एक साँस में पी डाला, कटोरा चाट कर साफ़ कर दिया और फिर मेरी ओर यूँ देखने लगा मानो कह रहा हो 'देखा, यहाँ मैं कितना अच्छा लड़का बन कर रहता हूँ? "अपनी जगह जाओ", ऐमैरैन्त्स ने कहा। वह कूद कर फिर सोफ़े पर जा बैठा, बिल्लियों ने उसे चारों ओर से घेर लिया था और उसके साथ खेलने लगी थीं। जिन्हें उसके पास जगह नहीं मिली थी वे सोफ़े से लग कर बैठ गई थीं, तरह-तरह के पोज़ बनाती हुई। दो तो मेरी माँ के दर्जी द्वारा बनाए पुतले पर जा कर बैठ गई थीं।

अचानक उसने घोषणा की कि अब उसको फ़ौरन जाना होगा। बेसमेन्ट में पानी भर गया होगा, इतनी बारिश, अतः उसमें से पानी निकालना होगा। उसने वियोला को घर में ही रोक लिया बिल्लियों से खेलने के लिए, और मुझे घर के लिए रवाना कर दिया। हम बाहर निकल कर कुछ कदम साथ-साथ चले। केवल बारिश की ख़ुशबू हवा में थी। हमारे ऊपर आसमान में चाँद अपने को छिपाए हुए था यूँ ही धोखा देने के लिए; शीघ्र ही उसकी किरणें फिर निकलने वाली थीं। जब मैंने अपने घर का दरवाज़ा खोला, मेरे आँसू बह निकले थे। जीवन में पहली बार अपने पति द्वारा इसका कारण पूछने पर न मैं बता सकी थी, न बता सकती थी कि मैं क्यों रो रही थी। इतने वर्षों के विवाहित जीवन में ऐसा कभी न हुआ था कि मैंने उनके प्रश्न का उत्तर न दिया हो।

❑

क्रिसमस का उपहार

वियोला को गुज़रे काफ़ी वक़्त हो गया है, मगर अब भी उसकी कई हरकतें मेरी आँखों के सामने घूमती रहती हैं। अक्सर शाम के धुँधलके में मैं रौशनी और सायों के खेल को देखते, उस घने सन्नाटे में, उनमें कोई अर्थ ढूँढने का प्रयास करती हूँ। मुझे लगता है वियोला मेरे पीछे-पीछे भागता आ रहा है, हाँफ़ता हुआ। कभी-कभी गर्मियों में रविवार के दिन मुझे उसकी वह तस्वीर याद आ जाती है, जब उसे मीट के सूप की ख़ुशबू, या पेस्ट्री बनने की सुगन्ध रसोईघर से आती और वह कुछ इस प्रकार से उस ओर देखता मानो एक ध्यानमग्न योगी एक बिन्दु पर टकटकी बाँधे देख रहा हो। उसे ऐसे समय रसोईघर से दूर रख पाना असम्भव होता था, और भगाने की ज़रूरत भी नहीं पड़ती थी। क्योंकि उस समय तो वह बिलकुल अच्छे बच्चे की तरह से चुपचाप बैठा होता; बस केवल बेसब्री से इन्तज़ार करते कि कब उसे यह खाना खाने को मिलेगा। उसकी यह तीव्र इच्छा एक ख़ास गुर्राहट का रूप ले लेती थी और गैस के पास खड़ा व्यक्ति उसे समझ कर ज़रूर उसकी तरफ़ कुछ फेंक ही देता। मेरी यादें, उसके इस प्रकार आहें भरने को, अक्सर मेरी आँखों के सामने ले आती हैं।

ऐमैरैन्त्स का जो चेहरा अक्सर मुझे अतीत से झाँकता दिखाई पड़ता है, वह उस वक़्त का है जब उसने बिना कोई भाव दिखाते स्वर में पूछा था मुझसे कि क्या मैं उकता नहीं गई हूँ हर वक़्त उसकी ओर मदद का हाथ बढ़ाने से, और फिर उसकी ओर यूँ देखने से जैसे उसने मेरी ओर शादी का प्रस्ताव रख दिया हो। मैं उससे चाहती क्या थी? दोस्ती या एक करीबी रिश्तेदार का लाड़-प्यार? "आपके और मेरे विचारों में ज़मीन-आसमान का अन्तर है। आपको हज़ार तरह के काम सिखाए गए हैं मगर यह नहीं कि असली काम जो महत्वपूर्ण है वह क्या है, जिस पर वास्तव में ध्यान देना चाहिए। आपको यह भी नहीं दिखता कि आप मुझ पर बेकार ही अपनी चमक बरबाद कर रही हैं। मुझे उस व्यक्ति की ज़रा भी ज़रूरत नहीं है जो पूरी तरह से बस केवल मेरा ही न हो। आप तो अनेकों को डिब्बे में लिए घूमती हैं, और जिसकी जब ज़रूरत होती है उसे निकाल लेती हैं; यह

मेरी मित्र है, यह मेरी चचेरी बहन है, यह मेरी गॉडमदर हैं, यह मेरा डॉक्टर है, यह मेरे हाथ में जो सूखा फूल है वह रोड्स आइलैण्ड का हैं। मुझे आप माफ़ ही कीजिए। जब मैं दुनिया में न रहूँ तो कभी-कभी मेरी क़ब्र पर हो आया कीजिएगा, बस इतना ही काफ़ी है। मैंने उस व्यक्ति को दोस्त बनाने तक से इनकार कर दिया। जानती हैं क्यों? क्योंकि मैं उसे पति के रूप में पाना चाहती थी; अब आप ऐसे न बनिए कि आप मेरी ख़ुद की जन्मी बेटी हैं। मैंने आपको बस कुछ दिया और आपने उसे ग्रहण किया। आपको मेरी कुछ चीज़ें पाने का अधिकार है, क्योंकि बावजूद छोटे-मोटे झगड़ों के हम एक-दूसरे को चाहते हैं। जब मैं दुनिया छोड़ कर चली जाऊँगी तब आपको कुछ मिलेगा और वह कोई मामूली चीज़ नहीं होगी। वह आपके लिए काफ़ी होगी। और आप यह न भूलिएगा कि मैंने आपको वहाँ आने की इजाज़त दी जहाँ मैंने किसी को भी नहीं आने दिया। इसके अलावा मेरे पास आपको देने के लिए कुछ नहीं है, क्योंकि मेरे पास और कुछ है ही नहीं। आप इससे अधिक क्या चाहती हैं? मैं खाना बनाती हूँ, कपड़े धोती हूँ, आपका घर साफ़ रखती हूँ। मैं आपकी मरी हुई माँ नहीं हूँ, या आपकी धाय नहीं, या आपकी कोई दोस्त नहीं। मुझे शान्ति से जीने दीजिए।"

वह सही थी, मगर अब इससे क्या फ़र्क़ पड़ता था? उसने मुझसे केवल एक काम चाहा था कि मैं उसके मरने के बाद उसके जानवरों को ठिकाने लगा दूँ, और यह मैं किसी और के लिए भी कर देती, हालाँकि दिल से यही कामना कर रही थी कि वक़्त आने पर यह सब खुद-ब-खुद कहीं ग़ायब हो जाएँ, और यह भी कि अब भगवान करे यह इतना अधिक पागल न हो जाए कि दो-चार और ले आए पालने के लिए। जो नौ थीं, वही काफ़ी थी दिल दहलाने को। यह कोई आसान काम नहीं था, मगर इसे किए बिना कोई चारा भी नहीं था। जो शर्तें उसने हमारे सम्बन्ध में निर्धारित कर दी थीं वही मान्य करना ज़रूरी था। हम कई देशों के प्रतिनिधियों से, राजदूतों से दुआ सलाम रखते है न। हर मुलाक़ात से पहले विदेश-सेवा के उस नियम को याद रखना पड़ता है कि राजदूत केवल तीन वर्ष के लिए किसी देश में जाता है; उसे कोई अधिकार नहीं है कि वह जिस देश में हो वहाँ के नागरिकों से ज़िन्दगी भर का नाता जोड़े। जब तक मिलो ऐसे मिलो जैसे अच्छे दोस्त हों, जितनी बात ज़रूरी हो वह करो और बस इससे अधिक कुछ नहीं।

इस विदेश-सेवा के नियमों का पालन हम तीनों तो करते थे मगर वियोला नहीं। एक बार गुस्से में उसने वृद्धा को ही काट लिया, और फिर इतनी मार खाई फावड़े से कि अपनी एक पसली ही तुड़वा ली। डॉक्टर को बुलाना पड़ा। वह उसे गोद में लिए बैठी रही, जब डॉक्टर पड़ताल कर रहे थे, और उसके कान में कहती गई, "तुमने काम ही ऐसा किया था, तुम जंगली कहीं के। मुझे यह मत बताना

कि आजकल मिलन का मौसम चल रहा है अतः तुम आवेश में हो। तुम्हें शर्म आनी चाहिए, तुम्हें बिलकुल वही सज़ा मिली है जिसके योग्य तुमने काम किया था। चलो, अब अपना मग सीधा करो।" उसको पुचकारने के रूप में एक पेस्ट्री मिली जिसे वह लपक कर खा गया। उसके आस-पास के लोगों में, जिन्हें वह अपना समझती थी, केवल एक वियोला ही ऐसा था जो उसके व्यवहार को बिलकुल स्वाभाविक मानता था और कभी उससे नाराज़ न होता था।

निश्चित रूप से, उसके साथ हमारे सम्बन्ध उस वक़्त सबसे अच्छे होते जब हम दोनों में से किसी पर कोई मुसीबत आती और ऐसा अक्सर ही हुआ करता था क्योंकि मैं और मेरे पति अधिकतर बीमार ही रहते थे, हमारी सेहतें ढीली ही रहती थीं। या हमारे शरीर किसी बीमारी का सामना करने में असफल रहते, या हमारे मन। हर मुसीबत में ऐमैरेन्त्स हमारे साथ यूँ खड़ी रहती जो बस महसूस ही किया जा सकता था। उसकी टेढ़ी-मेढ़ी उँगलियाँ शरीर को बेहद आराम पहुँचाती थीं। एक लम्बी गम्भीर बीमारी के बाद जब वह हमें अच्छी तरह नहलाती, खूब मालिश कर के, और फिर अपनी एवा का विदेश से भेजा हुआ पाउडर हम पर छिड़कती तो पूरा शरीर जैसे खुल-सा जाता था। अंग-अंग को आराम मिल जाता था। मेरे पति का कहना था कि अगर हम सदा के लिए एक पैर क़ब्र में डाल लें, या स्वयं को किसी अन्धे कुएँ में धकेल लें जहाँ से इसे हमें निकाल पाना सम्भव हो—तो इसे बेहद सन्तोष प्राप्त होगा। अगर हमें ज़िन्दगी में कोई सफलता मिलती या हम चैन से होते तो उसकी रुचि हममें न रहती थी। जिस वक़्त वह हमारी मदद नहीं कर पाती थी उस वक़्त उसे अपना जीवन निरर्थक लगने लगता था।

एक बात जो हमें कभी समझ में न आ पाई वह यह थी कि जबकि वह कुछ भी कभी नहीं पढ़ती थी, तो हमारे बारे में लिखी गई हर आलोचना जो हमें परेशान कर रही होती, उसकी ख़बर उस तक कैसे पहुँच जाती थी। वह ढिंढोरा भी पीट रही है कि दुश्मनों ने फिर अपनी हरकत शुरू कर दी है। अपनी पहचान के हर व्यक्ति से वह हमारे लिए सहानुभूति की अपेक्षा करती थी।

और इस प्रकार जैसे-जैसे वर्ष बीतते गए, हमारे सम्बन्ध और मज़बूत होते गए। ऐमैरेन्त्स हमारे क़रीब आती गई, जितना वह स्वयं ठीक समझती थी उतना ही। उसने फिर से मेरा स्वागत आँगन में ही करना शुरू कर दिया था, और मेहमानों की तरह। उसकी और किसी भी आदत में कोई बदलाव नहीं आया था। वह दुनिया भर के काम पहले की ही तरह किए जा रही थी। मगर दिखता था कि अब उसकी ताक़त ज़रूर पहले से कम हो गई थी। सड़कों पर से बर्फ़ साफ़ करने का मुश्किल काम भी वह छोड़ती नहीं थी। मैं कभी-कभी कल्पना करती थी कि इस औरत के पास कितना धन होगा तो मुझे लगता था कब्रगाह के अलावा योज़ी का बेटा उसमें

से अपने लिए एक शानदार महल तक बनवा लेगा। ऐमैरेन्त्स हममें से हर एक को अलग-अलग तरह से इनाम देती थी। लेफ़्टिनेन्ट कर्नल उसकी इज़्ज़त पाते थे, वियोला उसका दिल, मेरे पति उसका दिल खुश करने लायक काम (और वह उसकी इस बात के लिए भी बहुत शुक्रगुज़ार थे उसके कि वह मुझ जैसी भावुक और बक-बक करने वाली औरत को अपने सर्द व्यवहार से सीमा में बाँध कर रखती थी); मेरे लिए इनाम में आए थे उसके निर्देशित वे काम, जो मुझे उसके मरने पर पूरे करने थे। वह मुझसे यह भी अपेक्षा करती थी कि मैं अपनी रचनाओं में केवल वास्तविक भावों से पेड़ों को नचाने की चेष्टा करूँ, नकली मशीनों से नहीं। यह निर्देश मेरे लिए उसका सबसे बड़ा उपहार था, सबसे बड़ी धरोहर।

मगर मुझे तब भी लगता था कि वह काफ़ी नहीं है, मैं इसके अलावा भी कुछ चाहती थी। उदाहरण के लिए मैं उसको यूँ अपने कलेजे से लगाना चाहती थी जैसे अपनी माँ को लगाती थी, मैं उसे वे बातें बताना चाहती थी जो केवल मेरी माँ ही समझ सकती थीं। दिमाग़ से नहीं बल्कि दिल से। उस प्यार के द्वारा जो केवल एक माँ के हृदय में ही हो सकता है। पर ऐमैरेन्त्स इस प्रकार पूर्ण रूप से मुझे कभी स्वीकार न करती थी। कम-से-कम मुझे ऐसा ही लगता था कि मैं उसके लिए कोई ख़ास नहीं हूँ। बहुत समय बाद जब ऐमैरेन्त्स और उसके घर का नामो-निशान भी न बचा था, तब मिस्त्री की पत्नी ने मुझे उसकी क़ब्र पर जाते देख, मेरे गले में अपनी बाँहें डाल कर कहा था, "आप उसकी ज़िन्दगी की रौशनी थीं—उसकी बेटी। आप आस-पड़ोस में रहने वाले किसी भी व्यक्ति से पूछिए कि वह आपका ज़िक्र कैसे करती थी—'मेरी बेटी' कह कर। आपको मालूम है वह जब कभी आराम के पलों में थकान मिटाने बैठती तो लगातार क्या बात किया करती? वह केवल आप ही के बारे में बोलती जाती थी। मगर आपने तो केवल इतना ही देखा कि वह आपके कुत्ते को फुसला कर ले गई और उस पर अपना अधिकार जमा लिया, बस। जो आप कभी नहीं देख और समझ पाईं वह यह था कि जो वियोला उसके लिए था वह स्वयं आपके लिए बन चुकी थी।"

ऐमैरेन्त्स बीस वर्ष तक हमारी ज़िन्दगी का हिस्सा बनी रही। उस दौरान हमने कई हफ़्ते, कई महीने विदेश में बिताए, और वह हमारा घर चलाती रही, डाक देखती, फ़ोन सुनती, पैसे-रुपए कहाँ जमा कराने हैं, कैसे खर्च करने हैं—उस सबका ध्यान रखती। और जब हम बाहर होते तो वियोला के लाख चीखने-चिल्लाने पर भी कभी उसे अपने घर न ले जाती ताकि हमारा घर बिना चौकीदार के न रहे। एक बार हम फ्रैंकफ़ुर्त गए थे पुस्तक-मेले में भाग लेने, वहाँ से उसके लिए एक छोटा टी.वी. लेकर आए। सोचा उसके अकेले संसार को यह बाहर की दुनिया से जोड़ने में सहायक होगा। उन दिनों हंगरी में इस तरह की चीज़ नहीं मिलती

थी–शायद पूरे देश में ही वह इकलौता ऐसा टी.वी. होगा–और चूँकि वह अपनी ज़िन्दगी में हर चीज़ 'ज़रा हट कर' पसन्द करती थी, मुझे लगा वह यह पा कर खुश होगी।

हम छुट्टियों तक वापिस लौट आए थे। क्रिसमस फिर आ गया था, वैसा ही जब हमें वियोला मिला था। उस वक़्त टी.वी. पर धार्मिक प्रोग्राम कम दिखाए जाते थे, अधिकतर लोक-नाटक जिनमें बच्चे फ़र कोट और बूटों में सजे, गाते-नाचते दिखाई देते। उस दिन रात के खाने के बाद द्वितीय महायुद्ध से जुड़ी कोई फ़िल्म दिखाई जा रही थी। हमने सोचा, ऐमैरैन्त्स जो उस समय हमें खाना परोस रही थी, खुश होगी। मगर उसके चेहरे पर तो ख़ुशी का नामो-निशान तक न था; वह मेरी ओर रहस्यमयी नज़रों से देख रही थी, जैसे कुछ समझाना चाह रही हो मगर कहने की हिम्मत न कर पा रही हो। मैं तो इसी बात से बहुत खुश थी कि कम-से-कम उसने हमारा उपहार स्वीकार तो किया। उसने हमारा धन्यवाद किया, क्रिसमस की मुबारकबाद दी और चल दी। उस साल क्रिसमस कुछ ज़्यादा ही अच्छा था। ख़ूब बर्फ़ पड़ी थी चारों ओर–मेरे बचपन के दिनों की याद दिलाते रुई के गालों की तरह उड़ते बर्फ़ के कण चारों ओर उड़ रहे थे। मेरी ज़िन्दगी भर सर्दी मेरा पसन्दीदा मौसम रही है। मैं खिड़की पर खड़ी बाहर देख रही थी। दिल ख़ुशी से भरा था, त्योहार का मौक़ा था। अचानक ऐमैरैन्त्स का विचार कौंध गया मस्तिष्क में। आज आराम से अपने घर में बैठी टेलीविज़न देख रही होगी।

मैं सोचती हूँ बाद में ज़िन्दगी में जो भी घटा वह उसी शाम की देन थी। लगता था भगवान ने हमारा यह तोहफ़ा हमारे मुँह पर दे मारा था, या ऐमैरैन्त्स का भगवान–जिसका वह सदा मज़ाक उड़ाया करती थी मगर जो उसके हर क़दम पर नज़रें गड़ाए बैठा रहता था–वह हरकत में आ गया और मुझे दिखाते हुए बोला कि देख। हम खिड़की पर खड़े थे, सड़क पर लगे बिजली के खम्भे के ऊपर, जिसकी तेज रौशनी बर्फ़ के तूफ़ान में भी बाहर का दृश्य साफ़ दिखा रही थी, और आश्चर्य चकित हो मौसम के इस सुहाने दृश्य का आनन्द ले रहे थे कि अचानक सड़क पर ऐमैरैन्त्स दिखाई दी। वह झाड़ू लगा रही थी, क्रिसमस की शाम को भी, क्योंकि पटरियों पर बर्फ़ यूँ ही पड़ी नहीं रहनी चाहिए थी। उसका सिर का स्कार्फ़, उसके कंधे, उसकी पीठ बर्फ़ से भरे हुए थे।

मेरा चेहरा शर्म से लाल हो गया। वह इस वक़्त बालक यीशु जैसी ही लग रही थी। हे मेरे भगवान, यह कैसा उपहार मैं इसके लिए लाई थी? इसके पास कब इसे देखने का वक़्त मिलेगा। सुबह पौ फटने से ले कर देर रात तक तो यह अपने काम में ही लगी रहेगी! उफ़, तभी शायद इसने मुझे उन आहत नज़रों से देखा था। अगर उसकी भावनाएँ मेरी भावनाओं से अधिक महीन तार की बनी न होतीं तो यह बात वह मुझे कह कर टी.वी. सेट वापिस कर देती, और या मेरे

हाथ में झाड़ू थमा कर कहती कि लीजिए ज़रा बर्फ़ की सफ़ाई कीजिए, कपड़े धोइए, क्योंकि जब तक मैं यह सब काम निबटा कर अपने सोफ़े पर पहुँचूंगी, बुदापैश्त टी.वी. स्टेशन प्रसारण करना बन्द कर चुका होगा।

हमारी हिम्मत न हुई एक-दूसरे से एक शब्द भी कहने की। मेरे पति भी यह बात समझ गए थे। हम इतना अधिक शर्मिन्दा हो रहे थे कि हमारी जुर्रत तक न हुई ऐमैरैन्त्स को यूँ काम करते देखते रहने की। वियोला बाहर जाने की कोशिश में लगा था। मैंने उसे रोके रखा था। हममें से कोई कुछ नहीं बोला, और बोलते भी क्यों? ज़रूरत तो काम की थी, शब्दों का क्या काम था? मगर हम तो अपने टी.वी. के सामने जा कर आराम से बैठ गए थे। आज भी मैं जब उस वक़्त का सोचती हूँ तो स्वयं को माफ़ नहीं कर पाती यह सोच कि मुझे उस वक़्त कुछ करने की आवश्यकता थी ख़ाली सोचने की नहीं।

मैं दर्शन-चिन्तन में काफ़ी अच्छी रही हूँ, मगर मुझे इस बात को स्वीकार करने में कोई शर्म नहीं आती कि उस दिन मैंने जो किया, वह सरासर ग़लत था। उस दिन क्यों मुझे यह समझ में नहीं आया कि मैं उसकी अपेक्षा अधिक जवान और अधिक ताक़तवर थी। क्यूँ मैं बाहर नहीं निकली सफ़ाई करने। मैंने उसे फ़िल्म देखने घर क्यों नहीं भेजा, जबकि मैं आराम से बर्फ़ हटा सकती थी। अपनी युवावस्था में क्या मैंने गाँव में कभी झाड़ू नहीं लगाई थी? मैं ख़ुद ही तो अपने घर के आगे की बर्फ़ साफ़ किया करती थी। मगर मैं नहीं गई। मैं वहीं बैठी रही जहाँ थी, आराम से। क्रिसमस का दिन था और मैं भी औरों की तरह मीठे पकवान उड़ा रही थी—उस दुखभरी फ़िल्म को देखती हुई।

❑

नतीजा

जी हाँ, मुझे पूरा विश्वास है कि उसी दिन से शुरुआत हुई थी उसकी बीमारी की। फ़रवरी के आते-आते फ़्लू ने उसे पूरी तरह जकड़ लिया था। वह उसे टालती रही और काम में लगी रही। उस साल हद से ज़्यादा बर्फ़ पड़ी, उसने अपना ध्यान पूरी तरह से सड़कें साफ़ करने में लगा दिया था, हालाँकि खाँसते-खाँसते उसका दम घुटने लगता था जो अब सबको दिखने लगा था। शूतू और ऑदेल्का भाग-भाग कर उसके लिए वाइन डाल कर चाय बना कर लातीं; वह अपने गले में उसे उँडेलतीं। थोड़ी-थोड़ी देर में झाड़ू के डण्डे पर टिक कर खाँसती और फिर चालू हो जाती काम पर। ऑदेल्का तो उसका ध्यान रखते-रखते इतनी थक गई कि ख़ुद ही अस्पताल पहुँच गई। ऐमैरेन्त्स को भी इससे काफ़ी राहत मिली क्योंकि वह ज़्यादा देर उसकी बड़-बड़ को बर्दाश्त नहीं कर सकती थी। शूतू का मदद करने का तरीक़ा अलग था। वह चुपचाप काम करती थी, मगर ऑदेल्का का मुँह तो कभी बन्द ही नहीं होता था। ऐमैरेन्त्स को बहुत बुरा लगता था कि पूरे मुहल्ले में यही चर्चा सुनाई दे कि वृद्धा कई-कई दिन तक सोती नहीं है। बर्फ़ है कि रुकने का नाम ही नहीं ले रही है और वह इतनी ज़्यादा बीमार है तब भी एक घर से दूसरे घर भागती रहती है, और जब तक आख़िरी सड़क तक पहुँचती है, पहली फिर बर्फ़ से ढक जाती है—बेचारी को दोबारा क़वायद शुरू करनी पड़ती है। मेरी जिस सहपाठिन ने मुझे सबसे पहले ऐमैरेन्त्स के बारे में बताया था, उसने एक दिन मुझसे कहा कि मैं इससे बात करूँ कि वह अपने आप को डॉक्टर को दिखा ले, और सबसे ज़रूरी यह कि कुछ दिन काम से छुट्टी करके आराम करे वरना वह किसी बड़ी मुसीबत में फँस जाएगी। उसने ऐमैरेन्त्स को खाँसते सुना था, और उसके ख़याल से अब उसे खाली फ्लू ही नहीं था। वह निमोनिया में बदल चुका था। जब मैंने ऐमैरेन्त्स का हाथ पकड़ कर उसे अपनी बात ध्यान से सुनने का आदेश दिया तो उसकी साँस उखड़ रही थी। वह मेरे ऊपर चिल्लाई कि उसे मैं अकेला छोड़ दूँ। अगर मैं इतनी उत्सुक हूँ उसकी मदद करने को तो कृपया अपना और अपने पति का ध्यान रखूँ और अपने घर की सफ़ाई और खाना पकाना ख़ुद ही कर लूँ।

जब तक यह कमबख़्त बर्फ़ पड़ती रहेगी वह सड़क से हटने का सोच भी नहीं सकती थी, और वैसे भी वह आराम करना नहीं चाहती थी—कितनी बेवक़ूफ़ी की सलाह थी उसे लेटने को कहना जबकि मैं यह अच्छी तरह से जानती थी कि उसके घर में पलंग तक नहीं था, और फिर वह लेट कैसे सकती थी जब किसी समय भी कोई भी उसे बुलवा सकता था? ऊपर से अगर कोई सरकारी नुमाइन्दा आ गया पड़ताल करने, कोई ऐसा अफ़सर जिसे वह जानती न हो, अचानक—उसके लिए बेहतर था कि रात बैठ कर काटे। इससे उसकी पीठ को आराम मिलता था; अतः मैं कृपया उसके लिए फ़िक्र करना बन्द करूँ; अब बस काफ़ी हो गया, चाहे वह लेटे या नहीं, किसी और को इसके बारे में चिन्ता करने की ज़रूरत नहीं थी; वह तो मुझसे कभी नहीं सवाल करती थी कि मेरी जैसी बड़ी उम्र की औरत को अपने बाथरूम में इतने अधिक सौंदर्य-प्रसाधनों की क्या आवश्यकता थी? मेरी सहपाठिन और डॉक्टर भी आराम से सोएँ और बाकी लोग भी जो हर समय उसे सलाह देते रहते हैं।

गुस्सा और बीमारी—दोनों ही उसके चेहरे को तमतमा कर लाल कर रहे थे, और उसने और ज़ोर-ज़ोर से झाड़ू लगाना शुरू कर दिया था अब, जैसे उसकी कोई निजी लड़ाई हो बर्फ़ के साथ जो केवल वही निबटा सकती हो। वह मुझ पर चिल्लाई कि शूतू और मिस्त्री की पत्नी उसके लिए रोज़ खाना ला रहे थे अतः मुझे चिन्ता करने की ज़रूरत नहीं थी। उसे पसन्द नहीं था कि कोई उसकी जासूसी करे; उसने अपने जीवन में कभी फैल नहीं मचाया था, मगर अगर हम लोगों ने उसे बहुत तंग किया तो वह इसके लिए भी तैयार थी। उसका दम फिर घुटने लगा था, फिर ज़ोर की खाँसी का फिट पड़ा, और उसने मुँह फेर लिया। उन दिनों वह वियोला को कभी अपने साथ नहीं रखती थी। उसके अनुसार उसके पास आजकल उसकी देखभाल का समय नहीं था और एक कुत्ते के लिए एक जगह चुपचाप बैठे रहना अच्छा नहीं था। अतः मैं उसे घर ले जाऊँ अन्दर गर्माई में। कहीं ऐसा न हो कि उसे भी सर्दी लग जाए।

वह साल हर तरह से अद्भुत था, हमारे लिए भी। जिस क्रिसमस पर हमने ऐमैरैन्त्स को उपहार दिया, वहाँ से हमारी किस्मत भी खुलनी शुरू हो गई। नए साल के पहले दिन से ही यह महसूस होने लगा था कि वह ताक़त जो सबके लिए खुशकिस्मती और बदकिस्मती के नल खोलती है, अचानक हम पर मेहरबान होने लगी थी। एकदम तो खुशियाँ नहीं बरसने लगी थीं मगर शुरुआत ज़रूर होती दिखाई दे रही थी। इससे पहले मुझे कभी इतना काम नहीं मिला था, यहाँ मीटिंग, वहाँ काम—मैं मानो हर वक़्त ही काम से घिरी रहने लगी थी। कारण क्या था, मेरी समझ में नहीं आया था। काफ़ी समय से कुछ राजनीतिक कारणों से मुझे कुछ लिखने-कहने की आज़ादी नहीं थी, अतः मैं स्वयं अपने अन्दर ही सिमट कर

बैठ गई थी। समझ में नहीं आया कि अब अचानक सब अवरोध अपने आप ही कैसे हटने लगे थे। जिन दरवाज़ों पर मैं खटखटाना तक भूल गई थी वे कैसे खुद-ब-खुद खुलने लगे थे, और अब मुझे लगने लगा था कि मैं जब चाहे उनमें अन्दर प्रवेश कर सकती हूँ। शुरू में तो मुझे यह संकेत समझ में ही नहीं आए। ऐमैरैन्त्स सफ़ाई करती रही, मैं अपने घर के काम सँभालती रही। खाना बनाती, कुत्ते को टहलाती, घर की सफ़ाई करती, और इस सबके साथ-साथ अपने दिमाग़ पर ज़ोर डाल कर यह भी सोचती रहती कि आख़िर अचानक सब साहित्यिक संस्थाएँ मुझ पर यूँ मेहरबान क्यों होने लगी हैं। मुझ से कुछ लिखवाने की जल्दी की जा रही है; और इसी बीच ऐमैरैन्त्स की तबियत बद से बदतर होती जा रही थी, बहुत ज़रूरत थी उसे डॉक्टर को दिखाने की, मगर जब भी मैं उससे इस विषय पर बात करती वह मुझ पर चिल्ला कर मुझे जाने को कह देती—"हर व्यक्ति को अधिकार है कि वह जब चाहे खाँस" जब तक बर्फ़ गिरती रहेगी उसके लिए काम करना ज़रूरी होगा; इतना काफ़ी होगा कि मैं इस दौरान अपना घर ख़ुद सँभालती रहूँ; मगर बस उसे दवाई-डॉक्टर की सलाह दे कर अपना वक़्त बरबाद न करूँ।

और मैं अपने साहित्यिक जीवन के इस महत्वपूर्ण मोड़ पर बिना ऐमैरैन्त्स की सहायता के खड़ी थी अचानक न जाने कहाँ से सैकड़ों सम्पादक मेरे चारों ओर घूमने लगे थे और फ़ोटोग्राफ़र मुझे फ़ोटो खिंचवाने को बुलाने लगे थे। मुझे लगने लगा था कि कुछ धमाकेदार घटना घटने वाली है—क्योंकि अगर यह सब मुझे सताने के लिए होता तो उसका तरीक़ा भिन्न होता। इससे पहले कभी मुझे इतनी प्रशंसा, इतना आदर, इतनी महत्ता नहीं मिली थी। हर वक़्त मैं इधर-उधर भाग रही होती—कभी पत्रकार बुलाते तो कभी रेडियो स्टेशन, और कभी टी.वी. पर बुलाया जाता। साथीगण भी किसी आगामी महत्वपूर्ण सम्मान की ओर इशारा करने लगे थे। फिर एक सुबह, एक फ़ोन आया, मेरे पति ने उठाया, उनका चेहरा ऐसे चमकने लगा जैसा मैंने पहले कभी नहीं देखा था, वे ख़ुशी से फूलते हुए बोले—"तुम्हें देश का सर्वोच्च साहित्यिक पुरस्कार दिया गया है।"

अब समझ में आया कि इतनी हलचल जो अचानक शुरू हो गई थी कुछ समय से, वह क्यूँ थी। मुझे इस वक़्त बेहद खुश होना चाहिए था, बहुत-बहुत खुश। मेरी दस साल की मेहनत रंग ले आई थी—कितना खुश होने की बात थी यह।

मगर मैं सिवाय बेहद थकान के और कुछ महसूस नहीं कर रही थी। बिना किसी सूचना के अचानक मेरा जीवन मेरा अपना न रह कर दुनिया के लिए खुल चुका था, और यह रोज़-रोज़ के इन्टरव्यू, यह आमन्त्रण मुझे मारे डाल रहे थे। और उसके ऊपर घर भी अस्त-व्यस्त हो गया था क्योंकि ऐमैरैन्त्स नहीं थी। ज़िन्दगी ने इतनी तेजी से पलटी खा ली थी कि पूरे मीडिया की नज़रें मुझ पर आन टिकी

थीं। मुझे इससे खुश होना चाहिए था मगर यही तो मेरे जीवन में, कठिनाइयाँ पैदा कर रहा था—घर में खाना बनाना, कपड़े धोना, सफ़ाई करना, और वियोला को देखना—बहुत मुश्किल था मेरे लिए ये दोनों प्रकार की जिम्मेदारियाँ निबाहना। आखिरकार ऑदेल्का अस्पताल से वापिस लौटी और हमें लगा कि शूटू और ऑदेल्का मिल कर सड़क की सफ़ाई का काम सँभाल लेंगी। ऑदेल्का ने जब यह प्रस्ताव रखा तो पहले तो उसको ज़ोर की झिड़की मिली। ऐमैरैन्त्स उस पर चिल्लाई, इतनी ज़ोर से जितना उसके गले ने इजाज़त दी, फिर अचानक चुप हो गई और सड़क छोड़ कर चली गई। शूटू ने अपना ठेला लगाना बन्द कर दिया (जहाँ आजकल वह तले हुए आलू और भुनी हुई मूँगफलियाँ बेच रही थी), और एक नोटिस लगा दिया कि 'बीमारी की वजह से दुकान बन्द है', और ऑदेल्का के साथ मिल कर झाड़ू उठा ली। एक ही दिन में दिखाई देने लगा कि जितना काम ऐमैरैन्त्स अकेली कर रही थी उसका आधा भी दोनों मिल कर न कर पा रही थीं।

अब ऐमैरैन्त्स ने स्वयं को सबकी नज़रों से छिपा लिया था। जब श्रीमती ब्रोदॉरिच ने आवाज़ लगाई यह पूछने को कि क्या उसे किसी चीज़ की ज़रूरत है तो उसने बन्द दरवाज़े के पीछे से ही चिल्ला कर कहा कि मेहरबानी करके उसे शान्ति से रहने दें। कोई उसके पास आने की कोशिश न करे। वह किसी को अन्दर नहीं आने देगी; कोई उसके लिए दवाई लाने का प्रयास न करे, न डॉक्टर का। उसे केवल आराम की ज़रूरत थी; जैसे ही वह कुछ देर सो पाई वह फिर से काम पर लौटने योग्य हो जाएगी। उसे इस वक़्त वियोला की भी ज़रूरत नहीं थी क्योंकि वह उसे सिर्फ तंग ही करेगा। मेरे लिए तो उसने ख़ास तौर पर कहलवाया कि मैं उसके पास जाने का ख़याल तक मन में न लाऊँ क्योंकि न तो वह मुझसे मिलना चाहती थी, न मुझसे कुछ सुनना। उसे किसी की ज़रूरत नहीं थी—मेरी भी नहीं।

और ऐमैरैन्त्स जैसे ग़ायब ही हो गई। उसके बग़ैर सड़क बिलकुल वीरान मरुस्थल की तरह लग रही थी। यह मेरे चरित्र की एक विशेषता ही थी कि जब मैंने यह स्वीकार कर लिया कि वृद्धा ने अपने आपको दुनिया से अलग कर लिया है, मुझसे भी, तो न तो मेरे हृदय में उसके लिए दया उमड़ी, न मुझे कोई घबराहट हुई। बस केवल गुस्सा ही आया। वह किसी को देखना नहीं चाहती थी, मुझे भी नहीं चाहती थी कि मैं उसे तंग करूँ। क्या बात है! इस वक़्त जब मेरी ज़िन्दगी का हर पल जनता का बन चुका था, उसने मुझे कहाँ ला कर मारा था। बजाय ज़िन्दगी अच्छी होने के और बिखरती जा रही थी। मेरे पति को इतनी सर्दी में बाहर जाने की इजाज़त नहीं थी; कुत्ता था जो हर वक़्त चिल्लाता रहता था; घर हर वक़्त आने-जाने वालों के लिए सजा-सँवरा रहना ज़रूरी था। कब मैं इसके लिए समय निकाल पाऊँगी, वह एक राज़ था। इसके ऊपर फ़ोन था जो बजे चला जाता था, और पत्रकार मुझे

हर समय घेरे रहते। जब भी बाहर सड़क पर जाती, सड़क पर हलचल देखती। शूटू और ऑदेल्का सफ़ाई करते वक़्त बातों में लगी होतीं, पड़ोसी जो अब तक ऐमैरैन्त्स से भलाई करना सीख चुके थे और जान चुके थे कि अगर कोई बीमार हो तो क्या करना चाहिए, बर्फ़ में से कूदते-फाँदते ऐमैरैन्त्स के लिए खाना ले जाते दिखाई पड़ते। मुझसे उसको कुछ नहीं मिला। मैं तो खाने के समय रोज़ दो टिन खोलती और उसमें से हम तीनों (कुत्ता भी) खाना खा लेते। अब यह खाना तो मैं बीमार को दे नहीं सकती थी। बाक़ी सब लोग बढ़-चढ़ कर ऐमैरैन्त्स के अनगिनत एहसानों का बदला चुका रहे थे। कोई इस परीक्षा में फ़ेल नहीं हुआ था सिवाय मेरे। मैं हालाँकि दिन में कई बार उसके दरवाज़े तक जाती यह पूछने कि मैं उसके लिए क्या कर सकती हूँ जिस पर उसका जवाब सदा 'कुछ नहीं' ही होता। जब मैं उससे यह प्रश्न करती कि क्या उसे किसी चीज़ की ज़रूरत है, तो बाहर खड़ी चिन्ता में डूबी यह प्रार्थना कर रही होती कि हे भगवान, यह मना कर दे। मुझसे तो अपने ही काम नहीं निबट रहे थे मैं इसका भार कैसे उठा पाऊँगी। बर्फ़ की वजह से आवागमन के साधनों पर भी प्रभाव पड़ा था। बसें समय पर चल नहीं रही थीं। चार-पाँच चक्कर तो पैदल बाजार तक के ही लगाने पड़ते थे। छोटी-छोटी चीजों के लिए ख़ुद भागना पड़ता था। बड़े-बड़े भारी थैले उठा कर मैं भागती रहती इधर से उधर। फ़ोटोग्राफ़रों ने घेरना शुरू कर दिया था। मैं अपनी ज़िन्दगी में कभी इतनी थकी-टूटी, इतनी बदसूरत नहीं दिखी जितनी अपनी उन तस्वीरों में जो तमग़ा मिलने की घोषणा से ज़रा पहले की हैं।

ऐमैरैन्त्स ने कभी अपना दरवाज़ा न खोला, न कभी अपनी शक्ल दिखाई। बार-बार दरवाज़ा खटखटाए जाने से इतनी नाराज़ हो गई थी कि अब उसका आदेश था कि कोई उसे परेशान न करे। उसकी आवाज़ अपनी सारी ताक़त मानो खो चुकी थी; बिलकुल बदल गई थी। फिर भी वह किसी को अन्दर आने की इजाज़त नहीं दे रही थी और केवल मैं जानती थी क्यों। उपहार स्वरूप लाई गई खाने-पीने की सब चीज़ें बाहर ही बेंच पर पड़ी रहतीं। शुरू-शुरू में तो वह उन्हें चुपचाप उठा कर अन्दर ले जाती थी और बर्तन माँज कर वापिस बाहर रख देती थी। मगर जब उसने खाना लेने तक बाहर आना बन्द कर दिया और बाहर खाने के डोंगे इकट्ठे होते रहे तब मुझे चिन्ता शुरू हुई। जब हमने उससे इस बात का तकाज़ा किया तो उसने जवाब दिया कि उसे भूख नहीं थी और फिर उसका फ्रिज अभी भरा पड़ा था। अब उसकी आवाज़ लड़खड़ाने लगी थी। मुझे लगा, ज़्यादा पीने लगी है शायद। मैं जानती थी कि वह जो कह रही है सच नहीं है। मैंने उस 'फ्रिज' को देखा था। वह बिजली से नहीं चलता था और बरसों से इस ओर कोई बर्फ़ बेचने वाला फटका तक न था। जैसे उस पल में, जब मैंने उसे क्रिसमस के दिन बर्फ़ की सफ़ाई करते देखा था, इस वक़्त भी मैं बात की गम्भीरता पूरी तरह से नहीं समझ पाई। मैं जानती थी वह झूठ बोल रही है मगर मैंने यह समझने की

कोशिश न की कि फिर आख़िर वह और उसकी बिल्लियाँ जी कैसे रही होंगी। शायद मैंने अपने आप को यह समझा कर तसल्ली दे ली थी कि पुराने खाने को वह थोड़ा-थोड़ा कर के खा-खिला रही होगी। क्योंकि शुरू-शुरू में तो उसने सभी का लाया खाना स्वीकार कर लिया था। सर्दी के दिन थे। खाना ख़राब तो हुआ नहीं होगा, वहीं खिड़की पर रखा होगा। मैंने ज़्यादा ग़ौर से इस पर सोचने की चेष्टा नहीं की, क्योंकि उस वक़्त मैं चारों ओर से काम से घिरी थी। फिर भी मैं दिन में एक बार अवश्य उसके पास जाती और उससे किसी डॉक्टर के पास चलने को कहती। मैं जानती थी कि वह इसके लिए कभी हामी नहीं भरेगी, और जब वह मना करती तो मैं मन-ही-मन ख़ुश भी होती, क्योंकि उस वक़्त मेरे पास किसी चीज़ के लिए समय नहीं था।

ख़ुशकिस्मती से मेरा दिमाग़ उस वक़्त ठीक काम कर रहा था। अतः मैंने लेफ़्टिनेन्ट कर्नल को फ़ोन करके बता दिया था कि ऐमैरेन्त्स बीमार है। वह पुलिस-स्टेशन पर नहीं थे, कहीं छुट्टियाँ मनाने बाहर गए थे—कहाँ, यह पुलिस वालों को बताने की आज्ञा नहीं थी। मैंने योज़ी के बेटे को भी सूचना दे दी, वह आया भी मगर अन्दर जाने में असफल रहा। वह वहीं दरवाज़े के पास कुछ सन्तरे, नींबू और एक बड़ा बर्तन, भरी हुई बन्दगोभी (हंगरी में क्रिसमस पर इसे हर घर में पकाया जाता है), रख आया था। एक दिन श्री ब्रोदॉरिच हमारे घर आए और पूछने लगे कि क्या मैंने कभी जानने की कोशिश की थी कि आख़िर कितने दिन हो चुके हैं ऐमैरेन्त्स को आँगन तक निकले, अब मार्च महीने का अन्त होने को था और अगर उनका अन्दाज़ा सही है तो पूरे पन्द्रह दिन से ऐमैरेन्त्स घर से बाहर नहीं निकली है। पड़ोसी परेशान थे कि वे सब मुसीबत में आ जाएँगे अगर उन्होंने उसकी इच्छा के विरुद्ध भी डॉक्टर को न बुलाया। श्री ब्रोदैरिच ने यह भी बताया कि उसका बाथरूम आँगन में खुलता था मगर अब कई दिन से लगता था उसने बाथरूम को भी इस्तेमाल नहीं किया है। क्योंकि आँगन बर्फ़ से भरा था और उस पर किसी के पदचिह्न दिखाई नहीं दे रहे थे, कम-से-कम घर के अन्दर से आते पद-चिह्न तो बिलकुल नहीं। जब ऐमैरेन्त्स को नित्य-कर्म की ज़रूरत पड़ती थी तो वह क्या कर रही थी? रसोई के दरवाज़े के पीछे से काफ़ी बदबू आ रही थी जिससे वे परेशान हो रहे थे अब। हम लोग उसका पागलपन, यूँ उसका इस हालत में अपने को बन्द करके रखना, कब तक चुपचाप बर्दाश्त करते रहेंगे। हमें अब कुछ करना ही होगा अगर उसे बचाना चाहते हैं हम। अगर वह यूँ ही डॉक्टर को न लाने की ज़िद पर अड़ी रही तो हमें दरवाज़ा तोड़ कर अन्दर जाना होगा। एक डिस्ट्रिक्ट ऑफिसर को ले कर आज सुबह ऑदेल्का वहाँ गई थी—पर ऐमैरेन्त्स ने उसे भी डाँट कर भगा दिया। ऑदेल्का के कथनानुसार ऐमैरेन्त्स की आवाज नहीं के बराबर निकल रही थी, बस बुदबुदा कर ही उसने अपना रोष प्रकट किया था।

यह कोई अफ़्रीका का जंगल तो था नहीं, सो मैं क्या कृपा करके 'बचाव-सेवा' को बुलवा सकूँगी ताकि समय रहते बेचारी को बचाया जा सके?

मैं बड़ी दुविधा में पड़ गई थी। उसकी आज्ञा के बग़ैर कोई उस फ़्लैट में जा नहीं सकता था, मुझे उसने केवल एक बार इसकी आज्ञा दी थी। यह जान पाना असम्भव था कि अगर उसे लगा हम ज़बरदस्ती अन्दर आने का प्रयास कर रहे हैं तो क्या होगा। मैं इतनी परेशान हो गई कि अचानक मुझे एक उपाय सूझ पड़ा। मैंने ब्रोडॉरिच महोदय से कहा कि हमें कल तक इन्तज़ार करना चाहिए। मुझे ऐमैरैन्त्स से अकेले में बात करनी होगी। तब मैं बताऊँगी कि हमें आगे क्या क़दम उठाना है।

उसी दोपहर मैं भागी-भागी उसके घर पहुँची और दरवाज़े के बाहर से उसे पुकारा। मैंने उससे वायदा किया कि उसकी भावनाओं का ध्यान रखा जाएगा, और उन कारणों का भी जिसकी वजह से वह दरवाज़ा नहीं खोलती। और कोई भी घर के अन्दर क़दम नहीं रखेगा। मैं अकेली जाऊँगी। जो करना होगा अन्दर वह करूँगी, मगर उसे बाहर आना होगा। अगर वह अस्पताल जाना नहीं चाहती तो उसे अस्पताल नहीं भेजा जाएगा। वह हमारे घर पर रह सकती थी, मेरी माँ के कमरे में वियोला के साथ। डॉक्टर वहाँ इन्तज़ार कर रहा होगा, उसकी जाँच-पड़ताल करके दवाई दे देगा और वह ठीक हो जाएगी।

इस संकेत तक से भड़क उठी वह, और उसकी आवाज़ में थोड़ा दम-सा आ गया जिससे वह मुझ पर चिल्लाई। अगर हमने उसे शान्ति से नहीं रहने दिया तो वह ठीक होते ही पूरे मुहल्ले पर उसकी शान्ति भंग करने का दावा ठोक देगी।

हम सब लोग उसकी नाक में दम किए हुए थे। उसको पूरा हक़ था कि जितना देर चाहे आराम करे, जब चाहे लेटे, बैठे और आराम करे। अगर मैंने पैर अन्दर रखने की कोशिश की—चाहे मैं या कोई और—तो सबको यह मालूम होना चाहिए कि उसके पास कुल्हाड़ी थी और वह अन्दर आने वाले को मार डालेगी। नाराज़ होकर मैं तो घर लौट आई मगर उसी शाम श्री ब्रोडॉरिच और मिस्त्री योज़ी के बेटे के संग मेरे घर आए और बोले कि उन्होंने फ़ैसला कर लिया है कि वे दरवाज़ा तोड़ देंगे और डॉक्टर को अपने साथ ले कर जाएँगे। योज़ी का बेटा उसे अपने घर तो नहीं ले जा सकेगा—इस डर से कि उसकी बेटी को यह बीमारी न लग जाए—मगर वह इतनी मदद ज़रूर करेगा कि उसे हमारे घर तक उठा कर ले आएगा। अगर मैं उससे ज़रा-सा दरवाज़ा खुलवा सकूँ तो उनको अपने काम में काफ़ी मदद मिलेगी।

हालाँकि हमने मेरे पति के पीठ पीछे ही सब साँठ-गाँठ की थी मगर उन्होंने किसी बात पर भी आपत्ति नहीं जताई। जो बात उनकी समझ से बाहर थी वह यह थी कि मैं दरवाज़ा तोड़ने से इतना क्यूँ परेशान हूँ जबकि दरवाज़ा तो फिर

से जोड़ा जा सकता था। यह कोई नई बात तो थी नहीं कि अपने आप तो वह दरवाज़ा खोलेगी नहीं। ऐमैरैन्त्स तो शुरू से ही नार्मल नहीं थी, तो अब इसमें क्या परेशानी की बात थी कि वह अपनी जिद पर अड़ी हुई थी; हम उसके तगड़े विरोध के बावजूद उसे ठीक कर लेंगे। उन्होंने मुझसे कहा कि मैं उसे अपने घर ले आऊँ, अगर वह इसके लिए तैयार हो जाए। मेरे पति को अजनबियों को घर में रखना बहुत अखरता था मगर अब सवाल पसन्द-नापसन्द का नहीं था। वृद्धा की देखभाल करना ज़रूरी था, उसे इस वक़्त एक गर्म कमरे की सख्त ज़रूरत थी। इस वक़्त अगर कोई उसे उसके हाल पर छोड़ देगा तो पाप का भागी बनेगा और यह पाप का बोझ उसे सारी ज़िन्दगी चैन से नहीं बैठने देगा। वे ठीक कह रहे थे मगर मेरा डर भी वाज़िब था। उन्होंने पूछा कि जब मैं उसको इतना पसन्द करती हूँ तो उसे घर लाने का ख़याल मुझे इतना विचलित क्यों कर रहा था कि मेरी आँखों में आँसू भर आए थे? मैंने कोई उत्तर नहीं दिया। मैं कोई उत्तर दे ही नहीं सकती थी। अकेली मैं थी जो दरवाज़े के पीछे के राज़ को जानती थी।

डॉक्टर, श्री ब्रोदॉरिच और मैंने यह फ़ैसला ले लिया था कि आज की रात ऐमैरैन्त्स की अपनी घर में आखिरी रात होगी। कल सुबह हमें ठोस क़दम उठाना होगा। वह रात बड़ी मुश्किल से कटी। समय बहुत धीरे-धीरे बीत रहा था, और मैं सोचती जा रही थी। और फिर मैंने फ़ैसला ले ही लिया। इसके अलावा और कोई चारा नहीं था। अगर अब उसे डॉक्टरी सहायता न मिली तो उसका अन्त ही हो जाएगा। अब उसे बचाने का एक ही तरीक़ा था—उसके विश्वास को धोखा देना। वह लोहे की बनी थी—मगर फिर भी शायद अभी ज़्यादा देर नहीं हुई थी। अगर मैंने ठीक से अपने कदम उठाए तो मैं उसका राज़ भी बचाने में सफल हो जाऊँगी। ज़रा मेहनत ज़्यादा ज़रूर लगेगी, एक के बाद एक झूठ बोलने होंगे और काफ़ी ताक़त ख़र्च करनी होगी बस।

सुबह तड़के मैं उसके फ़्लैट पर गई और दरवाज़ा खटखटाया। मैंने उससे कहा कि मेरी खातिर केवल इतना कर दे कि कुछ पलों के लिए दोपहर में ज़रा आँगन तक आ जाए ताकि पड़ोसियों को यह विश्वास हो जाए कि वह जीवित है। यह कोई अक़्लमन्दी नहीं थी कि उसे कोई देख ही न पाए। ऐसा करने पर वे बुरे से बुरे की ही कल्पना करेंगे। वह जानती ही थी कि पूरा पड़ोस उसे कितना प्यार करता था। मेरा प्लान यह था कि वह दरवाज़ा ज़रा-सा खोले, डॉक्टर मेरे पीछे छिपे खड़े हों और खुलते ही अन्दर प्रवेश कर जाएँ दरवाज़े को धक्का दे कर, और बाँह से पकड़ खींच कर उसे बाहर निकाल लें। फिर मिस्त्री, ब्रोदॉरिच, योज़ी का बेटा और मैं—मिल कर उसे हमारे घर ले आएँगे।

उसने अन्दर से जवाब दिया कि वह मुझसे कुछ कहना चाहती थी। वह दरवाज़े के बाहर तो कदम नहीं रखेगी मगर अगर मैं दरवाज़े से बिलकुल सट कर

खड़ी हो जाऊँ, अपने साथ एक बड़ा डिब्बा ले कर, तो वह मुझे अपनी सबसे पुरानी बिल्ली देगी ले जाने को, क्योंकि वह मर चुकी थी। उसे डॉक्टर की कोई ज़रूरत नहीं थी और किसी को उसके घर के आस-पास तक आने की ज़रूरत नहीं थी। अगर वे यही समझ रहे थे कि वह मर गई है तो ठीक है ऐसा ही समझें। उसकी बला से भाड़ में जाएँ सब। मैं सबसे कह सकती हूँ कि मैं घर का कूड़ा डिब्बे में लेकर जा रही हूँ। इतना बस काफ़ी होगा पड़ोसियों की जिज्ञासा शान्त करने को। उसकी फुसफुसाहट जैसी आवाज़ कठिनाई से ही समझ पाई थी मैं, मगर जब समझ पाई तो मेरा सिर ही घूम गया। मेरे पास ऐसा डिब्बा कहाँ से आएगा जिसमें बिल्ली का शव समा जाए? और फिर मैं उस मरी हुई बिल्ली का करूँगी क्या, इस वक़्त जब कि मेरे पास हजारों और काम थे सिर पर? मगर मैंने उससे वादा कर लिया।

घर पहुँच कर मैंने स्टोर में से एक बड़ा गत्ते का डिब्बा निकाला। मुझे इसमें एक उम्मीद की किरण दिखाई देने लगी थी। इस मरी हुई बिल्ली ने तो मेरा काम आसान कर दिया था। उसे बिल्ली मुझे पकड़ाने के लिए दरवाज़ा थोड़ा खोलना ही पड़ेगा और तभी डॉक्टर उसे पकड़ लेंगे। ज़रूरत बस इसकी थी कि हर कदम साथ साथ उठे, होशियारी से। अब मुश्किल यह थी कि डॉक्टर साहब पौने चार बजे से पहले पहुँच नहीं सकते थे और चार बजे ही मेरा टेलीविज़न पर इन्टरव्यू रिकार्ड होना था। कार मुझे लेने पौने चार बजे आने वाली थी, जिस वक़्त डॉक्टर साहब पहुँच रहे थे (वे इस से एक मिनट भी पहले नहीं पहुँच सकते थे)। मैं उसे आवाज़ दूँगी, वह दरवाज़ा खोलगी, मैं उसे डिब्बा पकड़ाऊँगी, वह उसमें बिल्ली का शव डाल कर मुझे पकड़ाएगी और उसी पल में डॉक्टर, योज़ी का बेटा, ब्रोदॉरिच और मिस्त्री मिल कर उसे घसीट कर बाहर निकाल लेंगे; आदमी लोग उसे हमारे घर तक ले आएँगे और मैं टी.वी. स्टूडियो चली जाऊँगी। मेरा चेहरा इस आपा-धापी से ज़र्द पड़ रहा था, मैं अपने मस्तिष्क को शान्त रखने की गोलियाँ एक के बाद एक मिठाई की तरह खाती जा रही थी। मुझे शर्म आ रही थी यह सोच कर कि इतना आसान उपाय मुझे पहले क्यों नहीं सूझा।

मैंने अपनी माँ के कमरे का बिस्तर बदला और गर्म करने के लिए अँगीठी जला दी। पत्रकार अन्दर आते जा रहे थे, देख कर अचरज कर रहे थे कि जो कमरा पूरी सर्दी गर्म करने की ज़रूरत नहीं पड़ी अब अचानक क्यूँ गर्म किया जा रहा था, और वियोला लगातार भौंकता जा रहा था। अब मुझे उसके भौंकने का अर्थ समझ में आता है और मैं सोचती हूँ कि उस वक़्त क्यों मेरे समझ में यह नहीं आया कि खेल बिगड़ भी सकता है। अपने जीवन में पहली बार मैं जनता के आकर्षण का केन्द्र थी, और उसकी रौशनी चारों ओर से मुझ पर पड़ रही थी।

और कुछ शायद मुझे ठीक से सूझ ही नहीं रहा था। सही कहूँ तो कोई भी अक्लमन्द व्यक्ति मेरे इस प्लान के सफल होने में शक नहीं कर सकता था। हर व्यक्ति जानता था कि ऐमैरैन्त्स हमें बहुत पसन्द करती है, और यह भी कि हमारे पास मेरी माँ का कमरा ख़ाली पड़ा था। वियोला भी इससे खुश होगा, और वृद्धा को सपने में भी यह शक नहीं होगा कि मैं कभी उससे विश्वासघात करूँगी। वह जानती थी कि अगर मैंने उससे वायदा किया है कि मैं और किसी को उसके फ़्लैट में नहीं घुसने दूँगी, और उसके जानवरों की ज़िम्मेदारी निभाऊँगी तो मैं ऐसा अवश्य ही करूँगी। मैं अपना वायदा ज़रूर पूरा करूँगी। बस एक ही बात मुझे ज़रा परेशान कर रही थी—मैं उस पल से डर रही थी जब उसे पता चलेगा कि मैं अकेली नहीं थी वहाँ बल्कि उसके पक्के दुश्मन डॉक्टर साहब भी थे तो क्या होगा। हालाँकि मुझे स्टेज पर जाने और कैमरे के सामने खड़े होते ही पसीने छूट जाते हैं मगर मैं उस वक़्त उस पल से ज़्यादा डर रही थी बनिस्बत अपने टी.वी. इन्टरव्यू से।

हमने ऐमैरैन्त्स के आँगन में डॉक्टर से मिलना तय किया था। घर पर मैंने दिन का खाना भी परोसा। वियोला उस दिन बहुत बदला हुआ था। पहले तो लगातार भौंकता रहा फिर बिलकुल ही चुप हो गया। मैं उसे टहलाने के लिए ले जाने लगी तो अन्दर जाकर छिप गया। घण्टी बजी पर उसने सिर तक नहीं उठाया। वह सोया नहीं था; बस फटी-फटी आँखों से देखता जा रहा था। मुझे उसके दुख का कारण उसी वक़्त जान लेना चाहिए था मगर मैं कोई ऐमैरैन्त्स तो थी नहीं। मुझे समझ में नहीं आया कि जब मैं उसे लिए बग़ैर घर से निकली तो वह गुस्से से पागल क्यों हो उठा था। मैंने गत्ते का डिब्बा उठाया, कुछ गोल-मोल तरीके से लोगों को यह सफ़ाई दी कि इसकी क्या आवश्यकता है। योज़ी का बेटा भी उसी वक़्त पहुँचा जब स्टूडियो से मुझे कार लेने आई। ड्राइवर ने आ कर कहा कि मेक-अप वाले मेरे इन्तज़ार में स्टूडियो में बैठे हैं, और उससे पहले निर्देशक से भी बातचीत होनी है अतः मुझे निर्धारित समय से थोड़ा पहले ही पहुँचना पड़ेगा। अच्छा हो अगर हम फ़ौरन ही चल पड़ें।

मैंने उससे कहा कि मैं एकदम तो नहीं चल सकती। कुछ ऐसा काम था जो मुझे अभी निबटाना ज़रूरी था जिसे मैं टाल नहीं सकती थी—बस एक मिनट लगेगा मगर उसे थोड़ा इन्तज़ार करना पड़ेगा। ड्राइवर ने मुझे पाँच मिनट का समय दिया। सुनने में तो यह समय काफ़ी था—मुझे बस ऐमैरैन्त्स के घर तक भाग कर जाना था, बिल्ली के शव का डिब्बा खुले दरवाज़े में से लेना था। और बाक़ी लोगों को उसे घसीट कर बाहर निकाल हमारे घर तक पहुँचाना था। जब तक वे लोग उसको समझाएँगे, मुझे ताला बन्द करके अपने घर लौट कर चाबी उसके हाथ में सौंपनी थी। उसे आश्वस्त करना था कि हर चीज़ वैसे हो रही है, जैसा वह चाहती है। कोई उसके घर में अब नहीं जा सकेगा—और फिर टी.वी. प्रसारण के बाद

मैं उसको प्यार से समझाऊँगी कि वह हमारे पास आराम से रहेगी और हम उसकी अच्छी तरह सेवा करेंगे और साथ ही उसके जानवरों का भी ध्यान रखेंगे।

ऐमैरैन्त्स को समझाना! मैंने ऐसा कर पाने की कल्पना तक कैसे की? मैं एकदम पागल हो गई थी। शायद मैं वह समझ रही थी जो समझना चाहती थी। और इस सब उधेड़-बुन में यह सोचने का प्रयत्न भी कर रही थी कि स्टूडियो में मुझे किस प्रकार के प्रश्नों के उत्तर देने होंगे। जब वह पल आया तो ठीक पौने चार बजे थे। ड्राइवर ने कलाई पर बँधी घड़ी की ओर इशारा करते हुए पाँच उँगलियाँ दिखा दीं। ठीक है। मैंने कहा पाँच मिनट से ज़रा भी ज़्यादा नहीं।

मार्च के महीने का अन्त था, ठण्ड थी मगर नए फूलों ने अपने सिर निकालने शुरू कर दिए थे। ऐमैरैन्त्स के बाग में वायलट दिखाई दे रहे थे, खिड़की के नीचे की घास बैंगनी दिख रही थी उनके कारण। डॉक्टर, ब्रोदॉरिच, मिस्त्री और योज़ी का बेटा घात लगाए छिपे थे। मैंने उन्हें चेतावनी दी थी कि जब तक पैकिट उसके हाथ से न लूँ, वे चूँ तक न करें। इस बीच पूरा पड़ोस यह जान चुका था कि हम क्या करने वाले हैं। सबकी सहमति थी इस पर। मिस्त्री ने दरवाज़े के अन्दर से आती बदबू की ओर इशारा किया। परसों से यही दुर्गन्ध आ रही थी मगर अब अधिक तेज़ हो गई थी। अगर उसे यह मालूम न होता कि यह नामुमकिन है तो वह यही सोचता कि अन्दर कोई लाश सड़ रही है। वह इस दुर्गन्ध को अच्छी तरह पहचानता था।

मैंने सबको एक तरफ छिपने का इशारा किया क्योंकि दरवाज़े पर मैं अकेली ही जाना चाहती थी। सड़क पर खड़े लोग तक छिप गए, हालाँकि उनकी उत्सुकता बहुत तीव्र थी, ऐमैरैन्त्स को उसकी इच्छा के विपरीत निकाले जाते देखने की। जब आँगन बिलकुल खाली हो गया तो मैंने दरवाज़ा खटखटाया। ऐमैरैन्त्स ने मुझसे कहा कि मैं अन्दर न घुसूँ, बस उसे डिब्बा पकड़ा दूँ, फिर वहीं खड़ी रह कर उसका इन्तज़ार करूँ। टी.वी. स्टेशन का ड्राइवर हमारे घर के सामने हॉर्न बजाने लगा था। मैं उसका जवाब इस वक़्त दे नहीं सकती थी। मैं दरवाज़ा खुलते और उसमें से ऐमैरैन्त्स का हाथ निकलते देख रही थी। उसका चेहरा मुझे दिखाई नहीं दे रहा था। अन्दर घुप्प अँधेरा था, शायद उसने बत्ती बन्द करके रखी थी। अन्दर से इतनी ज़ोर का भभका आया दुर्गन्ध का कि मैंने नाक बन्द करनी चाही, मगर मैं तो एक शिकारी कुत्ते की तरह शिकार पर झपटने को तैयार खड़ी थी। अन्दर से सड़ांध आ रही थी—आदमियों और जानवरों के मल-मूत्र की। मैंने डिब्बा पकड़ाया। टी. वी. स्टूडियो के ड्राइवर ने फिर हार्न बजाया, दूसरी बार। ऐमैरैन्त्स ने दरवाज़ा बन्द किया, और मुझे अन्दर से लाइट जलाने की आवाज़ आई। डॉक्टर ने नुक्कड़ से झाँका। मैंने उन्हें रुकने का संकेत दिया। तीसरी बार हार्न बजने पर दरवाज़ा ज़रा-सा खुला और ऐमैरैन्त्स ने बजाय डिब्बे के, लाश ही मेरे हाथ में पकड़ा दी एक गन्दे

से कोट में लपेट कर। डिब्बा छोटा पड़ गया था, जानवर उसमें नहीं समा पाया था। मैंने उसे एक मृत बच्चे की तरह अपनी गोदी में लिया।

वह दरवाज़ा फ़ौरन ही बन्द कर लेती अगर पलक झपकते ही डॉक्टर ने अपना पैर दरवाज़े में अड़ा न दिया होता और योज़ी का बेटा आगे न बढ़ गया होता। अब वे लोग वास्तव में अन्दर गए या मिस्त्री की मदद से वहीं से उसे खींच पाए, जैसा कि तय हुआ था, मैं निश्चित रूप से नहीं कह सकती। मैं हाथ में मरी हुई बिल्ली लेकर ताबड़तोड़ घर की ओर भागी। गेट तक पहुँचते-पहुँचते मुझे मितली होने लगी और मैंने बाहर कूड़ेदान में ही उसे फेंक दिया। हार्न अब लगातार बजने लगा था, मगर मैं घर तक पहुँची, क्योंकि अगर मैं इस वक़्त गर्म पानी से अपने हाथ न धोती तो मैं एक शब्द भी हलक से न निकाल पाती, चाहे कोई भी प्रश्न मुझसे पूछा जाता। क्यों एक साथ सब कुछ इतनी तेजी से उलट-पुलट हो रहा था? ऐमैरैन्त्स अब हमारे घर पहुँचने ही वाली होगी, रास्ते भर अपना विरोध प्रगट करती। वे लोग उसे खींचते, घसीटते ला रहे होंगे मुझे इस वक़्त उसके साथ होना चाहिए था, मगर यह नामुमकिन था। मैं वहाँ नहीं थी और मैं इसके लिए कुछ नहीं कर सकती थी। मैंने अपने पति से पूछा, "क्या आप मेरे लिए एक काम कर सकेंगे?"—उन्होंने बाद में मुझे बताया कि यह पूछते वक़्त न मेरा चेहरा और न ही मेरी आवाज वे पहचान रहे थे। "कृपया उन लोगों के यहाँ तक पहुँचने का इन्तज़ार मत कीजिए। भाग कर जाइए और उसके घर में ताला लगा दीजिए, इससे पहले कि पूरा मुहल्ला अन्दर झाँक कर देखे। आप भी अन्दर झाँक कर मत देखिएगा, और जब वे लोग उसे यहाँ ले आएँ तो चाबी उसे पकड़ा दीजिएगा और कह दीजिएगा कि मैं हर चीज़ आकर ख़ुद सँभाल लूँगी। टी.वी. स्टेशन का ड्राइवर हॉर्न पर से हाथ ही नहीं हटा रहा है, अतः मैं उसे यह सब समझाने के लिए अभी रुक नहीं सकती।"

उन्होंने ऐसा करने का वायदा किया। मैं कार की ओर भागी; वे ऐमैरैन्त्स के घर की ओर। न वृद्धा वहाँ दिख रही थी, न बचाने आए लोग। मुझे केवल कुछ शोर की आवाज कानों में पड़ी मगर मैं बहरी बनने का ढोंग करने लगी। मैं गाड़ी में बैठी और सड़क से दूर निकल पड़ी।

❑

बेपर्दा

जब आप कोई ऐसा काम करते हैं जो माफ़ किए जाने लायक न हो, तो आप चाहे उस वक़्त इसको ठीक से महसूस न करें मगर मन में कहीं-न-कहीं उसका एहसास ज़रूर होता है। मैं अपने आपको यह समझा कर दिलासा दिला रही थी कि मेरे अन्दर जो अजीब-सी उलझन थी वह मेरा स्टेज पर या कैमरे के सामने जाने का डर ही था बस। मगर दरअसल वह मेरे मन के भीतर छिपी अपराध की भावना थी। जब हम स्टूडियो पहुँचे, तो यह साफ़ हो गया था कि हमारे बहुत जल्दी करने पर भी हम वहाँ देर से पहुँचे थे, अतः मुझे फ़ौरन बिना मेक-अप के, उसी अस्त-व्यस्त शारीरिक और मानसिक अवस्था में कैमरे के सामने जाना पड़ा। मैं समझ रही थी कि सामने बैठा प्रश्नकर्ता मुझसे कुछ बेहतर उत्तर की अपेक्षा कर रहा था मगर जब मैं उसके प्रश्नों के जवाब दे रही थी तो मेरा दिमाग़ तो घर पर था। हमने डॉक्टर से यह तय किया था कि अगर उसकी बीमारी अधिक गम्भीर नहीं होगी, तो वह हमारे घर ही रहेगी और वहीं उसका इलाज होगा। अगर गम्भीर हुई या प्राण घातक हुई तो एम्बुलेन्स बुलवा कर उसे फ़ौरन अस्पताल ले जाया जाएगा। मगर यह सब तो मेरे घर पहुँचने से पूर्व ही निर्धारित किया जा चुका होगा।

प्रोग्राम में काफ़ी लोग भाग ले रहे थे अतः देर तक चलता रहा। मीटिंग मेरे इन्टरव्यू के बाद भी ख़त्म नहीं हुई, लोग मुझे छोड़ना ही नहीं चाह रहे थे। मैं जाना भी चाहती थी मगर यह भी सच था कि वे पल मेरे लिए बहुत गर्व के पल थे और मैं उन्हें भी गँवाना नहीं चाह रही थी। ज़िन्दगी में पहली बार मैं टेलीविज़न पर थी। अगर मैं अधिक ज़ोर दे कर जाने के लिए कहती तो ऐसा न था कि वे मुझे जाने न देते, मगर क्या ऐसा मौक़ा मुझे कभी दोबारा मिलता, उन लोगों से मिलने का और साक्षात्कार करने का मौक़ा जिनको अब तक केवल दूर से टी. वी. पर देखा करती थी। मैं जानती थी कि मुझे भाग कर घर वापिस लौटना चाहिए मगर मैंने ऐसा किया नहीं। जब तक मुझे घड़ी पर नज़र डालने का ख़याल आया तो समय काफ़ी बीत चुका था। अब भागने से क्या फ़ायदा होने वाला था। मैंने

टैक्सी बुलवाई और घर के लिए चल दी।

जब मैंने टैक्सी के बाहर क़दम रखा तो दिन पूरा बीत चुका था; सड़क पर सन्नाटा था और आश्चर्यजनक रूप से खाली थी वह। केवल हमारे घर से ही कुछ आवाज आ रही थी, जहाँ वियोला बड़ी शिकायत भरी आवाज में चिल्ला रहा था। मैं जान गई कि ऐमैरैन्त्स हमारे घर पर नहीं है क्योंकि अगर वह वहाँ होती तो वियोला यूँ न भौंक रहा होता। बिना किसी के बताए भी मैं समझ गई थी कि हालत उससे अधिक गम्भीर थी जितनी मैं समझ रही थी—और यह मुझे उसी दिन समझ लेना चाहिए था जब ऐमैरैन्त्स ने अचानक हमारा काम करना बन्द कर दिया था और कह दिया था कि हम अपना इन्तज़ाम कर लें। मगर मैं तो इधर कुछ समय से अपना पूरा ध्यान ख़ुद अपने पर ही केन्द्रित किए हुई थी। मैं टैक्सी से अपने घर के सामने उतरी। कूड़े का डिब्बा वहीं रखा था, मैंने अन्दर झाँक कर देखा कि वह घिनौना बण्डल अभी वहीं है क्या, और वह वहीं था। मैंने सिहर कर उसे एकदम बन्द कर दिया। मगर इसके बाद मैं अपने घर की सीढ़ियाँ नहीं चढ़ी। मैं फ़ौरन ऐमैरैन्त्स के घर की ओर बढ़ गई यह देखने कि मेरे पति ने उसका दरवाज़ा ठीक से बन्द कर दिया है या नहीं।

विला की खिड़की में मिस्त्री दिखाई दिया जो चिटखनी बन्द कर रहा था। इसके बाद जो हुआ उसकी मैंने कभी कल्पना भी न की थी—उसने मुझे हाथ के इशारे से कहा कि वह मुझे कुछ बताना चाहता है, वह सब जो उसने अपनी आँखों से यहाँ उस वक़्त घटते देखा जब मैं टी.वी. पर बड़ी-बड़ी बातें कर रही थी। इसके बाद उसने खिड़की बन्द कर ली और मेरी आँखों से ओझल हो गया। मैंने सोचा यह आदमी मुझसे बात नहीं करना चाहता। घबरा कर मैं बाग की ओर भागने लगी। मैं ऐसी परिस्थिति का सामना पहले भी कर चुकी थी। उसके चेहरे पर वही भाव थे जो कभी-कभी आप अस्पताल की नर्सों के चेहरे पर देखते हैं जब आप अपने बीमार सम्बन्धी के पलंग तक पहुँचते हैं और वहाँ पाते हैं कि उसकी जगह कोई और बीमार लेटा हुआ है—और नर्स, बिना कोई भाव लाए चेहरे पर आपको चीफ़ डॉक्टर के पास जाने का निर्देश देती है जो आपसे कुछ बात करना चाहते हैं। हे भगवान, हमारी अपेक्षा के इतना विपरीत कैसे हो गया सब? कहीं दरवाज़ा खुला तो नहीं छोड़ दिया गया था? कहीं उसकी बिल्लियाँ बाहर तो नहीं भाग गई थीं? वह पहला पल था—उसके बाद तो अनेक ही पल ऐसे आए—जब मुझे इस विचार ने कँपकँपा दिया कि चाहे कितना ही बड़ा इनाम था यह, चाहे कितना ही बड़ा सम्मान मिला था मुझे, चाहे पूरा टी.वी. नेटवर्क ही क्यों न मुझ पर केन्द्रित हो गया था उस दिन, चाहे हर सरकारी अफ़सर ही मुझे मेरी सफलता पर क्यों न बधाई दे रहा था, चाहे मेरे लिए अपने दस साल के अपमान के विरुद्ध बोलने का कितना ही सुअवसर क्यों न था यह—मुझे किसी भी हालत में उस दिन ऐमैरैन्त्स

को उन हालात का सामना करने के लिए, अकेली छोड़ कर नहीं जाना चाहिए था। मेरी जिस कल्पना शक्ति की इतनी लोग तारीफ़ कर रहे थे उससे मैं केवल इतना ही सोच पाई थी कि शाम को वापिस लौट कर उसका घर साफ़ कर दूँगी, बदबू दूर कर दूँगी चाहे वो किसी भी कारण से क्यों न हो, और बस फिर बिल्डिंग में किसी को कोई शिकायत नहीं रहेगी। मगर अब मैं समझ रही थी कि उस पल में, उस महत्वपूर्ण पल में जब वह अपना स्वातंत्र्य खोने जा रही थी, जब उसका दरवाज़ा जबरदस्ती खोल दिया गया था, चाहे केवल उतना ही कि केवल डॉक्टर अन्दर जा सके और उसके लाख विरोध करने पर भी उसे वहाँ से ले जा सके—तब मुझे उसके साथ ही होना चाहिए था—यह ख़याल मेरे दिमाग़ में पहले क्यूँ नहीं आया। इस इनाम ने अपना प्रभाव दिखाना शुरू कर दिया था। मैं उसी की चमक के पीछे यूँ बीमारी, वृद्धावस्था, अकेलापन और विवशता से छुटकारा पा कर भागी चली गई थी।

आँगन तक पहुँच कर मेरे लिए एक कदम भी बढ़ाना दूभर था। मैं वहीं जम कर रह गई थी। मैं बुरी ख़बर की अपेक्षा कर रही थी मगर इतनी बुरी ख़बर की नहीं जो मेरे कानों में पड़ी। किसी भी कल्पना शक्ति से उसकी कल्पना न की जा सकती थी जो अब मेरी आँखों के सामने था। ऐमैरैन्त्स का दरवाज़ा न खुला था, न बन्द वह दरवाज़ा अब वहाँ था ही नहीं। वह तो अलग बाथरूम की दीवार से सटा कर रखा हुआ था, उसे चौखट से ही उखाड़ लिया गया था। उसका बीच का भाग ग़ायब था—किसी ने उस पर ज़ोर से हथौड़ा मारा था शायद। ऊपरी भाग ज्यों की त्यों था। जैसा अक्सर बेल्जियन पेंटिंग में दिखायी देता है, दरवाज़े का ऊपरी भाग नीचे गिरा हुआ और उसमें से एक युवती कोहनियाँ दरवाज़े पर टिकाए मुस्कुराती हुई बाहर देखती हुई मानो अपना तैलचित्र बनवा रही हो। मेरे दिमाग़ में पूरी तस्वीर घूम गई—ऐमैरैन्त्स अपने स्कार्फ़ के नीचे से बाहर देखती हुई, सब हालात का जायज़ा लेती हुई; यह देखती हुई कि मैं वहाँ नहीं थी, मेरी जगह डॉक्टर खड़ा था उसे पकड़ने को। बस, इसके आगे सोचने की मेरी हिम्मत नहीं हुई। मैं इतनी कमज़ोरी महसूस करने लगी थी कि वहीं बेंच पर बैठ गई ताकि अपने होश कायम रख सकूँ। मैं जानती थी, मैं इससे बच नहीं सकती थी। मुझे उस दुर्गन्ध भरे कमरे में जाना ही होगा। थोड़ी देर सुस्ता कर मैंने अपना मन कड़ा दिया। मैंने कमरे में घुस कर टटोल कर लाइट जलाई। इस बार अन्दर से कोई सरसराहट सुनाई नहीं दी। सन्नाटा पूर्ण था। अगर बिल्लियाँ वहाँ थीं भी तो अन्दर कहीं छिपा लिया होगा उन्होंने स्वयं को, भयभीत हो कर।

बिजली का बल्ब इतना तेज़ पावर का था, कि पहले की तरह ही कुछ भी नहीं छिपा रहा था। उस कमरे में, जो कभी शीशे की तरह चमकता साफ़ दिखता था मैं इन्सान और जानवरों के मल-मूत्र के बीच खड़ी थी। सड़ते हुए खाने के

ढेर लगे हुए थे और उसके कुछ अंश जगह-जगह ज़मीन पर भी फैले हुए थे। वह ख़ूबसूरत कप जिसमें ऐमैरैन्त्स बीमारों के लिए खाना ले जाया करती थी, उसमें कीड़े बिलबिला रहे थे। एक सड़ी हुई मछली और बत्तख भी बहुत बुरी हालत में पड़ी थी। मालूम नहीं कब से ऐमैरैन्त्स सफ़ाई करने के लायक नहीं रह गई थी। कॉकरोच तक मरने लगे थे इस गन्दगी में। और इस सब गन्दगी पर जो मेरे सामने थी, ढेरों सफेद पाउडर पड़ा हुआ था। यूँ लग रहा था कि किसी ने मृत्यु के भयानक सिर पर चीनी बुरक दी हो। न ऐमैरैन्त्स का कोई निशान था, न उसकी बिल्लियों का। कोई भी खिड़की बन्द नहीं थी—शटर वग़ैरह सब उखाड़ लिए गए थे—बस एक दम घोंटने वाली, कीटनाशक पाउडर की गन्ध कमरे में बसी थी। साधारण पाउडर की नहीं बल्कि बहुत तेज पाउडर की, जो रसोईघरों में और आम तौर पर दुकानों पर भी नहीं पाया जाता। केवल डॉक्टर और ऐम्बुलेन्स ही नहीं बुलाए गए थे। स्वास्थ्य विभाग वाले भी आए थे इस कीटनाशक पाउडर का छिड़काव करने।

जब मैं घर पहुँची तो मेरे हाथ डर और आत्म-ग्लानि से जड़ से हो गए थे, बिलकुल सुन्न पड़े थे। मुझसे दरवाज़े में चाभी तक नहीं घुमाई जा रही थी। मुझे घण्टी बजानी पड़ी। मेरे पति ने दरवाज़ा खोला। उन्होंने न इससे पहले कभी मुझे डाँटा था, न उस वक़्त ही कुछ कहा। वे बस अपना सिर यूँ हिला रहे थे मानो उनके पास शब्द न हों कुछ कहने के लिए उस बारे में, जो घट चुका था। वे चाय बनाने के लिए चल दिए। वियोला मेरे पास आ कर दुबक गया। जब मैं चाय पी रही थी, मेरे दाँत कप पर किटकिटा रहे थे। मैंने कोई प्रश्न न पूछा—ऐमैरैन्त्स के घर की चाभी मेज़ पर रखी थी। मेरे टी.वी. पर साक्षात्कार के बारे में एक शब्द भी न बोला गया। मेरे पति मेरी चाय को मेरे हलक में उँडेले जाने का इन्तज़ार कर रहे थे। फिर उन्होंने टैक्सी बुलाई और हम दोनों बिना एक-दूसरे से कुछ भी बोले अस्पताल के लिए चल दिए। पहली बार हमने तब मुँह खोला जब वहाँ जा कर पता चला कि हालाँकि डॉक्टर ने उसका नाम वार्ड में लिखवा दिया था, वह अभी यहाँ तक पहुँची नहीं थी। यह कैसे हो सकता था? क्या उसे अस्पताल नहीं ले जाया गया? "वे लोग उसे लेकर आते ही होंगे", नर्स बोली, "वह अभी पहुँची नहीं है क्योंकि उसे पहले स्वास्थ्य विभाग ले जाना पड़ा ताकि उसकी ठीक से सफ़ाई की जा सके, कीटनाशक दवाइयों से, क्योंकि जिस हालत में वह पाई गई थी उसमें उसे अस्पताल के बिस्तर पर तो लिटाया नहीं जा सकता था।"

मुझे समझ में कुछ नहीं आया कि यह कह क्या रही है। मैं बेवक़ूफ़ों की तरह उसकी ओर एकटक देखती रही और फिर ज़मीन पर बैठ गई। हमारे चारों ओर नर्सें थी। बोलीं, क्या वे मुझे कुछ दे सकती हैं? कुछ दवाई या कोई चाय—कॉफी? मेरा रंग फ़क जो पड़ गया था। मुझे कुछ नहीं चाहिए था। हम बैठ कर इन्तज़ार करते रहे। अब तक असम्भव हो चुका था पति से पूरा हाल न पूछना। उन्होंने,

जो देखा था, विस्तार से मुझे बताया।

जब तक वे ऐमैरैन्त्स के घर पहुँचे, डॉक्टर उसकी बाँह पकड़ने में सफल हो चुके थे। वह कुछ देर लड़ती रही उससे मगर ज़्यादा विरोध नहीं कर पाई क्योंकि जैसा बाद में पता चला, उसे हल्का-सा लकवा मार गया था। दिमाग़ की कोई नस फटने से वह अपना बायाँ पाँव बिलकुल नहीं हिला पा रही थी और बायाँ हाथ भी नाम मात्र को ही। वह अवश्य कई दिन से इसी हालत में होगी, मगर अपनी इच्छा शक्ति के द्वारा फिर भी डॉक्टर से लड़ कर उसने अपना हाथ छुड़ा कर दरवाज़ा फिर से बन्द कर डाला था और चिटखनी भी लगा ली थी। अब तक सारा पड़ोस उसके आँगन में आ कर एकत्रित हो चुका था। कुछ देर के लिए वह चुप रही, सबकी विनती अनसुनी करती रही, मगर जब डॉक्टर ने स्वास्थ्य के अधिकारियों को बुलाने की धमकी दी तो चिल्लाई कि अगर उन्होंने उसे उसके हाल पर न छोड़ा तो वह उस आदमी को मार डालेगी जो उसका दरवाज़ा छूने की कोशिश करेगा। लोगों के मन में उसके लिए इतना अधिक प्यार और आदर था कि कोई उससे हाथापाई करने को तैयार नहीं था। एक अजनबी जो वहाँ सड़क पर जा रहा था, वह शोर सुन कर इधर दौड़ा आया और उसने दरवाज़े को धक्का मार कर खोलने की कोशिश की। मगर जैसे ही चिटखनी खुलने लगी दरवाज़े का एक भाग तोड़ डाला गया, बाहर से नहीं जैसी उम्मीद थी बल्कि अन्दर से, और उसमें से एक कुल्हाड़ी निकलती नज़र आई जो चारों ओर घुमाई जा रही थी। उसके बाद किसी की हिम्मत न हुई दरवाज़े के पास तक जाने की–क्योंकि अन्दर से बेहद दुर्गन्ध आ रही थी।

लकवा मारने के बाद क़रीब एक हफ्ता वह चलने-फिरने में बिलकुल असमर्थ हो गई थी। वह अपनी कोहनियों के बल पर यूँ ही पड़ी हुई थी। किसी प्रकार उसे इस समस्या को बिना फ़्लैट के बाहर जाए सुलझाना था, उसने ख़ुद को यह समझाया होगा कि अगर वह किसी को जानने नहीं देगी कि वह कितनी लाचार है, तो सच्चाई कोई जान नहीं सकेगा। कोई डॉक्टर या एम्बुलेन्स नहीं आएँगे और कोई अस्पताल नहीं जाना पड़ेगा। उसके सामने दो बराबर की भयावह सम्भावनाएँ थीं, जिसमें से उसने पहली को चुना। अगर बिल्लियाँ अपना खाना-पीना, सफ़ाई ख़ुद कर सकें तो उसे चारपाए की तरह आँगन तक नहीं घिसटना पड़ेगा और उसका राज़, राज़ रह सकेगा। अगर वह ठीक हो गई तो फिर से सब वैसे का वैसा कर लेगी और अगर मर गई तो यूँ भी कोई फ़र्क़ नहीं पड़ेगा। उसे क्या पता लगेगा उसके मरने के बाद क्या हुआ। उसने कई बार यह कहा था कि वह पुनर्जन्म में विश्वास नहीं रखती। और इस बीच मल-मूत्र अन्दर सड़ते रहे। उसके चारों ओर पड़ा खाना भी सड़ने लगा था और चीजों को फफूँद और कीड़े ढक चुके थे।

आखिर वह उसको काबू में लाने में सफल हुए, जब अजनबी ने दरवाज़े

के नीचे की ओर से मिस्त्री की कुल्हाड़ी से ऐसा वार किया कि एक ही झटके में चिटखनी टूट कर गिर पड़ी। आत्मरक्षा करती हुई ऐमैरैन्त्स आँगन में उनके चरणों पर आ गिरी। यह भयावह दृश्य अब किसी की आँखों से छिप नहीं सकता था। सदा साफ़-सुथरी रहने वाली ऐमैरैन्त्स की ड्रेस–जो पता नहीं वह कितने दिन से पहने थी–अब उसकी दयनीय स्थिति की गवाही दे रही थी। उस पर मल-मूत्र के स्पष्ट निशान चारों ओर लटक रहे थे। श्री ब्रोदॉरिच ने एम्बुलेन्स बुलवाई जो फ़ौरन आ गई। तब तक ऐमैरैन्त्स बेहोश हो चुकी थी। खुली हवा में आते ही वह होश खो चुकी थी। दो डॉक्टरों–पड़ोसी डॉक्टर और एम्बुलैन्स का डॉक्टर–ने आपस में सलाह कर के उसे इन्जेक्शन दिया मगर एम्बुलैन्स उसे लेकर नहीं गई क्योंकि उसके प्राणों को अब कोई ख़तरा नहीं था। पहले उसे सफ़ाई के लिए स्वास्थ्य विभाग ले जाना होगा। खाली उसे ही नहीं, फ़्लैट को भी कीटाणुनाशक दवाइयों की सख़्त ज़रूरत थी।

स्वास्थ्य विभाग का दस्ता आ पहुँचा। पहले उन्होंने ढेरों पाउडर छिड़का, फिर कुछ तरल पदार्थ। ऐमैरैन्त्स को पोटली बना कर अपने साथ ले गए, सिर से पाँव तक उसकी सफ़ाई करने ताकि उसे अस्पताल ले जाए जाने योग्य बनाएँ। जब विभाग के कर्मचारी दवाइयाँ छिड़क रहे थे तो हर तरह के जानवर वहाँ से भाग खड़े हुए थे, जिसमें उसकी बिल्लियाँ भी थीं। स्वास्थ्य विभाग ही फ़ैसला करेगा कि अब फ़्लैट का क्या करना है; उसे इस हालत में तो छोड़ा नहीं जा सकता था, और कुछ नहीं तो पड़ोसियों के स्वास्थ्य का सोच कर। उसे बन्द तो कर नहीं सकते थे, और न ही इसकी कोई ज़रूरत ही थी। कौन उस गन्दगी में अन्दर आना चाहेगा? जब सब साफ़-सफ़ाई हो जाएगी तो नया दरवाज़ा भी लगा दिया जाएगा।

मेरी ज़िन्दगी में से यह भाग ग़ायब था, मैंने ऐमैरैन्त्स को अपनी ही गन्दगी से घिरे नहीं देखा था। योज़ी का बेटा काफ़ी चिन्तित दिखाई दे रहा था। उसको यह डर था कि हो सकता है कोई चोर उसकी बुआ जैसी ही ताक़त रखता हो और इस बदबू को बर्दाश्त कर सकता हो। तब पासबुकों का क्या होगा। मैंने कहा कि मैं ऐमैरैन्त्स का अस्पताल में इन्तज़ार करूँगी, वह चाहे तो जाकर ढूँढ सकता है उन्हें। उसने फ़ौरन ही उन्हें ढूँढ निकाला। दोनों 'लवर्स सीट' के अन्दर रखी थीं। उसे मालूम था यह क्योंकि उसके पिता भी अपनी क़ीमती चीज़ें वहीं छिपा कर रखते थे।

मेरे पति पुस्तक पढ़ने में मग्न थे–उनके पास हर वक़्त ही होती थी, कोई-न-कोई किताब हाथ में। मैं वहीं बैठी थी अपनी उँगलियाँ अपने बायें हाथ पर सहलाती–मुझे लगा था वह सुन्न हो गया है। जब वृद्धा वहाँ पहुँची तो हम उसे पहचान न पाए। वह अपनी जानी-पहचानी ड्रेस में नहीं थी। वह कुछ नहीं बोल रही थी, और जो वे उसके शरीर के साथ करना चाह रहे थे, करने दे रही थी। उसकी आँखें बन्द थीं,

और मुँह के पास की जगह बार-बार सिकुड़-सी रही थी। वह ज़्यादा होश में नहीं थी। उन्होंने उसे पलंग पर लिटा कर ड्रिप लगाई और उसे ढक दिया। मैं दुख और शर्म से इतनी कमज़ोरी महसूस कर रही थी कि अगर मेरा बस चलता तो उसके साथ ही पलंग पर लेट जाती, मगर डॉक्टर ने तब तक हमें घर जाने के लिए कह दिया। हम कुछ कर तो सकते नहीं थे वहाँ, हम केवल उसके हिस्से की साफ़ हवा की कम कर रहे थे। चूँकि वह अभी सदमे में थी तो किसी को पहचान नहीं सकती थी। और अभी डॉक्टर हमें कोई दिलासा दिलाने में भी असमर्थ था। दिमाग़ में खून का जमाव काफ़ी हद तक ठीक कर दिया गया था, और एक्स-रे से पता चला था कि निमोनिया भी अब कन्ट्रोल में है। मगर उसका दिल इतना कमज़ोर हो चुका था कि कहा नहीं जा सकता था कि वह कितना झेल पाएगी—वह कुछ देर हिचकिचाया—और कितनी देर झेलना चाहती है। यह तो स्पष्ट था कि ठीक होने भर से उसकी समस्याओं का अन्त नहीं हो जाएगा, क्योंकि उसकी बीमारी और जिन हालात में वह यहाँ लाई गई, उस सबने उसे बहुत अधिक लज्जित कर डाला था। यूँ तो आयुर्विज्ञान ने कई आश्चर्य चकित काम किए थे मगर इस केस में इतना आसान नहीं था। उसने शायद ही कभी ऐसा दिल देखा था जिसने इतना अधिक बोझ ढोया था।

जबसे हम दोनों एक-दूसरे की ज़िन्दगी में आए थे, मैंने आज पहली बार ऐमैरैन्त्स को बिना स्कार्फ़ से सिर ढके देखा था। उसके ताज़ धुले, हल्के महकते, बर्फ़ जैसे सफ़ेद बाल मुझे उसकी माँ के लम्बे सुनहरे बालों की याद दिला रहे थे जैसा मैंने उसे बताते सुना था। ऐमैरैन्त्स, जो इस समय ज़िन्दगी से ज़्यादा मौत के क़रीब थी, बिना जाने अपनी माँ का रूप ले चुकी थी। अगर हमारी पहली मुलाक़ात के समय, जब मैं उसकी तुलना किसी फूल से करना चाह रही थी, कोई मुझसे यह कहता कि सफ़ेद कैमिलिया, सफ़ेद ऑलिएन्डर या ईस्टर हायासिन्थ, तो मैं हँस देती। मगर आज यह राज उजागर हो चुका था। वह वाक़ई अपने इन रेशमी सफेद बालों में अपने बुढ़ापे में भी अपनी सुन्दरता की चमक के दर्शन करा रही थी।

जो शरीर पलंग पर पड़ा था वह ढका या उघड़ा नहीं था; वह तो हर तरह के आवरण से ऊपर उठ चुका था। उसकी बीमारी ने उसे एक ऐसी आभा दे दी थी कि इस वक़्त वह एक बहुत बड़े घर की संभ्रांत महिला प्रतीत हो रही थी। एक बहुत ही महान औरत हमारे सामने लेटी थी, सितारों की तरह पवित्र।

और तब मुझे यह एहसास हुआ कि उसके साथ मैंने कितना बड़ा विश्वासघात किया था। अगर मैं वहाँ होती, और अपने नए-नए अर्जित मान-सम्मान का प्रयोग डॉक्टर को यह समझाने में करती कि कृपया उसे मुझे ही सँभालने दीजिए, कीटनाशक दवाइयों की कोई ज़रूरत नहीं है, मैं शूटू और ऑदेल्का की मदद से उसे साफ़ कर लूँगी। टी.वी. का प्रोग्राम मेरे बग़ैर भी चलता रहता। ज़्यादा ज़रूरत यह थी

कि मैं उसे इस बेइज़्ज़ती से, इस बेपर्दगी से बचाऊँ। जब मैं पार्लियामेन्ट हाउस में अपना मैडल लूँगी तो सब यही समझेंगे कि मैं कितनी सफल हो गई थी। केवल मैं ही जान पाऊँगी कि मैं तो पहले ही कदम में असफल रही थी। अब कम-से-कम, इस अन्तिम चरण में तो मुझे चीजों को ठीक करना होगा वरना मैं उसको सदा के लिए ही खो दूँगी। मुझे कोई जादूगरी दिखानी होगी ताकि उसे यह समझा पाऊँ कि उस दिन जो कुछ घटा, वह एक सपने के अलावा कुछ नहीं था।

❑

समारोह

मैंने उस रात दो बार फ़ोन किया। ऐमैरैन्त्स की हालत में न अच्छा न बुरा, कोई बदलाव नहीं आया था। घर आकर मैंने एक प्लेट में मीट के कुछ टुकड़े रखे और उसे ले कर फिर उसके फ़्लैट पर पहुँची। डॉक्टर ने हालाँकि बताया था कि जानवर इधर-उधर भाग गए थे, मगर हो सकता था कि वे सब बिल्लियाँ वापिस वहीं पहुँच गई हों क्योंकि उसके अलावा तो वे कोई ठिकाना जानती ही नहीं थीं। रात हो चुकी थी, सब तरफ शान्ति थी; अगर उन्हें वापिस लौटना होता तो अब तक तो आ गई होतीं। मैंने अन्दर-बाहर ऊपर-नीचे सब तरफ देखा। बदबू से मेरा दम घुट रहा था, मगर फ़्लैट में ज़रा-सी भी हरकत या आवाज़ सुनाई नहीं दे रही थी। प्रातः जब मैं फिर लौटी तो मीट की प्लेट मैं जैसी रख गई थी, वैसी ही पड़ी थी। मेरे लाख उम्मीद करने पर भी एक बिल्ली तक वापिस नहीं लौटी थी। मैं जानती थी कि उनके लिए यही अच्छा भी था। मैं उस वक़्त अपने फ़ायदे-नुक़सान का तो सोच ही नहीं सकती थी। मैं तो यही प्रार्थना कर रही थी कि कम-से-कम एक-दो तो वापिस लौट आएँ ताकि जब मैं ऐमैरैन्त्स का घर फिर पहले की तरह साफ़-सुथरा करीने से सज़ा बना दूँ और जब वह घर आए तो खुश हो यह देख कर कि उसके परिवार में से कोई तो बचा है उसका साथ देने को। मगर न मरी न जिन्दा, एक भी बिल्ली मुझे कहीं नज़र न आई। जब दरवाज़ा टूट कर गिरा होगा तो उन्होंने समझा होगा कि क़यामत ही आ गई। जिस खतरे और मौत की संभावना से बचाने के लिए ऐमैरैन्त्स उन्हें यहाँ लाई थी, वे फिर वहीं भाग गईं। उस फ़्लैट के आस-पास तक उस दिन के बाद किसी बिल्ली को नहीं देखा गया। वियोला भी उस फ़्लैट के आस-पास तक जाने को तैयार नहीं था। उसकी मृत्यु के बाद भी, जब वह फ़्लैट फिर से नया बना दिया गया था और उसमें कोई नया किराएदार आ गया था, वियोला कभी उस तरफ़ देखने तक का ख़याल मन में नहीं लाता था। आँगन की रोशनी पहले ही की तरह जलती थी मगर उसे आकर्षित न कर पाती, गर्मी में उसे घर के बाग में लिली खिली, मगर बेकार। वियोला उस हर जगह पर उसे खोजता, जहाँ वह उसे ले जाती थी मगर उसके घर का रुख़ भी नहीं करता। हालाँकि

उस युद्ध का, जिसमें बहुत कुछ हारा और खोया गया, वह प्रत्यक्षदर्शी नहीं था मगर वह युद्ध के मैदान को खूब अच्छी तरह जानता था। उस अगले दिन की सुबह सड़क पर ऐसा सन्नाटा था मानो कोई राजाध्यक्ष गम्भीर रूप से बीमार हो और जनता उसके लिए पहले से ही शोक मना रही हो; ऐसी चुप्पी थी जो किसी निर्देश के कारण नहीं बल्कि लोगों के दिलों में उसके लिए प्रेम के कारण थी। कुत्ता अपनी चटाई पर यूँ लेटा था मानो किसी ने उसका गला काट दिया हो। वह चूँ तक नहीं कर रहा था। जब मैं उसे बाहर घुमाने ले गई तो उसने सर तक न उठाया, किसी और कुत्ते को देखने तक के लिए नहीं।

अपनी युवावस्था में मैं तस्वीरें बहुत खींचा करती थी। कैमरा साधारण-सा था और मुझे खींचना भी बस यूँ ही आता था। अब जब मैं उस दिन के बारे में सोचती हूँ जिस दिन मुझे इनाम मिला, तो उसकी तस्वीर मेरे दिमाग़ में बिलकुल वैसी उभरती है जैसी मेरी पुरानी खींची गई तस्वीरों में से उस तस्वीर की, जिसमें मालूम नहीं किस प्रकार से तस्वीर में बन्द मेरी माँ दो अलग-अलग तरफ मुँह किए दिखाई दे रही है। जब यह तस्वीर मैं बनवा कर लौटी थी तो ख़ुद भी नहीं समझ पा रही थी कि यह कैसे सम्भव हुआ, नजरों का धोखा था या तस्वीर बनाने वाले की उँगलियों का कमाल! मेरे परिवार वाले इस तस्वीर को हरेक को दिखाते थे जिसमें माँ आती भी और जाती भी दिखाई देती थीं। इनाम मिलने के दिन मैं भी कुछ ऐसी ही दिख रही थी शायद। उन चन्द घण्टों में हर विचार हर कर्म का उल्टा प्रतिबिम्ब मेरे मनःस्थल पर अवश्य दिखाई दे रहा होगा।

काफ़ी व्यस्तता का दिन था वह। सुबह तड़के ही शुरुआत हो गयी थी दिन की जब मैं मीट की प्लेट देखने ऐमैरैन्त्स के यहाँ पहुँची थी। वहाँ से मैं सीधी अस्पताल भागी थी। मैं अकेली ही नहीं थी वहाँ। शूतू मुझसे पहले ही वहाँ पहुँच चुकी थी और ऑदेल्का भी। हम तीनों एक पूरी तरह से होशो-हवास की स्थिति में आई ऐमैरैन्त्स का सामना करते खड़े थे, जो अपनी चुप्पी से यह साफ़ ज़ाहिर कर रही थी कि वह किसी तरह से खुश नहीं होगी, और वह माफ़ी देने के ज़रा भी मूड में नहीं है। शूतू थर्मस ले कर उछलती रही मगर ऐमैरैन्त्स को कोई कॉफी-ठण्डा कुछ नहीं चाहिए था कुछ भी नहीं। ऑदेल्का अपने उपहार के साथ-साथ दो और उपहार भी लाई थी। मिस्त्री की पत्नी ने अपने हाथ से बनाया चिकन सूप भेजा था और श्रीमती ब्रोदॉरिच ने भी कोई स्वादिष्ट वस्तु। ऐमैरैन्त्स ने उन चीजों की ओर नज़र तक न घुमाई। न उसे उपहारों में कोई रुचि थी, न उनके पीछे छिपी भावनाओं में। नर्स ने हमें बाद में बताया कि सुबह से लोगों का ताँता लगा था उससे मिलने के लिए। अगला पूरा हफ़्ता छुट्टी का था। लोग घूमने जाने से पहले यह काम निबटा लेना चाहते थे। मगर चाहे आने वाला कोई भी हो, उसका आना

व्यर्थ ही था। पड़ोसी काफ़ी नाराज़ भी हो गए थे कि ऐमैरैन्त्स ने उनसे मिलने से इनकार कर दिया था।

मैं कुछ भी बना कर नहीं लाई थी। मैं अपनी घड़ी पर बार-बार नज़र दौड़ाती जा रही थी यह सोचती हुई कि अभी मुझे कितनी देर यहाँ और बैठना होगा। मैंने कुछ बोल कर उसे कष्ट तो न पहुँचाया मगर कभी-कभी उसकी चादर के नीचे से हाथ डाल उसके शरीर को सहलाया ज़रूर। जैसे ही मैं हाथ लगाती, वह दूर हो सिमटने की कोशिश करती मगर उसने इसके अलावा यह तक नहीं दर्शाया कि मैं वहाँ थी भी। पूरी तरह से अनदेखा कर रही थी मुझे। कुछ देर बाद डॉक्टर शूतू और ऑदेल्का पर चिल्लाया कि अभी यह कहना कठिन है कि यह बचेगी या नहीं, मगर एक बात तय है कि अगर बचेगी तो वह किसी को पहचानना तक नहीं चाहेगी। उसके लिए इतना खाना ले कर आना केवल समय की बरबादी थी। वह सब को जान-बूझ कर अनदेखा कर रही थी और किसी के हाथ से नहीं खाएगी। जो उसके लिए ज़रूरी है वह यूँ भी उसे नलियों के द्वारा दिया जा रहा था। अगर वे लोग वास्तव में उसकी मदद करना चाहती थीं तो बस उसे शान्ति से अकेला छोड़ दें। वह ठीक कह रहा था। चाहे जो कोई भी उससे बात कर रहा था वह सभी से कट रही थी। किसी की आँखों में आँखें डाल कर नहीं देखना चाह रही थी, मेरी भी नहीं। जब मैं अस्पताल से घर लौटी शाम के समारोह की तैयारी करने के लिए—अपनी हवन्नक बनी शक़्ल को ज़रा ठीक करके काली ड्रेस पहनने—तो अपने साथ केवल एक छवि ले कर लौटी थी : ऐमैरैन्त्स का दृष्टि विहीन चेहरा जो केवल एक मृत्यु का मुखौटा-सा दिख रहा था।

एक बड़ा-सा लिफ़ाफ़ा आया था इनाम की घोषणा का पत्र लेकर, जिसमें कई काम के निर्देश भी थे, और साथ में था एक लेबिल जो मुझे टैक्सी के शीशे पर चिपकाना था ताकि टैक्सी मुख्य द्वार तक बेरोक-टोक के जा सके और मुझे वहाँ उतार सके जहाँ से लाल क़ालीन शुरू होता था। शुक्र था कि मुझे ज़्यादा चलना नहीं था क्योंकि उस वक़्त मैं अपने में इसकी ताक़त भी महसूस नहीं कर रही थी। मैंने पूरे रास्ते एक शब्द भी नहीं बोला, और समारोह में भी बहुत ही कम। यह पहला मौक़ा नहीं था जब मुझे कुछ बड़ी चीज़ हासिल हो रही थी और मेरी दिमाग़ी हालत बिगड़ी हुई थी। उस समारोह की तस्वीरों से फिर यही ज़ाहिर हो रहा था। पुरस्कार वितरण से पहले हमें एक बड़े हॉल में बिठा दिया गया था ताकि फ़ोटोग्राफ़र हमारे चित्र खींच सकें। उस असाधारण रूप से कठिन समय में भी मैं यही सोच रही थी कि क्या विडम्बना है—सुख और दुख, दोनों साथ-साथ! मेरी जो फ़ोटो सरकारी एल्बम में लगाई जाएगी वह सदा के लिए एक ऐसी छवि होगी जिसमें पुराने ज़माने की किसी हीरोइन का चेहरा नज़र आएगा जिसने अचानक मानो कोई वीभत्स चीज़ देख ली हो। मैं इस समारोह पर किसी की मृत्यु-शय्या

से उठ कर आई थी। मुझे डॉक्टर की ज़रूरत नहीं थी यह समझने को कि ऐमैरैन्त्स शायद ही अब बच पाएगी, और मैं यह भी समझ रही थी कि इसका श्रेय सिर्फ मुझे ही जाता है। वह पूरी तरह से ठीक नहीं हो पाएगी, मैं यही सोचती जा रही थी जब मैं झुक-झुक कर 'धन्यवाद' 'जी हाँ, बिलकुल', 'बहुत अधिक', और 'पूर्ण रूप से' आदि शब्द बोल रही थी। वह इसलिए नहीं कि अब उसकी हिम्मत में कुछ कमी आ गई है। या अब उसमें ताक़त नहीं रह गई है लड़ने की; वह ज़रूर डॉक्टरों की देख-भाल और दवाइयों के सहारे अपने जीवन की इस लड़ाई पर भी विजय पाने में समर्थ थी। यह इस कारण था, जिससे आयुर्विज्ञान तक का कोई बस नहीं चल सकता था, क्योंकि ऐमैरैन्त्स जीना ही नहीं चाहती थी। हमने उसकी ज़िन्दगी का ढाँचा ही तोड़ डाला था। उसे आसमान से उठा कर ज़मीन पर फेंक डाला था। वह हर व्यक्ति के लिए एक आदर्श थी, हर एक की मददगार। एक ऐसा इन्सान, जो हरेक के लिए पूजनीय था। उसके कलफ़ लगे सफेद एप्रिन की जेबों में सबके लिए छोटे-छोटे पेपरों में लिपटी टॉफ़ियाँ हुआ करती थीं। ऐमैरैन्त्स का अर्थ था—विश्वास। वह गर्मी की पहली पकती चेरी थी, पतझड़ में चेस्टनर का ठक् से ज़मीन पर गिरता फल, सर्दी का सुनहरा सिका कद्दू और बहार की पहली कली। वह पवित्र थी और उसे कभी मलिन नहीं किया जा सकता था। वह मानव हृदय में बसी वह अच्छाई थी जैसा हम सब बनना तो चाहते हैं मगर बन नहीं पाते। हर वक़्त स्कार्फ़ से ढके सिर के नीचे उसका चेहरा एक झील की-सी तरह शान्त दिखता था। वह किसी से कुछ नहीं माँगती थी, न किसी पर निर्भर थी। वह हरेक का भार अपने कंधों पर उठाती मगर अपना भार किसी पर डालने की इच्छा न करती, और जब पहली बार उसने मुझसे मदद की कामना की, जब उसे वाक़ई उसकी ज़रूरत थी, तो मैं अपना पात्र निभाने टी.वी. स्टेशन चली गई, उसे इतनी बीमारी में इतना असहाय छोड़ कर ताकि लोग उसकी लाचारी का तमाशा देख सकें।

मैं उसका वर्णन किन शब्दों में करूँ या उसकी हृदय में बसी दया का कैसे बखान करूँ—इस औरत की दया का, जो जानवरों तक को अपने घर में शरण दे कर छिपाने की सामर्थ्य रखती थी? वह प्राकृतिक रूप से ही दयालु थी, असीमित रूप से दानवीर, जो अपना अनाथपन किसी दूसरे अनाथ पर तो ज़ाहिर कर सकती थी, मगर अपना अकेलापन किसी पर नहीं। वह, एक डच नाविक की तरह अपना जहाज़ अकेले खेने का साहस रखती थी, हमेशा नई डगर पर, बदलते रिश्तों की हवाओं से धकेली जाती। मैं सदा से जानती थी कि जितनी अधिक साधारण कोई चीज़ होती है उसे समझना उतना ही कठिन होता है; और अब ऐमैरैन्त्स को कभी मौक़ा नहीं मिलेगा कि कोई उसे और उसके पालतू जानवरों को समझ सके। अब चाहे वह कुछ भी कहे, उस बदबू के बाद जो उसके घर से उस दिन आई, और

उस गन्दगी के बाद जो ज़माने भर ने अपनी आँख से देखी, कौन उसका विश्वास करेगा? चिकन और बत्तख के टुकड़े, सड़ी हुई मछलियाँ और सब्ज़ी, यह सब तो वो दिखा गए थे जो सच नहीं था, कि ऐमैरैन्त्स पागल है। लकवा मार जाने के बाद वह सफ़ाई कैसे करती? यह एक अचम्भा ही था कि वह अपनी बीमारी के शुरू के दिनों में कैसे बाहर आ कर अपने जानवरों के लिए खाना अन्दर लेकर जाती रही। उसको उसकी बीमारी ने पूरे समाज के सामने लज्जित कर डाला था, और उसके हाथ से झाड़ू खींच कर समाज ने उसकी पूरी ज़िन्दगी की सेवा का अच्छा नतीजा चुकाया था।

उस दिन हुआ यह कि इतने सारे परिवार के सदस्य, दूर के रिश्तेदार और मित्रगण हॉल में एकत्रित हो गए थे कि मुझे बैठने की जगह ही नहीं मिली थी। और यह अच्छा भी था क्योंकि, मुझे एक जगह बँध कर नहीं बैठना पड़ा था। मैं इन्तज़ार कर रही थी कि कब मेरा नाम पुकारा जाए, मैं पुरस्कार लेने जाऊँ और फिर आज़ाद हो जाऊँ, खाने का दिखावा करूँ और फ़ौरन घर भागूँ। मुझे यह लग रहा था कि अगर शूटू और ऑदेल्का ने, या किसी और ने उसके घर की सफ़ाई करने का सोचा और कर ली तो ऐमैरैन्त्स बिलकुल ही टूट जाएगी और न सिर्फ़ वह बल्कि मैं भी। अगर मैंने स्वयं अपने हाथों से उसके घर को नहीं समेटा तो मैं कभी उसकी नज़रों से नज़रें मिलाने के लायक नहीं रह जाऊँगी। समारोह था कि ख़त्म होने का नाम ही नहीं ले रहा था। मेरे जीवन का यह सबसे बड़ा समारोह था, शाम का स्वागत इससे भी बढ़ कर होने वाला था, और वह एक सपना था जो मैं बचपन से देखती आई थी। मैं हमेशा चाहती थी कि मैं एक लम्बी ड्रेस पहन कर किसी हॉल में सीढ़ियाँ चढ़ूँ और सैकड़ों लोग मुझे देख रहे हों, मेरे ख़ूबसूरत चेहरे और नपी-तुली शरीर की बनावट को सराह रहे हों। लेकिन अगर कोई बेहद भद्दे तरह से चल सकता है तो वह मैं थी उस दिन। मैं झुकी हुई, बहुत ही अप्रभावशाली ढंग से सीढ़ियाँ चढ़ी। सब से हाथ मिलाए, और फिर चुपचाप साइड के दरवाज़े से बाहर खिसक ली। जानती थी कि अगर मुझे अस्पताल में घुसने दिया गया तो फिर मेरी ड्रेस के बारे में कोई प्रश्न नहीं करेगा। और जहाँ तक ऐमैरैन्त्स का प्रश्न था, वह तो चाहे मैं राजसी कपड़ों में वहाँ पहुँचूँ या बिना कपड़ों के, वह तो मेरी ओर आँख उठा कर तक नहीं देखेगी।

आज जब मैं उस दिन के बारे में सोचती हूँ–जिस दिन मुझे पुरस्कार मिला था–तो एक निरन्तर लाचार कड़वाहट के अलावा बस इतना ही याद है मुझे कि उस दिन मैं पूरे वक़्त बहुत थकी हुई थी। मेरा काम समारोह में एक बजे ख़त्म हो गया था। जैसे ही घर लौटी, मैंने कपड़े बदले और ऐमैरैन्त्स के घर की ओर चल दी हाथ में सफ़ाई का सामान लिए। मैं उसे और अधिक शर्मिन्दा न होने दूँगी। स्वास्थ्य विभाग के कर्मचारियों को घर में नहीं घुसने दूँगी। जब तक वे आएँगे,

तब तक कोई गन्दगी उनके देखने को नहीं रह जाएगी। छुट्टियाँ चल रही थीं और ऊपर से शनिवार का दिन था अतः मुझे यकीन था कि अभी तक कोई कर्मचारी वहाँ पहुँचा नहीं होगा। जब तक वे सफ़ाई के लिए काम पर आएँगे, सफ़ाई हो चुकी होगी। और फिर अचानक बाल्टी मेरे हाथ से छूट पड़ी। देखती क्या हूँ कि सब कर्मचारी वहाँ पहले से ही काम पर जुटे थे। डॉक्टर मुझे यह बताना भूल गए थे कि निर्देशानुसार सफ़ाई का काम तुरन्त किया जाना था--सारा फ़र्नीचर नष्ट कर दिए जाने का आदेश था (उसकी पूरी भरपाई भी की जानी थी) और यह सब जनता के स्वास्थ्य का ध्यान कर के किया जा रहा था। मैं उनके सामने हतप्रभ खड़ी थी। मैं उस वक़्त ज़रूर एक सरकस के जोकर की तरह दिख रही होऊँगी। चेहरे पर मेक-अप लगा था, बाल घुँघराले लटक रहे थे। मगर क्या उन्हें यूँ ही किसी का घर तहस-नहस करने की पूरी छूट थी?

"ऐसा कुछ नहीं है" कर्मचारियों का लीडर बोला, "पहले वे सब कुछ अच्छी तरह से साफ़ करेंगे, फर्श रगड़ेंगे, फ़र्नीचर साफ़ करेंगे, दीवारें धोएँगे, और फिर भी जो चीज़ गन्दी बचेगी, जिससे बीमारी फैलने का ख़तरा होगा, उसे जला डालेंगे। तो मेहरबानी से बाल्टी नीचे ही रहने दीजिए, मदद करने की कोशिश न कीजिए। यह काम एक-आध व्यक्ति के बस का नहीं है। यह वही लोग कर सकते हैं जिसका काम ही यही करना है। आप बस इतना कर सकती हैं कि परिवार के एक सदस्य की तरह आप हस्ताक्षर कर सकती हैं कि यहाँ सफ़ाई नियमों के अनुरूप ही की गई है। असल में तो हस्ताक्षर बीमार व्यक्ति को स्वयं ही करने चाहिए मगर मुझे पता चला है कि वे अस्पताल में हैं। आप क्या इतना उपकार करेंगी कि घर के सब सामान की एक लिस्ट बना लीजिए ताकि घर के मालिक को उसका ठीक हर्ज़ाना मिल सके? बाद में शिकायत करने से कुछ फ़ायदा नहीं होगा। हमसे आप ज्यादा बहस मत कीजिए क्योंकि यह सरकारी मामला है।"

मैं उल्टे पैरों घर की ओर भागी ताकि फ़ोन कर सकूँ। अब तक तो लेफ़्टिनेन्ट कर्नल छुट्टी से वापिस आ चुके होंगे। मेरी उनसे बात न हो पाई क्योंकि उस वक़्त तक वे भी ऐमैरेन्त्स के घर की ओर चल दिए थे। हम दोनों ही एक साथ वहाँ पहुँचे। कर्मचारी अपना काम शुरू कर चुके थे। कुल मिला कर छः आदमी थे। सभी बड़ी मेहनत से जुटे हुए थे, रबर के दस्ताने और लम्बे बूट पहने हुए। उन्होंने सब चीज़ों को अच्छी तरह से किसी रसायन पदार्थ से धोया, पूरा फ़र्नीचर रगड़ा, फिर उसे बाग में ले जा कर रख दिया। ऐमैरेन्त्स के पसन्दीदा बाग में कुर्सियाँ, लवर्स सीट, अलमारी—सब फैल गए थे। जो चीज़ें गन्दी नहीं थीं, या साफ़ की जा चुकी थीं उन्होंने हटा कर एक ओर रख दिया गया था। और वहाँ मैंने माँ के दर्जी द्वारा बनाया वह पुतला भी देखा जिस पर हर जगह तस्वीरें लगी हुई थीं। 'लवर्स सीट' कहलाए जाने वाले सोफ़े पर सब गन्दे काग़ज़, गन्दे कपड़े, पुराने

कैलेण्डर, सड़ी हुई किताबें, समाचार-पत्र, डिब्बे, मेरी लिखी भी कुछ पुस्तकें जो मैंने ऐमैरैन्त्स का नाम लिख कर उसे भेंट की थीं, जो वह पाने की तो बहुत इच्छुक थी मगर जिन्हें उसने कभी पढ़ा न था—वग़ैरह ला कर रख दिए थे और कुछ ही देर में उन पर पेट्रोल छिड़क कर उन्हें जला दिया गया था। जब मैं आग की लपटें ऊँची उठती हुई देख रही थी तो मुझे वियोला का ख़याल आया। वह यहीं इसी सोफ़े पर बड़ा हुआ था। यही सोफ़ा था जहाँ ऐमैरैन्त्स आराम किया करती थी; यही उसका पलंग था। आग में ऐमैरैन्त्स के जूते, मोजे और स्कार्फ़ भी जल रहे थे।

अब पहली बार लेफ़्टिनेन्ट कर्नल ने पुलिस का रोल सँभाला था। हर चीज़ को नष्ट करने से पहले वे उसका भली-भाँति परीक्षण कर रहे थे; और अगर उसे आग के हवाले न करना होता तो अलग रख देते। उन्होंने अलमारी के सारे खाने भी खाली किए। बस अब रसोईघर में केवल एक चीज़ ही बाक़ी रह गई थी। उन्होंने उस पर भी दवाई छिड़क दी थी और रसोई की दीवारों को छील दिया था। बाहर लॉन पर पुराना फ़र्नीचर शर्मिन्दा हो रहा था; बाकी हर चीज़ आग के हवाले की जा चुकी थी। रास्ता चलते लोग आग को देखकर उत्सुकतावश इधर आते, मगर उन्हें भगा दिया जाता।

रसोईघर में बस अब तक स्टील का बक्सा ही रह गया था जो अन्दर के कमरे का रास्ता रोक रहा था। उस पर लगी प्लेट बता रही थी कि वह 'इमरै ग्रौसमैन स्टील वर्क्स' में बना हुआ था। ऐरो-क्रॉस (हिटलर के साथ जुड़ी हंगारी पार्टी) के ज़माने में एक बार वह पहले भी खोला जा चुका था। आज मगर इसमें से चीनी मिट्टी के जो कप पहले ही निकाले जा चुके थे, वही बचे थे। अगर ऐमैरैन्त्स घर में कोई ज़ेवर या नगदी छिपाई हुई थी तो वो तो अब तक आग में जल कर राख हो चुकी होगी। हमें कहीं कुछ नहीं मिला। कुर्सियों की गद्दियों के अन्दर हमने नहीं टटोला क्योंकि वह काम तो योज़ी का बेटा पहले ही कर चुका था। दोपहर के खाने के समय तक कर्मचारियों ने कहा कि जितनी भी चीज़ें सड़ रही थीं उनसे अब निबट लिया गया है। रसोईघर के बाद अब वे अगले कमरे में प्रवेश करेंगे। मगर अब लेफ़्टिनेन्ट कर्नल ने इसकी इजाज़त देने से इनकार कर दिया क्योंकि स्टील के बक्से के वजह से ख़ुद ऐमैरैन्त्स तक वहाँ अन्दर नहीं जा सकती थी अतः वहाँ कुछ गन्दगी होने का प्रश्न ही नहीं उठता था। कर्मचारी भी छुट्टी के दिन इतना काम करके काफ़ी सन्तुष्ट थे। उन्हें भी कोई ख़ास ज़रूरत महसूस नहीं हो रही थी आगे काम जारी रखने की। और फिर लेफ़्टिनेन्ट कर्नल लोकल पुलिस के अधिकारी थे। वे मकान में रहने वाली को जानते थे और उनका यह मत था कि अन्दर के कमरे को न छेड़ा जाए। उन्होंने उसका पूरा घर तो उथल-पुथल कर डाला था—इतना ही काफ़ी था बेचारी वृद्धा के लिए। अब जो बचा था वो

ख़ुद अपने हाथों में लेना चाहते थे, और अगर आगे सफ़ाई की ज़रूरत पड़ेगी तो वे विभाग से स्वयं सम्पर्क करेंगे। अगर उन्होंने सम्पर्क नहीं किया तो इसका अर्थ है कि अब सब कुछ ठीक था। और इसके साथ ही उन्होंने अपने हस्ताक्षर भी मेरे हस्ताक्षर के साथ कर दिए कि वे एक ज़िम्मेदार पुलिस अफ़सर की तरह इस सबकी ज़िम्मेदारी लेते हैं। हर कोई खुश था। कर्मचारियों के लीडर ने भी माना कि ले. कर्नल ठीक ही कह रहे थे। अब आगे कार्यवाही की कोई आवश्यकता नहीं थी। मगर एक आखिरी काम उन्होंने और किया। बड़ी मुश्किल से उन्होंने वह बक्सा खींच कर दरवाज़े के पास से हटा दिया, ताकि वे अपने अफ़सरों से कह सकें कि उन्होंने कोई काम छोड़ा नहीं था। दरवाज़े की कोई चाबी नहीं थी और उसे तोड़ना वे चाह नहीं रहे थे। दरवाज़े की लकड़ी, सफेद चमचमाता पेन्ट देख कर यही लगता था कि ऐमैरैन्त्स बरसों से उसके अन्दर नहीं घुसी थी। अब वे जा सकते थे। इसके अन्दर न खाना हो सकता था, न कीड़े। दशकों से उसके भीतर कोई गया ही नहीं था। उन्होंने इजाज़त ली और चल पड़े।

इसी बीच योज़ी का बेटा अस्पताल से आ गया था, और भौंचक्का-सा आग की लपटों की ओर देख रहा था। उसने बताया कि ऐमैरैन्त्स की दशा में कोई सुधार नहीं हुआ था। अब उसके दिल की हालत से इतना डर नहीं था जितना उसके पूर्ण वैराग्य से। वह डॉक्टरों की ज़रा भी मदद नहीं कर रही थी, और साफ़ लग रहा था कि वह ठीक होना ही नहीं चाह रही थी। पार्लियामेन्ट से मेरा संदेश उस तक पहुँच गया था और डॉक्टर जो उसका केस देख रहा था, इस बात से परेशान था कि हालाँकि ऐमैरैन्त्स वह सब समझ रही थी जो उससे कहा जा रहा था मगर उसने कोई भी जवाब न देने की ठान ली थी। उसे अब किसी चीज़ में कोई रुचि नहीं थी।

पार्लियामेन्ट से मेरा संदेशा? वह क्या हो सकता था, मुझे भी सोचना पड़ रहा था। इस वक़्त इस उजड़े घर के सामने खड़े जहाँ ऐमैरैन्त्स का अतीत आग की भेंट चढ़ रहा था, कुछ भी सोच पाना असम्भव था। उसके तकिये, लकड़ी के चम्मच, छोटी-मोटी घर की चीज़ें। वे सब चीज़ें जिससे उसकी कितनी ही यादें जुड़ी होंगी, सब मेरे सामने जल रहे थे। अचानक मुझे ख़याल आया कि क्या मैं अपना पुरस्कार, जो एक डिब्बे में था, घर लेकर आई थी? मैं तो पूरे समारोह में कहीं और ही खोई हुई थी। अब मुझे याद आया कि जब फ़ोटो खींच लिए गए थे एक अद्‌भुत-सा पल आया था। मैं एक अलग कमरे में एक साथी के साथ बैठी हुई थी, और एक टी.वी. का व्यक्ति मुझसे प्रश्न पर प्रश्न पूछता जा रहा था। शायद उसी समय उसने पूछा था कि मेरे विचार में ऐसा कौन व्यक्ति है जिसे मैं यहाँ तक पहुँचने के लिए धन्यवाद देना चाहूँगी। तब मैंने ऐमैरैन्त्स का नाम लिया था। उसी ने दिन-रात वे सब काम सँभालने की जिम्मेदारी ले ली थी। जो मेरे लिखने

के कार्य में बाधा डाल सकते थे—हर सफल व्यक्ति की सफलता के पीछे किसी अनदेखे हाथों का सहारा होता है जिसके बग़ैर कोई व्यक्ति आगे नहीं बढ़ सकता। अस्पताल की नर्सों ने रिपोर्ट सुनी, योज़ी के बेटे ने बताया, और उनमें से एक भागती हुई ऐमैरैन्त्स के पास पहुँची कि उसके लिए कितने अच्छे शब्द बोले जा रहे थे और यह कह रेडियो उसके कान के पास लगा दिया था। ऐमैरैन्त्स पुतले क़ी तरह बैठी रही और कुछ न बोली। वह कई प्रकार की दवाइयाँ ले रही थी। हो सकता है, उनका असर हो। मगर मैं बेहतर जानती थी। ऐमैरैन्त्स सब कुछ ठीक से समझ गई होगी मगर अब उसे इसकी कोई परवाह नहीं थी। उसने सारी उम्र पब्लिसिटी से नफ़रत की थी और वह लच्छेदार बातों से भी घृणा करती थी। मुझे उस वक़्त, जब वह शेर के मुँह में थी, जब उस पर प्रलय आ गई थी, उसके साथ होना चाहिए था, और मैं नहीं थी, और उसे सब कुछ अकेले ही भोगना पड़ा था बस। यह सच था। अब उसे मेरी इस बेकार की बातों से कोई लेना-देना नहीं था—मैं तो उस वक़्त अपनी अर्थी पर लेटी अपने मरने पर आए लोगों की गिनती करने में लगी थी। वह मुझे बड़ी अच्छी तरह से जानती थी। वह जानती थी कि कितना ही बड़ा दिमाग़ी धक्का मुझे क्यों न लगा हो, मुझे सही शब्दों का चयन करने में कभी परेशानी नहीं होती।

योज़ी का बेटा अपने परिवार के पास पहुँचने की जल्दी में था अतः चला गया। जाने से पहले मुझसे बड़े भद्दे ढंग से हमदर्दी दिखाता हुआ बोला कि उसे अफ़सोस था कि रसोईघर जो वसीयत में मेरे नाम था वह तो बरबाद हो चुका था। उसे लग रहा था इतना सामान जो जला दिया गया था वह बहुत बड़ा नुक़सान था। यह ख़याल तो मेरे दिमाग़ में आया ही नहीं था, इतनी तकलीफ़ के पलों में भी मेरी हँसी फूट पड़ी। ओह! बदकिस्मती! वो देखो मेरी वसीयत तो हो गई आग के हवाले। ले. कर्नल और मैं कुछ देर वहीं बेंच पर बैठे रहे। मिस्त्री की पत्नी, जो बहुत ही अच्छे स्वभाव की थी, हमारे लिए कॉफी बना कर ले आई थी। मगर हम दोनों ने ही कॉफी पी नहीं, यूँ ही शून्य में देखते उसे हिलाते रहे, बस।

—"यह सब हुआ कैसे?" ले. कर्नल ने पूछा।

—"मेरे कारण। मैं फेल हो गई थी।" अपना दिल हल्का करना ज़रूरी था अतः मैंने उन्हें पूरी दास्तान सुना डाली जो उनके पीछे यहाँ घटी थी, उस वक़्त जब वे छुट्टी मनाने गए हुए थे। अगर उस वक़्त मैं उनसे बात कर पाती, तो कई बातें यूँ न घटतीं जैसी घटी थीं। कम-से-कम इस तरह से तो कदापि नहीं। अगर मैं उसे उसकी लाचार हालत में छोड़ कर चली भी जाती तो कम-से-कम उस पल में उसका साथ देने को, उस वक़्त जब उसको किसी के सहारे की सख़्त ज़रूरत थी, वे तो होते। उन्होंने इस पर कोई टिप्पणी नहीं की। वे काफ़ी दिमागदार व्यक्ति थे। न उन्होंने मुझे कोई दोष ही दिया और न सान्त्वना। बस पूछा कि

अब मैं क्या करना चाहती हूँ। "कुछ नहीं। अगर वह बच गई तो उसे अपने घर ले आऊँगी चाहे इसके लिए मुझे अपना विदेश जाने का प्रोग्राम रद्द करना पड़े। हमें तीन दिन बाद ग्रीस जाना था, एक हंगारी डेलिगेशन के साथ जिसे ग्रीस के लेखकों ने 'अन्तर्राष्ट्रीय शान्ति-मंत्रणा के लिए आमन्त्रित किया था, और हमने वहाँ कुछ दिन समुद्र के किनारे बिताने का भी प्रोग्राम बनाया था। अब मैं कभी उसे धोखा नहीं दूँगी जैसा एक बार दे चुकी थी--चाहे ज़िन्दगी भर कभी एथेन्स न देख पाऊँ। कभी भी नहीं।"

वे नाराज़ हो गए और उन्होंने अपनी आवाज़ ऊँची की। मैं पहले ही बहुत ग़ल्तियाँ कर चुकी थी, क्या मैं और मुसीबतें पैदा करना चाहती थी? यह दो देशों के बीच की बात है, क्या वहाँ के अधिकारी खुश होंगे कि उनके बुलाने पर भी वहाँ कोई नहीं पहुँचा। वे क्या-क्या नहीं सोचेंगे! उन्हें लगेगा हमारे देश में लोगों को शायद विदेश जाने की आज़ादी नहीं है। मुझे कोई अधिकार नहीं था कि मैं अपने निजी कारणों से देश के हित को नुक़सान पहुँचाऊँ, सो कृपया आप ज़रूर जाएँ। मेरे यहाँ रुकने से कोई फ़ायदा नहीं होने वाला था। अगर अगले दिन वह मर गई तो मैं क्या उसे बचा पाऊँगी? और अगर वह जीती रही—डॉक्टर को इसका पूरा विश्वास है—तो ज़रूर वह मेरे आने तक भी ज़िन्दा रहेगी। एक हफ़्ता होता ही क्या है? उस बीच वे उसका पूरा ख़याल रखेंगे। दरवाज़ा बदला जाना है, उसके लिए वह काउंसिल से पैसा ले लेंगे। ऐमैरेन्त्स को किसी प्रकार का दण्ड नहीं देना पड़ेगा इसका वे वायदा करते हैं। अगर किसी को लकवा मार गया है और वह ज़रा भी हिल-डुल नहीं सकता है तो अपना घर कैसे साफ़ कर सकता है। उसके साथ जो हुआ वह दुख पूर्ण है, अपराध नहीं। उसने अपनी मस्ती के लिए सामाजिक स्वास्थ्य को हानि नहीं पहुँचाई थी। वे उसके लिए कुछ फ़र्नीचर ले आएँगे, जो पहले से बेहतर और आरामदायक होगा। वे एक ऐसा स्टोर जानते हैं जहाँ पुराना फ़र्नीचर उन लोगों का रखा जाता है जो वसीयत करे बिना परलोक सिधार जाते हैं। ले. कर्नल से विवाद करने का कोई अर्थ नहीं था। अन्तर्राष्ट्रीय सम्बन्ध बहुत महत्वपूर्ण थे। वे ऐमैरेन्त्स के पास हर वक़्त ड्यूटी पर रहेंगे। मैं और मेरे पति अपनी यात्रा पर जाएँ जो व्यावसायिक और राजनीतिक दोनों कारणों से महत्वपूर्ण थी। जब तक हम लौटेंगे, ऐमैरेन्त्स भली-चंगी हो चुकेगी। अगर ठीक हो गई तो वह फ़ौरन अपने काम पर लौट आएगी और अगर नहीं तो उसका क्रिया-कर्म हमारे आने के बाद ही किया जाएगा। जब मैं वापिस आऊँगी तब देखेंगे कि अन्दर वाले कमरे में क्या है। तभी पता चलेगा कि क्या वहाँ अधिक सफ़ाई की ज़रूरत है या नहीं, उनके ख़याल से तो नहीं होगी क्योंकि ऐमैरेन्त्स ने उस कमरे को कभी प्रयोग में ही नहीं लाया था। दोनों दरवाज़े वे इस बीच ठीक करवा कर बन्द करके रख देंगे।

आख़िरकार घर पहुँच कर मैंने अपनी ड्रेस उतार कर फेंकी जो अब मुझे काट रही थी। मैंने दोपहर का खाना भी नहीं खाया था। मैं कुत्ते को खाना खिलाना चाहती थी मगर मेरे पति पहले ही कोशिश कर चुके थे और असफल रहे थे। वियोला ने अपनी भूख हड़ताल शुरू कर दी थी। हम जब उसे बाहर भी ले जाते, तो घिसटता हुआ चलता, पेड़ों पर धार मार कर, घर भागने को होता; न भौंकता था, न पानी तक पीता था। बहुत मुसीबत में थे, हम मगर कर कुछ नहीं सकते थे—वह अपने तरीके की प्रतिक्रिया दिखा रहा था, जो घटा था उसके लिए। मुझसे भी कुछ खाया नहीं जा रहा था। पार्लियामेन्ट हाउस में मेरी प्लेट लबालब भर दी गई थी मगर एक निवाला भी मुझसे निगला नहीं जा रहा था और मैं हर पूछे गए प्रश्न के अँट-शँट जवाब दे रही थी। मैं कुछ देर बालकनी में जा कर लेटी, फिर कूद कर खड़ी हो गई। मुझे लगा कि अगर मैं ऐमैरैन्त्स की देखभाल के लिए नहीं गई तो वह मर जाएगी। मैं अस्पताल की ओर भागी। ऐमैरैन्त्स पूरी तरह होश में आ चुकी थी और डॉक्टर मुस्कुरा रहा था। उसने मुझे बताया कि अब उसमें काफ़ी ताक़त आ चुकी है और अब उसने बोलना भी शुरू कर दिया था। उसने नर्स से कहा था कि उसे ठीक तरह से ढके हुए कपड़े पहना दे। उससे यह नग्नता बर्दाश्त नहीं होती। बाद में उसने सिर को ढकने का एक स्कार्फ़ भी माँगा। स्कार्फ़ तो अस्पताल में था नहीं, अतः उन लोगों ने उसे सर्जन के पहनने वाली टोपी दे दी थी। उसने उस टोपी में एक तस्वीर बनाई और पहन कर शान्त हो गई। डॉक्टर का कहना था उसने अब अपने आपको जैसे खाई में से निकालना शुरू कर दिया था। अब हमें उसके लिए रात के पहनने के कुछ कपड़े, और कुछ रोज़ का ज़रूरी सामान ले आना चाहिए क्योंकि वह तो बिना कुछ भी लिए अस्पताल पहुँची थी।

जब डॉक्टर मुझसे बात कर रहा था, मेरी हिम्मत नहीं हुई ऐमैरैन्त्स की ओर देखने की—सिर्फ़ उस वजह से नहीं जो घटा था बल्कि इसलिए भी कि वह क्या थी। सर्जन की टोपी पहने वह अद्भुत लग रही थी इसलिए नहीं कि टोपी उस पर फ़ब नहीं रही थी वरन् इसलिए कि बहुत जँच रही थी। वह एक प्रोफ़ेसर की भाँति लग रही थी, जिसने अभी तक अपनी योग्यता छिपा कर रखी हो। मैं डॉक्टर की बात चुपचाप सुनती रही। कहने को था ही क्या? डॉक्टर को इससे क्या लेना-देना था कि अब उसके पास अपना कहने को कुछ बचा ही कहाँ था—न तौलिए, न रात के कपड़े, न अलमारी में और कोई रोजमर्रा का सामान। जो बचा था वह दवाई की बदबू मारता उसके लॉन में पड़ा था। अगर मैं अपने कपड़े उसके लिए ले कर गई तो वे उसके लिए अश्लील होंगे, और उसे शक भी हो जाएगा। वह मेरे तौलिए तक पहचानती है। अतः अब मुझे कुछ सोचना होगा।

जैसे ही उसने मुझे कमरे में आते देखा, अपना चेहरा छोटे तौलिए से ढक लिया जैसे पुराने ज़माने में राजा-महाराजा अपनी तकलीफ़ जनता पर ज़ाहिर न

होने के डर से कर लिया करते थे। मगर यहाँ तो अब मौत का दूर-दूर तक कोई निशान नहीं था—वह तो बेहद ख़ूबसूरत लग रही थी आज। वह तो बस मुझे देखना न चाह रही थी। ठीक है, अगर ऐसा है तो यही सही। मैं घर की ओर चल दी। रास्ते में शूतू से मिल कर मैंने उससे कहा कि अगर वह ऐमैरैन्त्स के पास जाए तो कुछ तौलिए और ज़रूरी सामान अपने साथ ले जाए और अगर ऐमैरैन्त्स पूछे कि उसके अपने कपड़े क्यों नहीं लाई तो कोई अच्छा-सा बहाना बना दे। शूतू अकेली नहीं थी। सभी पड़ोसी प्लान बना रहे थे कि कौन किस वक़्त जाएगा और क्या-क्या ले कर जाएगा। मैं घर जा कर ले. कर्नल के आदमियों के आने का इन्तज़ार करने लगी जो दरवाज़ा लगाने आने वाले थे। मैं जानती थी कि मुझे उनके स्वयं के आने की प्रतीक्षा करनी होगी ताकि यह काम तो कम-से-कम इज़्ज़त से हो जाए। अब तक मेरा सिर घूमने लगा था। वृत्त और रेखाएँ मेरी आँखों के सामने नाच रहे थे। मैं चाह रही थी, कि मुझे कोई झिंझोड़ कर यह कह दे कि रोने, विलाप करने की कोई ज़रूरत नहीं है। तुमने केवल एक बुरा सपना देखा है। मुझे ऐसा आभास हो रहा था कि जो हमारे साथ घट रहा था। वह सत्य नहीं था। ऐसा होना असम्भव था कि एक अकेले व्यक्ति पर इतनी भयानक मुसीबतें एक साथ टूट पड़ें।

ले. कर्नल के सादे कपड़े पहने पुलिस वाले दरवाज़े का बोर्ड लेकर आ गए। आजकल तो कफन के बक्से कीलें ठोक कर बन्द नहीं किए जाते, कब्ज़ों से बन्द किए जाते हैं मगर जब वे लोग दरवाज़े में कीलें ठोंक रहे थे तो मुझे लग रहा था कोई ताबूत बन्द किया जा रहा है, ठक-ठक की आवाज कई चीज़ें एक साथ दफ़ना रही थी—एक मनुष्य की ज़िन्दगी, एक घर और ऐमैरैन्त्स की कहानी का अन्तिम सर्ग।

पार्लियामेन्ट की शाम की पार्टी में जाने का समय हो चला था मगर मेरा मन तैयार होने का नहीं कर रहा था। मुझे लग रहा था मुझे किसी ने मूसल मार कर पीस दिया हो। पहले मैंने अस्पताल फ़ोन किया। उसकी हालत में और सुधार हुआ था। उसे ताकतवर इंजेक्शन नींद का लगा दिया गया था अतः वह आराम से सो रही थी। वह एन्टीबायोटिक दवाइयाँ भी खा रही थी इसलिए उम्मीद थी कि जल्दी ठीक हो जाएगी। मगर जब वह जगी होती थी तो बोलती बहुत कम थी, और जब मिलने वाले उसके सामने आते तो अपना चेहरा ढक लेती। मिलने वाले बड़ी संख्या में आ रहे थे जो आ कर उसकी ड्रिप भी हिला जाते थे।

ऐमैरैन्त्स ज़िन्दा थी और उसकी सेहत में सुधार आ रहा था; अतः मैं अपने आपको अपने जीवन की सबसे भव्य शाम के लिए, सबसे भड़कीली शाम के लिए तैयार कर सकती थी। ड्रेस तो ठीक थी मगर उस दिन बड़े से बड़ा ब्यूटीशियन भी मेरे चेहरे को ठीक नहीं कर सकता था। जब पार्टी में मैंने पहले मिलने वाली

महिला से यह कहा कि मेरी आज तबीयत ठीक नहीं थी, तो मुझे कुछ भी और कहने की ज़रूरत नहीं पड़ी थी। वह फ़ौरन ही समझ गई थी। किसी को कोई आश्चर्य नहीं हुआ जब मैं हॉल से अचानक ग़ायब हो गई, उस हॉल से जो सितारों की भाँति चमक रहा था। हर तरफ चमकते हुए मैडल, और झिलमिलाते ज़ेवर, झाड़-फ़ानूसों की चकाचौंध, शीशे जैसा लिश्कता फर्श—यह सब मेरे चारों ओर था। मगर मैं केवल घर जाना चाह रही थी, जितनी जल्दी हो सके ताकि फ़ौरन जा कर पलंग पर लेट जाऊँ। अगली सुबह मुझे पता लगेगा कि मेरे लिए क्या सज़ा तय हुई। अगर वह मर गई, तो मेरे लिए स्वयं से भागना दुष्कर होगा। अगर वह जी गई, तो वह शक्ति जिसने अभी तक मुझे कभी धोखा नहीं दिया था, वह फिर मुझे इस भयंकर खाई में से खींच कर बाहर निकाल लेगी जिसमें मैं इस वक़्त काँप रही थी।

❑

स्मरण शक्ति हरण

मेरी रात काफ़ी बेचैनी से कटी। ख़ुशकिस्मती से सपनों ने तो तंग नहीं किया, मगर मैं थोड़ी-थोड़ी देर में उठती रही। मुझे यह लगता रहा कि टेलीफ़ोन की घण्टी बज रही है। मैंने नर्सों से कहा था कि उसकी हालत में ज़रा भी बदलाव हो तो वे मुझे सूचना दें मगर फ़ोन तो पूरी रात शान्त रहा। सुबह मैं वियोला को घुमाने ले गई जो कहीं भी जाने का इच्छुक नहीं था–वह अभी भी खा-पी नहीं रहा था–और उसके बाद फ़ौरन अस्पताल पहुँची।

ऐमैरेन्त्स अब देखने में भी काफ़ी ठीक लग रही थी। उसी वक़्त उसे नहला-धुला कर तैयार किया गया था, और सिस्टर उसके लिए ट्रॉली पर नाश्ता ले कर आ रही थी। जैसे ही ऐमैरेन्त्स की नज़र मुझ पर पड़ी, उसने दोनों हाथों से तौलिया उठा कर, अपना चेहरा उससे ढक लिया। मन में कड़वाहट लिए मैंने ड्यूटी नर्स का कमरा खटखटाया जो रात की ड्यूटी पर थी। उससे अच्छी ख़बर ही सुनने को मिली। अगर वह यूँ ही सुधार दिखाती रही तो हम बेफ़िक्र हो कर अपने विदेश के दौरे पर जा सकेंगे। वृद्धा इस बीमारी से बाहर आ जाएगी और फिर से ठीक हो जाएगी। मगर मैं उसे घर नहीं ले जा सकूँगी, कम-से-कम कुछ हफ़्तों तक तो बिलकुल नहीं, और उसके बाद भी कुछ शर्तों पर ही। उदाहरण के लिए वह अब काम नहीं कर सकेगी। क्या उसका कोई घर था जहाँ उसकी देखभाल हो सके? "बिल्कुल है", मैंने सोचा, "अगर बस वह उसे देखना चाहे" मैंने जवाब दिया कि जब तक वह शारीरिक और मानसिक रूप से पूरी तरह ठीक नहीं हो जाती वह मेरे पास ही रहेगी।

अब लगने लगा था कि हम विदेश जा रहे हैं। मेरे पति यात्रा-सम्बन्धी काग़ज़ तैयार कर रहे थे, मगर मुझमें मानो कोई उत्साह नहीं था, मैं जब सामान रख रही थी तब भी यह आशा कर रही थी कि शायद आखिरी मिनट में मेज़बान अपना निमन्त्रण वापिस लेने की सूचना दे दें, शायद यह कान्फ्रेंस रद्द ही हो जाए। आख़िरी बार जब अस्पताल गई तो मैं डॉक्टर से भी मिल कर आई। जहाँ तक ऐमैरेन्त्स के शारीरिक स्वास्थ्य का प्रश्न था, उसके हिसाब से वह हमें बेफ़िक्री से जाने को

कह सकता था, मगर उसके दिमाग़ में क्या चल रहा था, वह तो कोई मनोवैज्ञानिक ही बता सकता था। रक्तस्राव में बाधा पैदा करने वाला क्लॉट अब पूरी तरह रक्त में समा चुका था, और उसने उसकी आवाज़ पर प्रभाव नहीं डाला था। मगर वह अभी भी उसके चलने-फिरने में रुकावट डाल रहा था। अभी भी उसकी एक टाँग लकवाग्रस्त थी, मगर उसके न बोलने का कारण केवल उसकी मनःस्थिति थी। मुझे फिर याद आ गया उसका मुझे देखते ही अपने चेहरे को छिपाना। ठीक है, मैं उसे ज़्यादा परेशान न करूँगी। केवल वियोला ही था जिससे वह अपना चेहरा नहीं छिपाएगी और जिसकी ओर वह नफ़रत से नहीं देखगी। मैं बिना उसे मिले ही घर के लिए रवाना हो गई। रास्ते में दो पड़ोस के लोग मिले जो उसके लिए खाना ले कर आ रहे थे। घर पर कुत्ता अभी भी भूख हड़ताल पर बैठा था, मगर अब मैं इतनी कड़वाहट से भरी हुई थी और अपराध से भी, और ऊपर से बेहद थकी भी हुई थी अतः मुझे अब इससे भी कोई फ़र्क़ नहीं पड़ता था। मैंने वियोला का सामान समेटा और उसे लेकर शूतू के पास गई, उससे यह विनती करने कि जब तक हम विदेश से न लौट आएँ कृपया उसका ध्यान रखे। वियोला अपने नए ठिकाने पर शान्ति से जा कर लेट गया, और जब मैं उसे छोड़ कर चलने लगी तो उसने पलट कर मेरी ओर देखा तक नहीं। मैं सामान बाँधने में लग गई। अब मैं बस एक मशीन की तरह चल रही थी, बिना किसी भी भावना के। बस मुझे एक बात समझ में आ रही थी कि अब मुझे किसी से कोई लेना-देना नहीं है, स्वयं से भी नहीं। रात के खाने के बाद मैंने अस्पताल फ़ोन तो किया मगर गई नहीं। क्यूँ जाऊँ आख़िर? ऐमैरेन्त्स ठीक थी, अच्छी तरह से खा-पी रही थी। मैं उसके जल्दी ठीक होने की कामना करती थी और यह मैंने बड़े मधुर शब्दों में नर्स से कहलवा भी भेजा। मगर मेरा संदेश अब केवल औपचारिक रह गया था। मैंने नर्स से यह भी कहलवाया कि उसे काम करने की चिन्ता करने की ज़रूरत नहीं है। हर चीज़ ठीक-ठाक है। उसके मित्र ले.कर्नल ने सब चीज़ की बागडोर अपने हाथ में सँभाल ली थी, और उसका फ़्लैट उसी के लिए था। उसी हालत में जैसा कि वह पसन्द करेगी, एकदम साफ़-सुथरा। हर ज़रूरी चीज़ का ध्यान रखा जा रहा था। मैं सोच रही थी कि अस्पताल से लौट कर वह सब अपनी आँखों से देख कर समझ जाएगी मगर अभी से मैं उसे सब बता कर क्यों परेशान करूँ। मैंने यह भी कहलवाया कि वह अब कुछ दिन तक मेरी बाट न जोहे (हुँह, बाट जोहना! वह तो मेरी तरफ देखना तक न चाहती थी)। मैंने उसे यह नहीं बताया कि हम विदेश जा रहे थे, मगर योज़ी के बेटे को ज़रूर बता दिया कि ज़रूरत पड़ने पर हमें किस नम्बर पर फ़ोन किया जा सकता है। और उसी रात हम एथेन्स के लिए रवाना हो गए।

अगली सुबह हम ग्रीस के होटल में एक फ़ोन आने पर उठे। फोन ग्रीक

लेखक संघ की ओर से था। मैं इतनी पस्त थी कि मुझे समझ में ही नहीं आ रहा था कि वे कह क्या रहे हैं। भाषा की या आवाज़ की वजह से नहीं। मैं ज़रूर अभी तक सकते की हालत में ही थी क्योंकि मुझे कुछ भी किसी भाषा में भी समझ में नहीं आ रहा था। मैं तो एक गिलास पानी तक माँगने की हालत में नहीं थी मैं क्या ख़ाक अन्तर्राष्ट्रीय शान्ति और सद्भाव बनाने की बात कर सकूँगी। कॉन्फ्रेंस में हमें सबसे आगे की पंक्ति में बिठाया गया था और जैसे ही वह शुरू हुई, मैं सो गई। मेरे पति, सबसे मेरी ओर से माफ़ी माँगते मुझे होटल तक लाए और चेयरमैन को मेरी हालत के बारे में, और ऐसी हालत क्यों थी उस बारे में जितना बता सकते थे, समझा दिया। एक कार्यक्रम की अध्यक्षता मुझे करनी थी मगर मैं तो हकला रही थी। उन्होंने मुझ पर तरस खा कर मुझे वापिस होटल भेज दिया। और बेचारे कर भी क्या सकते थे जब कोई प्रतिनिधि इस कदर बीमार था?

भाँति-भाँति के फूलों से—मिर्टल, हिबिसकस, चमेली—बिरा इजियन सागर मेरे सामने था मगर मैं थी कि नर्वस-ब्रेकडाउन की कगार पर खड़ी थी और मुझे इसका पता भी न था। मेरे पति ने मेरा ध्यान इस ओर दिलाया। जब हम पहुँचे थे तो सागर का रंग नीला था, शाम होते ही पीला हो गया और जब सूर्य उसमें डूबा तो जलते लाल रंग-सा। यह सब मुझे अपने पति से ही बाद में पता चला। मैंने स्वयं ऐसा कुछ नहीं देखा। मैं पूरे दिन बस सोती रही। जब मैं इस बेहोशी से बाहर निकली तो हम बाहर सैर करने निकले। हालाँकि मुझे अब वहाँ का कुछ भी याद नहीं है, अपने होटल का नाम तक नहीं। बस एक चीज़ मेरे दिमाग़ पर असर डाल पाई—सागर की लहरें एक मरे हुए कुत्ते को किनारे से घसीट, भीतर समेट रही हैं। मुझे एकदम वियोला का ध्यान आया, मगर यूँ मानो मैं किसी स्वप्न में दूर से उसे देख रही हूँ, न सिर्फ उसे बल्कि स्वयं को भी और उस सबको जो उस रोज़ घटा—पुरस्कार, ऐमैरेन्त्स, सफ़ाई कर्मचारी, दरवाज़े का कुल्हाड़ी से खुलना।

उस साल ईस्टर जल्दी आया, अप्रैल के शुरू में ही, और हमारा ग्रीस में आख़िरी दिन गुड फ्राइडे था। मुझे उस दिन की एक एक बात याद है—अपना चर्च जाना, वहाँ यीशु की मृत्यु दर्शाते दृश्य, यीशु का मृत 'शव' अर्थी पर, एक गुलाब की पँखुड़ियों भरी टोकरी दरवाज़े पर जिसमें से श्रद्धालु फूल उठाते और अर्थी पर चढ़ाते जाते। यह क्रम तब तक चलता रहा जब तक 'शव' पूरी तरह से फूलों से ढक नहीं गया। फिर एक घण्टी बजी, जिसे सुन कर गाँव के सब बुज़ुर्ग लोग वहाँ पहुँच गए और 'यीशु' के चारों ओर खड़े हो गए। जब उन्होंने हमें श्रद्धापूर्वक पवित्र अर्थी पर फूल चढ़ाते देखा तो मेरे पति के पास आए और इशारे से उनसे कहा कि वे उनके साथ आकर यीशु की मृत्यु का अफ़सोस मनाएँ। मैं अब भी अपने पति की उस छवि को याद करती हूँ—उनका वह घण्टी बजाना, उनके घने सुनहरे बाल जो अब तक सफ़ेद होना शुरू कर चुके थे और उस वक़्त सागर की हवा

से उड़ रहे थे। इसके बाद घण्टी की रस्सी मेरे हाथों में थमा दी गई। मैं सोचती हूँ वे सब मुझसे बहुत प्रसन्न हुए होंगे क्योंकि मैं रस्सी खींचते समय पूरे वक़्त रोती रही थी; हालाँकि इन आँसुओं का यीशु की मृत्यु से कोई लेना-देना नहीं था, वे तो केवल मेरे अपने लिए ही थे। अगले दिन हम वापिस एथेन्स लौट कर घर के लिए रवाना हो लिए। ग्रीक लेखकों ने अपेक्षा से अधिक ख़ातिरदारी की थी हमारी, चलने के समय भी ढेरों उपहारों से लाद दिया था हमें, जबकि मैं शुरू में तो बीमार ही पड़ी रही थी। वे हमें हवाई अड्डे तक छोड़ने भी आए। अगर अब वे कभी किसी हंगारी लेखक को आमन्त्रित न करें तो इसका एकमात्र कारण मैं ही हूँ।

हवाई जहाज़ में ही हमने निश्चय किया कि मेरे पति हवाई अड्डे से सामान लेकर सीधे घर जाएँगे और मैं अस्पताल। जब मैं अस्पताल की लिफ़्ट में ऊपर जा रही थी तो यही सोच रही थी कि क्या-क्या बदलाव आ गया होगा अब तक। मेरी ग़ैरहाज़िरी में कुछ भी तो हो सकता था। अगर भगवान न करे उसे कुछ हो गया है तो क्या उसका शरीर बर्फ़ में रखा होगा? या वह जीवित तो होगी मगर मृत्यु से बदतर? या फिर कहीं उसे अब तक किसी और अस्पताल में तो नहीं ले जाया गया है? ऐसा करने का क़ानूनी हक़ तो योज़ी के बेटे के पास था ही।

बस केवल एक सम्भावना की ओर मेरा ध्यान नहीं गया था और वही मेरा इन्तज़ार कर रही थी। कॉरिडोर में घुसते ही मुझे उसके कमरे में से ज़ोर-ज़ोर से हँसने की आवाज आ रही थी—उसके हँसने की, जो बहुत कम ही हँसती थी, और जिस हँसी को मैं लाखों में से भी पहचान सकती थी। जैसे मुझ पर हँस रही थी जब मैंने उस ओर भागना शुरू किया। किसी ने मुझे आवाज भी दी पीछे से, मगर मेरे पास सुनने का समय नहीं था। मैं भागती हुई घुसी उसके कमरे में। कमरा आगन्तुकों से भरा हुआ था। यहाँ भी ऐमैरेन्त्स का ज़ादू सब पर चढ़ा हुआ था—इतने लोगों को एक साथ मिलने आने की जबकि अनुमति भी नहीं थी। आधे दर्जन लोग तो पलंग के चारों ओर उसकी चाकरी में लगे थे, और शूटू बचा-खुचा खाना साफ़ करने में लगी थी—खाना अस्पताल का नहीं दिखता था, वह ज़रूर पड़ोसी ही लाए होंगे। खिड़की पर डोंगों और बर्तनों की लाइन लगी हुई थी। ऐमैरेन्त्स दरवाज़े की ओर पीठ कर के बैठी हुई थी, तकियों का सहारा लिए और बाकी लोगों के चेहरों से वह जान ही गई होगी कि कोई नया मेहमान उससे मिलने आया था। उसी तरह हँसते-हँसते उसने अपना मुँह दरवाज़े की ओर घुमाया, शायद यह सोच कि डॉक्टर आए होंगे। जैसे ही उसने मुझे देखा, उसके चेहरे पर रक्त की लालिमा दौड़ गई, और सब हँसी-ख़ुशी काफ़ूर हो गई। जब मैं अन्दर आ गई तो मैंने देखा, दायाँ हाथ ही चल रहा था। और मेहमानों के सामने वह आराम से बैठी थी मगर मुझे देखते ही उसने अपने चेहरा ढक लिया था। मेहमानों ने भी चुप्पी साध ली। इस हरकत ने मुझे ऐसी ही चोट

पहुँचाई थी जैसे मार खाने पर लगती है। अचानक सबको कोई-न-कोई काम याद आ गया था। औरतों ने अपने बर्तन समेटे। जो धोने का सामान था उसे धो कर रखा और विदा लेकर चल पड़ीं। शूटू ने मुझसे एक शब्द भी नहीं कहा, कुत्ते तक के लिए नहीं। बस दरवाज़े में से मेरी ओर उँगलियाँ नचा कर इशारा किया कि मैं छः बजे उससे मिल लूँ, और हम तब बात करेंगे। मैंने कभी कल्पना भी न की थी कि इन अनपढ़ लोगों में इतनी अक़्ल होगी, यह सब जान गए थे कि मेरी अनुपस्थिति को ऐमैरैन्त्स ने महसूस किया था, मैं फिर फ़ेल हो गई थी—यह लोग यह नहीं समझ पा रहे थे कि क्यों मगर इनके दिमाग़ों में लगे एरियल ने इन्हें इतना ज़रूर समझा दिया था कि हम दोनों के रिश्ते में कहीं कोई गाँठ ज़रूर आ गई है। जो भी हुआ हो, कोई उसमें अपनी टाँग अड़ाने को इच्छुक नहीं था। सब समझते थे कि ऐसा करना अभद्र होगा।

पहली बार, बिलकुल पहली बार, जब से यह घटना-क्रम शुरू हुआ था तब से मैं गुस्से से भर गई थी, और मेरी आत्म ग्लानि दूर होने लगी थी। आख़िर यह मुझ पर क्या आरोप लगाना चाहती थी? कि मैंने इसे मरने के लिए छोड़ क्यों नहीं दिया? बिना इंजेक्शनों और दवाइयों के, यह अब तक कबकी मर चुकी होती। मैं उसके साथ इसलिए नहीं थी क्योंकि उस वक़्त मैं रुक नहीं सकती थी। मैंने उसे छोड़ना चाहा न था। मैं कोई मटरगश्ती करने या मस्ती करने नहीं गई थी, मुझे काम की वजह से जाना पड़ा था। कम-से-कम वह तो यह जानती ही थी कि मेरे लिए टेलीविज़न मनोरंजन नहीं, काम था। अगर वह मेरी सूरत देखना नहीं चाहती तो यही सही। जैसी इसकी मर्जी। अब से योज़ी का बेटा, ले. कर्नल, शूटू, ऑदेल्का और बाक़ी सब ही आएँगे। मेरी यहाँ कोई ज़रूरत नहीं है। मैंने उससे बातचीत करने की कोई कोशिश नहीं की, न कोई सफ़ाई देने की ज़रूरत समझी। वह छिपी बैठी रहे अपने स्कार्फ़ के नीचे, कयामत तक। कोई फ़ायदा नहीं था बार-बार भाग-भाग कर अस्पताल आने का, और इस तरह अपमान सहने का, जबकि आराम से घर में बाथ-टब में लेट कर थकान दूर कर सकती थी। मैं बाहर निकली और लिफ़्ट की ओर बढ़ी ही थी कि नर्स ने मुझे रोक लिया।

"प्लीज़ लेखिका महोदया..." उसने शुरू किया, एक एक शब्द नाप-तोल कर, "वृद्धा अभी ठीक नहीं है। सब लोग चाहे ऐसा ही सोचते हैं। वह सिर्फ मेहमानों के सामने ऐसी दिखती है। बाकी हर वक़्त वह बिलकुल चुपचाप रहती है।"

तो रहने दो चुप। नर्स मेरा चेहरा देख कर समझ गई कि इसका मुझ पर कोई प्रभाव नहीं पड़ा। उसे इससे अधिक भी कुछ बोलना होगा।

"जो सुधार उसकी सेहत में ऊपर से बहुत प्रभावशाली दिख रहा है, वह खोखला है।" उसने फिर कहना शुरू किया, "जब आप पिछली बार यहाँ आई थीं तो हम उस वक़्त ठीक से कुछ कह सकने की स्थिति में नहीं थे मगर अब हम सही निष्कर्ष

पर पहुँच चुके हैं। वह अपने हाथ तो हिला सकती है मगर चल नहीं सकती। ले. कर्नल रोज़ आते हैं, और हम उनसे भी बातचीत कर रहे हैं कि आगे क्या किया जाए।"

ठीक है, अगर ले. कर्नल रोज़ आ ही रहे थे तो साफ़ था कि मैं घर जाने के लिए आज़ाद थी। पूरा पुलिस बल यहाँ आए, चाहे तो स्काउट्स भी आएँ! मेरी यहाँ क्या ज़रूरत थी? पूरा मुहल्ला उसके लिए ज़रूरत का हर सामान ला रहा था, चटपटी ख़बरें ला रहा था, ले. कर्नल संरक्षण प्रदान किए हुए थे। अगर मेरी ज़रूरत नहीं थी तो ठीक है। मैंने अपना अन्तिम फ़ैसला सुना दिया था।

"अच्छा होता अगर..."

उसने वाक्य अधूरा ही छोड़ दिया था। मैं अच्छी तरह समझ गई थी कि वह क्या कहना चाह रही थी। आख़िर शब्दों को तोलना ही तो मेरा पेशा था। मैं किसी बात का बुरा न मानूँ, सब चीज़ निगल लूँ, हर संकेत, हर बेइज़्ज़ती—क्योंकि न सिर्फ़ वह हमेशा के लिए अपाहिज बनी रहेगी बल्कि वह अधिक जिएगी भी नहीं। बकवास। वह हमेशा-हमेशा जिन्दा रहेगी; और मुझे उससे कोई लेना-देना नहीं है।

आज, जब मैं यह शब्द टाइप कर रही हूँ, मुझे समझ में आ रहा है कि यही वह पल था जब मैंने दूसरी, और आख़िरी बार, उसकी तकदीर का फ़ैसला कर दिया था। यही वक़्त था जब मैंने उसे अपने हाथ से फिसल जाने दिया था।

"हर हालत में, मैं आपको फ़ोन करूँगी अगर उसे आपकी ज़रूरत हुई।"

"नहीं, कोई ज़रूरत नहीं है फ़ोन करने की। उसे मेरी ज़रूरत नहीं पड़ेगी। वह मुझसे कुछ नहीं लेगी, न भावनात्मक, न शारीरिक रूप से।"

मैं धीरे-धीरे घर पहुँची और जो घटा था, पूरा-का-पूरा अपने पति को सुना दिया। वे चुपचाप सुनते रहे, उन्होंने कुछ देर तक कोई जवाब नहीं दिया। उसके बाद जो मैंने उनसे सुना उसकी अपेक्षा मैंने कदापि नहीं की थी उनसे। मुझे चौंका दिया था उन्होंने जब एक ठण्डी साँस लेकर बोले, "बेचारी ऐमैरैन्त्स"

बेचारी ऐमैरैन्त्स! कितने सालों से मैं चर्च के पादरी से लड़ती आई थी क्योंकि वह ऐमैरैन्त्स को अच्छा इन्सान नहीं मानता था। और आज जब मैं उससे सहमत होने जा रही थी तो यह!

"कभी-कभी तुम आश्चर्यजनक रूप से असंगत बात करती हो", मेरे पति कहते गए, "तुम एक छोटी-सी बात, जो सब समझ रहे हैं, क्यों नहीं समझ पा रही हो? बाकी हर आदमी यह जान रहा है—पूरा मुहल्ला, ले. कर्नल। जो तुम बता रही हो उससे भी यह बात साफ़ समझ में आ रही है।"

क्या बात 'बिलकुल साफ़' थी? मैं उनकी ओर ऐसे देख रही थी जैसे वियोला मेरी बात समझ में न आने पर मेरी ओर देखता था। उस बदकिस्मत दिन जो हुआ उसके अलावा मैंने और क्या गुनाह कर दिया था? उस दिन से मैं अपने

आपको कोसे ही चली जा रही हूँ। एक मिनट भी उस अपराध की भावना से आज़ाद नहीं हो पा रही हूँ। जिस रात पुरस्कार वितरण का समारोह था तब मैं भयग्रस्त थी, एथेन्स में तो नर्क से भी बदतर हालत में थी, और जब सो नहीं रही होती तो मेरी परेशानियाँ चारों ओर से भेड़ियों की तरह मुझे घेरे होती।

"ऐमैरैन्त्स शर्मिन्दा है तुम्हारे सामने और पूरे पड़ोस के सामने। वह यह दिखा रही है कि उसने अपनी स्मरण-शक्ति खो दी है, क्योंकि ऐसा करके उसके लिए आसान होगा उस विचार को भोगना कि वह पूरे मुहल्ले के सामने गन्दगी में पड़ी पाई गई, और उसकी इज़्ज़त मिट्टी में मिल कर रह गई। क्या मुझे तुम्हें यह सिखाना होगा कि शर्मिन्दगी क्या होती है? तुम्हें, जिसकी वजह से उसे यह झेलनी पड़ी? यह 'एक्शन' लेने के दिन का विचार क्या तुम्हारा नहीं था? तुमने उसे ज़ंजीरों में जकड़ कर, बाँध कर, उस इतना अधिक साफ़ रहने वाली औरत को, उसके सब राजों के साथ सबके सामने बेपर्दा करके पटक दिया जबकि तुम्हें उसकी हर हालत में रक्षा करनी चाहिए थी। तुम अकेली थीं इस पृथ्वी पर, जो शब्दों से ही उसे दरवाज़ा खोलने के लिए उकसा सकती थीं। तुम उसकी यूदास* हो। तुमने उसे धोखा दिया।"

ओफ़, तो अब मुझे यूदास की उपाधि भी मिल गई थी? क्या इतना काफ़ी न था कि मैं थक कर चूर हो रही थी और मुझे आराम की सख्त ज़रूरत थी? आज दिन भर मैं काफ़ी कुछ झेल चुकी थी, अब यह कोई वक़्त नहीं था मुझे भाषण देने का। मैं सिर्फ लेटना चाहती थी। शूतू ने कहा था, छः बजे आएगी। मैंने अपने पति से कहा अगर मेरी आँख लग जाए तो मुझे उठा दें। और यह कह बिस्तर में घुस गई। मुझे लगा था कि मैं इतनी थकी हुई हूँ कि लेटते ही सो जाऊँगी, मगर दिमाग़ कहाँ शान्त हो रहा था। जब घण्टी बजी तो दरवाज़ा मैंने ही खोला। वियोला कमज़ोर लग रहा था मगर खुश था। आज पहली बार वह हमें देख कर खुश हुआ था। वह हमें यह दिखाना चाह रहा था कि वह अपने घर आ गया है। और जैसे उसने हमें दोबारा पा लिया था, एक दिन ऐमैरैन्त्स को भी पा लेगा। मैंने शूतू को धन्यवाद दिया और उससे इस काम के पैसे पूछे। उसने वाजिब पैसे माँगे जो मैंने उसे दे भी दिए मगर वह वहीं खड़ी रही।

"प्लीज़ लेखिका साहिबा", उसने कहना शुरू किया, "मैं आपको कुछ बताना चाहती हूँ, अगर डॉक्टरों और नर्सों ने पहले से ही आपको न बता दिया हो। ऐमैरैन्त्स ठीक तो हो रही है मगर कुछ अजीब तरह से। उसे बहुत कम बातें ही याद हैं उस दिन की। उसे कुछ पता नहीं है कि उसके साथ क्या हुआ–न वह कुल्हाड़ी, न एम्बुलेन्स, न उसका वह अन्तिम पल तक विरोध करना। उसने हमसे पूछा कि वह यहाँ कैसे लाई गई, तो मैंने उसे बताया कि आपने यहाँ सब इन्तज़ाम

---

* यूदास–यीशु का वह चेला, जिसने उन्हें अन्तिम समय पर धोखा दिया और जिसके कारण वह सूली चढ़े।

किया था। उसे एक ही बात की उत्सुकता थी जानने की, कि क्या उसके दरवाज़े पर ताला ठीक से लगा दिया गया है, हमने फ़ौरन कहा 'हाँ' और यह भी कि चाबी आपके पास है। वह वही कहानी जानती है जो ले. कर्नल ने हमें उसे बताने को कहा था—कि एक दिन हमारे खटखटाने पर जब वह कुछ न बोली तो हम घबरा कर आपके पास भागे, आप आईं, आपने भी आवाज़ लगाई मगर वह फिर भी न बोली। तब तक हम समझ गए थे कि कुछ अधिक गड़बड़ है। डॉक्टर साहब ने दरवाज़े को ज़रा-सा धक्का दिया और वहीं घुसते ही उसे बेहोश पाया गया था। मिस्त्री ने उसे गोद में उठाया और ब्रोदॉरिच साहब की गाड़ी में उसे अस्पताल लाया गया, जहाँ अभी तक उसकी देखभाल हो रही है। एक शब्द भी उसके सामने सफ़ाई कर्मचारियों, बिल्लियों और किसी भी चीज़ के बारे में नहीं बोला गया है। किसी ने उसे यह तक नहीं बताया है कि आप एथेन्स गई थीं। अतः मेहरबानी से उससे यही कहिएगा कि सब कुछ ठीक है, कि आपने फ़ौरन घर में ताला लगा दिया था, कि आप रोज़ जा कर हर चीज़ ठीक कर के आती हैं। अभी बहुत समय है उसके यह जानने में कि उसका कमरा जा चुका है और उसमें पड़ी वे सब गन्दी चीज़ें भी। हर व्यक्ति उसकी मानसिक स्थिति का बहुत ख़याल रख रहा है। ले. कर्नल और योज़ी के बेटा बहुत आसानी से झूठ-पर-झूठ बोल लेते हैं। जो बातें उसे बताई गई हैं उससे उसे विश्वास हो गया है कि वह जल्दी ही ठीक हो जाएगी। मैं नहीं जानती जब उसे सच्चाई का पता चलेगा तब क्या होगा।"

वह मुझसे प्रशंसा की अपेक्षा कर रही थी, और उचित भी था, मगर मैंने कुछ नहीं कहा। पूरा मुहल्ला इस कठिन इम्तिहान में पास हुआ था, मगर मैं चुप थी। मैं असली ऐमैरैन्त्स को जानती थी। अब मुझे सब कुछ साफ़ दिख रहा था। ऐमैरैन्त्स याददाश्त खो चुकी थी? कितना बड़ा मज़ाक था यह! और फिर वह उसका तौलिए से अपना चेहरा छिपाना? उसके लिए क्या दलील थी? अपनी पूरी ज़िन्दगी वह राजा-महाराजाओं की तरह अपनी याददाश्त को बदलते राजनीतिक परिपेक्ष्य के अनुरूप ढालना जानती थी। अब जो मेरी समझ में आ रहा था उससे मैं चकित नहीं हो रही थी। वह मुझे डरा रहा था। जब शूटू ने चलते समय मुझसे हाथ मिलाया तो उसने कहा था कि मेरी उँगलियाँ बहुत ठण्डी हो रही थीं। कहीं मैं बहुत ज़्यादा परेशान तो न थी।

मेरे पति भी उसी निष्कर्ष पर पहुँचे थे जिस पर मैं, अतः विवाद का कोई प्रश्न ही नहीं था। मैं कुर्सी पर गिर कर वियोला को सहलाने लगी। मुझे निश्चय लेना था कि मुझे क्या करना है। मैंने ले. कर्नल को फोन किया वह मिले नहीं मगर मुझसे कहा गया कि मेरा संदेशा उन्हें दे दिया जाएगा। मैंने योज़ी के बेटे को फोन किया और वह मिल भी गया। वह भी उसी भुलावे में था जिसमें शूटू। कितना अच्छा था कि बुआ को कुछ भी याद नहीं था! बाद में जब फ़्लैट में पुताई

वग़ैरह हो जाएगी, साफ़-सुथरा रसोईघर बन जाएगा, नया दरवाज़ा लग जाएगा, तब हम उनको प्यार से समझा देंगे सब कुछ। मेरी आयुर्विज्ञान में तो उतनी समझ न थी जितनी उसकी मगर मैं ऐमैरैन्त्स को उससे अधिक अच्छी तरह से जानती थी। मैंने देखा था उसे उस दिन भोज के खाने को नष्ट करते जिसे खाने आने वाली पहुँची नहीं थी। मैं उसके साथ उसकी यादों की भूल-भुलैया में भी घूम चुकी थी। अपनी बिल्लियों को भूलना? असम्भव। अगर ऐसा होता तो वह फ़्लैट के बारे में पूछती नहीं। नहीं, उसे सब कुछ याद था। बस वह खुल कर पूछने की हिम्मत नहीं जुटा पा रही थी। शुरू-शुरू में हो सकता है दवाइयों ने उसके दिमाग़ को सुन्न कर के रखा हो, उसके दिमाग़ पर से सब बोझ हटाने को, मगर जैसे-जैसे उन दवाइयों का असर कम हो रहा होगा उसे, सब कुछ जो धुँधला पड़ गया था, और भी सफ़ाई से नज़र आ रहा होगा। अगर वह शूटू को पहचान सकती थी, सब पड़ोसियों को पहचान सकती थी तो घर के बारे में सब उसके दिमाग़ में साफ़ होगा। वे जानवर भी जो उसमें थे, आधी पकी बत्तख, सड़ी हुई मछली—वह हर चीज़ जो उसके सामने उस वक़्त थी जब उसे लकवा मारा था और वह चलने-फिरने से लाचार हो गई थी। वह इसे राज़ रख रही थी क्योंकि उसे लग रहा था अपनी ज़िन्दगी की कई लड़ाइयों की तरह वह इस से भी बाहर आ जाएगी, जैसे हर बार गिर-गिर कर सँभली थी इस बार भी सँभल जाएगी। बेचारी ऐमैरैन्त्स, जिसे कोई सच नहीं बता रहा था, जो पूछने की हिम्मत नहीं कर रही थी, बस जिसे अकेले परछाइयाँ पकड़ने के लिए छोड़ दिया गया था! तो मैं क्यूँ इतना बुरा मान रही थी? यह वक़्त यह देखने का तो नहीं था कि उसने किसको कितना दुख पहुँचाया; बीमार व्यक्ति किसी को क्या दुख पहुँचा सकता है? अब तुम फ़ौरन अस्पताल वापिस जाओ। इस नाटक में केवल एक ही मुख्य पात्र है और वह तुम नहीं हो, वह ऐमैरैन्त्स है। यह नाटक केवल एक औरत के इर्द-गिर्द घूम रहा है।

वह अकेली नहीं थी। मेडिकल प्रोफ़ेसर की पत्नी उसे देखने आई थीं और ऐमैरैन्त्स उनसे बड़ी खुशमिज़ाजी से बातचीत कर रही थी। इन महिला ने ऐमैरैन्त्स की बहुत तारीफ़ की थी। पूरा अस्पताल अचम्भित था कि यह वृद्धा कितने लोगों के लिए इतना महत्व रखती थी। यह ख़ूबसूरत और महत्वपूर्ण औरत एक अकस्मात आ पहुँची मेहमान थीं, ऐमैरैन्त्स के लिए यह बहुत इज़्ज़त की बात थी अतः उनके सामने उसने तौलिए से मुँह ढकने का नाटक नहीं दोहराया। मगर जैसे ही वे गईं, ऐमैरैन्त्स फिर बढ़ी तौलिया उठाने। मैं ग़लत नहीं थी। उसका दिमाग़ बहुत अच्छी तरह से काम कर रहा था। प्रोफ़ेसर की पत्नी भोली-भाली थीं—वे कुछ जानती न थीं—अतः पर्दे की ज़रूरत उनके सामने थी नहीं, मगर मेरे सामने थी। जैसे ही मैं उसके पलंग की ओर बढ़ी, उसने एक पादरी की तरह अपना नकाब चढ़ा लिया; मुझसे अपने चेहरे और शर्म को छिपाने के लिए। मैंने चारों ओर नज़र घुमाई।

मेज़ पर 'नो विज़िटर्स' की तख्ती पड़ी थी, मैंने उसे उठा कर दरवाज़े के बाहर टाँग दिया और फिर पलट कर उसके हाथ से तौलिया खींच कर दूसरे खाली पड़े पलंग पर फेंक दिया। वह उस तक नहीं पहुँच सकती थी; अब उसे मेरी ओर देखना पड़ेगा। गुस्सा और नफ़रत भरे हुए थे उसकी आँखों में।

"अब हम अन्त करें इसका," मैंने उससे कहा, "अगर तुम मुझसे इतनी नफ़रत करने लगी हो क्योंकि मैंने तुम्हें मरने के लिए नहीं छोड़ दिया, तो ठीक है मुझे मंज़ूर है। मगर अपना मुँह मत छिपाओ। मुझसे आँख से आँख मिला कर साफ़-साफ़ बात करो क्योंकि इस तरह ज़्यादा दिन नहीं चल सकती यह आँख मिचौली। मैं तुम्हारी मदद करना चाहती थी। वैसा नहीं हो पाया, जैसा मैंने प्लान किया था, मगर मेरा इरादा नेक था। चाहे तुम मेरा विश्वास करो या नहीं।"

उसने एक पल के लिए भी मेरे चेहरे से आँख न हटाई। एक प्रश्नकर्ता वकील और जज, दोनों ही उसमें एक साथ दिखाई दे रहे थे। और फिर अचानक उसकी आँखों में आँसू भर आए। मैं जानती थी वह क्यों रो रही है—अपने उस राज़ के लिए जो अब राज़ न रह गया था, अपनी बिल्लियों के लिए जिनके बारे में अब वह कुछ न तो जानती थी, न पूछ सकती थी। अपनी बेइज़्ज़ती के लिए जो उस गन्दी हालत में सबकी आँखों के सामने पाए जाने से हुई थी। उस कुल्हाड़ी के लिए, अपने मान-सम्मान की मृत्यु के लिए और मेरे विश्वासघात की वजह से। उसने कुछ नहीं कहा, मगर मैं समझ गई कि अगर मैंने यह स्वीकार कर लिया होता कि इसने अपनी लाचारगी की हालत में मृत्यु को गले लगाने का निश्चय कर लिया है, अगर मैंने इसको इस हालत में सबकी नज़रों के सामने बेआबरू न किया होता, अगर मैं इसकी बरसों से कमाई इज़्ज़त को यूँ सरे आम नीलाम न होने देती तो यह समझती कि मैं इसे प्यार करती हूँ। ऐमैरेन्त्स कभी स्वर्ग में विश्वास नहीं करती थी, वह तो 'आज' में जीने की कायल थी। जब मैंने उससे उसका दरवाज़ा खुलवाया तो उसकी तो दुनिया ही उलट गई, और वह उसके नीचे ही दफ़न हो गई थी। मैंने ऐसा क्यों किया? मैं ऐसा कर कैसे पाई? इसमें से एक शब्द भी उसने नहीं कहा था। यह वाक्य हम दोनों के बीच अनकहे ही घूम रहे थे।

"ऐमैरेन्त्स" मैंने फिर शुरू किया, "अगर तुम मेरी जगह होतीं तो क्या मुझे मरने देतीं?"

"बिलकुल" उसने रूखेपन से जवाब दिया। अब उसके आँसू थम चुके थे।

"और तुम्हे कोई अफ़सोस न होता?"

"ज़रा भी नहीं।"

"अगर मैं तुमको नहीं बचाती तब भी तो एक दिन यह सड़ी मछली, यह गन्द सबके सामने आता ही।"

"तो क्या होता? अगर आप मुझे मर जाने देतीं तो उसके बाद मेरे घर से

क्या निकलता, उससे मुझे क्या फ़र्क़ पड़ता? मृत व्यक्ति क्या देख सकता है? क्या जान सकता है? क्या महसूस कर सकता है? आप ही हैं जो कल्पना करती हैं कि स्वर्ग में कोई आपका स्वागत करता बैठा होगा, कि वियोला भी मर कर वहीं आपके पास पहुँचेगा। आपका घर, आपका टाइपराइटर, आपके नाना की मेज़—सब एक देवदूत वहीं पहुँचा देगा और यही संसार वहाँ चलता रहेगा। कितनी बेवक़ूफ़ हैं आप! मृतक व्यक्ति के लिए कोई चीज़ भी कोई मायने नहीं रखती। वह ज़ीरो हो जाता है। ताज्जुब है कि आप यह समझ नहीं पातीं; ख़ासी उम्र हो गई है अब आपकी।"

तो यह केवल शर्म नहीं थी, साथ में गुस्सा और नफ़रत भी थे। ठीक है, यही सही। मगर मुझसे कोई प्रायश्चित की उम्मीद मत रखना। मैं ऑदेल्का नहीं हूँ।

"तो फिर मकबरा बनाने की क्या ज़रूरत है ऐमैरेन्त्स? क्यों अपने माँ, बाप और भाइयों को क़ब्रों में से निकाल कर उन्हें एक अच्छी जगह दफ़नाना चाहती हो? झाड़ियों के बीच एक गड्ढा भी काफ़ी है।"

"आपके लिए। मेरे और मेरे परिवार के लिए नहीं। आपका परिवार गड्ढे में दफ़नाया जा सकता है। मृतक व्यक्ति महसूस तो कुछ नहीं करते मगर उन्हें इज़्ज़त तो मिलनी चाहिए। मगर आप इज़्ज़त, मान-सम्मान इसके बारे में क्या जानें? आप तो समझती हैं कि पार्लियामेन्ट हाउस से मेरी ओर चन्द मीठे शब्दों की रसदार हड्डी फेंकेंगी और मैं वियोला की तरह दुम हिलाने लगूँगी और आपकी ग़ुलामी करूँगी। इस ग़लतफ़हमी में मत रहिएगा। आप बड़ी-बड़ी बातें बनाना खूब जानती हैं, मगर वक़्त पड़ने पर साथ खड़ा होना नहीं जानती; जब आप मेरी जान बचा रही थीं, उस वक़्त मेरे मान-सम्मान की रक्षा करना, मुझे दुनिया के सामने बेइज़्ज़त होने से बचाना, उससे तो आप को कोई लेना-देना नहीं था न, आपके पास उसका समय ही कहाँ था। चली जाइए यहाँ से, और जा कर कहीं फिर कुछ घोषणा कीजिए। आपमें इतनी हिम्मत कहाँ से आई कि आप पुरस्कार पाने का श्रेय मुझे दे पाईं?"

वह जानती थी कि वह क्या कर रही है, यह सब मेरे मुँह पर कह कर। हम दोनों एक-दूसरे को अच्छी तरह जानते थे। मैं खड़ी हो गई। मैं दरवाज़े तक पहुँची ही थी कि उसने पीछे से आवाज लगा कर कहा—

"आपने कम-से-कम गन्दगी तो साफ़ कर दी न? क्या आप मेरे पालतू जानवरों का ख़याल कर रही हैं? आपने दरवाज़े का टूटा टुकड़ा जुड़वा दिया है न?"

एक पल के लिए मेरा मन हुआ कि उसे बता दूँ कि उसका फ़्लैट तहस-नहस किया जा चुका है, दरवाज़ा ग़ायब हो चुका है, और जानवर खो चुके हैं। अगर मैं ऐसी कर देती तो अपने को कभी माफ़ न कर पाती। खुशकिस्मती से यह ग़लती मैंने नहीं की। मैंने जवाब दिया कि मेरे अलावा उसके घर में कोई नहीं घुसा था। जैसे ही डॉक्टर ने उसे खींच कर बाहर निकाला; मेरे पति और ब्रोदॉरिच ने मिल कर टूटे दरवाज़े पर एक बोर्ड जड़ दिया था, ताकि कोई जानवर कहाँ से भाग न

सके। जब तक वह अस्पताल पहुँची मैंने घर को ठीक-ठाक कर दिया था—उसी रात। सुबह, बाकी जो काम बच गए थे, वे भी जाकर निबटा आई थी। सफ़ाई करना इतना आसान नहीं था मगर फिर भी मैंने कर दी थी। उसके घर की गन्दगी उसके घर के बाहर के कूड़ेदान में नहीं डाली थी बल्कि दूसरी सड़क के कूड़ेदान में ताकि किसी को पता न चले कि यह सब उसके घर से निकली है। मेरे शब्द झरने की तरह बहे चले जा रहे थे। बिल्लियाँ ठीक थीं। जो मर गई थी उसे मैंने जंगली गुलाब की झाड़ी के नीचे दफ़ना दिया था। बिल्लियों को मैं केवल मीट खिला रही थी क्योंकि मेरे पास पकाने का समय नहीं था। और अब मैं घर भागूँगी क्योंकि हमने अभी तक खाना नहीं खाया है—केवल बिल्लियों ने खाया है—और फिर बारिश भी तो आने वाली है, कहीं मैं भीग न जाऊँ।

मैं चल दी। एक दिन के लिए इतना काफ़ी था। मगर उसने कुछ बहुत प्यार से पुकार कर फिर रोक लिया। बोली "मॉगदुष्का!" (छोटी-सी मॉगदा) केवल मेरे माँ-बाप ही मुझे इस नाम से पुकारते थे और कोई नहीं। मैं बुत की तरह वहीं खड़ी हो गई, प्रतीक्षा करती कि अब आगे क्या होने वाला है। मेरा दिल धड़क रहा था; अन्दर तरह-तरह के मिले-जुले भाव उथल-पुथल मचा रहे थे—झूठ बोलने की शर्म, आशा, अपराध, और सुकून। उसने हाथ थोड़ा उठा कर मुझे अपनी ओर आने का इशारा किया। फिर से उसने मेरा नाम पुकारा। इस शब्द में बहुत कुछ था उस वक़्त—बिजली के करंट जैसा कुछ। आवाज धीमी थी, मगर प्यारी—जैसे कोई पर्दा सरकाने की-सी। मैं पलंग के पास बैठ गई, उसने मेरा हाथ अपने हाथों में ले लिया, और बोलते समय मेरी उँगलियाँ सहलाने लगी।

"वह सारी बदबूदार गन्दगी? वह नर्क? इन छोटे-छोटे प्यारे हाथों से? ख़ुद अपने आप ताकि कोई और देख न सके? रात को?"

मैंने अपना चेहरा दूसरी ओर घुमा लिया। मैं उसकी नज़र का सामना नहीं कर पा रही थी। अचानक उसने अपने पोपले मुँह को खोला और अपने मसूड़ों से मेरा हाथ पकड़ लिया। यह मेरी ज़िन्दगी का सबसे चौंकाने वाला पल था। अगर उस समय कोई हमें देखता तो दोनों को पागल समझता। मगर मैं जानती थी इसका अर्थ क्या है, वियोला भी अपनी ख़ुशी जब आवाज़ से नहीं बयान कर पाता था तो शरीर की भाषा से समझाता था। वह बार-बार मुझे धन्यवाद कहती रही। बोली कि वह ग़लत थी। मैंने उसके साथ कोई विश्वासघात नहीं किया था, मैंने तो उसकी जान बचाई थी। उसकी कोई बदनामी नहीं हुई थी। पड़ोसी कुछ नहीं देख पाए थे। उसका मुँह काला नहीं हुआ था। अब वह घर जा सकती थी।

ऐसे बहुत अधिक पल नहीं हैं मेरे जीवन में जो मुझे डर से कँपा जाते हैं। मगर यह ऐसा ही पल है। न उससे पहले, न उसके बाद मेरी ज़िन्दगी में ऐसा मौक़ा कभी नहीं आया कि मैं भय और ख़ुशी एक साथ महसूस कर पाऊँ। अब सब ठीक हो गया था—ऐमैरैन्त्स की बिल्लियाँ खेल रही थीं, दरवाज़ा ज्यों का त्यों

खड़ा था, 'लवर्स सीट' वहीं लगी थी—उसका पूरा साम्राज्य, जो कब का आग में जल चुका था। मैंने अपनी उँगलियाँ खींच लीं। बहुत कठिन हो रहा था यह सब बर्दाश्त करना। मैं जानती थी कि मेरे आँसू बह रहे थे। उसने मेरी आँखें पोछते हुए कहा अब क्या रोने की ज़रूरत है अब तो वह सिर उठा कर घर वापिस जा सकेगी, और उसने वायदा किया कि वह अब जल्दी ठीक होने का प्रयत्न करेगी।

मैंने चलने से पहले अपना चेहरा ठीक किया। उसने केक और चॉकलेट जो उसके लिए लाए गए थे, बटोरे और मुझे वियोला के लिए ले जाने को दे दिए।

❑

शूतू

ऐमैरैन्त्स की हालत में दिन-ब-दिन सुधार हो रहा था। सफ़ाई अभियान के समय उसके लम्बे बाल कुछ काट दिए गए थे, जो अब फिर से बढ़ने लगे थे। सब यह नोट कर रहे थे कि उसके सिर से मानो कोई बोझ-सा उतर गया था—डॉक्टर, आने वाले लोग, ले. कर्नल; मगर जितना जितना ऐमैरैन्त्स शान्त होती जा रही थी, मैं उतनी ही परेशान हो रही थी। मैं झूठ के इतने बड़े जाल में फँस गई थी जिससे निकलना असम्भव था। मैंने उस डॉक्टर से फिर बात की जो उसका इलाज कर रहा था। वह कोई खुश तो न हुआ था सब कुछ जान कर मगर उसके पास भी दूसरा कोई विकल्प नहीं था। हमें उसे सच जानने से तब तक रोकना होगा जब तक हम रोक सकते हैं। इस बीच ले. कर्नल रसोई में सफेदी करवा कर नई लगवा देंगे, और एक नया दरवाज़ा भी। मैंने यह समझाने में अपनी शक्ति व्यर्थ नहीं गँवाई कि अगर उसके फ़्लैट में हम ब्रिटेन की महारानी के महल से भी चीज़ें ला कर लगवा देंगे तब भी वह सन्तुष्ट न होगी, क्योंकि जो उसे प्रिय था उसकी पूर्ति करना असम्भव है। अगर वह अपना फ़र्नीचर बदलना चाहती तो बहुत पहले कर चुकी होती, परमात्मा जाने उसकी क्या-क्या यादें उस रसोई से जुड़ी होंगी? उसमें एक भी चीज़ दूसरी चीज़ से मेल नहीं खाती थी। और एक और परेशानी भी थी। खाली यही नहीं था कि वह हर नई चीज़ को नापसन्द करेगी, मुसीबत यह भी थी कि इससे उसकी तबीयत फिर बिगड़ सकती थी। अगर नया फ़र्नीचर आ गया तो पुराने का क्या हुआ, ज़रूर वह बिगड़ गया होगा, और अगर हाँ तो फिर तो वह जान ही जाएगी कि मैंने उससे कितना झूठ बोला था। “आप कृपया समझने की कोशिश कीजिए,” मैंने डॉक्टर से कहा, “यह वृद्धा इसलिए जिन्दा है क्योंकि यह समझती है मैंने इसका राज़ बचा कर रखा है, कि मैंने इसका घर ख़ुद साफ़ किया और यह पूरे मुहल्ले के सामने बेइज़्ज़त नहीं हुई—और अब यह सिर उठा कर घर वापिस जा सकती है, और वहाँ यह अकेली भी नहीं होगी क्योंकि इसकी बिल्लियाँ इसका इन्तज़ार कर रही हैं।” “वह बच जाएगी”, डॉक्टर ने मुझे दिलासा दिया। मैंने उसकी ओर बड़ी निराशा से देखा। वह समझा नहीं था बात को। वह ऐमैरैन्त्स को भी नहीं समझ पाया था।

और इस बीच पूरा पड़ोस बिल्लियाँ ढूँढने में लग गया था, ताकि कम-से-कम वे तो उसे वापिस मिल जाएँ। मगर मैं उनका ठीक हुलिया बता नहीं पा रही थी। एक ही बार तो देखा था उन्हें मैंने। मुझे थोड़ा-थोड़ा याद था कि एक काली-सफ़ेद थी, कुछ धारीदार थीं, और एक स्लेटी रंग की तो हमें सड़क पर मरी हुई पड़ी मिली, जो लावारिस थी अतः उसी की होगी। और बाकियों का कोई अता-पता नहीं था। अब हम सब आने वाली विपदा का सोच-सोच कर डर रहे थे। ऐमैरैन्त्स का आँगन फिर लोगों से भर गया था। घेरा बढ़ता ही चला जा रहा था, लोग अपने-अपने स्टूल ले-ले कर आते चले जा रहे थे उसकी समस्या का हल ढूँढने। सभी गम्भीरता से विचार कर रहे थे और इन सबकी नेता थी शूतू। सड़क पर डोलती सारी बिल्लियों को पकड़ कर लाया गया और शूतू के सामने पेश किया गया। ऑदेल्का उसकी सहायक बनी, जबकि उसने भी कभी उन बिल्लियों को देखा नहीं था। उस आँगन में अगर कोई कदम तक न रख रहा था तो वह था वियोला। वहाँ कुछ अजनबी-सी महक सूँघ पा रहा था, जो उसे ज़रा भी पसन्द नहीं आ रही थी।

वियोला अजीब-सा होता जा रहा था। अकेला सड़क पर निकल पड़ता था जैसे कुछ ढूँढ़ रहा हो। खुशकिस्मती से कोई दुर्घटना नहीं घटी, जिसके लिए हम ले. कर्नल के आभारी थे जिन्होंने सब पुलिस-स्टेशनों पर नोटिस भिजवा दिया कि एक कुत्ता जो वियोला नाम का है, सड़क पर निकल गया है अपने मालिक की तलाश में। जिसे भी मिले, मुझे ला कर दे। हमारे एथेन्स से आने के बाद से वियोला कई कई दिन घर से बाहर ग़ायब रहने लगा, पूरे मुहल्ले में चक्कर काटता रहता। जंगल तक घूम आता जहाँ उसे ऐमैरैन्त्स ले जाती थी। एक दिन वह मुझे बुलाने आया। बहुत भौंक रहा था, मुझे कुछ दिखाना चाहता था। दो गली तक मुझे दौड़ाता ले गया, एक बाग तक, फिर मेरी ओर ऐसी नजरों से देखने लगा मानो कह रहा हो कि जिस चीज़ को दिखाने मुझे लाया था वह यहीं थी मगर अब नहीं है। उसने ज़रूर ऐमैरैन्त्स की किसी बिल्ली को वहाँ देखा होगा। वह उससे डर कर भागी न होगी क्योंकि दोनों एक-दूसरे को जानते थे, मगर जब तक वह मुझे वहाँ तक लेकर गया वह अन्दर कहीं छिप गई थी। बाद में एक औरत को एक काली-सफ़ेद बिल्ली की लाश भी सड़क पर मिली जिसे किसी कुत्ते ने मार दिया था। यह तो स्वाभाविक ही था क्योंकि ऐमैरैन्त्स ने अपनी बिल्लियों को कुत्ते से डरना सिखाया ही नहीं था। वे क्या जानती थीं कि कुत्ते उन्हें नुक़सान पहुँचा सकते हैं। बाकी सभी बिल्लियाँ न जाने कहाँ ग़ायब हो गई थीं।

अब तक मैंने रोज़ अस्पताल जाना छोड़ दिया था। मेरे पास एक तो वक़्त नहीं था दूसरे इसकी अब ज़रूरत नहीं थी। शुरू में मैंने अपनी परेशानियों से बचने की कोशिश की, मगर कोई फ़ायदा नहीं हुआ। मैं बहुत खुश होती अगर कुछ लिख पाती मगर रचना करने के लिए सबसे अधिक ज़रूरी है उसकी कृपा और फिर

उसके साथ-साथ, रचना की सफलता के लिए आवश्यक है मन में थोड़ी अशान्ति, थोड़ी शान्ति, मन में ठहराव, प्रेरणा, कुछ कड़वाहट, कुछ मिठास—और यह सब उस समय मेरे पास नहीं थे। जब मैं ऐमैरेन्त्स के बारे में सोचती, तो मुझे इस बात से शान्ति न मिलती थी कि वह ज़िन्दा है। बल्कि मैं अपने आपको असहाय और उलझे हुए दिमाग़ वाली पाती, हर वक़्त शर्म का एहसास मुझे रहता।

एक दिन ऑदेल्का भागी-भागी मुझे ऐमैरेन्त्स के आँगन में बुलाने के लिए आई। सब पड़ोसी वहाँ जमा थे और बातचीत कर रहे थे।

शूतू सीधे मुख्य बात पर आई, "मैं क्या सोचती थी अब क्या होगा? जब ऐमैरेन्त्स ठीक हो कर घर आ जाएगी तो उसका क्या होगा?" मैंने कहा कि जहाँ तक मैं जानती थी, हम इसके बारे में पहले ही फ़ैसला कर चुके थे। शुरू में उससे कोई काम नहीं कराया जाएगा, और जब तक वह पूरी तरह से अपनी ताक़त वापिस नहीं पा लेती, वह हमारे घर में रहेगी। उसका दिमाग़ और हाथ तो ठीक हो गए थे मगर अभी वह चल नहीं सकती थी बिना सहारे के। मगर डॉक्टरों को उम्मीद थी कि केवल कुछ समय ज़्यादा लगेगा मगर वह बिलकुल ठीक हो जाएगी। मैं एक घटिया नाटक में एक बहुत ही घटिया पात्र-चित्रण कर रही थी। शूतू ने हाथ का इशारा कर मुझे रोक दिया।

"मगर आप जानती हैं कि वह कभी काम नहीं कर सकेगी। कोई सवाल ही नहीं पैदा होता उसके पूरी तरह से ठीक होने का," उसने इस अन्दाज़ में कहा मानो यह सोच कर खुश हो रही हो। "ऐमैरेन्त्स अब ख़त्म है लेखिका महोदया। अगर अभी नहीं तो साल भर के अन्दर, और यह फ़्लैट केयरटेकर का काम करने वाले व्यक्ति का है। क़यामत तक तो सब किराएदार उसका काम बाँट नहीं सकते। यह तो सम्भव ही नहीं है, तब भी मुश्किल होता अगर ऐमैरेन्त्स पाँच आदमियों के बराबर काम न करके एक ही आदमी का काम कर रही होती।"

मिस्त्री की पत्नी ने उसे डाँट कर बीच में ही टोका। "यह कोई तरीक़ा नहीं है बात करने का," वह चिल्लाई, "बिल्डिंग में रहने वाले हर व्यक्ति की ओर से वह यह घोषणा करती है कि वे वृद्धा को कभी नहीं छोड़ेंगे। और हाँ, वे सब ख़ुशी-ख़ुशी उसके सब काम बाँटेंगे तब तक, चाहे इसमें कितना भी वक़्त लगे, जब तक वह पूरी तरह ठीक नहीं हो जाती।" हर आदमी अपना योगदान दे रहा था। अभी तक भी और आगे भी देता रहेगा। शूतू आख़िर सोच क्या रही थी? वे ऐमैरेन्त्स को यूँ सड़क पर न आने देंगे।

"सड़क पर आने की बात कौन कर रहा है?" शूतू ने उसकी ओर आँखें दिखाते कहा। वह क़िस्मत की तरह थी इस समय—पसन्द आए न आए—फ़ैसला तथ्यों के आधार पर कर रही थी। जैसा मैं अब समझ सकती हूँ, हम सब में से केवल वही एक थी जिसने सब संभावनाओं पर अच्छी तरह सोच-विचार किया था,

जिम्मेदाराना तरीके से, और केवल उसने यह हिम्मत की थी कहने की। "उसे सड़क पर फेंकने की ज़रूरत नहीं है। अगर ले. कर्नल उसकी मदद करें तो किसी नर्सिंग होम में उसे रखवा सकते हैं, या वृद्धों के किसी आश्रय में, या उसका भतीजा उसे अपने घर ले जा सकता है; या लेखिका महोदया, अगर वह सच्चे दिल से कह रही हैं, उसे पनाह दे सकती हैं। मगर बिल्डिंग को एक केयरटेकर की ज़रूरत है, बर्फ़ साफ़ करने को, बाकी काम करने को जैसा कि इस नौकरी के इक़रारनामे में लिखा है। लेखिका जी के पास तो कोई काम करने वाली भी नहीं है। वे जब अपना काम ही नहीं सँभाल सकतीं तो ऐमैरैन्त्स का भार कैसे सँभालेंगी?"

एकदम चुप्पी। फिर अचानक सबने एक साथ बोलना शुरू कर दिया। नतीजा यह था कि कोई नहीं जान सकता था कि कहा क्या जा रहा था? सबसे पहले मैं बोली : ऐमैरैन्त्स बिलकुल हमारे पास रहेगी। मैं कोई काम करने वाली रख लूँगी। वह हमारे साथ खुश रहेगी, वह हमें पसन्द करती है।" शूतू ज़ोर से हँस पड़ी, और वह बड़ी कुटिल हँसी थी।

"अरे छोड़िए," वह बोली, "आप क्या सच में यह समझती हैं कि वह आपके पास रहेगी? ऐमैरैन्त्स सिर्फ़ तभी ज़िन्दा रहेगी जब उसे विश्वास होगा कि उसका अपना घर है। क्या हमें अब इस पर विचार नहीं करना चाहिए कि जब उसे सच का पता चलेगा तब क्या होगा? उसने अभी तक सच नहीं सुना है। यह बड़ी अच्छी बात है कि आप सब उसका काम बाँटने को तैयार हैं, मगर क्या आपने उससे कभी पूछा है कि वह भी इस मदद को लेने के लिए तैयार है या नहीं? लेखिका जी उसे रख लेंगी, बहुत अच्छा। वे उसका ध्यान रखेंगी। मगर क्या यही हल ऐमैरैन्त्स भी चाहती है? क्या उसने इसके लिए हामी भरी?"

ऑदेल्का धीमे-धीमे सुबक रही थी और अपने आँसू पोंछ रही थी, बाकी सब लोग चुप थे। सबसे ज़्यादा चुप थी मैं। मैं शुरू से ही शूतू जो कह रही थी उससे घबरा रही थी।

"आप लोग यहाँ क्या नाटक रचा रहे हैं?" शूतू बोलती जा रही थी, "आप सब उसको जानते हैं। वह किसी के पास कहीं नहीं रहने वाली। एक बार उसे घर भेज दें, और वह अपने फ़्लैट को देख ले बस, फिर ज़रा आप सब अपनी ख़ैर मनाइएगा। उसमें अब काफ़ी ताक़त आ गई है, सो बेहतर होगा कि आप वह कुल्हाड़ी कहीं छिपा दें। वह कुल्हाड़ी लेकर एम्बुलेन्स के आदमी पर झपटी थी, घर वापिस आ जाएगी तो हमारा नम्बर होगा, चाहे डॉक्टर, या लेखिका महोदया या ले. कर्नल—जिसने भी उसके फ़र्नीचर को आग लगाई। ऐमैरैन्त्स को केवल ज़िन्दगी की ज़रूरत नहीं है। उसे अपनी ज़िन्दगी की ज़रूरत है, जो अब उसके पास बची नहीं है।"

मीटिंग बर्ख़ास्त हो गई, सब लोगों के दिल बुझे हुए थे। ऑदेल्का इन बातों से इतनी हिल चुकी थी कि वह विरोध करने योग्य भी नहीं रह गई थी। शूतू ने

अपना सामान समेटा और चली गई। मैं भी निकल ली। हम किसी नतीजे पर नहीं पहुँचे थे। श्रीमती ब्रोदॉरिच ने सब किराएदारों को रोके रखा, और मिस्त्री की पत्नी की सहायता से ऐमैरेन्त्स की जगह किसी और को रखने के प्रस्ताव पर विचार करना शुरू किया। मैं बहुत चिड़चिड़ापन महसूस कर रही थी अपने अन्दर और पूरे दिन ठीक से सो नहीं पाई थी : इस आशंका से कि कुछ भयंकर बदलाव आने वाला है। मैं किसी मुसीबत की आशंका से ग्रस्त थी—और वह अकारण नहीं था। एक ही हफ़्ते बाद श्री ब्रोदॉरिच ने, जिन्हें ऐमैरेन्त्स के बदले कार्यवाहक केयरटेकर चुन लिया गया था, मुझे बहुत दुखी हो कर फ़ोन किया कि शूतू उनके पास आई थी और साफ़ कह गई कि अगर किराएदार चाहें और अगर उसे ऐमैरेन्त्स की जगह रखा जाए तो वह ख़ुशी-ख़ुशी अपनी सब्ज़ी की दुकान बन्द कर देगी, परमिट वापिस कर देगी और काम की पूरी ज़िम्मेदारी अपने सिर ले लेगी—हर उस काम की जो ऐमैरेन्त्स किया करती थी—तो अब मेरा फ़ैसला क्या था? मेरी इस पर क्या प्रतिक्रिया थी?

मैंने अभी तक गेथ्सैमेन* की रात को यीशु की नज़रों से देखा था, अब पहली बार मैं सोच रही थी कि जॉन, फ़िलिप आदि शिष्यों को कैसा लगा होगा जब उन्हें पता चला कि वह व्यक्ति जो दिन-रात उनके साथ था, उनके हर सफ़र पर साथ चलता था, जिसकी शक्ति का अनुमान उनके अलावा कोई नहीं लगा सकता था—उन्होंने अपनी आँखों से लाज़रस और जैरस की बेटी को उसे मरने के बाद भी जिलाते देखा था—और जिससे अब तक उन्होंने शक्ति प्राप्त की थी—मामूली शक्ति नहीं बल्कि रूहानी शक्ति, उसके साथ विश्वासघात किया जा रहा है। ब्रोदॉरिच ने फिर मुझसे पूछा कि इस पर मेरा क्या कहना है? कुछ नहीं। यह शर्मनाक था, बेग़ैरत था। मैंने फ़ोन रख दिया। शूतू की हिम्मत कैसे हुई अर्ज़ी देने का सोचने तक की! शूतू, जो सड़कों पर मारी-मारी ही फिरती रहती अगर ऐमैरेन्त्स उसे ले. कर्नल से कह कर दुकान का परमिट न दिला देती। शूतू, जिसको उसने खिलाया-पिलाया था और कपड़े दिए थे उस वक़्त जब उसके पास कपड़ा तक न था पहनने को। उफ़, अब कुछ भी सम्भव है! मैं केवल गुस्सा ही नहीं थी, मुझे घबराहट होने लगी थी। श्री ब्रोदॉरिच अभी तो शूतू को रोके रखे थे, अगर जब ऐमैरेन्त्स के वापिस लौटने पर वह काम करने में असमर्थ हुई तो कभी-न-कभी तो इस पर विचार करना ही पड़ेगा। सारी ज़िन्दगी तो कोई भी उसकी मदद करने को तैयार नहीं होगा। अधिकतर लोग बड़ी उम्र के थे या कई-कई कामों में व्यस्त थे। सब-के-सब ही दो-दो नौकरियाँ कर रहे थे, कोई ऐसा नहीं था जो चौबीस घण्टे बर्फ़, फटे पाइप, डाकिया, चिमनी साफ़ करने वाले आदि से निबटे; और अधिकारी हर आदमी के व्यक्तिगत प्रोग्राम के अनुसार तो उनसे सम्बन्ध नहीं बना सकेंगे। इन कामों की

---

* गेथ्सैमेन—वह जगह जहाँ यीशु ने अपने शिष्यों के साथ अन्तिम खाना खाया था और जहाँ उसी के एक शिष्य ने उसके साथ विश्वासघात किया था।

जवाबदेही किसकी होगी? या तो ऐमैरैन्त्स पूरी तरह ठीक हो कर हर काम के लिए फिट होकर आएगी या उसे यह बिल्डिंग खाली करनी होगी, क्योंकि यह फ़्लैट तो नौकरी के साथ ही था। हे भगवान, मैं उसका क्या करूँगी, अगर वह चलने लायक, धुलाई करने लायक या बाकी काम करने लायक नहीं रह गई तो मैं करूँगी क्या?

अगले दिन, अस्पताल में, मुझसे कहा गया कि चीफ डॉक्टर मुझसे बात करना चाहते हैं। मैं पहले ही जानती थी कि वे क्या कहने जा रहे हैं। वह अपनी कला में माहिर थे। जानते थे बात को कैसे कहना है, पहले कुछ तारीफ़, फिर कुत्ते की ओर हड्डी फेंकना और जब वह चबा रहा हो उस पल गोली दाग़ देना। बड़े चमकते चेहरे से उन्होंने पहले ऐमैरैन्त्स की प्रशंसा करनी शुरू की, उसकी ठीक होने की ताकत, उसकी जीने की प्रबल इच्छा जिससे वह अपनी बीमारी से इतनी अच्छी तरह से लड़ रही थी, और कुछ वज़न भी बढ़ गया था उसका। क्या मैं जानती थी कि उसकी दोनों आँखों में मोतियाबिन्द उतरना शुरू हो गया था? नहीं? कोई बात नहीं। यह बुढ़ापे का चिह्न है। अभी तक उसे इस बात का पता नहीं चला था क्योंकि पढ़ती तो वह कभी भी नहीं, और टेलीविज़न अभी उसे दिख पा रहा था। मैं गोली दग़ने का इन्तज़ार कर रही थी और वह चली भी।

"मुझे आपसे यह कहना होगा कि आप उसे धीरे-धीरे इस बात के लिए तैयार करें कि उसको अब घर जाना होगा। और वैसे भी, अब तो वह घर जाना चाहती है। वह उसके बारे में बात भी करती है, अपने बाग में बैठना चाहती है। कहती है कि उसने गर्मी का पहला भाग तो यूँ ही अस्पताल में बिता दिया जबकि यह उसका सबसे प्रिय मौसम है। मैं जानता हूँ कि सच उससे छिपाया गया है। वह ठीक भी था। वह कभी ठीक न हो पाती अगर उसे आरम्भ से ही सब कुछ पता होता। मगर अब उसने अपनी शक्ति फिर प्राप्त कर ली है, अतः मेरे विचार से वह अब सत्य का सामना कर लेगी। तो आप कृपया ले. कर्नल से कह कर उसका फ़्लैट जल्दी तैयार करवा दीजिए क्योंकि शीघ्र ही हम उसे घर भेजना चाह रहे हैं।"

"अभी नहीं", मैंने उत्तर दिया, "अभी यह सम्भव नहीं है। हमने अभी उसके भविष्य के बारे में कोई फ़ैसला नहीं किया है। फ़्लैट अभी वैसा-का-वैसा ही है। उसमें कुछ नहीं किया गया है; हमें कुछ और वक़्त चाहिए। हम एकदम से वह नहीं कर सकते जो आप चाह रहे हैं। यह असम्भव है।"

"कतई नहीं", डॉक्टर बोले, "इस पर बहस की कोई ज़रूरत नहीं है। मैं उसे एक हफ़्ता और यहाँ रख रहा हूँ, उस बीच आप सब चीज़ की व्यवस्था कर लीजिए बस। कृपया यह भी ध्यान रखिएगा कि उसे हर काम के लिए किसी की सहायता की आवश्यकता होगी। जहाँ तक चलने का सवाल है, उसकी अभी निकट भविष्य में तो कोई सम्भावना दिखाई नहीं देती। मगर हम उसे सरकार से भी मदद दिलवाने में मदद करेंगे। हमने काउंसिल से भी इस विषय पर बात कर ली है। आपको

उसके लिए खाना बनाने के लिए और बाकी काम करने के लिए कोई नौकरानी रखनी पड़ेगी क्योंकि वह बिस्तर से नहीं उतर पाएगी। उसे बिस्तर में ही सब करवाना पड़ेगा। डिस्ट्रिक्ट की नर्स आकर इंजेक्शन लगा देगी, नहला देगी और बिस्तर बदल देगी। अगर आप इसका इन्तज़ाम अपने या किसी और के घर में नहीं कर सकतीं तो आपको ले. कर्नल से कह कर कहीं उसका रहने का प्रबन्ध करवाना होगा। मगर जो सद्भाव और प्रेम हमने उसके लिए इतने लोगों में देखा है, उससे तो यही लगता है कि कोई-न-कोई उसकी ज़िम्मेदारी उठाने को अवश्य तैयार हो जाएगा।"

ऐसा लग रहा था, शूतू को सुन रही हूँ। वही दृढ़ता।

"मगर डॉक्टर, अगर वह किसी के साथ रहने को तैयार नहीं होगी तब क्या होगा? अगर वह ऐसा नहीं चाहेगी तो?" जैसे ही मेरे मुख से यह शब्द निकले, मैं समझ गई थी कि मैं कितनी बेवक़ूफ़ी की बात बोल गई थी। मैं कह रही थी "नहीं चाहेगी", "नहीं रहेगी", "तैयार नहीं होगी" वग़ैरह-वग़ैरह। वह अब ऐसा कर कैसे सकती थी। हर शख़्स जानता था कि अब ऐमैरैन्त्स कुछ नहीं 'चाह सकती'। अब उसे केवल वह करना होगा जो लोग चाहेंगे। अब ऐमैरैन्त्स की किसी चीज़ पर कोई पकड़ नहीं होगी, केवल शायद मृत्यु पर।

डॉक्टर मेरी ओर बड़ी दयालु दृष्टि से देखता रहा जैसे उन्होंने मेरा आख़िरी कथन सुना ही न हो। वह उठा और उसने मेरा हाथ पकड़ कर कहा "देखिए, हमें एक-दूसरे को समझना चाहिए। मैं भी उसे यहाँ से दिल पर पत्थर रख कर ही जाने दे सकूँगा। यहाँ सब उसे बहुत पसन्द करते हैं, मैं भी। उसका शरीर और उसका दिमाग़ कुदरत का एक करिश्मा है। वह एक अद्भुत हस्ती है। मगर मैं उस व्यक्ति से भी तो उसका अधिकार नहीं छीन सकता जो इस पलंग पर आकर ठीक होने की प्रतीक्षा कर रहा है। मुझे दुख है यह कहते हुए कि वृद्धा अब सारी ज़िन्दगी अपाहिज बन कर ही रहेगी। हम उसे उसके अन्तिम पल तक को यहाँ रख नहीं सकते। यक़ीन मानिए, हमने उसके लिए उतना किया है जो हम और किसी के लिए नहीं करते। और एक बात और है जो बेहद ज़रूरी है आपके लिए जानना।"

मैं दूसरी गोली दग़ने का इन्तज़ार करने लगी। कुत्ते के मुँह में से हड्डी तो निकल कर बाहर गिर गई थी मगर वह अभी भी ज़िन्दा था। इसके बाद जो मैंने सुना, वह सबसे महत्वपूर्ण था।

"अब आप उसे ऐसी स्थिति में नहीं डालिएगा जहाँ ऐम्बुलेन्स के आदमी उसे एक अन्जान कमरे में ले जाएँ, जो नया पेन्ट-पॉलिश किया गया हो, नए फ़र्नीचर से सजा हो, और वहाँ जा कर उसे वह दिखा कर फिर कहीं और रहने ले जाया जाए। इस समय उसमें काफ़ी शक्ति है, वह सब कुछ बर्दाश्त कर लेगी, अतः उसे सच बता दीजिए सब कुछ—कुल्हाड़ी, सफ़ाई विभाग सब कुछ। आपको उसे यह यहीं बताना होगा ताकि अगर कुछ बात बिगड़े तो मैं उसे सँभाल सकूँ। उसे यहाँ से ले जा कर

अपना पुराना घर और बिल्लियाँ ढूँढने की कोशिश मत कीजिएगा। मैंने यह बात सब पड़ोसियों से भी की थी। सबका कहना है कि आप ही उसके सबसे अधिक निकट हैं और आप ही यह काम कर सकती हैं। आप ही तो थीं जिसने इस पूरी प्रक्रिया को कार्यान्वित किया था। आप ही हैं जिसका उसे शुक्रगुज़ार होना चाहिए क्योंकि अगर आप उससे दरवाज़ा नहीं खुलवातीं तो वह अड़तालीस घण्टों के अन्दर मर चुकी होती।"

हाँ, मैंने सोचा, उसे वाक़ई मेरा शुक्रगुज़ार होना चाहिए उसे इस प्रकार जीने को बचाने के लिए उसकी बिल्लियाँ खो जाने और मरने के लिए, उसकी यादों को आग के हवाले करने के लिए; उसको पड़ोसियों के दया-धरम पर उम्र भर निर्भर रहने के लिए। ऐमैरेन्त्स अपने घर के अलावा कहीं रहने नहीं जाएगी, चाहे उसे मार ही क्यों न डाला जाए। और उसका घर अब बचा ही कहाँ है? वह हमारे पास खुश नहीं रहेगी। उसे अपनी स्वयं की चीज़ों की ज़रूरत है, अपनी निजी इस्तेमाल की चीज़ों की। और मैं एक लकवा के मारे मरीज़ को, जिसे हर वक़्त देखभाल की ज़रूरत है, कैसे सँभाल पाऊँगी? इसके अलावा और कोई विकल्प भी नहीं है, मगर कहाँ से निकाल पाऊँगी समय उसे बैड पैन लगाने का, उसके लिए खाना बनाने का, उसे पलंग पर पड़े-पड़े घावों से बचाने का? नर्स रोज़ तो नहीं आएगी, और जब मुझे घर से बाहर रहना होगा तब क्या करूँगी? मेरे पति क्या करेंगे? अगर मैं कहूँगी भी तो क्या वह आएगी? वह तो इस विचार तक को पसन्द न करेगी, मगर फिर वह जाएगी कहाँ? और किसी के पास तो इतनी जगह भी नहीं है। ले. कर्नल की दोबारा शादी हो चुकी है। योज़ी का बेटा रखने को तैयार नहीं है। कोई और चारा नहीं है। उसे केवल हमारे पास ही आना होगा।

मैं घर के लिए रवाना हो गई, यह सोचती कि अगर उसने आने से मना किया तो मैं क्या करूँगी। मैं उससे मिले बिना सीधी अपने पति से इस मसले पर विचार-विमर्श करने पहुँची। रास्ते में ऐमैरेन्त्स के घर के बाहर भीड़ लगी देखी, और सामान से लदा एक ट्रक भी खड़ा था। मैं देखने को गई कि क्या माजरा था। उसके रसोईघर और आँगन की पुताई हो रही थी, नया दरवाज़ा लग रहा था। औरतें फ़र्श चमका रही थीं—ले. कर्नल जेल से महिला क़ैदियों को पकड़ लाए थे काम करने को। सब काम तेज़ी से चल रहा था। मैं देख कर अपने घर की ओर मुड़ गई। ले. कर्नल समझ न पाए कि आख़िर अब क्या बात मुझे परेशान कर रही थी। दरवाज़ा अपनी जगह पर लग चुका था, पेन्टिंग हो चुकी थी, फ़र्श चमक चुके थे, कुछ दिन में नया फ़र्नीचर भी आ जाएगा, सफ़ेदी गर्मी के कारण जल्दी ही सूख जाएगी। अब क्या मुसीबत थी? क्यों थी अब परेशानी?

मुसीबत क्या थी? क्या कोई नहीं देख पा रहा था? मैंने उन्हें शूटू के विश्वासघात की बात बताई। इससे वे भी हिल गए मगर फिर बोले, "क़ानून ऐमैरेन्त्स के हितों की रक्षा करेगा। कोई उसे उसके फ़्लैट से नहीं निकाल पाएगा। वे केवल इस बिना

पर उसे घर से बाहर नहीं निकाल सकते कि शायद वह अब कभी काम नहीं कर सकेगी। क़ानून तथ्यों पर विचार करता है। और वैसे भी समिति को दो वर्ष तो इन्तज़ार करना ही पड़ेगा क्योंकि मेडिकल लीव के नियमानुसार इसका प्रावधान है। और दो साल में तो कुछ भी हो सकता है। शायद वह ठीक ही हो जाए या वह परलोक सिधार जाए। तब तक पड़ोसियों को यूँ ही काम चलाना होगा, और वे इसका भी इन्तज़ाम कर देंगे कि चौबीस घण्टे की नर्स रखवा दें।" फिर मैं क्यों चिन्ता कर रही थी? सब चीज़ नियन्त्रण में थी। सबसे अधिक कठिन समय अब बीत चुका था। कोई भी बीमार पड़ सकता था। उनके विचार से जो काम मैंने शुरू किया था अब उसका नतीजा देखने का समय आ गया था। ऐमैरैन्त्स अभी तक इसलिए जीवित थी क्योंकि मैंने स्वयं पर उसके भरोसे की पुष्टि कर के उसे नई आशा दे दी थी, और पड़ोसियों के झूठ ने इस पर अपनी मोहर लगा दी थी मगर अब इस सबकी आवश्यकता नहीं रह गई थी। अब मुझे अपनी सफलता को सेहरा पहनाते हुए, उसे धीरे-से इस बात से अवगत करा देना चाहिए कि केवल पुरानी चीज़ों के बदले नई चीज़ें लगा दी गई हैं मगर घर वही है। उसका अपना घर, और वह उसकी प्रतीक्षा कर रहा है।

वह मेरी बात का अर्थ नहीं समझ रहे थे, या समझ सकते नहीं थे। हम भिन्न-भिन्न शब्दावली की बात कर रहे थे। ऐमैरैन्त्स की शब्दावली में शब्द थे—'गन्दगी', 'बदनामी', 'शर्मनाक', 'मुहल्ले वालों की नज़रों में गिरना'। ले. कर्नल बात कर रहे थे 'क़ानून', 'व्यवस्था', 'हल', 'एकजुटता', 'सही उपाय' की। दोनों ही ठीक थे बस फ़र्क़ यह था कि भाषाएँ अलग थीं।

"मैं उसे बताने से नहीं डरता", वे बोले, "ऐमैरैन्त्स अक़्लमन्द औरत है। आप उसे ठीक से समझती नहीं हैं अगर आप यह सोचती हैं कि आपको डरने की ज़रूरत है उसे यह बताने में कि आपने उसे हारने के लिए नहीं बल्कि इस पहले से बेहतर ज़िन्दगी के लिए बचाया—क्योंकि वास्तव में यही सच है। मैं उसे आज दोपहर को ही सब कुछ बता दूँगा। शूतू से आप कुछ नहीं कहिएगा, उससे तो दुआ-सलाम तक करने की ज़रूरत नहीं है। मैं ऐमैरैन्त्स को भी उसके विश्वासघात के बारे में बता दूँगा। आप फ़िक्र मत कीजिए। इस बात से तो वह दवाइयों से भी ज़्यादा ठीक हो जाएगी। उसका गुस्सा हो सकता है उसे अपने पैरों तक पर खड़ा कर दे। शूतू का तो जो हाल वह बनाएगी वह देखने लायक होगा। ख़ैर, वह मैं सब देख लूँगा मगर मुझे आपसे बहुत निराशा हुई। अब तो मुझे यह भी अचरज हो रहा है कि आप अब तक अपना संतुलन कैसे बनाई रहीं।"

❑

अन्त

मैंने जीवन में इससे पहले भी ऐसे पलों का सामना किया था जो उस दोपहर को झेल रही थी। उसी तरह की अनुभूति से गुज़र रही थी जो अपने पति के ऑपरेशन के समय या अपने माता-पिता के दफ़नाए जाने से पहले भोग चुकी थी। मैं माँ के बिस्तर पर जा कर लेट गई। उसी कमरे में वियोला भी था जो ज़रा हिल-डुल तक न रहा था। क़रीब छः बजे ऑदेल्का मुझसे मिलने आई। उसका रंग फक पड़ा हुआ था। बोली, "आप मेरी बात का यकीन नहीं करेंगी मगर आज मुझे ऐमैरैन्त्स से मिलने नहीं दिया गया।" उसे ज़रा भी नहीं मालूम हुआ कि ऐसा क्यों किया गया। उसके कमरे के बाहर तख़्ती लटकी हुई थी जिस पर लिखा था 'आगन्तुकों का अन्दर जाना मना है', और जब ऑदेल्का ने सूप नर्स को दिया उसे पिलाने को, तो वह भी लौटा दिया गया। ऐमैरैन्त्स को किसी चीज़ की ज़रूरत नहीं थी और फिलहाल उससे मिलना मना था। मिस्त्री की पत्नी को भी लौटा दिया गया था, वह भी थैला भर कर खाने का सामान लेकर आई थी। अच्छा तो कुल्हाड़ी चल गई आखिर, मैंने सोचा। अब मैं जा सकती हूँ। मैंने किसी प्रकार स्वयं को खड़ा किया। हमारे दरवाज़े के सामने वाली सड़क पर यूँ झाड़ू लगा रही थी मानो कोई स्वप्न देख रही हो। उसके चेहरे पर लेशमात्र भी अपराध का भाव नहीं था जब उसने मुझे देखा, बल्कि यूँ लग रहा था कि वह किसी गम्भीर विचार में निमग्न है। शायद उसने ऑदेल्का से जान लिया था उस प्रतिबन्ध के बारे में जो अस्पताल में सब मिलने जाने वालों पर लगा दिया गया था, और इसीलिए वह सोच रही थी कि यह फ़ैसला उसके हक़ में जाएगा या उसमें रुकावट पैदा करेगा, क्योंकि वह तो अपने पत्ते सबके सामने खोल ही चुकी थी।

अस्पताल जाते समय मुझे दो और लोग भी डोंगे ले कर वापिस लौटते मिले। औरतें यह सोच कर परेशान थीं कि कहीं ऐमैरैन्त्स की हालत फिर से तो नहीं बिगड़ गई। आसमान पर काले बादल छाए थे, हवा तूफ़ान की गति से चल रही थी। हो सकता है इसी वजह से नर्स उसे किसी से मिलने नहीं दे रही हो क्योंकि उसे तूफ़ान से हमेशा से डर लगता था। क्योंकि इतना अकेला तो उसे तब भी

नहीं रखा गया था जब उसकी हालत बेहद नाजुक थी। मुझे ऊपर जा कर पता करना होगा कि बात क्या है—शायद मुझे सच्चाई बता दी जाए।

मैं ऊपर गई और दरवाज़े पर लगी तख़्ती हटा दी। नर्स ने मुझे देखा और स्वीकृति में सिर हिला दिया। ज़ाहिर था, उसे यही आदेश था। अन्दर जाते समय मैं सोच रही थी कि ले. कर्नल ठीक ही कह रहे थे। मैंने उसकी ज़िन्दगी में ख़ुद ही झाँकने की और घुसने की कोशिश की थी अतः अब मुझमें यह शक्ति भी होनी चाहिए कि मैं तकदीर का वह खेल भी देख सकूँ जो उसके साथ खेला जा रहा है। ऐमैरैन्त्स दरवाज़े की ओर पीठ कर के लेटी हुई थी। वह पलटी नहीं, मगर उसने मेरे क़दमों की आहट पहचान ली थी, जैसे वियोला पहचान लेता था। पिछले दिन में और आज में बस यही अन्तर था कि आज उसका चेहरा ढका हुआ था। मगर मुझे मालूम था वह मेरा अन्दर आना जान चुकी थी।

हम दोनों ही चुप रहे। इससे पहले इतना रहस्यमयी, इतना पहचान में न आने वाला चेहरा मैंने कभी नहीं देखा था, खिड़कियों के बाहर के पेड़ों के पत्तों के साये, और अन्धकार से ढका। मैं हाथ में 'नो विज़िटर्स' की तख़्ती ले उसके पास ही बैठ गई।

"कितनी बिल्लियाँ बाकी बची हैं?" उसने आख़िरकार मुँह खोला, नकाब के पीछे से ही। उसकी आवाज भी उतनी ही अजनबी लग रही थी जितना उसका चेहरा।

अब इस सबसे कोई फ़र्क़ नहीं पड़ता था।

"एक भी नहीं ऐमैरैन्त्स। तीन को तो शायद हमने मृत ही पाया। बाकी खो गईं"

"देखती रहिए। जो जिन्दा हैं वे अभी बाग में ही छिपी होंगी"

"हाँ-हाँ, ज़रूर। हम ढूँढेंगे।"

फिर चुप्पी। पेड़ की टहनियाँ खिड़की से टकरा कर सरसराहट पैदा कर रही थीं।

"आपने मुझसे झूठ बोला। आपने कहा कि आपने सब कुछ साफ़ कर दिया।"

"करने को कुछ बचा ही नहीं था ऐमैरैन्त्स। स्वास्थ्य विभाग के कर्मचारी सब कर चुके थे।"

"और आपने उन्हें करने दिया?"

"मैं सरकारी आदेश के विरुद्ध कैसे जा सकती थी? ले. कर्नल तक नहीं। एक भारी त्रासदी थी यह, एक बड़ी दुर्घटना।"

"त्रासदी! आप उस दिन ज़रा देर से भी तो पार्लियामेन्ट जा सकती थीं, या अगले दिन।"

"अगर मैं घर पर भी होती तब भी मैं कुछ नहीं कर सकती थी। मैं तुम्हें बता रही हूँ न कि उन मामलों में कुछ सरकारी नियम हैं। मैं भी उसके ख़िलाफ़

कुछ नहीं कर सकती थी।"

"आप तो घर पर भी नहीं थीं। कहाँ गई थीं आप?"

"एथेन्स। ऐमैरेन्त्स, वहाँ एक कॉन्फ्रेंस थी। तुम शायद भूल गई हो उसके बारे में, मगर हमने उसके बारे में एक बार घर पर बात भी की थी। हम लोग देश के प्रतिनिधि के रूप में चुने गए थे। हमें जाना ही था।"

"आप चली गईं, जबकि आप यह तक न जानती थीं कि मैं बचूँगी भी या नहीं?" मेरे पास इसका कोई उत्तर नहीं था। मैं चुपचाप खिड़की पर बारिश की बूँदों का गिरना देखती रही। सच तो यही था कि मैं उसे मरने के लिए छोड़ कर चली गई थी।

अचानक उसने अपने चेहरे से नकाब उतार कर फेंक दिया और मुझे घूर कर देखने लगी। उसका चेहरा पीला पड़ा हुआ था।

"आप लोग किस तरह के इन्सान हैं? आप और ले. कर्नल? साहब ही आप दोनों से अच्छे निकले। उन्होंने कम-से-कम झूठ तो नहीं बोला।"

फिर मेरे पास कोई उत्तर नहीं था। यह सच था कि मेरे पति ने कभी झूठ नहीं बोला था। मगर फिर भी ले. कर्नल तो मेरे हिसाब से बहुत ही भले आदमी थे—मैंने इतना भला आदमी कभी न देखा था। जहाँ तक मेरा प्रश्न था, मैं तो जैसी हूँ, वैसी हूँ। और मैं ऐसी ही हूँ : मैं एथेन्स चली गई। अगर मेरे पिता भी उस वक़्त गम्भीर रूप से बीमार होते तब भी मैं जाती—क्योंकि मेरे ऐसा न करने से ग्रीस का विदेश मन्त्रालय ज़रूर बदले की कार्यवाही करता अगर सरकार द्वारा चयनित किया प्रतिनिधि उस आदेश की अवहेलना करता। राष्ट्रीय पुरस्कार पाने के बाद मेरी कुछ ज़िम्मेदारियाँ थीं जिनसे मैं भाग नहीं सकती थी क्योंकि मैं लेखिका हूँ, और मेरी निजी ज़िन्दगी सिर्फ़ मेरी अपनी ही नहीं है, और क्योंकि घटनाएँ मेरे साथ ऐसे घटित हो रही थीं मानो मैं केवल एक नाटक में पात्र मात्र हूँ। नाटक का पात्र तो निभाना ही पड़ता है चाहे घर में कोई भी परेशानी हो, दिल में कोई भी दर्द हो।

"आप यहाँ से चली जाइए", उसने धीमे-से कहा। "मैंने आपसे कितना कहा कि एक घर खरीद लीजिए मगर आपने नहीं खरीदा—मैंने इतनी क़ीमती चीज़ें रखी थीं आपके लिए उस घर में सजाने को। आपने कभी बच्चे पैदा नहीं किए जबकि मैंने वायदा किया था कि मैं उन्हें पाल दूँगी। यह तख़्ती वहीं दरवाज़े पर लटका दीजिए। मैं किसी ऐसे व्यक्ति से नहीं मिलना चाहती जिसने मेरी इज़्ज़त मिट्टी में मिलती देखी। जब मुझे यह आभास हुआ था कि मैं अब कभी काम के लायक नहीं रहूँगी तभी मैंने मरने का फ़ैसला कर लिया था, उस वक़्त आप अगर मुझे मरने देतीं तो मैं क़ब्र के अन्दर से भी आपको दुआएँ देती। मगर अब मैं आपका अपने पास खड़ा रहना तक बर्दाश्त नहीं कर सकती। बस, आप चली जाइए यहाँ से।"

ओह, तो यह परलोक में विश्वास करती है! केवल पादरी को चिढ़ाने भर के लिए ही हरदम उससे बहस करती थी, और हमसे भी!

"आज से आप जो चाहें वह कर सकती हैं। आप यह नहीं जानतीं कि प्यार क्या होता है। और मैं यही समझती रही कि आप एक दिन जान ही जाएँगी। आप मुझे इस दिन के लिए बचाना चाहती थीं, यह जो बचा है उसके लिए? और इसके बाद आप मुझे अपने घर ले जाकर मेरी देखभाल करेंगी? बेवक़ूफ़!"

"ऐमैरेन्त्स!"

"चली जाइए। जाइए, जा कर टी.वी. पर भाषण दीजिए। कोई उपन्यास लिखिए या ऐथेन्स भागिए। अगर यह लोग मुझे यहाँ से घर भेजते हैं तो आप में से कोई मेरे पास तक आने की जुर्रत मत कीजिएगा। ऑदेल्का अपनी कैंची यहीं छोड़ गई है। मैं उसका प्रयोग हर उस व्यक्ति पर कर सकती हूँ जो मेरे पास आने की कोशिश करेगा। आप मेरी चिन्ता क्यूँ करती हैं? इतने सारे अनाथ आश्रय हैं। विश्व में यह सबसे अच्छा देश है, मेरे पास दो साल तक बीमार पड़े रहने का क़ानूनी अधिकार है। आपके मित्र ने यह भी बताया है मुझे। अब आप जाइए। मुझे बहुत काम करने हैं"

'ऐमैरेन्त्स हमारे साथ..."

"आपके साथ? आप घरेलू औरत की तरह मेरी देखभाल करेंगी! और मालिक? भाड़ में जाइए! आपके घर में केवल एक ही अक़्लमन्द है वो है वियोला।"

उसका रात का खाना उसके पास रखा था जिसे उसने छुआ तक नहीं था। दुखी होकर वह ज़रा जो हिली तो बर्तन गिरते-गिरते बचा, मगर मेरी उसके पास जाने की हिम्मत न पड़ी। मैं सच में समझ रही थी कि वह कैंची से मुझ पर प्रहार कर देगी। अब वह सीधी लेट गई थी, छत की ओर एकटक देखती। बाहर निकलते समय मैं उसका चेहरा भी ठीक से नहीं देख पाई थी। मैंने चलते वक़्त उससे शुभरात्रि तक न कहा। मैं बारिश में भीगती हुई घर पहुँची, यह सोचती कि और मैं उससे क्या कह सकती थी। मगर मेरे कुछ समझ में न आ रहा था।

एक घण्टे के बाद मैं शान्त हुई। शायद मैं मन-ही-मन में इससे अधिक अपमान के लिए तैयार हो चुकी थी। मगर यह शान्ति देर तक नहीं बनी रह सकी। मेरे पति ने फिर मेरे डर को जगा दिया। वे कमरे में एक कोने से दूसरे कोने में टहलने लगे थे और कहते जा रहे थे कि उन्हें ऐमैरेन्त्स का अपने पर इतना नियन्त्रण रखना कुछ ठीक नहीं लग रहा था। यह उसकी स्वाभाविक प्रवृत्ति के विरुद्ध था। उसे तो एक ज्वालामुखी की तरह फटना चाहिए था। मैंने इसका कुछ विश्लेषण करना शुरू ही किया था कि वियोला तो मानो पागल-सा हो गया। वह भौंकने लगा, क़ालीन को लपेटने लगा, ज़मीन पर लोट लगाने लगा, और उसके मुँह से झाग निकलने लगे। उसकी हालत देख कर मुझे लगा कि अब इसका अन्त

समय आ गया है। मैंने जानवरों के डॉक्टर को फोन किया और कहा कि वह फ़ौरन आ जाएँ, और वह आ भी गए जैसे उस पहली रात क्रिसमस पर आए थे। वियोला उनको बहुत प्यार करता था, इंजैक्शन लगने के बाद अपने करतब भी दिखाता था। आज मगर वह वहीं पड़ा रहा, बुलाने पर उठा तक नहीं। डॉक्टर उसके पास घुटनों के बल बैठ कर उसका बदन दबा कर देखने लगे। फिर उठे और कंधे झाड़ कर बोले कि कोई शारीरिक व्यथा नहीं है इसे। उसे तो कोई सदमा पहुँचा है, जिससे इसका दिमागी संतुलन बिगड़ गया है। उन्होंने उसे कई आदेश देकर देखा मगर वियोला ने सुनने तक का प्रयत्न नहीं किया। न वह बैठने को तैयार था, न चलने को। डॉक्टर उसे उठाते तो ढुलक जाता जैसे उसे लकवा मार गया हो। आख़िर डॉक्टर यह कह कर चल दिए कि अगले दिन फिर आ कर उसका परीक्षण करेंगे। उस रात मुझे उसको ग्लूकोज़ और सोने की दवा देनी थी बस। अगर उस वक़्त मैं उसे सूली पर भी चढ़ा देती तो उसे कोई फ़र्क़ नहीं पड़ता।

मैं रात के खाने के लिए तैयारी कर रही थी। वियोला अब तक भी हिला-डुला नहीं था। मैंने उससे कहा कि ज़रा दिखाओ कि तुम मुझे प्यार करते हो, मगर उसने तो मेरी ओर नजरें उठा कर भी नहीं देखा। वह तो बिलकुल बेजान-सा पड़ा था। फिर अचानक एकदम इतनी ज़ोर से भौंकने लगा कि मेरी डर के मारे जान ही निकल गई। मेरा उसके पास जाने तक का साहस न हुआ। मेज़ पर जो खाने की ट्रे ले कर जा रही थी, हाथ से छूट कर फ़र्श पर आ गिरी। मुझे यकीन हो गया था कि यह पागल हो गया है और मुझे इस वक़्त काट भी सकता है। वह जो मुझे बताना चाह रहा, मैं समझना नहीं चाह रही थी। मेरे पति मेरे साथ खड़े थे, रसोई में बाकी खाना जल चुका था। उन्होंने अपनी घड़ी की ओर देखा, बोले, "सवा आठ"। 'सवा आठ' मैंने दोहराया—एक बार नहीं, दो बार। जब तीसरी बार दोहराने लगी तो उन्होंने मेरा बरसात में पहनने वाला कोट मुझे ला कर थमा दिया। मुझे लग रहा था मेरे चारों ओर जो हो रहा था, एक भ्रम था। मैं एक तोते की तरह सवा आठ, सवा आठ की रट लगाई हुई थी। क्या हो रहा था मुझे? क्या मैं पागल हो रही थी? मैं अपने आप से झूठ जो बोल रही थी, जैसे मेरा जीवन इसी पर निर्भर हो, मैं उस तथ्य को शब्द नहीं देना चाह रही थी जिसकी घोषणा अभी-अभी वियोला ने की थी। मगर वह भी जानता था और मेरे पति भी। कुत्ते को सबसे पहले पता चला था और उसने हम दोनों को बता भी दिया था। वह छोटे बच्चे की तरह रो रहा था।

अस्पताल का कॉरिडोर डॉक्टरों से खचाखच भरा था। अन्दर से मेट्रन की आवाज़ फ़ोन पर बात करते हुए आ रही थी। "कोई प्रश्न नहीं प्लीज़" डॉक्टर बोला। हमें देखते ही वह जल्दी ही हमें ख़बर देना चाहता था। मेरे जाने के बाद ऐमैरैन्त्स कुछ देर तो चुपचाप लेटी रही, अपना स्कार्फ़ खींचती रही, और किसी भी प्रश्न

का उत्तर देने से इनकार करती रही। यह कोई अनपेक्षित व्यवहार नहीं था उससे। इससे पहले भी कई बार वह यूँ ही चुप हो जाया करती थी। कोई आठ बजे के बाद, जब नर्स लाइट बुझाने अन्दर गई तो ऐमैरैन्त्स उसी रात घर भेजे जाने की हठ करने लगी। उसे पड़ोसियों के घरों में, बागों में अपने जानवरों की खोज करनी थी जो उसका इन्तज़ार कर रहे होंगे—कोई न उनकी देखभाल कर रहा था, न उन्हें खाना खिला रहा था। उसे बताया गया कि यह असम्भव था, कई कारणों से। पहला, शाम हो चुकी थी और बीमारों को उस वक़्त छुट्टी देने का क़ानून नहीं था। दूसरे, फ़्लैट में सोने के लिए अभी बिस्तर तक नहीं था। वह अचानक काफ़ी तैश में आ गई, और बोली कि उसे किसी के सहारे या दया की ज़रूरत नहीं है। वह ख़ुद अपनी हिम्मत बटोर कर ऐसा करने की सामर्थ्य रखती है। उसे अभी, इसी पल जाना है, उसे अब अस्पताल में रहने की कोई आवश्यकता नहीं थी। फिर उसने वाक़ई ऐसा करने की कोशिश की, अपने आप को पलंग से उठाने लगी। खड़ी हो नहीं सकती थी, चल सकती न थी, फ़ौरन धड़ाम से फर्श पर गिर पड़ी। और इससे उसके रक्त का वह क्लॉट जो ले. कर्नल के उसे सब सच बनाने से पैदा हुआ था और मेरे साथ बात करने पर और मज़बूत, वह उसके दिमाग़ में न जा कर उसके दिल में आ कर अटक गया। जब वे मुझे यह सब बता रहे थे, मुझे यकीन नहीं आ रहा था कि वियोला ने कैसे यह सब उसी पल में जान लिया था और मैंने फिर क्यूँ देर कर दी थी आने में। मैंने ऐमैरैन्त्स से उसका आखिरी हक़ भी छीन लिया था—इज़्ज़त से मरने का। उसे अब तक बिस्तर पर लिटा दिया गया था मगर अब उसको और कोई देख तक नहीं रहा था। जैसे ही मैंने उसके शरीर को देखा, मैं दरवाज़े में ही बेहोश हो गई। उन्हें मुझे होश में लाने में काफ़ी वक़्त लगा। उसके बाद मुझे एक हफ़्ता वहीं अस्पताल में ही बिताना पड़ा। अब पड़ोसी मेरी पूछताछ के लिए खाने ले-ले कर आने लगे थे। ऐमैरैन्त्स ने बहादुरी से वह जगह खाली कर दी थी। मुझे एक ऐसे कमरे में रखा गया था जहाँ सुख-सुविधा के सब साधन थे—टेलिफ़ोन, टी.वी. इत्यादि। नर्सें चौबीस घण्टे मेरी देखभाल में लगी थीं। मैं सबसे हमदर्दी बटोर रही थी—जैसे मेरी सेविका का मृत शरीर मेरे चरणों में सामने पड़ा हो और मुझे माफ़ी मिल गई हो। मेरे पति हर रात मुझे देखने आते थे, मगर केवल नौ बजे के बाद ही ताकि उन्हें अजनबियों से न मिलना पड़े। मुझसे मिलने आने वाले हर व्यक्ति के चेहरे पर हौसला दिलाने वाली मुस्कुराहट होती थी मगर मेरे पति के चेहरे पर केवल तरस और अपार दुख का भाव।

❑

वसीयत

अब कभी जब मैं पीछे मुड़ कर देखती हूँ तो सोचती हूँ अन्त में सब कुछ इतना आसानी से हो गया। ऐमैरैन्त्स ने अपने रिश्तेदारों और दोस्त कहे जाने वाले लोगों पर कोई भार न डाला था जो उठाना दूभर हो। एक महान सेनापति की तरह उसने एक इशारे मात्र से सब फ़ैसले कर डाले। अगर उसके ठीक होने की कोई सम्भावना ही न थी तो बेहतर था इस जीवन का अन्त ही कर दे। मानव जाति अपने उस अतीत को, जिसमें बर्बरों की भाँति हम एक-दूसरे को ज़रा-ज़रा-सी बात पर मार-काट देते थे, काफ़ी पीछे छोड़ आई है। मगर फिर भी अभी हम इस लायक नहीं हुए हैं कि एक औरत का भाग्य ज़रा बेहतर बना सकें। हममें से कोई ऐसा नहीं था जो उसके लिए अपनी ज़िन्दगी में ज़रा-सी जगह बनाने को तैयार था। हममें इतनी शक्ति नहीं थी कि हम यह बात स्वीकार कर सकें। उसमें इतनी शक्ति थी कि वह आसानी से हमें इस चिन्ता तक से मुक्त कर गई। अब लग रहा था सरकारी अधिकारी भी, जो उसको व्यक्तिगत रूप से जानते भी न थे, वे इस तरह व्यवहार कर रहे थे मानो उसके इस आदेश का पालन कर रहे हों कि इस विषय पर अब ज़्यादा कोई बातचीत न की जाए। ले. कर्नल ने बिना किसी काग़ज़ी कार्रवाई के (क्योंकि किरायेदारों की लिस्ट जिसमें उसका नाम था, सामान के साथ जल चुकी थी) उसकी अन्तिम क्रिया का प्रबन्ध करवा दिया। अस्पताल ने भी आसानी से लिख कर दे दिया कि अस्सी वर्ष की यह वृद्धा दिल की धड़कन बन्द होने से मरी थी। क्रिया-कर्म की तारीख की घोषणा कर दी गई। यह प्रारम्भिक दफ़नाना ही था क्योंकि उसकी वसीयत के मुताबिक उसका अन्तिम दफ़न ताजमहल जैसी क़ब्रग्राह में ही होना था जो अभी बननी बाकी थी। योज़ी के बेटे ने मुझसे पादरी से इस बारे में बात करने को कहा ताकि बुआ को चर्च की पद्धति के अनुसार दफ़नाया जा सके। मैं इसके लिए फ़ौरन तैयार नहीं हुई क्योंकि मैं यह चाहती न थी। कम-से-कम यह काम तो मैं ऐमैरैन्त्स की इच्छा के अनुरूप ही करवाऊँ—वह कभी धार्मिक कर्म-काण्ड में विश्वास नहीं रखती थी। मगर भतीजे ने कहा कि अगर वह ऐसा नहीं करेगा तो पूरी दुनिया उस पर थूकेगी कि वह इतना तक न कर

सका। हमने तय किया कि हम दफनाने के समय की सूचना समाचार-पत्रों में दे देंगे। उसने चॉबॉदूल में रह रहे अपने रिश्तेदारों को पत्र लिख कर सूचित कर दिया और उन्होंने भी पत्र द्वारा हमदर्दी जता दी और लिख भेजा कि कुछ कारणों से वे स्वयं आने में असमर्थ होंगे; मगर उन्हें इस बात की ख़ुशी है कि ऐमैरेन्त्स ने अपना सारा रुपया-पैसा अपने भतीजे के नाम कर दिया था, क्योंकि और रिश्तेदारों ने तो कभी उसको पूछा न था (न वह कभी उनसे कोई मदद कबूल ही करती)। अगर नादोरी के रिश्तेदारों को बुलाया जाए तो वे ज़रूर शामिल होना चाहेंगे।

हम उन कामों की सूची बना रहे थे जो अभी भी करने बाक़ी थे; ऐमैरेन्त्स के फ़्लैट को ठीक किया जा रहा था। वियोला को मैं वहाँ तक ले जाती तो ऐसा बन जाता था जैसे उस जगह को पहचानता तक न हो। तीन दिन तक वह लगातार सुबकता रहा था, और फिर एकदम शान्त हो गया था। फिर अचानक जैसे नींद से जगा हो, खड़ा हुआ, अपने को सचेत किया और मेरे पति को यूँ देखने लगा मानो सपना देख कर उठा हो। उसके बाद से उसकी आवाज कभी सुनाई न दी। उसने फिर कभी किसी चीज़ की ओर हमारा ध्यान आकर्षित नहीं किया। न कभी ख़ुशी जताई, न क्रोध। अपनी मृत्यु तक वियोला फिर कभी नहीं भौंका।

ले. कर्नल ने वसीयत पढ़े जाने का भी प्रबन्ध करवा दिया था। वह भी उसी दिन सुनाई जानी थी जिस दिन दफ़नाया जाना था। हम काउंसिल हॉल सुबह नौ बजे पहुँचे : मैं, योज़ी का बेटा और ले. कर्नल। सब खानापूरी कर दी गई। कोई जाँच-पड़ताल की आवश्यकता नहीं पड़ी। ले. कर्नल ने बताया कि केवल एक कमरा अभी खोला नहीं गया है जिसमें वे जानते हैं उसका निजी सामान पड़ा है—कुछ पुराना फ़र्नीचर, जिसे वे पहले देख चुके हैं। फिर भी अगर सरकारी अफ़सर चाहें तो मुआयना कर सकते हैं। मगर किसी को कोई इच्छा नहीं थी मुआयना करने की। दस मिनट में सब काम निबट गया। जो लड़की इस मीटिंग की अध्यक्षता कर रही थी, मेरी ओर मुस्कुरा कर देखती हुई बोली कि अगर उस कमरे में कोई ख़ास खज़ाना आप के लिए निकला तो आपको टैक्स देना पड़ेगा, मैंने इसका वायदा भी कर दिया। हमसे बहुत अच्छी तरह पेश आए थे सभी अफ़सर। हमें कॉफ़ी भी पिलाई गई। हम सभी काले कपड़ों में थे। ले. कर्नल अपनी उस यूनीफॉर्म में थे जो वह ख़ास अतिथियों, जैसे विदेशों से आने वाले राज्याध्यक्षों के स्वागत के समय पहनते थे। काउंसिल से हम सीधे क़ब्रिस्तान पहुँचे। योज़ी के बेटे ने हमें बताया कि बीस अगस्त तक मकबरा भी तैयार हो जाएगा और पच्चीस अगस्त को वह ऐमैरेन्त्स और उसके परिवार को उसमें दफ़नाने ले जाएगा, जिसमें हमें भी शामिल होना होगा।

क़ब्रिस्तान में काले कपड़े पहने लोगों का हुजूम जमा था। मुझे बाद में पता चला कि हर व्यक्ति ने उस दिन दुकान बन्द रखी थी—मोची, स्कार्फ़ बनाने वाली

औरत, सोडा-वाटर बेचने वाला, दर्जी, बिस्कुट वाला, टोपी बनाने वाला और शूतू ने भी। हरेक की दुकान पर तख़्ती लगा दी गई थी—"घरेलू कारणों से दुकान दो बजे तक बन्द रहेगी।' मोची ने बस तख़्ती की जगह, खुलने के समय के आगे 'ऐ.मै.रै.न्त्स' लिख कर टाँग दिया था। कलश* के चारों ओर सैकड़ों गुलदस्ते रखे हुए थे, मगर मेरी उस ओर देखने तक की हिम्मत नहीं हो रही थी। योज़ी का बेटा और ले. कर्नल मुझे परिवार के सदस्यों के खड़े होने को जगह ले गए। मुझे डर था कि शायद पादरी नहीं आएगा। मैंने उसके साथ आधा घण्टा बहस करने में गुज़ारा था। उसका कहना था कि जो व्यक्ति अपनी पूरी ज़िन्दगी, बिलकुल चर्च से विमुख रहा था जो कभी चर्च नहीं गया, जो उसके किसी आदेश को नहीं मानता था, उसे चर्च की पद्धति के नियमानुसार कैसे दफ़नाया जा सकता था? मैं उसको यह समझाना चाहती थी कि ऐमैरैन्त्स कैसी इन्सान थी। उसने मुझ पर बड़ी सर्द दृष्टि डाली और बोला कि उसे परमात्मा के आदेश और चर्च के नियमानुसार ऐसे किसी व्यक्ति की क्रिया कराने का अधिकार नहीं है जो न केवल स्वयं चर्च से विरोध रखता हो बल्कि औरों को भी वहाँ जाने से रोकता हो। ऐमैरैन्त्स सदा चर्च के कामों में रुकावट ही डालती रही थी, और कभी उसने ईसाई धर्म विधिवत नहीं अपनाया; अब कैसे उसे यह अधिकार मिल सकता है? मैंने उत्तर दिया कि वह तो अब भी आपसे यह अधिकार नहीं माँग रही, मैं आपसे यह प्रार्थना कर रही हूँ। और मैं ही नहीं, मुहल्ले का हर वह व्यक्ति जो रोज़ चर्च जाता है। उसने चर्च के विरुद्ध चाहे जो कुछ भी बोला हो, मगर मैं ऐसे किसी चर्च जाने वाले धर्मात्मा को नहीं जानती जो इतने सच्चे इन्सान हो—एक सच्चे ईसाई कम-से-कम। जब वह यह कहती थी कि वह प्रारब्ध को नहीं मानती तो उसका कारण यह था कि वह परमात्मा को इन्सानी कमज़ोरियों से ऊपर मानना चाहती थी। जब वियोला कोई ग़लती करता था तो वह हमेशा के लिए उससे नाराज़ हो कर थोड़ी बैठ जाती थी क्योंकि वह जानती थी कि वह मनुष्य नहीं एक पशु है तो फिर परमात्मा इतना अन्यायी कैसे हो सकता था कि बिना अपील सुने पूरी ज़िन्दगी के लिए एक औरत को सज़ा पर सज़ा दिए चला जा रहा था? यह औरत चाहे भले ही रविवार को नौ से दस बजे के बीच में चर्च में दिखाई नहीं देती थी, मगर वास्तव में तो वही अकेली ईसाई धर्म पर चल रही थी, मानव जाति की सेवा करती, बिना किसी भेद-भाव के, बिना किसी लाभ की अपेक्षा किए, बिलकुल इस प्रेम से जिसका आदेश बाइबिल ने दिया है। इस सबके बावजूद भी अगर आप यह देख नहीं पा रहे तो आप अवश्य अन्धे हैं। आप तो यहीं मुहल्ले में रहते हैं, आपने ख़ुद अपनी आँखों से उसे हर बीमार के लिए उस डोंगे में खाना ले जाते देखा होगा। तब पादरी ने, जो युवा

---

* हंगरी में कई जगह यह रिवाज भी है कि जलाने के बाद कलश में रख कर मृतक के अवशेष दफना जाते हैं।

भी था और कड़क भी, न आने का वायदा किया और न ही मना किया। बस यही पूछा कि क्रिया कितने बजे है और कहाँ है और यह कह कर बड़ी शालीनता से मुझे दरवाज़े तक छोड़ने आया, मगर तब भी उसकी आँखों में कोई हमदर्दी दिखाई नहीं दे रही थी। बस इतना ही बोला कि अफ़सोस था कि ऐमैरैन्त्स ने अपनी इतनी अच्छाइयों से कभी उसका परिचय नहीं कराया।

अतः जब उसका गाउन से ढका शरीर प्रकट हुआ तो मैं गदगद हो गई थी। उसका भाषण अक्लमन्दी भरा था और तथ्यों का विवेचन कर रहा था। उसने उन लोगों के कार्य का मूल्य स्वीकारा जो अपने हाथ-पैर से मानव जाति की सेवा में लगे थे। मगर साथ-साथ यह भी कहा कि केवल रोटी कमाना ही ज़रूरी नहीं है और धर्म हमारे स्वयं और परमात्मा के बीच की ही बात नहीं है। हम चर्च से अलग होकर नहीं रह सकते। उसके शब्द इतने भावरहित थे कि उनसे ऐमैरैन्त्स के चरित्र की विशेषताओं के दर्शन हो ही नहीं रहे थे। उसका भाषण सुन कर वह दुख और दर्द नहीं महसूस हो रहा था जो अपने किसी प्रियजन के अस्थि-कलश को देख कर दिल में उमड़ता है। यह सोच कर कि कल तक यह जीता-जागता व्यक्ति आज राख में परिवर्तित हो गया है। उसके भाषण को सुन कर लग रहा था किसी ने क्लोरोफॉर्म सुँघा दी हो।

भीड़ को देख कर लगता था मानो ऐमैरैन्त्स के बारह बच्चे थे, और उन बारह के बारहों और उसने सारे जीवन किसी बहुत बड़ी फैक्टरी में काम किया था। पूरी सड़क तक लोग खचाखच भरे हुए थे। कुछ पादरी से चिपके खड़े थे, उसका भाषण ध्यान से सुनते। कुछ काफ़ी दूर खड़े थे और इसी वजह से खुशकिस्मत भी थे क्योंकि वे रो पा रहे थे। हम धीरे-धीरे बढ़े उस हॉल की ओर जहाँ कलश को दफ़नाया जाना था। मैंने अपने बाग़ में तोड़े हुए कुछ फूल उस पर चढ़ाए। वहाँ प्रार्थना की गई और कलश को ज़मीन के अन्दर रख कर उसके ऊपर एक तख़्ती ढक दी गई। शूतू का रोते-रोते बुरा हाल था। ऑदेल्का फटी-फटी आँखों से शूतू को देख रही थी, उसकी निगाहें ऐमैरैन्त्स के कलश पर नहीं थीं।

अगर आपके दिल में कोई तेज़ चाकू से वार करता है तो आप फ़ौरन नहीं मरते। हमें भी आहिस्ता-आहिस्ता समझ में आ रहा था कि ऐमैरैन्त्स के जाने का दुख कुछ समय बीत जाने पर ही हमें महसूस होगा; तभी हमें तड़पाएगा यह दर्द। वह यहाँ नहीं होगा जहाँ वह मौजूद है, चाहे इस अस्थि-कलश के ही रूप में। उसकी कमी महसूस होगी सड़क पर, जहाँ वह सफ़ाई किया करती थी और अब कभी नहीं दिखेगी। या उसके बाग में, जहाँ आने-जाने वाले घायल कुत्तों और बिल्लियों को अब कोई प्यार से खाना नहीं खिलाएगा। ऐमैरैन्त्स अपने साथ हमारी ज़िन्दगी का एक हिस्सा ही ले कर चली गई थी। ले. कर्नल पूरे कार्यक्रम के दौरान अपना धैर्य बनाए खड़े रहे थे मानो ड्यूटी निभा रहे हों; योज़ी का बेटा और उसकी पत्नी

सच्चे दिल से रो कर शोक मना रहे थे। जहाँ तक मेरा सवाल था, मैं तो ऐसी किसी जगह रो ही नहीं सकती जहाँ लोग मुझे रोते देख रहे हों, और मेरे हिसाब से यह समय भी नहीं था रोने का। वह तो बाद में आएगा; आँसू इतनी आसानी से थोड़ी बहाए जा सकते थे?

कार्यक्रम के समाप्त होने के बाद भी अधिकतर लोग रुके रहे। ऐमैरैन्त्स की मृत्यु के बाद से ऑदेल्का की आवाज तेज़ी से निकलने लगी थी, वह काफ़ी कर्कश और मज़बूत आवाज़ में बोलने लगी थी, जैसे मानो ऐमैरैन्त्स की हस्ती ने उस पर लगाम कस कर उसे दबा रखा था। अब वह उछल-उछल कर हर जगह दिखाई पड़ रही थी, क्रिया-कर्म के बाद जो एक साथ बैठ कर चाय-पानी का रिवाज़ है, उसके इन्तजाम में लगी थी। शूतू अकेली पड़ गई थी अतः जल्दी ही वहाँ से चली भी गई। जब से उसने ऐमैरैन्त्स के जीते-जी उसकी नौकरी छीनने का प्रस्ताव रखा था तब से समाज ने उसका परित्याग कर दिया था।

हम घर की ओर बढ़ चले थे। ले. कर्नल ने योज़ी के बेटे से पूछा कि जिस वक़्त वे मेरे लिए अन्दर का कमरा खुलवाएँगे क्या वह उपस्थित रहना चाहेगा। उनकी टीम उसी दोपहर को आने वाली थी, क्योंकि फ़्लैट खाली करवाना था और अन्दर के कमरे के सामान का ब्योरा स्वास्थ्य विभाग को देना था। योज़ी के बेटे ने कहा कि वह इसकी ज़रूरत नहीं समझता क्योंकि उस कमरे का सामान तो ऐमैरैन्त्स मेरे लिए छोड़ गई थी। वह घर जाना चाहता था। हम लोग सामान खाली करवा कर चाभी ऐस्टेट ऑफिस को सौंप दें। मैं जो सामान घर ले जा सकती हूँ, ले जाऊँ बाकी यहीं बाँट जाऊँ। उसकी पत्नी तो रुकना चाहती थी, यह देखने के लिए कि आख़िर मुझे क्या क्या मिला, मगर उसने डाँट कर उसे ऐसी ताक-झाँक करने से मना कर दिया। अगर बुआ यह समझती कि उसमें से कोई चीज़ उसके लायक है तो ज़रूर उसे देतीं। जो उन्हें मिला था वह बहुत ज़्यादा था और इसके लिए उनके पास बुआ का धन्यवाद कहने को शब्द नहीं थे। वे अपनी ख़ुद की कार में चले गए। ले. कर्नल ही हमें घर से ले कर आए थे, वही हमें छोड़ने भी गए। अपने पति को अपने घर पर उतार मैं ले. कर्नल के साथ ऐमैरैन्त्स के घर पहुँची। सड़क बिलकुल खाली थी। मैं ऑदेल्का के दिमाग़ को ठीक ही पढ़ पाई थी। उसने क़ब्रिस्तान के पास ही कहीं खाने-पीने की व्यवस्था की होगी।

आँगन में अभी भी कुल्हाड़ी रखी हुई थी, एक कोने में टिकी। उससे ले. कर्नल ने दरवाज़े पर जो बोर्ड ठोक दिए थे वे हटाए। फिर मुझसे पूछा कि क्या वे भी मेरे साथ अन्दर के कमरे में जा सकते हैं? "हाँ-हाँ, ज़रूर" मैंने उत्तर दिया। ऐमैरैन्त्स तो एक पौराणिक चरित्र थी, मेरे लिए कुछ भी छोड़ कर जा सकती थी। इस वक़्त कोई पादरी मेरे साथ नहीं था जिसके शब्द मेरे मन की उथल-पुथल को शान्त कर सकते थे।

"आपको किस बात का डर है?" ले. कर्नल ने पूछा "ऐमैरैन्त्स आपको प्यार

करती थी। उसके हाथों से आपको कोई ख़राब चीज़ कैसे मिल सकती है? मैं एक बार उस कमरे के अन्दर गया था, हर चीज़ वहाँ चद्दरों से ढकी हुई थी। पूरा सैट था फ़र्नीचर का, और एक बहुत ख़ूबसूरत शीशा। बिना डरे चली आइए।''

हम दोनों एक साथ ही कमरे के अन्दर घुसे। अन्दर घुप्प अँधेरा था और हम कुछ भी न देख पा रहे थे। फिर ध्यान आया शटर्स का। ले. कर्नल दीवार पर टटोलते हुए आगे बढ़े। दरवाज़े के पास से वही तेज कीटनाशक पाउडर की गन्ध आ रही थी जो शायद छिड़काव के समय अन्दर भी चला आया था। यह कमरा न जाने कब से बन्द पड़ा था, हमारा दम-सा घुटने लगा था। आख़िरकार बत्ती का बटन मिल गया, जैसे ही उन्होंने बल्ब जलाया, मुझे धक्का दे कर बाहर के कमरे में धकेल दिया क्योंकि उनकी निगाह जब मुझ पर पड़ी तो उन्होंने मुझे मितली करते देख लिया था। जब उन्होंने खिड़की खोल दी उसके बाद ही अन्दर आने को कहा। मगर तब तक मैं अपने लिए छोड़ी ऐमैरैन्त्स की विरासत को देख चुकी थी।

आप ऐसी चीज़ें अगर फिल्मों में भी देखें तब भी आपकी आँखें उस पर विश्वास नहीं करते। फ़र्नीचर पर कई-कई इंच मिट्टी हो; फ़िल्म के पात्र के चेहरे पर मकड़ियों के जाले लटक रहे हों, उसके बाल उन जालों में फँस रहे हों। अगर, जैसा ले. कर्नल ने बताया था, वह कभी इस फ़र्नीचर को चादरों से ढकती थी तो ज़रूर पुलिस उन चादरों को तलाश के दौरान ले जा चुकी थी, क्योंकि अब उनका कहीं नामो-निशान तक नहीं था। मैं इतने ख़ूबसूरत फ़र्नीचर के सामने खड़ी थी जैसा मैंने ज़िन्दगी में पहले कभी नहीं देखा था। मैंने एक आराम कुर्सी पर अपना हाथ घुमाया तो मिट्टी के नीचे से गुलाबी मखमल चढ़ा ख़ूबसूरत नक्काशी वाला एक हत्था दिखा। लग रहा था मैं किसी अठारहवीं सदी के एक ऐसे फ़र्नीचर के शो-रूम में खड़ी हूँ जहाँ से राजा-महाराजाओं को फ़र्नीचर सप्लाई किया जाता हो। वह घर जो मैंने अभी तक खरीदा न था, उसके लिए मेरे पास ड्राइंग-रूम में रखने के लिए एक मेज़ थी जिस पर पोर्सलीन के काम में चरवाहे अपने मेमनों के पीछे भागते दिखाई दे रहे थे। एक छोटा सोफ़ा था जिसकी छोटी-छोटी बिल्ली के पैरों जैसी सोने से मढ़ी टाँगें थीं। मैंने सोफ़े को झाड़ा तो धूल का एक बादल-सा उठा जो उठ कर फिर वहीं बैठ भी गया। मगर झाड़ने से तब तक सोफ़े का कपड़ा फट चुका था। एक लम्बा नक्काशीदार ब्रैकिट वाला शीशा खड़ा था, जो ऊपर छत को छू रहा था। एक छोटी मेज़ पर पोर्सलीन की ख़ूबसूरत मूर्तियाँ रखी थीं, और उनके बीच में जड़ी थी एक ऐसी घड़ी जो दिनों के अलावा चाँद के भ्रमण-चक्र, सितारों के घूमने आदि को भी दर्शाती थी। यही एक चीज़ थी जो अभी भी जीवित थी, चल रही थी। मैं उस पर से धूल हटाने को बढ़ी, मगर ले. कर्नल ने मुझे रोक दिया।

"किसी चीज़ को हाथ मत लगाइएगा, किसी भी चीज़ को हाथ लगाने में ख़तरा है। यहाँ सब कुछ मृतप्रायः है। सब चीज़ें ख़त्म हो चुकी हैं। यहाँ घड़ी के

अलावा कुछ भी जीवित नहीं है। मैं इसे नीचे उतार कर रखता हूँ।"

मैं इन पोर्सलीन की मूर्तियों को हाथ में ले कर देखना चाहती थी। देखना चाहती थी कि शीशे के ब्रैकिट पर क्या था अतः मैंने उनकी बात अनसुनी कर दी। मैंने एक खाने के हैण्डिल को खींचा, कोई हरकत नहीं हुई। सोचा, इसका कोई ख़ास तरीक़ा होगा खोलने का, जो केवल इस फ़र्नीचर का मालिक ही जानता होगा। मगर जो आगे घटा वह बहुत ही विचित्र था। अचानक मेरे चारों ओर डरावनी फ़िल्म का एक दृश्य घटित हो रहा था; छूते ही ब्रैकिट सुनहरे बुरादे में परिवर्तित हो गया। कोई झटके से नहीं, बड़ी सहजता से। लगा, बुरादे की नदी बह रही थी। मूर्तियाँ घड़ी समेत नष्ट हो चुकी थीं। बिलकुल तिलिस्मी दुनिया का दृश्य था वह। पूरा फ़र्नीचर एक उँगली लगने की ही प्रतीक्षा कर रहा था जैसे।

"दीमक" ले. कर्नल बोले, "आप यहाँ से कुछ भी सामान नहीं ले जा पाएँगी। यहाँ सब कुछ ख़त्म हो चुका है। ऐमैरैन्त्स ने जब मुझे यहाँ निरीक्षण करने आने दिया था तबसे शायद उसने यह दरवाज़ा खोला न था। तो यह था उसका इनाम एवा ग्रौसमैन को बचाने का। उस वक़्त ज़रूर यह अनमोल रहा होगा, मगर आप देख रही हैं न, यह ख़त्म हो चुका है।"

उन्होंने अपनी हथेली एक और कुर्सी पर रखी वह भी ढेर हो गई। कुर्सियाँ एक के बाद एक घुलती जा रही थीं और मखमल की लोरियाँ लकड़ी के फ्रेम में से बाहर निकलती आ रही थीं। कुर्सियों की टाँगें हमारी आँखों के सामने, देखते ही देखते यूँ पाउडर में परिवर्तित हो रही थीं मानो किसी रहस्यमयी कैमिकल ने उन्हें तब तक खड़ा रखा हो जब तक उन पर किसी मनुष्य की दृष्टि नहीं पड़ती। मुझे अपने बचपन का एक दृश्य याद आ गया—मैं छोटी बच्ची थी जब मेरी आँखों के सामने जर्मन मशीनगनों से एक गायों के रेवड़ पर गोलियाँ दाग़ी थीं और वे भी सींग—खाल समेत यूँ ही पलक झपकते ही ढेर हो गई थीं।

"यहाँ ऐसा कुछ भी नहीं है जो आप प्रयोग में ला सकें" ले. कर्नल की आवाज ने फिर मुझे झकझोरा। "मैं इसकी सफ़ाई करवा दूँगा। क्या आप घड़ी ले जाना चाहेंगी? यह अभी भी चल रही है। मूर्तियाँ तो अफ़सोस है मेज़ के गिरते ही टूट गईं।"

मुझे घड़ी नहीं चाहिए थी। वह वहीं फर्श पर पड़ी रही। मुझे कुछ भी नहीं चाहिए था। मैंने पीछे पलट कर नहीं देखा—मैंने ऐमैरैन्त्स के घर को यूँ ही छोड़ा था, अब भी मेरी आँखों में आँसू न आए थे। ले. कर्नल भी चले गए, मगर अपने पीछे शायद दरवाज़ा बन्द किए बिना। ऑदेल्का ने मुझे बाद में बताया कि जब सफ़ाई कर्मचारी आए सफ़ाई करने को तो न तो उन्हें वह घड़ी वहाँ मिली, न टूटी हुई मूर्तियाँ। वहाँ कुछ नहीं था। मगर मैं कुछ भी जानने की इच्छुक नहीं थी।

❑

हल

घर पहुँचने पर देखा वियोला बिलकुल गुम-सुम पड़ा था। मैं उसे बाहर घुमाने के लिए ले कर निकली। हम ऐमैरैन्त्स के घर के सामने से गुज़रे, जहाँ तक किराएदार पटरी साफ़ करने की ड्यूटी निभा रहा थी। मैंने शूतू को भी अपनी दुकान के बाहर खड़ी देखा। वह इस बात से ज़रा भी दुखी नहीं दिख रही थी कि अब कोई उसके पास कुछ खरीदने नहीं आता था। वह अपनी ही दुकान का कोई फल उठा कर खा रही थी, उसने मुझे तमीज़ से सलाम किया। सड़क पर शान्ति थी; बहुत कम घरों मे से टेलीविज़न चलने की आवाज़ आ रही थी। मुझे समझ में नहीं आ रहा था कि मैं क्या करूँ। अतः सोचा पादरी के पास जा कर उसकी सेवा के बदले में कुछ पैसे दे आऊँ। उसके ऑफिस में तो कोई नहीं था मगर वह अपने बाग में था, पढ़ रहा था। उसने पैसे ले लिए मगर जब मैंने उसे आने के लिए धन्यवाद दिया तो उसे स्वीकार करने से उसने मना कर दिया। वह उसका कर्तव्य था। उस पल मुझे लगा हम दोनों एक-दूसरे के जितने क़रीब आ गए थे, इससे पहले कभी नहीं आ सके थे। उसने मेरी ओर यूँ देखा मानो अचानक ही उसने कुछ महसूस किया हो, और बोला, "आज बहुत कम लोग ही टी.वी. देख रहे हैं।"

"वे सब शोक मना रहे हैं।" मैंने उत्तर दिया, "बुदापैश्त में गाँवों से आए काफ़ी लोग रहते हैं। यह शोक मनाने की रस्म गाँवों की ही है। जैसे गुड फ्राइडे के दिन गाना सुनना पाप है कुछ उसी तरह।"

"मगर उसका तो केवल एक रिश्तेदार था और वह भी यहाँ नहीं रहता। तो यह शोक मनाने वाले कौन हैं?"

"हर व्यक्ति—कैथलिक, यहूदी कोई भी हो—सभी उसके ऋणी थे"

मैंने कभी कल्पना भी न की थी कि यह पादरी वह कर सकता था जो उसने इसके बाद किया; मेरे साथ गली के छोर तक गया जहाँ से ऐमैरैन्त्स का घर दिखता था। किराएदार अभी भी सफ़ाई में लगी थी। पादरी ने मुझे फिर देखा। अब उसके पास कोई प्रश्न नहीं बचा था पूछने को।

अगले इतवार को मैं फिर चर्च गई जैसे हमेशा जाती थी। उससे अधिक लोग मैंने चर्च में इससे पहले कभी नहीं देखे थे। वहाँ वे लोग भी थे जो कभी

चर्च नहीं जाते थे। लोकल सब्ज़ी वाला ऐलैमेर, जिसके मुँह से केवल नास्तिकता की बातें ही निकलती थीं, वहाँ काले कपड़ों में खड़ा था, और उसके साथ खड़े थे इवैजैलिकल डॉक्टर, कैथोलिक प्रोफ़ेसर, यहूदी ड्राइक्लीनर, और अन्य सभी मतों के लोग। उस दिन की सर्विस में ग़ैरहाजिरी मानो सबके लिए एक शर्मनाक बात हो। केवल मिस्त्री दिखाई नहीं दे रहा था—जो हमेशा अपने चर्च जाया करता था—कारण यह था कि पिछली रात तेज हवा चली थी, पूरी सड़क पर पत्ते गिरे पड़े थे और आज उसकी ड्यूटी थी सफ़ाई करने की। पादरी ने जब पवित्र जल मेरी ज़बान पर रखा, तो मेरी आँखों में आँखें डाल कर देख रहा था; हालाँकि उस वक़्त मेरी आँखें उसकी तीन उँगलियों पर, जो त्रिमूर्ति का प्रतीक होती है, होनी चाहिए थीं, मगर मैंने उसकी आँखों में देखा और वह जान गया कि मैं उसके व्यवहार के लिए उसकी सराहना कर रही थी।

एक और व्यक्ति चर्च से ग़ैरहाजिर था : वह थी शूतू। हम, यह महसूस करते कि अब हम पाप से मुक्त हो गए थे, घर की ओर चल दिए थे, और हालाँकि हम यह शब्दों से तो नहीं कह रहे थे हम शूतू को यह ज़रूर जता रहे थे कि हम सब उससे बेहतर थे। देखा! किसी को उसकी ज़रूरत नहीं है। पूरा मुहल्ला एक साथ था और सब बारी-बारी से अपनी ड्यूटी निभा रहे थे। मैंने भी एक दिन सफ़ाई की थी, हालाँकि मैं इतनी बेकार तरीके से सफ़ाई कर रही थी कि ऑदेल्का ने झाड़ मेरे हाथ से ले ली थी और मैं शर्मिन्दा हो घर लौट गई थी यह सोचती कि मैं किसी काम के योग्य हूँ ही नहीं। शायद अपने पेशे के भी नहीं। केवल शूतू किसी काम में भाग नहीं ले रही थी, कभी-कभी ही दिखाई पड़ती थी अब। उसने अपना स्टॉल तो बन्द ही कर दिया था। मालूम नहीं कैसे अपना गुज़ारा चला रही थी। यह भी नहीं मालूम था कि वह अभी वहीं है या कहीं चली गई है। गर्मियों के दिन थे, उसके छोटे-से घर से धुआँ तक उठता दिखाई नहीं देता था। वह किस बात की आशा किए बैठी थी, इसका पता भी जल्दी ही चल गया।

मिस्त्री ख़बर ले कर आया था कि श्री ब्रोदॉरिच ने मेरे लिए संदेशा भेजा है। बिल्डिंग के लोग धीरे-धीरे काम करने से थकने लगे थे। लोगों को लग रहा था कि अभी तो गर्मी है। बिना केअरटेकर के काम चल रहा है। मगर पतझड़ और सर्दी में क्या होगा जब पत्ते और बर्फ़ की सफ़ाई करनी होगी। सभी लोग तो जवान थे नहीं। जो जवान थे वे यूँ भी सुबह से रात तक काम पर रहते थे।

"ठीक है, मैं समझ गई। ब्रोदॉरिच यही कहना चाहते हैं न कि बिल्डिंग को फ़ौरन एक केयरटेकर की ज़रूरत है। तो तुमने क्या इश्तहार दिया है इसके लिए?"

"नहीं" वह बोला और फिर मेरी ओर पीठ कर के खड़ा हो गया। "दरअसल हम उसे बरसों से जानते हैं। वह साफ़-सुथरी है, मेहनती है, पीती भी नहीं है और आदमियों के पीछे भी नहीं भागती। जब शूतू ने अपनी सेवा अर्पित की तब हम बहुत दुखी थे मगर अब हम शान्त हो गए हैं और हमने इस बात पर विचार करना

शुरू कर दिया है और हम इस पर एकमत भी हो गए हैं।"

"किस पर, शूतू पर?" मैंने कड़वाहट भरे स्वर में पूछा।

"नहीं शूतू नहीं, ऑदेल्का। श्री ब्रोदॉरिच सोच रहे थे कि आपको बता दिया जाए ताकि बाद में आपको हैरानी न हो।"

मुझे किसी बात से हैरानी नहीं होती थी। जैसे ही वह गया, मैं अपनी बालकनी पर जा कर खड़ी हो गई। वहाँ से ऐमैरैन्त्स का आँगन साफ़ दिखता था, और उस वक़्त वहाँ मेज़ के किनारे ऑदेल्का बैठी दिखाई दे रही थी। मेज़ बड़ी साफ़-सुथरी सजी हुई थी बिलकुल जैसी ऐमरैन्त्स पसन्द किया करती थी। वह एक डोंगे के ऊपर झुकी हुई कुछ छील रही थी, और वह अकेली नहीं थी। उसके इस काम में मोची की पत्नी उसका हाथ बँटा रही थी। अब मुझे यहाँ देखने वाला कोई नहीं था और मुझे लगा अब मैं आँसू बहा सकती हूँ। मेरे पति भी अब मुझे सान्त्वना नहीं दिला पा रहे थे, हालाँकि उनकी आँखों में मेरे लिए सिर्फ हमदर्दी थी।

"बिल्डिंग का काम बिना ऐमैरैन्त्स के नहीं चल सकता, और मुहल्ले का भी नहीं", मैंने उन्हें कहते सुना, "ऑदेल्का बुरी औरत नहीं है, और यह भी सच है कि हम सब उसे जानते हैं। उसने अच्छा किया जो शान्ति से इन्तज़ार किया। शूतू ने ज़रा जल्दबाज़ी दिखा दी। अब तुम किस बात के लिए दुखी हो रही हो? ऐमैरैन्त्स के लिए तो नहीं? मृत व्यक्ति हमेशा जीता हुआ होता है, हारते तो केवल जीवित व्यक्ति ही हैं।"

"मैं हम सबके लिए शोक मना रही हूँ", मैंने जवाब दिया, "हम सब ने विश्वासघात किया।"

"विश्वासघात नहीं। बस, बहुत सारे काम एक साथ इकट्ठा हो गए", वे खड़े हुए। वियोला भी खड़ा हो कर उनके पास पहुँचा और उनके घुटने से सिर लगा कर खड़ा हो गया। ऐमैरैन्त्स की मृत्यु के बाद से वह उनसे चिपकने लगा था। यह काम भी मुझे नहीं मिला था। ऐमैरैन्त्स का हर करिश्मा तक सीधा नहीं था।

"फिर तुम अपने को रो कर परेशान कर रही हो, और फिर तुम लिखना छोड़-छाड़ कर बैठी हो। कितना पिछड़ गई हो अपने काम में। तुम टाइपराइटर ले कर क्यों नहीं बैठ रहीं?"

"मैं नहीं लिख सकती। मैं थकी हुई हूँ, दुखी हूँ। मुझे हरेक से नफ़रत है। मैं ऑदेल्का से भी नफ़रत करती हूँ।"

"तुम इसलिए थकी हुई हो क्योंकि तुम खाना पका रही हो, सफ़ाई कर रही हो, खरीदारी कर रही हो। तुम्हें इसलिए कोई मदद करने वाली नहीं मिल रही है क्योंकि तुम अपने पास किसी को फटकने ही नहीं दे रही हो। तुम्हें तो केवल वही चाहिए जो अब कभी तुम्हारे पास नहीं आ सकेगी। ऐमैरैन्त्स जा चुकी है। इस बात को समझ लो हमेशा-हमेशा के लिए। तुम्हें कितनी किताबें ख़त्म करनी हैं जिनके लिए तुमने पब्लिशर्स से वायदा किया हुआ है। तुम्हें काम करना ही होगा। अब तुम लिखने को कब तक टालोगी। अगर तुम शारीरिक रूप से इतनी

थकी हुई न होतीं तो बहुत पहले अपने आप को सँभाल चुकी होती। देखो, मुहल्ले में हर आदमी इस बात को समझ पा रहा है। ब्रोदॉरिच, मिस्त्री और बाकी सब। केवल तुम नहीं देख पा रही हो। परमात्मा के लिए अपनी आँखें खोलो। बिल्डिंग के लोगों ने तुम्हें अपना फ़ैसला सुना कर कुछ समझाने की चेष्टा की है।"

मैंने अपने कानों पर हाथ रख लिए ताकि इसके आगे की बात न सुन सकूँ। उन्होंने मेरे शान्त होने का इन्तज़ार किया, फिर वियोला को घुमाने ले जाने के लिए उसकी रस्सी उठा ली।

"मिस्त्री इसलिए आया था क्योंकि यहाँ हर व्यक्ति तुम्हें प्यार करता है, और वे सब तुम्हारे लिए वह करना आसान बनाना चाह रहे हैं जो तुम करना तो चाहती ही मगर उसके लिए हिम्मत नहीं जुटा पा रही हो। तुम कब तक इसे टालती रहोगी? कितनी बेवक़ूफ़ी की बात है यह! तुमने ऐमैरैन्त्स को सिखाया कि रचना करने से बड़ा कार्य कोई दूसरा नहीं है, अब यही बात तुम उस व्यक्ति को समझाने से क्यूँ शरमा रही हो जो ऐमैरैन्त्स का स्थान ले रही है। वह भी इसे समझ जाएगी।"

वियोला ने चूँ तक नहीं की जब मैं उसके गले के पट्टे में रस्सी बाँध रही थी। न कोई ख़ुशी दिखाई, न विरोध किया। वह चलने को तैयार था।

"जाओ, कुत्ते को बाहर घुमा कर लाओ और इससे पहले कि और कोई उससे बात कर ले, उससे समझौता कर लो।"

"मैं ऑदेल्का से कोई समझौता करने को तैयार नहीं हूँ। मुझे नहीं चाहिए वो। ऐमैरैन्त्स उसे कभी पसन्द नहीं करती थी। वह तो बस उस पर तरस खाती थी।"

"ऐमैरैन्त्स के बारे में कौन बात कर रहा है? ऑदेल्का तो कम दिमाग़ की, छुई-मुई सी और बेवक़ूफ़ है शूतू से। जब हम एथेन्स गए थे तो उसने हमारा सब काम कितनी अच्छी तरह सँभाला था। शूतू सीधी बात करती है, बहादुर है, और भावुक नहीं है। वह टाल-मटोल नहीं करती, और जहाँ तक काम का सवाल है वह काम के मामले में तो ज़रा भी दया नहीं दिखाती, बिलकुल तुम्हारी तरह।"

"ऐमैरैन्त्स," मैंने यह नाम इतनी कड़क आवाज़ में पुकारा, कि मेरी आवाज़ तक यह जान गई कि इसके बाद इस नाम से मैं अब कभी किसी को नहीं बुला पाऊँगी।

"ऐमैरैन्त्स मर चुकी है। शूतू जीवित है। और वह तुम्हें प्यार नहीं करती, दरअसल किसी को प्यार नहीं करती। उसमें प्यार करने की शक्ति ही नहीं है, मगर और कई ख़ासियतें उस में हैं जो उसकी इस कमी की पूर्ति करती हैं। अगर तुम शूतू को इज़्ज़त दोगी तो वह जीवन भर तुम्हारा साथ निभाएगी, क्योंकि तुम उसे कोई नुक़सान नहीं पहुँचा सकती। उसके पास कोई रहस्य नहीं हैं, कोई बन्द दरवाज़े नहीं हैं; और अगर होते भी तो तुम्हारा कितना भी प्यार उसे उन्हें तुम्हारे लिए या किसी और के लिए खोलने पर मजबूर न कर पाता।

❑❑❑